Gabriele Redden
DAS ACHTE SAKRAMENT

Gabriele Redden

Das achte Sakrament

Thriller

Langen*Müller*

© 2016 Langen*Müller* in der
F. A. Herbig Verlagsbuchhandlung GmbH, München
Alle Rechte vorbehalten
Umschlaggestaltung: Wolfgang Heinzel
Umschlagmotiv: shutterstock/4 Max
Satz: Buch-Werkstatt GmbH, Bad Aibling
Gesetzt aus: 11,75/14,5 pt. Adobe Garamond
und 11,75/14,5 pt. Galahad old style
Druck und Binden: CPI books GmbH, Leck
Printed in the EU
ISBN 978-3-7844-3388-2

Auch als

www.langen-mueller-verlag.de

Für Sebastian

ROM

WEISSE WOLKENFETZEN fegten über den sommerlichen Himmel. Der heiße Scirocco, der Rom im Frühsommer hin und wieder heimsucht, zerrte an den schwarzen Soutanen der beiden Kirchenmänner, die an diesem Julimorgen im Vatikan die Treppe zum Governatoratspalast hinaufeilten.

»Ich habe mich nach Ihrem Anruf sofort auf den Weg gemacht«, sagte Erzbischof Motta, der Jüngere der beiden, kurzatmig und hastete Kardinal Montillac wie ein folgsamer Ministrant hinterher. »Dem Herrn sei Dank, dass ich mich gerade in Albano Laziale aufhielt. Aber ich war sehr überrascht, dass Sie so schnell einen Termin bekommen haben«, fuhr Motta keuchend fort, was zweifellos nicht nur an der Hitze dieses Tages, sondern auch an seiner Korpulenz lag.

Der Kardinal drehte sich zu ihm um, wartete und ließ ihn vorbeigehen.

»Nein, das ist nicht verwunderlich, der Camerlengo weiß schließlich, um was es geht«, sagte er.

Mit ganzer Kraft versuchte Erzbischof Motta, die schwere Holztür aufzuziehen, doch der böige Wind wehte gerade mit voller Wucht dagegen. Schließlich gelang es ihm, und er ließ Kardinal Montillac, dem Leiter der Päpstlichen Kommission für Christliche Archäologie, den Vortritt. Der Mann, den sie treffen wollten, Kardinal Fratonelli, war nach dem Papst der mächtigste Kirchendiener im Vatikan. Als Kardinalsstaatssekretär, vergleichbar mit einem Premierminister, war er gleichzeitig auch Camerlengo, der Herrscher über die Finanzen des Kirchenstaates.

Im ersten Stock des Gebäudes wurden sie von seinem Sekretär, einem hageren, farblosen Mann, der nervös mit einer Klarsichtmappe herumwedelte, begrüßt.»Hier entlang, bitte, seine Eminenz wartet schon.« Er eilte voraus.

Montillac zog eine Augenbraue hoch. Die übertriebene Geschäftigkeit des Sekretärs war völlig überflüssig, schließlich hatten sie einen fest vereinbarten Termin und waren noch vor der verabredeten Zeit eingetroffen.

Sie betraten das Büro des Camerlengos. Der große Raum war sparsam mit edlen antiken Möbeln eingerichtet und hatte vier hohe Fenster, durch die man hinaus in den Park hinter dem Governatoratspalast blicken konnte. Kardinal Fratonelli saß hinter seinem massiven Mahagonischreibtisch, der sich vor einem bis zur Decke reichenden Wandregal voller in Leder gebundener Bücher befand. Freundlich distanziert schaute er die beiden Gäste über die randlosen Brillengläser hinweg an und wartete, bis sein Sekretär den Raum verlassen hatte.

»Bitte nehmen Sie Platz«, sagte er dann und wies zu einem rechteckigen Konferenztisch.»Bedienen Sie sich, wenn Sie möchten. Wasser und Saft stehen bereit. Ich bin gleich bei Ihnen.«

Kardinal Montillac nahm am hinteren Ende des Tisches Platz, Bischof Motta setzte sich neben ihn. Der Camerlengo machte sich noch einige Notizen auf einem weißen Briefbogen, schraubte dann seinen edlen Montblanc-Füller zu und schaute auf. Es schien, als könne er sich nicht entscheiden, ob er an seinem Schreibtisch bleiben oder sich zu den beiden Männern an den Tisch gesellen sollte. Doch schließlich stand er auf und kam zum Konferenztisch.

»Nun, meine Herren, um was geht es?«

Montillac schloss kurz die Augen. ›Er weiß doch genau, um was es geht. Was soll diese Frage?‹, dachte er.

»Wie ich Ihnen gestern während unseres Telefonats schon sagte, hat Erzbischof Motta interessante Neuigkeiten, was die Schriftfunde in Nordindien betrifft. Sie erinnern sich?« Montillac wartete einen Moment, und als keine Reaktion kam, fuhr er fort:»Es geht um die Dokumente, die Ende des 19. Jahrhunderts von dem russischen Journalisten Nicolai Notowitsch entdeckt wurden und später wieder verloren gingen. Pater Adam, ein Mitarbeiter des Erzbischofs, hat endlich, nach jahrelangen Recherchen, herausgefunden, wo sie sich befinden könnten. Wir erbitten nun Ihr Plazet für eine Aufstockung des Budgets, damit wir die künftigen Nachforschungen finanzieren können.«

Der Camerlengo schaute auf seine manikürten Fingernägel und nahm sich Zeit für seine nächste Frage.»Wie sollen denn diese weiteren Nachforschungen aussehen?«

Montillac atmete hörbar ein.»Wir haben vor, Pater Adam nach Ladakh zu schicken, damit er diese Schriften aufspüren und sie schnellstens nach Rom beziehungsweise in Sicherheit bringen kann.« Er machte eine kleine Pause, und als der Camerlengo wieder nichts sagte, fuhr er fort:»Wir sollten uns darüber im Klaren sein, dass, wenn *wir* diese Schriften finden, auch unsere Feinde sie finden können. Und das wäre fatal für die Kirche, egal, ob die Schriften nun echt sind oder nicht. Wir wissen doch, wie einfach es für die Gegner der Kirche ist, daraus einen Presserummel zu veranstalten, der uns in höchstem Maße schaden würde. Tagtäglich wird die Kirche immer wieder aufs Neue Opfer unsäglicher Verleumdungen und Anfeindungen. Wir können uns keine weitere Katastrophe leisten. Und glauben Sie mir, sollten diese Schriften in die falschen Hände geraten, wäre *das* eine Katastrophe für die Kirche.«

Die Lippen des Camerlengo kräuselten sich zu einem ironischen Lächeln.»Übertreiben Sie da nicht ein wenig, Kardinal?«

Erzbischof Motta, der bis jetzt geschwiegen hatte, schüttelte vehement den Kopf.»Eminenz, es soll sich um persönliche Aufzeichnungen unseres Herrn Jesus Christus handeln!«, rief er erregt aus. Trotz der angenehmen Kühle in dem großen Raum hatten sich kleine Schweißtropfen auf seiner breiten Stirn gebildet. Er nahm eine kleine Serviette aus einem Spender, der auf dem Tisch stand, und wischte sich damit über sein rotfleckiges Gesicht.

Der Camerlengo schaute Erzbischof Motta an, als sei dieser ein lästiges Insekt. Er war ihm noch nie zuvor begegnet, aber er wusste natürlich, wer Motta war – der Generalobere einer erzkonservativen Bruderschaft, die dem Vatikan schon seit Jahren Ärger machte. Der Erzbischof war dem Camerlengo unangenehm, weil er für derlei Gefühlsausbrüche nichts übrighatte. Aber das war nicht der einzige Grund. Jetzt, wo er in seiner unmittelbaren Nähe am Tisch saß, verursachten ihm die Ausdünstungen des Erzbischofs, der nach Schweiß und zu lange getragenen Kleidern roch, Übelkeit.

Er lehnte sich zurück, um etwas Abstand zu schaffen.»Wer sollte denn so etwas glauben?«, fragte Fratonelli.

»Wer nicht? Wir leben in einer sensationslüsternen Welt, die gesamte Weltpresse wird sich darauf stürzen. Monatelang wäre es das Thema Nummer eins in den Schlagzeilen. Wir hätten keine Kontrolle über die Veröffentlichungen. Und es wäre sicher sehr kostspielig, den Schaden wiedergutzumachen, wenn das überhaupt gelänge. Deshalb sollten wir unbedingt vermeiden, dass diese Sache überhaupt erst in die Welt getragen wird. Gerade jetzt!«, eiferte sich der Erzbischof weiter, während er auf seinem Stuhl hin- und herrutschte.

Der Camerlengo schwieg, dann stand er auf und ging zu einem der Fenster – nur weg von diesem schwitzenden Mann. Wieder fegte eine heftige Windböe durch die belaubten Äste der Bäume und trug einige Blätter davon. ›Vielleicht hat er recht‹, dachte Fratonelli. Es war wichtig, auf der Hut zu sein und weitere Beschädigungen von der Kirche abzuwenden, alles, was gefährlich werden könnte, schon im Keim zu ersticken. Es vergingen einige Minuten, bevor er sich umdrehte und antwortete.

»Gut«, sagte er schließlich. »Ich gebe Ihnen meine Einwilligung, Sie bekommen die Mittel. Aber sollte irgendetwas schiefgehen, darf der Vatikan in keinster Weise damit in Verbindung gebracht werden.« Damit ging er wieder an seinen Schreibtisch.

»Selbstverständlich, Eminenz. Sie können sich auf mich verlassen«, sagte Erzbischof Motta devot.

Kurze Zeit später saß Kardinal Montillac mit seinem Gast in seinem Büro, das sich ein Stockwerk höher befand. Nun hatten sie also die Rückendeckung des Camerlengos, was schon aus politischen Gründen sehr wichtig war. Doch die beiden Männer waren weit davon entfernt, Fratonelli in ihre tatsächlichen Absichten einzuweihen.

»Mit Pater Adams Entdeckungen sind wir endlich einen entscheidenden Schritt weitergekommen. Wer hätte gedacht, dass an den Geschichten von Notowitsch wirklich etwas dran ist. Wir müssen jetzt schnell handeln, lieber Freund. Pater Adam muss sofort nach Indien reisen, aber ich empfehle Ihnen, ihm eine vertrauenswürdige Begleitung mitzugeben«, sagte Montillac. »Er kann sicher Unterstützung gebrauchen, und wenn sie zu zweit sind, ist auch ihr Auftritt überzeugender.«

»Daran habe ich auch schon gedacht. Ich habe auf meiner letzten Reise nach Südamerika einen jungen Priester aus unserem Seminar in Argentinien kennengelernt. Er wurde mir als besonders treues und strebsames Mitglied der Bruderschaft empfohlen, Pater Fernando. Er ist ein ehrgeiziger junger Mann mit Eigenschaften, die uns sehr nützlich sein können, und er befindet sich derzeit auf meine Einladung hin in unserem Kloster in Albano Laziale.«

»Sehr gut. Ich werde mich derweil hier um die Vorbereitungen kümmern. Es wird sicher noch ein paar Tage dauern, bis uns die Gelder zur Verfügung stehen und wir die beiden nach Ladakh schicken können«, sagte der Kardinal. Auch wenn er Motta nicht besonders schätzte, hatte er in diesem diensteifrigen und etwas einfältigen Mann sein perfektes Werkzeug gefunden.

»Selbstverständlich. Sobald Sie uns grünes Licht geben, können die beiden sich sofort auf den Weg machen. Pater Adam wartet nur auf meine Anweisungen«, sagte der Erzbischof beflissen.

Kardinal Montillac wartete darauf, dass sich Motta verabschiedete, doch der blieb auf seinem Stuhl sitzen und wiegte den Kopf hin und her.

»Können Sie sich erinnern, Eminenz? Wie groß waren unserer Hoffnungen nach der Papstwahl und wie vielversprechend die ersten Gespräche mit seiner Heiligkeit, als er noch geneigt war, unserer Aufforderung Folge zu leisten, die Beschlüsse des Zweiten Vatikanischen Konzils endlich zu revidieren. Aber nun? Schon seit Jahren nichts als Stagnation«, seufzte Erzbischof Motta. »Wir hätten so gerne eine friedliche Lösung unseres Konflikts erreicht ...«

Trotz des larmoyanten Tons wusste der Kardinal, dass dieses Bedauern gespielt war und dass Motta nur begierig darauf aus war, Informationen von ihm zu bekommen. Obwohl es ihm zuwider war, ging der Kardinal darauf ein.

»Auch wenn ich nicht offiziell zu Ihrer Bruderschaft gehöre, so wissen Sie doch, dass ich hier im Vatikan Ihr engster Verbündeter bin, und so wird es auch bleiben. Machen Sie sich also keine Sorgen. Außerdem zeichnen sich hier Veränderungen ab, die unserer Sache dienlich sein könnten.« Er hielt einen Moment inne, so als ob er nicht genau wüsste, wie viel er von seinem Wissen preisgeben sollte. Dann sagte er: »Wie ich von seinem Kammerdiener gehört habe, geht es dem Papst gesundheitlich nicht gut. Seine Aufgaben sind eine große psychische Belastung für ihn und machen ihm auch körperlich sehr zu schaffen.«

Motta machte ein erstauntes Gesicht. Der Kardinal fuhr fort.

»Außerdem macht uns – und damit meine ich die gesamte Kurie – seine Wankelmütigkeit bei allen anstehenden Aufgaben schon seit Langem zu schaffen.« Er atmete tief ein. »Ich weiß, dass er Ihnen schon oft Gespräche zugesagt und die Termine dann wieder verschoben hat«, sagte er mit vorgetäuschtem Mitgefühl und schüttelte leicht den Kopf. »Dabei haben Sie seine Wahl mitgetragen, weil er Ihnen die Versöhnung versprochen hatte.« Es folgte ein tiefes Seufzen. »Es wäre wohl das Beste für die Kirche, wenn wir bald einen neuen Papst bekommen würden. Einen, der *unser aller* Sache vertritt und der der Kirche endlich wieder zu der Stellung verhilft, die der Allmächtige ihr zugewiesen hat.« Wieder wartete er darauf, dass sich der Erzbischof verabschieden würde, doch der erhob sich immer noch nicht von seinem Stuhl.

»Ja, den Brüdern in Albano Laziale ist auch schon aufgefallen, dass er sich immer häufiger in Castel Gandolfo aufhält und wie ein Mann mit labiler Gesundheit wirkt. Aber dass es so ernst ist, habe ich nicht geahnt.«

»Sein Leibarzt macht sich jedenfalls die allergrößten Sorgen. Er hatte ihm abgeraten, die Reise nach Kuba überhaupt anzutreten. Der lange Flug und der Zeitunterschied, das hat ihn seine letzten Kräfte gekostet.« Montillac schaute den Erzbischof ernst an. »Ja, es ist wohl das Herz. Er hat häufig Schwächeanfälle, und sein Gedächtnis weist immer größere Lücken auf. Man befürchtet daher außerdem eine schnell fortschreitende Demenz.«

»Glauben Sie denn wirklich, dass seine Heiligkeit in absehbarere Zeit ... eventuell ... von uns gehen wird?«, fragte Erzbischof Motta und setzte eine erschrockene Miene auf.

»Das ist durchaus denkbar. Und so traurig es für die Gläubigen wäre, so glaube ich doch, dass es im Sinne der Kirche ist. Das – oder man wird ihn davon überzeugen müssen zurückzutreten.«

Der Kardinal stand auf, kam um seinen Schreibtisch herum auf Motta zu und streckte ihm die Hand entgegen.

»Auf jeden Fall sollten wir für diesen Augenblick gerüstet sein. Und das heißt für Sie, es ist Eile geboten. Wir müssen diese Dokumente finden, koste es, was es wolle. Nur wenn sie in unserem Besitz sind, werden wir unser gemeinsames Ziel erreichen können. Also machen Sie sich an die Arbeit.«

Das war unmissverständlich. Motta stand sofort auf und verabschiedete sich mit einem festen Händedruck, der vermitteln sollte, dass sich der Kardinal auf ihn verlassen konnte.

LADAKH, KASCHMIR

WEIT NACH MITTERNACHT löschte Lama Ishe Puntsok, Abt eines entlegenen Klosters im fernen Ladakh, die Butterfett-Lampe und legte sich auf sein Lager, um auszuruhen. Die nächtliche Stille legte sich über ihn wie ein dunkles Tuch. Er war weit über achtzig und hatte fast sein ganzes Leben in den Mauern des Klosters am Ende des Tales verbracht.

Vor mehr als achtzig Jahren, als er knapp vier Jahre alt gewesen war, waren Mönche in sein Dorf gekommen und hatten in ihm die Seele des verstorbenen Lamas ihres Klosters erkannt. Und wie es der Tradition entsprach, hatten seine Eltern den Mönchen ihren jüngsten Sohn ohne ein Wort des Widerspruchs mitgegeben. Nur noch ein Mal hatte er seine Mutter wiedergesehen, Jahre später, am Tag seiner Inauguration. Sie hatte ganz still geweint, und auch wenn sie mehrere Meter entfernt von ihm gestanden hatte, so waren die Tränen, die über ihr Gesicht liefen, doch deutlich zu sehen gewesen. Noch immer, nach all den Jahren seines erfüllten Lebens, empfand er bei dieser Erinnerung einen kleinen Schmerz in seiner Brust.

Ein leises Schleifen, das aus den unteren Räumen zu ihm heraufdrang, ließ ihn hochfahren. Er kannte das Geräusch nur zu gut, es gab keinen Zweifel. Jemand hatte das schwere Holzportal geöffnet.

Er wagte kaum zu atmen. Da war es wieder: Das Portal schloss sich. Er stand leise auf und ging ans Fenster, beugte sich ein wenig hinaus und sah im Licht des fast vollen Mondes einen dunkel gekleideten Mann im Klosterhof stehen. Ein glühender Punkt bewegte sich in kurzen Abständen auf und ab. Der Mann rauchte eine Zigarette.

Ishe Puntsok lehnte sich an die Wand. Wer kam zu so später Stunde ins Kloster? Wer hatte ihn hereingelassen? Wieder hörte er Geräusche, ein unverständliches Murmeln und das leise Öffnen einer Tür.

Und dann erinnerte er sich plötzlich an das Gespräch mit dem jungen Sonam. Sollte es wirklich stimmen, was er ihm erzählt hatte? Aufgeregt war der junge Novize zu ihm gekommen und hatte ihm berichtet, er habe zufällig ein Gespräch belauscht, das Khenpalung, der Bibliothekar des Klosters, mit einem Fremden geführt hatte. Sonam hatte nur wenig verstanden, seine Englischkenntnisse waren gering, aber es ging um Geld und um ein Dokument. Und nach kurzem Nachdenken war dem Lama klar gewesen, um welche Schriften es sich dabei handeln musste. Doch das war bereits Monate her.

Ishe Puntsok schlich hinaus in den Vorraum, öffnete leise die Tür zu einer der hölzernen Stiegen an der Außenmauer des Klosters und sah, wie zwei Gestalten in der Bibliothek im ersten Stock verschwanden. Der Lama lächelte. Dort würden sie das, was sie suchten, nicht finden. Er ging hinüber zur holzgetäfelten Wand und strich über eine der Holzkassetten. Nein, sie würden es gewiss nicht finden.

Der junge Sonam war mit neun ins Kloster gekommen. Seine Eltern hatten fünf Kinder, die sie kaum ernähren konnten, und so hatten sie sich entschlossen, ihren jüngsten Sohn wegzugeben. Er wusste nicht, wohin es ging, als ihn sein ältester Bruder auf eine dreitägige Wanderung mitnahm und ihn schließlich im Kloster ablieferte. Zwar hatte es ihn gewundert, dass seine Mutter ihn umarmte und ihm weinend sagte, dass sie ihn lieb hatte, aber dass es ein Abschied für immer sein würde, hatte er nicht geahnt. Auch wenn er anfangs sehr traurig war, gewöhnte er sich an das Klosterleben. Er durchlief die

Rituale der Reinigung, die fünf Monate dauerten, warf sich hundertmal am Tag vor Buddha nieder, sagte sein Mantra viele Tausend Mal, betete die Mala, deren hundertundacht Perlen für je ein Buch des tibetischen Buddhismus stehen, und war dennoch ganz am Anfang seines Weges.

Sonam war der Wissbegierigste der Novizen des Klosters. Das brachte ihm zwar Lob, aber nur wenig Beliebtheit bei seinen Mitschülern ein. Sie neideten ihm seine Intelligenz, und deshalb mahnten seine Lehrer ihn immer wieder zur Bescheidenheit. So war er etwas isoliert, was ihn aber nicht weiter bekümmerte. Er lernte fleißig und las begierig alles, was man ihm gab. Wenn Reisende aus fernen Ländern ins Kloster kamen, versuchte er mit ihnen ins Gespräch zu kommen, um seine Sprachkenntnisse zu verbessern. Die anderen Novizen nannten ihn aufdringlich und schwärzten ihn bei den Lehrern an, aber außer den Mahnungen zur Zurückhaltung gab es keine Konsequenzen.

Schon seit Wochen war er nachts beim kleinsten Geräusch angstvoll aufgeschreckt, denn er spürte, dass der Fremde, den er vor einiger Zeit mit Khenpalung belauscht hatte, eine Bedrohung war und fürchtete, dass er wiederkommen würde. In dieser Nacht hatte er Schritte und gedämpfte Stimmen im Hof des Klosters gehört.

Lautlos schlüpfte er aus dem Schlafsaal der Novizen im Nachbargebäude, schlich hinunter in den Hof und blieb im Schatten der Eingangsmauer stehen. Er sah, wie der Bibliothekar aufgeregt mit zwei fremden Männern flüsterte und wie er schließlich mit einem der beiden durch das Holzportal verschwand.

Sonam wartete einen Moment und bewegte sich dann an der Gebäudemauer entlang zu einer der Seitentüren, ohne von dem Mann mit der Zigarette bemerkt zu werden. Durch die Tür der Bibliothek drang aufgeregtes Flüstern aus dem Inneren des Hauptgebäudes. Behände lief er die steilen Stiegen hinauf – er musste den Abt wecken.

Oben angelangt, blieb er ehrfürchtig in der Türöffnung vor dem großen Gebetsraum stehen und sah, wie der alte Mann, ihm mit dem Rücken zugewandt, an der Stirnseite des Raumes fast zärtlich über die Holzkassetten strich und etwas vor sich hin murmelte. Offenbar hatte er die Männer auch gehört und ahnte, warum sie gekommen waren. Der Lama wandte sich um, ging in den benachbarten Raum zu seinem Bett und legte sich hin.

Sonam wandte sich ab und wollte gerade wieder hinunterschleichen, als die Tür zur Außentreppe im Stockwerk unter ihm geöffnet wurde und sich Khenpalung und der Fremde auf den Weg hinauf in das Refugium des Lamas machten. Er schaute sich um und drängte sich schnell in eine dunkle Nische des Raumes, gerade noch rechtzeitig, um von den beiden Männern nicht bemerkt zu werden.

Sie traten an das Bett des alten Mannes, wo Khenpalung dessen Schulter ergriff und ihn schüttelte.

»Wo ist es? Ihr habt es aus der Bibliothek entfernt. Es war immer in der Bibliothek!«, zischte er.

Die Aussage bedurfte keiner weiteren Erklärung. Doch der Lama antwortete nicht, er schien die beiden gar nicht zur Kenntnis zu nehmen.

Der Bibliothekar riss ihn hoch, schüttelte ihn wieder.

»Wo ist es? Wo ist es? Wo habt Ihr es versteckt?«

Der Alte sagte kein Wort.

Khenpalung stieß ihn zurück auf sein Lager, wandte sich an seinen Begleiter und flüsterte geradezu verzweifelt: »Er wird nichts sagen, auch wenn wir drohen, ihn zu töten. Er wird nicht preisgeben, wo das Dokument ist.«

Der Fremde war unbeeindruckt.

»Wir haben diese monatelange Suche nicht unternommen,

um unverrichteter Dinge wieder zu gehen. Sie wissen, was für Sie auf dem Spiel steht, und deshalb werden Sie sich an Ihre Zusage halten. Wir geben Ihnen bis morgen Zeit.«

Er wandte sich um und verließ den Raum.

Khenpalung packte den alten Lama erneut, zerrte ihn von seinem Lager und schleuderte ihn zu Boden.

»Wo ist es? Wo ist es?«, stieß er immer wieder hervor.

Dann begann er auf den Lama einzuschlagen und ihn zu treten. Kalte Wut beherrschte ihn jetzt. Wochenlang hatte er die Übergabe verhandelt, alles vorbereitet. Und jetzt sollte alles umsonst gewesen sein? Es ging um Geld, viel Geld, das ihm helfen würde, dieses verhasste Kloster endlich zu verlassen und in die westliche Welt zu gehen, über die er bisher nur gelesen hatte, die ihm aber wie das Paradies vorkam.

Sein Ziel war greifbar nah, und dieser störrische Greis würde ihm nicht im Weg stehen. Immer wieder schlug er auf den alten, wimmernden Mann ein, bis dieser sich nicht mehr rührte.

Noch beim hastigen Verlassen des Raumes hatte der Fremde die heiseren Laute des Alten gehört und seine Schritte beschleunigt, doch er konnte in der Dunkelheit die einzelnen Stufen kaum erkennen und musste vorsichtig sein, um auf der steilen Treppe nicht zu stürzen. Als er endlich am Fuß der Treppe angekommen war, hörte er einen dumpfen Aufprall.

»Oh Gott«, flüsterte er und bekreuzigte sich. »Er hat ihn aus dem Fenster geworfen.«

Hoffentlich wachte keiner der Mönche auf. Hier entdeckt zu werden war das Letzte, was er riskieren konnte. Er huschte über den Hof auf den wartenden Mann mit der Zigarette zu, und beide verschwanden durch das große Holztor.

Starr vor Angst hatte Sonam die Szene beobachtet, und seine Ohnmacht, dem alten Mann beizustehen, ließ ihn schier verzweifeln. Hilflos hatte er gesehen, wie der Mörder in blinder Raserei das Mobiliar umstieß, Bilder und die farbenprächtigen seidenen Gebetsfahnen von der Decke des Gebetsraumes riss und Bänke und Statuen umwarf.

Aber die Dokumente hatte Khenpalung nicht gefunden. Schließlich hatte er den leblosen Körper des Lamas zum Fenster gezerrt und ihn hinausgestoßen. Dann rannte er fort.

Sonams Erstarrung löste sich, er versuchte, lautlos aus dem Vorraum zu verschwinden. So schnell er konnte lief er die Treppen hinunter. Alles war still. Er schlich zur großen Treppe vor dem Eingangstor des Tempels. Auf deren steinernen Stufen fand er die Leiche von Ishe Puntsok, seine Arme und Beine grotesk verrenkt wie die einer Gliederpuppe, mit dem Gesicht nach unten. Fassungslos blieb er einen Moment lang stehen. Er müsste jetzt sofort Alarm schlagen, die Mönche wecken, aber die Angst davor, erklären zu müssen, wieso ausgerechnet er den Lama gefunden und was er mitten in der Nacht im Tempel zu suchen gehabt hatte, hielt ihn zurück. Die fremden Männer waren verschwunden, und auch Khenpalung hatte sich aus dem Staub gemacht. Es sah nicht gut aus für Sonam. Er lauschte wieder in die Dunkelheit. Nichts rührte sich. Und so schlich er an der Mauer entlang zurück zum Nebengebäude, schlüpfte unbemerkt in den Schlafsaal und legte sich auf sein Bett. Dort blieb er liegen und wartete, bis im Morgengrauen einer der Mönche kam und die Novizen aufgeregt weckte. Im Innenhof des Klosters war die Leiche des Abts gefunden worden, und kurz darauf hatte man festgestellt, dass der Bibliothekar verschwunden war.

Nachdem die Mönche die Stufen vor dem Kloster gereinigt und ihren toten Abt aufgebahrt hatten, versammelten sie sich im großen Meditationsraum. Bis ein neuer Abt gefunden war, würde Lama Galsan Songtsen das Oberhaupt sein, schließlich war er einer der Vertrauten Ishe Puntsoks gewesen und nun der ranghöchste Mönch des Klosters.

Sonam mochte Lama Galsan Songtsen nicht. Er wusste nicht genau warum, es war einfach ein Gefühl. Dennoch war ihm klar, dass er Songtsen von seinen Beobachtungen vor einigen Wochen, von Khenpalung und den Fremden, berichten musste. Doch davon, was er in der vergangenen Nacht gesehen hatte und dass etwas im oberen Meditationsraum hinter der Wandtäfelung verborgen war, erzählte er ihm nichts.

Songtsen reagierte gelassen auf Sonams Bericht und bat den Jungen, niemandem etwas über seine Beobachtungen zu sagen.

»Jetzt haben wir beide ein Geheimnis, und das verbindet uns«, schmeichelte er dem Jungen, was Sonam sofort erkannte. Er würde niemandem etwas sagen, aber er würde wachsam bleiben. Und schon einige Stunden später beobachtete Sonam, während er gerade den Unterrichtsraum fegte, etwas Seltsames. Aus dem Fenster sah er im Schatten der Klostermauern Songtsen und Khenpalung miteinander reden. Er konnte nicht verstehen, was sie sagten, aber ihre Körpersprache vermittelte ein klares Bild. Während Songtsen, einen Kopf größer als sein Gegenüber, eine aufrechte, fast drohende Haltung einnahm, stand Khenpalung mit hochgezogenen Schultern und gebeugtem Kopf vor ihm. Ganz offenbar hatte er Angst. Schließlich drehte er sich um und lief schnell davon. Sonam wunderte sich, dass Songtsen ihn nicht festhielt, sondern ihm nur kurz nachschaute und dann zurück zum Haupteingang ging. Er fegte weiter und beschloss, auch darüber mit niemandem zu sprechen.

PRINCETON

ETWA 11 000 KILOMETER weiter westlich, in Princeton, New Jersey, goss sich Michael Torres, Professor für Alte Sprachen und Papyrologie, eine Tasse dampfenden Kaffee ein, ging ans Fenster und schaute hinaus auf den großen, neugotischen Gebäudekomplex, der das Wahrzeichen der berühmten Universität bildete. Die Blätter des riesigen Ahorns, der im Sommer so angenehmen Schatten spendete, begannen schon, sich leicht zu verfärben, dabei war es erst Ende August. Der Sommer war heiß und viel zu trocken gewesen.

Michael nahm einen Schluck Kaffee. Die heiße Flüssigkeit rann seine Kehle hinunter und er spürte, wie sie seinen Körper belebte. Er atmete tief ein und straffte seinen Oberkörper.

Heute Abend würde er sich auf den Weg nach Israel machen, wo sein ehemaliger Studienkollege John McKenzie arbeitete. Er leitete ein amerikanisches Grabungsteam auf einem Areal in Talpiot, einem Ortsteil im Südosten Jerusalems.

Der Anruf seines alten Freundes hatte ihn völlig überrascht. Lange hatte er nichts von ihm gehört, aber seine Bitte hatte so dringend geklungen, dass er nach kurzer Überlegung versprach zu kommen, obwohl McKenzie ihm am Telefon keine Einzelheiten mitteilen wollte. Offenbar waren er und sein Team auf einen Fund gestoßen, der so außergewöhnlich war, dass er Michaels Begutachtung und Einschätzung dringend brauchte.

»Wenn ich recht habe, dann ist dieser Fund etwas, das die christliche Welt erschüttern wird«, hatte McKenzie gesagt. Hätte Michael ihn nicht so gut gekannt, hätte ihn diese Dramatik amüsiert. Aber McKenzie war kein Fantast, er war ein ganz und gar bescheidener und bodenständiger Mann. So lange Michael ihn kannte, war es ihm immer nur um Fakten und um Verifizierung gegangen. Daher hatte Michael nicht lange gezögert und war bereit gewesen, nach Israel zu kommen. Und wenn er ehrlich war, kam ihm ein Grund, seine anderen Pläne aufzuschieben, sehr gelegen. Der Zeitpunkt war auch deshalb sehr günstig, weil sein Sabbatjahr begann. Eigentlich hatte er beabsichtigt, in dieser Zeit ein Buch zu schreiben, doch ein paar Wochen in Jerusalem würden ihm Abstand zu seiner Lehrtätigkeit verschaffen und ihm vielleicht sogar zu ganz neuen Aspekten seines Themas verhelfen.

Es hatte ihm geschmeichelt, als ein angesehener Wissenschafts-Verlag an ihn herangetreten war und ihn gebeten hatte, seine Vorlesungsreihe über die Welt des Neuen Testaments in einem Buch zusammenzufassen. Aber je mehr er sich mit dieser Aufgabe befasste, umso größer war sein Respekt vor den Kollegen geworden, die ihre Erkenntnisse bereits in Büchern kundgetan hatten. Gut, er hatte schon viele Aufsätze und Kommentare veröffentlicht, aber ein Buch? Das war doch ein ganz anderes Kaliber.

Die vergangenen Wochen waren sehr hektisch gewesen. Die Benotung der Arbeiten seiner Studenten, die Sprechstunden, die gegen Semesterende immer besonders lange dauerten, und die Examenskonferenzen hatten ihm wenig Zeit gelassen, sein Sabbatjahr vorzubereiten. Erst seit Mitte August hatte er Ruhe gefunden, sich mit seinem Buchprojekt zu beschäftigen, aber er kam nicht voran, was ihn ziemlich frustrierte. Johns Anruf empfand er daher fast wie eine Befreiung aus seiner Stagnation.

In der vergangenen Nacht hatte Michael kaum geschlafen, zu viel war ihm durch den Kopf gegangen, und er konnte sich diese Unruhe, die Besitz von ihm ergriffen hatte, nicht erklären. Es gab nichts, worüber er sich hätte Sorgen machen müssen, alles war geregelt – es war wohl nur dieses Gefühl, sich aus den schützenden Mauern der Universität auf ein Terrain zu begeben, das er vor langer Zeit verlassen hatte.

Sein Flug von Newark nach Tel Aviv ging erst gegen Abend, daher hatte er seinen alten Jaguar XK 150 nochmals auf den Campus gelenkt und war ein letztes Mal in sein Büro gegangen. Auf dem abgeräumten Schreibtisch lagen nur die Unterlagen für seine Vertretung. Er nahm ein leeres Blatt Papier aus dem Drucker und schrieb ein paar persönliche Zeilen an die Kollegin, die für die Zeit seiner Abwesenheit seinen Job übernehmen würde. Dann setzte er sich in den lederbezogenen Sessel, nahm die Tageszeitung auf, die vor der Bürotür gelegen hatte, und las »Feuergefechte in Damaskus«, »Attentat auf den libanesischen Geheimdienstchef – 8 Tote«, »Explosionen erschüttern Aleppo«. Als es klopfte, blickte er auf und sah im nächsten Moment Claire zur Tür hereinkommen. In ihrem dunklen Kostüm, das ihre etwas füllige, aber wohlproportionierte Figur betonte, sah sie wie immer sehr geschäftsmäßig aus. Die Sonne schien durchs Fenster auf ihr kräftiges, kurz geschnittenes Haar und ließ ihre Locken honigfarben aufleuchten.

»Ich habe schon damit gerechnet, dich hier zu finden, obwohl ich nicht weiß, was du noch hier willst. Du solltest lieber deine Koffer packen«, sagte sie und setzte sich auf den Stuhl vor seinem Schreibtisch. »Was liest du da?«

Michael dreht die Zeitung herum, sodass sie die Überschriften lesen konnte.

»Sind das die ermutigenden Informationen, die du für deine Reise in den Nahen Osten brauchst? Na, du weißt ja, was ich davon halte. Flieg nach Hawaii oder in die Karibik, erhol dich eine bisschen, wenn du unbedingt einen Tapetenwechsel brauchst, und dann fang endlich mit deinem Buch an. So würde ich das zumindest machen.«

Sie ging zur Kaffeemaschine und füllte sich eine Tasse. »Der schmeckt ja wie Teer, wie lange steht der schon hier?« Sie verzog das Gesicht. Michael musste lachen. »Ich habe ihn gerade erst frisch gemacht, aber eben ein bisschen stärker als die labbrige Brühe, die ihr Amis gewohnt seid.« Sie goss die Hälfte weg, füllte die Tasse mit Milch wieder auf und setzte sich hin.

Claire kam fast täglich auf einen Becher Kaffee vorbei, den sie sich aber meistens selbst mitbrachte. Hin und wieder gingen sie miteinander essen, denn sie schätzten sich sehr. »Wir sind eben zwei verwandte Seelen«, hatte sie vor Jahren schon einmal gesagt, und das frei von jeder Koketterie. Er mochte ihre klare, direkte Art, denn sie stellte einen so erfrischenden Unterschied dar zu den meist verklausulierten Gesprächen mit anderen Kollegen.

Seit zwölf Jahren leitete Claire die Firestone-Bibliothek von Princeton, die unter anderem eine der wichtigsten Sammlungen alter islamischer Texte beherbergte sowie eine Anzahl Papyri in verschiedenen alten Sprachen. Und weil Michael diese oft zu seinen Studien beziehungsweise für seine Vorlesungsvorbereitungen heranzog, sahen die beiden sich häufig.

Er musste an ihre erste Begegnung denken, damals auf dem Empfang, den Dean Shelton für ihn und die anderen neuen Lehrkräfte gegeben hatte. Unter den erlauchten Kollegen, die sich gegenseitig ständig zu beobachten schienen, hatte er sich nicht besonders wohl gefühlt. Dabei hatte er keinen Grund, sich zu verstecken, denn auf dem Gebiet der Papyrologie hatte sich Michael längst international als einer der führenden Experten etabliert. Doch er empfand die Atmosphäre als steif und alles andere als behaglich, obwohl Shelton die Party als eher informell angekündigt hatte: »Kein Dresscode, nur ein gemütliches Beisammensein.« Michael war ohnehin nicht der Typ für Small Talk.

Da war Claire plötzlich aufgetaucht. In ihrem eleganten, smaragdgrünen Kleid und den hohen schwarzen Pumps sah sie umwerfend aus, aber doch so, als hätte sie sich auf die falsche Party verirrt. Für ein paar Sekunden war es still, und alle schauten sie an, was sie aber nicht weiter irritierte.

»Habe ich etwas verpasst?«, hatte sie gefragt und sich neben ihm in einen riesigen, braun bezogenen Plüschsessel fallen lassen. »Ich weiß nicht, warum ich jedes Mal wieder an diesen Veranstaltungen teilnehme, dabei finde ich die ewige Selbstbeweihräucherung dieser Heuchler unerträglich«, hatte sie unbekümmert weitergeredet, ohne sich darum zu scheren, ob jemand mithörte.

Michael musste lächeln und dachte, dass sie aber ganz offenbar Spaß an einem gekonnten Auftritt hatte.

Claire deutete mit dem Kopf zu einer Gruppe, die rechts von ihr stand. »Sehen Sie die drei da drüben, Pembroke, Masterson und Edleman? Wirken sie nicht wie die besten Freunde? Dabei können sie sich nicht ausstehen, und keiner lässt ein gutes Haar am anderen, wenn Sie sie alleine treffen.« Sie schaute sich um. »Und die beiden dahinten, die sich so angeregt unterhalten? Insgeheim planen sie vermutlich gerade, wie sie den Stuhl des anderen ansägen können.« Sie blies sich eine Locke, die ihr in die Stirn gefallen war, aus dem Gesicht. »Gibt es hier nichts zu trinken?«

Ein junges Mädchen im schwarzen Kleid mit weißer Schürze reichte ein Tablett mit gefüllten Weingläsern herum. Michael nahm sich ein Glas und fragte Claire, ob sie auch eines wolle.

»Rot, bitte.«

Er reichte es ihr und prostete ihr zu. »Zum Wohl ...«

»... der Wissenschaft«, ergänzte sie, »denn hier geht es ja um *nichts* anderes.«

Er schaute sie zweifelnd an.

»Das sollte ein Witz sein«, sagte sie. »Das werden Sie bald genug herausfinden.«

Sie stellte ihr Glas Wein neben sich auf den Boden und schaute sich um.

»Und was sind Ihre Hobbys?«, hatte sie ihn gefragt, als sie ihren Blick schließlich auf Michael ruhen ließ. »Über ihre akademischen Erfolge brauchen wir uns ja wohl nicht zu unterhalten, denn wenn Sie keine gehabt hätten, wären Sie nicht hier.«

Ihre unverblümte Art gefiel ihm, doch als er ihr sein Spezialgebiet nannte, schien sie für einen Moment aus der Fassung zu geraten und schaute ihn überrascht an.

»Das freut mich, das freut mich sogar sehr. Sie sind also der Papyrologe, auf den ich schon so lange warte. Es wurde höchste Zeit, dass wir einen Experten bekommen.«

Schon damals trug sie ihr Haar so kurz wie heute, ihre blonden Locken umrahmten ihr hübsches Gesicht mit den ausdrucksvollen braunen Augen. Außer einem warmen Rot auf den Lippen war ihr Gesicht ungeschminkt.

Sie war ihm vom ersten Augenblick an sympathisch gewesen. Im Lauf ihrer langjährigen Freundschaft hatte er herausgefunden, dass er sich immer auf sie verlassen konnte, und er schätzte ihre Ehrlichkeit, denn sie sagte grundsätzlich, was sie dachte, oder sie sagte einfach gar nichts.

Michael schob die Erinnerungen beiseite und nahm einen Schluck Kaffee.

»Entschuldige, was hast du gesagt? Ach so … Tapetenwechsel. Ja, genau das suche ich, und deshalb ist diese Reise das Richtige für mein Buchprojekt. Ich gebe ja zu, Israel ist nicht gerade die sicherste Weltgegend, aber man kann sich die Orte archäologischer Grabungen ja nicht aussuchen. Und für mein Thema liegen sie nun mal in einem Krisengebiet.« Er grinste sie an. »Aber die Freude darauf, mal wieder mit meinen Händen zu arbeiten und nicht nur mit meinem Kopf, ist stärker als das mulmige Gefühl.«

»Na ja, mir ist schon klar, dass ich dir diese Reise nicht mehr ausreden kann«, sagte sie, »aber versprich mir, dass du dich regelmäßig meldest. Ich mach mir nämlich Sorgen.« Sie nahm einen Schluck Kaffee und verzog das Gesicht. Er schien ihr noch immer nicht zu schmecken. »Und komm bald wieder.« Sie stellte die Tasse auf den Tisch und stand auf. »Also wie vereinbart, so gegen sechs, hole ich dich ab und fahre dich zum Flughafen. Bis später.«

Der Gedanke, die nächsten Wochen in Jerusalem zu verbringen, flößte ihm zwar keine Angst ein, aber etwas beunruhigt war er schon. Er erinnerte sich noch gut an das Selbstmordattentat, dessen Zeuge er geworden war, als er vor einigen Jahren das letzte Mal in Israel gewesen war. Er hatte in einem Taxi in dritter Reihe hinter einem Bus gesessen, der vor seinen Augen explodierte. Ihm war zwar nichts geschehen, aber die Bilder mit jedem grauenhaften Detail dieser Detonation konnte er nicht aus seinem Gedächtnis löschen.

Hier in Princeton lebte er ein Leben fernab von terroristischen Gefahren, friedlich und überschaubar, so wie er es sich immer vorgestellt hatte. Er fühlte sich vollkommen ausgefüllt, als Wissenschaftler arbeiten zu können, auch wenn sein Privatleben dabei auf der Strecke geblieben war, doch das gestand er sich nur selten ein. ›Man kann eben nicht alles haben‹, sagte er sich dann.

Noch immer konnte er sich dafür begeistern, täglich Neues zu lernen. Schon während seines Studiums hatte er Vorlesungen in angrenzenden Fächern wie Philosophie und Anthropologie besucht und war immer begierig gewesen, allem auf den Grund zu gehen. Damit hatte er manchmal seine Kommilitonen, ja sogar seine Professoren genervt.

Es fiel ihm schwer, die Generation junger Studenten zu begreifen, die nur auf ihr Examen fokussiert waren, sich nicht mit zu vielen Informationen belasteten und das Studium so schnell wie möglich beenden wollten. Sie waren so ganz anders als er und seine Kommilitonen damals.

Plötzlich tauchte Jennifers sommersprossiges Gesicht vor seinem inneren Auge auf. Die Erinnerung kam so unvermittelt, dass sie seinem Herzen einen Stich versetzte. Wie lange war es her? Zwanzig Jahre? Damals hatte er die junge Amerikanerin während einer Exkursion zu diversen römischen Grabungsstätten im Rhein-Mosel-Gebiet kennengelernt. Und John McKenzie, drei Jahre älter als sie beide, hatte diese Exkursion geleitet. Er war zu der Zeit Assistent am Archäologischen Institut der Universität in München gewesen. Neben Michael und Jennifer waren Robert Fresson, ein Freund Jennifers, der wie sie Archäologie studierte, und Michelle, eine quirlige Französin, die an der Sorbonne studierte und nur zwei Gastsemester in München verbrachte, mit von der Partie gewesen. Er war ein paarmal mit Michelle ausgegangen, aber nach diesem Ausflug hatten sich Michael und Jennifer ineinander verliebt und waren danach unzertrennlich gewesen.

Robert Fresson, Sohn eines französischen Diplomaten, war in Frankreich geboren und hatte als Teenager in den USA gelebt. Er hatte Michael, der ihm schon einige Male in Seminaren begegnet war, mit seiner unerschütterlichen Disziplin und seiner geradezu druckreifen Sprache beeindruckt. Aber das Eigenartigste an ihm waren seine schwarzen, dünnen Lederhandschuhe gewesen, die er niemals auszog. Wie sich später herausstellte, war Archäologie nicht einmal sein Hauptfach gewesen, sondern er studierte am Herzoglichen Georgianum, einem der ältesten Priesterseminare der Katholischen Kirche, dessen Gebäude sich noch immer gegenüber der Universität an der Ludwigstraße in München befinden.

Sein Verhältnis zu Robert war von Anfang an frostig gewesen. Zunächst hatte er nicht gewusst, warum, und gehofft, dass sich seine ablehnende Haltung noch ändern würde, wenn er nur weiterhin freundlich zu ihm war, schon um Jennifers willen. Doch es änderte sich nichts, und schließlich gab es keine andere Erklärung als die, dass Robert eifersüchtig auf ihn war.

Michael erinnerte sich, wie sehr ihn das irritiert hatte, schließlich war Robert auf dem Weg, Priester zu werden. Er hatte mit ihm darüber reden wollen, war aber an seiner Unnahbarkeit gescheitert, die es allen außer Jennifer schwer machte, mit ihm warm zu werden. Und genau das war es, was ihn zum Außenseiter an der Uni gemacht hatte.

Trotzdem hatten sie später gemeinsam für Klausuren und mündliche Prüfungen gebüffelt, waren oft mit John McKenzie durch Schwabing gezogen, hatten im Max Emanuel, einer der beliebtesten Studentenkneipen, nächtelang diskutiert und versucht, die Probleme der Welt zu lösen. Michael wurde etwas wehmütig, als er an ihre Ideale von damals dachte und wie viele davon sich im Lauf der Zeit verflüchtigt hatten.

Aufgrund seines Einser-Examens und seiner prämierten Doktorarbeit hatte Michael das Forschungsstipendium an der Yale University in New Haven bekommen, um das er sich beworben hatte. Jennifer war indessen nach Providence, Rhode Island, an die Brown University gegangen, die ebenfalls über ein renommiertes Archäologisches Institut verfügte.

»Von New Haven nach Providence sind es doch nur hundert Meilen«, hatte Jennifer gesagt, »das macht uns doch nichts aus.«

»Bestimmt nicht«, hatte er geantwortet.

Ein Jahr hatte ihre Liebe den veränderten Lebensbedingungen noch standgehalten, dann hatten sie sich getrennt. Jennifer war an eine andere Universität im Süden der USA gerufen worden, und er war geblieben. Sie schrieben sich noch einige E-Mails, telefonierten wenige Male miteinander, verstummten schließlich aber ganz. Und merkwürdig, ihre Wege hatten sich nie wieder gekreuzt.

Aber vor einigen Monaten war ihm eine ihrer Veröffentlichungen in die Hände gefallen. Sie lehrte inzwischen an der University of Southern California in Los Angeles und hatte sich einen Namen als Expertin für antike orientalische Schriften gemacht. Er freute sich darüber. Vielleicht würde er sie einfach mal anrufen.

Er setzte sich auf den gepolsterten Drehsessel, lehnte sich zurück und schaute sich in dem kleinen Raum um. Die Bücher in den Regalen waren geordnet, und auch alles andere stand an seinem Platz.

Sein Blick fiel auf den kleinen silbernen Reisewecker, den Jennifer ihm mal zum Geburtstag geschenkt hatte. Er überlegte kurz, ob er ihn mitnehmen sollte, tat es dann aber als Sentimentalität ab.

Es wurde Zeit. Er ging hinüber in die kleine Küche, spülte die Tasse ab und schaltete den Kaffeeautomaten aus. Dabei fiel sein Blick auf sein Gesicht im Spiegel über dem Waschbecken. Seine dichten schwarzen Haare waren hier und da von feinen Silberfäden durchzogen, und seine helle Hautfarbe zeugte davon, dass er sich in diesem Sommer nur wenig in der Sonne aufgehalten hatte. Die braunen Augen unter den markanten Brauen sahen müde aus, und die Falten auf seiner Stirn schienen noch deutlicher sichtbar. ›Alt bist du geworden‹, dachte er. ›Es wird Zeit, dass du mal wieder etwas erlebst.‹

Er überflog noch einmal die Liste der Dinge, die er vor seinem Abflug erledigen wollte, nahm sein MacBook und seinen Aktenkoffer mit den Unterlagen, die er für seine Arbeit brauchen würde, und ging hinaus.

LEH, KASCHMIR

AM SPÄTEN VORMITTAG, zehn Stunden nach dem Vorfall im Kloster, betraten zwei schwarz gekleidete Männer die blank gewienerten roten Fliesen der Hotelhalle des Grand Dragon Hotels in Leh.

In der Lobby saßen einige Gäste in pastellfarbenen Sesseln und lasen in Reiseführern oder warteten auf ihren Bus, der sie zu den Sehenswürdigkeiten der Stadt und zu den umliegenden Klöstern fahren würde. Das halbrunde, im Kolonialstil errichtete Gebäude lag inmitten einer gartenähnlichen Anlage. Hier in Leh schien die Welt so abgeschieden und friedlich, und trotzdem spürte man, auch hier konnte jederzeit der Horror einbrechen, der im nicht weit entfernten Kabul täglich stattfand.

Es waren weniger die zerknitterten und verstaubten schwarzen Anzüge der beiden Männer, als vielmehr der gereizte Flüsterton, in dem sie sich unterhielten, der die Gäste aufmerksam werden ließ. Vor allem der ältere der beiden konnte seinen Unmut kaum unterdrücken. An der Rezeption aus dunklem Holz verlangten die beiden nach ihren Zimmerschlüsseln und verschwanden im Aufzug.

Während der langen, mühsamen Fahrt vom Kloster über die verkehrsreiche Schotterpiste bis nach Leh hatten sie nur wenig gesprochen. Sie waren Zeuge eines Mordes geworden, der wegen des Auftrages, den man ihnen erteilt hatte, begangen worden war. Während der jüngere der beiden von den Ereignissen offenbar unbeeindruckt war, schien der ältere ziemlich mitgenommen zu sein.

Noch während sie sich auf dem Gelände des Klosters befanden, hatte der Bibliothekar den alten Lama aus dem Fenster geworfen, und beide Männer hatten den dumpfen Aufprall auf den Stufen zum Haupteingang gehört. Sie waren zu ihrem Wagen gerannt, und als sie die schmale Bergstraße hinunterrasten, hatte der Fahrer, der jüngere der beiden, im Rückspiegel gesehen, wie der Bibliothekar hinter ihnen hergelaufen war.

»Esperamos un momento! Ich halte lieber an. Es ist besser ihn mitzunehmen.«

»Auf keinen Fall! Wir können uns nicht mit ihm belasten. Das bringt nur unsere Mission in Gefahr«, hatte der Ältere entgegnet.

Der Jüngere hatte trotzdem den Wagen abgebremst.

»Aber wenn man ihn erwischt, könnte er uns verraten.«

»Was kann er denn schon erzählen? Er weiß nichts von uns, schon gar nicht in wessen Auftrag wir handeln.«

»So werden wir die Schriften nie bekommen, das ist dir doch klar. Endlich sind wir kurz vor dem Ziel …«, sagte der Jüngere aufgebracht.

»Doch, wir werden sie bekommen. Wir brauchen nur eine neue Strategie.«

Ihr Disput führte zu nichts, also schwiegen sie für den Rest der Fahrt.

Je näher sie der Stadt kamen, desto stärker kehrte die Furcht zurück. Als sie die Hotelhalle betraten, begannen sie erneut zu diskutieren. Was sollten sie dem Erzbischof melden? Wie würde er reagieren? Während der Jüngere dafür plädierte, mit dem Anruf noch zu warten, war der Ältere fest entschlossen, den Bericht sofort durchzugeben. Sie brauchten neue Anweisungen.

Das Telefonat, das der Ältere mit dem Namen Adam schließlich in seinem Zimmer führte, war kaum ermutigend. Vielmehr wurde ihm unmissverständlich klargemacht, es gäbe keine neuen Anweisungen, nur die, dass beide ihre Mission zu erfüllen hätten. Es sei ihnen doch klar, um was es ging. Egal was es koste, egal welche Maßnahmen ergriffen werden mussten, ohne die Schriften sollten sie nicht zurückkehren. Der Mann am anderen Ende der Leitung machte nochmals deutlich, dass alles geheim bleiben müsse, er ihn nicht mehr anrufen solle, bevor er etwas Positives zu vermelden hatte, und sie unter keinen Umständen jemandem von ihren Absichten erzählen dürften. Sollte irgendetwas davon an die Öffentlichkeit dringen, würde man jegliche Verbindung leugnen. Geld würde auf dem üblichen Weg angewiesen. »Der Herr sei mit Ihnen.«

Das Gespräch war beendet.

Adam war müde und hungrig, aber anstatt seine Bedürfnisse zu befriedigen, begann er mit seinen Exerzitien. Er stellte das mitgebrachte Kreuz auf die Kommode. Seine Finger streichelten fast zärtlich über das glatte Ebenholz. Dann trat er ein paar Schritte zurück, legte sich inmitten des Zimmers flach mit dem Gesicht auf den Boden, streckte die Arme seitlich aus und betete drei Ave Maria. Danach stand er auf und bekreuzigte sich. Er zog sich aus, nahm die Bußgeißel aus seinem Koffer und begann, sich damit – für die Dauer eines laut gebeteten Vaterunsers – auf seinen nackten Rücken zu schlagen.

JERUSALEM

ES WAR SCHWÜL in der Ankunftshalle des Ben-Gurion-Flughafens in Tel Aviv. Geduldig hatte Michael in der langen Schlange der Passagiere gestanden und akzeptiert, dass die Sicherheitskontrollen hier besonders streng sein mussten, aber als angenehm empfand er sie nicht.

»Welcome to Israel«, begrüßte ihn der Zollbeamte. Sein amerikanischer Pass, den er inzwischen besaß, wurde gestempelt, und er konnte den Sicherheitsbereich verlassen. Er hatte Durst und schaute sich gerade nach einem Automaten um, an dem er sich eine Flasche Wasser kaufen konnte, als ihm jemand von hinten auf die Schulter schlug.

»Na, da bist du ja endlich.«

Michael dreht sich um und schaute in das sonnengebräunte Gesicht von John McKenzie.

»Mensch, alter Knabe, wie geht's dir?« Die Freude, die Michael bei dem Wiedersehen empfand, überraschte ihn selbst.

»Was heißt hier ›alter Knabe‹? Du wirst auch nicht jünger! Aber beiseite mit den Komplimenten, ich bin sehr froh, dass du tatsächlich gekommen bist. Offen gestanden habe ich nicht damit gerechnet, dass du zusagen würdest.«

»Ich eigentlich auch nicht. Aber Timing ist alles. Du hast einfach im richtigen Moment angerufen. Mein Sabbatjahr ist fällig, und so richtig habe ich mich noch nicht auf mein geplantes Buch eingestellt. Auf jeden Fall habe ich ein paar Wochen Zeit.«

»Nur ein paar Wochen? Na, wir werden sehen. Der Wagen steht draußen. Wir fahren am besten gleich weiter nach Jerusalem. Oder hast du noch etwas in Tel Aviv zu erledigen?«

»Nein, aber lass mich noch eine Flasche Wasser kaufen. Da drüben steht ein Automat, willst du auch eine.«

»Ja, danke.«

Als Michael zurückkam, sagte er: »Kannst du dich noch an Gershom erinnern? Er war ein Studienfreund von mir, den ich gerne in nächster Zeit besuchen möchte. Er lebt heute in Haifa und ist einer der führenden forensischen Anthropologen Israels.«

»Ja, dunkel. Sein Name kommt mir irgendwie bekannt vor, aber ich glaube, ich habe ihn nie kennengelernt. Vielleicht kann ich das ja jetzt nachholen. Es ist immer gut, einflussreiche Leute zu kennen, wenn man wie wir ständig Sondergenehmigungen braucht.«

John hatte den Wagen direkt vor dem Eingang in der Taxizone geparkt, und als die beiden aus dem Flughafengebäude kamen, stellte ein Polizist gerade einen Strafzettel aus. McKenzie nahm ihn schuldbewusst in Empfang, steckte ihn in die Brusttasche seines Khakihemds und öffnete die Tür des ziemlich verbeulten Range Rovers. Auf dem Rücksitz lagen Papierrollen, Schmutzlappen, kleine Schaufeln und Pinsel, die er beiseiteschob, um für Michaels Alukoffer Platz zu schaffen.

Nachdem sie das Flughafengelände verlassen hatten, lenkte John den Wagen auf die Autobahn Richtung Jerusalem.

»Hier ist ja enorm gebaut worden, seit ich das letzte Mal da war!«, staunte Michael, als sie durch die Vororte Tel Avivs fuhren.

»Ja, kann schon sein. Ich kriege die Veränderungen gar nicht so mit, weil ich fast wöchentlich zwischen Jerusalem und Tel Aviv pendle«, sagte John. »Die Fahrt dauert nur eine Dreiviertelstunde, es sind etwa 35 Meilen. Ich habe dir übrigens, wie du wolltest, ein Zimmer im *American Colony* gebucht.«

»Danke, es wurde mir von einer Freundin empfohlen.«

»Gute Empfehlung. Da sind schon viele berühmte Gäste

abgestiegen, von Winston Churchill bis Richard Gere. Und Lawrence von Arabien hat damals auch schon dort genächtigt. Es ist übrigens noch immer in Familienbesitz, seit es Ende des 19. Jahrhunderts von einem frommen Rechtsanwalt aus Chicago gekauft wurde. Erbaut hat es allerdings ein türkischer Pascha für sich und seine Ehefrauen, es gibt richtig edle Bäder und luxuriöse Räume. Unsere Unterkünfte sind da weitaus bescheidener. Solltest du länger bleiben und wir deine Kosten übernehmen, wirst du dich allerdings mit einer billigeren Unterkunft begnügen müssen.«

Er schaute Michael fragend von der Seite an, doch der hatte nicht die Absicht, sich auf die Dauer seines Aufenthaltes jetzt schon festzulegen.

»Unglaublich, wie grün das hier ist, ich habe nur Erinnerungen an Wüstenlandschaften …«

»Da kannst du mal sehen, wie 25 Millionen Bäume, die in den vergangenen Jahrzehnten in Israel gepflanzt wurden, und Tausende von Bewässerungsanlagen das Bild verändert haben.«

Doch wenige Kilometer später hörte die Begrünung auf und sie fuhren durch karge, steinige Landschaften, die typisch sind für diesen Teil der Welt.

»Willst du mir nichts von deinem Fund erzählen? Du hast es so spannend gemacht, warum eigentlich?«, fragte Michael und schaute John von der Seite an.

Sein aschblondes, inzwischen schütteres Haar stand ihm wirr vom Kopf, und sein von Sonne und Wind gegerbtes Gesicht hatte tiefe Falten um Mund und Augen. Aber es lag nichts Mürrisches in seinem Ausdruck, er sah eher aus wie ein Mann, der sich freudig auf jedes Abenteuer einließ, das sein Leben ihm bescherte, und der immer bereit war, den Preis dafür zu zahlen.

»Tut mir leid, aber ohne es näher erklären zu können, habe

ich das Gefühl, vorsichtig sein zu müssen. Ist vielleicht ganz gut, wenn du als neutrale Instanz sozusagen deine Augen offen hältst und mir bei Gelegenheit sagst, ob ich mich irre …«
John schien verlegen zu sein. »Jedenfalls weiß man ja beim Telefonieren nie genau, wer mithört.«
»Kann es sein, dass man hier draußen ein bisschen paranoid wird, wenn man häufig von Leuten umgeben ist, die eine fremde Sprache sprechen, und man nie genau weiß, was sie sagen wollen, wenn sie auf English radebrechen?«, fragte Michael lächelnd, während sie von der Albert Vincent Street in eine von blühenden Büschen und Palmen gesäumte, kreisrunde Auffahrt einbogen. Vor einem mit wildem Wein bewachsenen Säulenvorbau hielt John an.
»Kann schon sein, aber jetzt solltest du erst mal einchecken. Ich warte in der Bar auf dich, denn ich freue mich schon den ganzen Tag auf einen Single Malt.«
Immer noch der Alte, dachte Michael, nahm seinen Koffer aus dem Wagen und ging an die Rezeption.
»Also, bis gleich«, sagte er.

Fünfundvierzig Minuten später und nach einer erfrischenden Dusche betrat Michael die Bar. John saß mit dem Rücken zu ihm auf einem der Hocker und unterhielt sich angeregt mit einem weißhaarigen Mann, der an einem der Tische saß und offenbar eine Tasse Tee trank.
Als Michael näher kam, sah er eine Frau neben ihm sitzen, die etwa im gleichen Alter war. Michael legte John die Hand auf die Schulter, und der unterbrach sich daraufhin mitten im Satz.
»Da bist du ja. Darf ich dir Professor Daniel Bernstein und seine Frau Sarah vorstellen?« An die beiden Gäste gewandt ergänzte er: »Das ist mein Freund Michael Torres. Er kommt gerade aus den USA.«

Michael reichte der älteren Frau die Hand, die sie aber nur zögerlich ergriff. Ihr weiter Ärmel rutsche bis zum Ellenbogen zurück, sodass Michael die tätowierte Nummer auf ihrem Unterarm entdeckte. Betroffen nickte er und wandte sich dem weißhaarigen Mann zu.

»Professor Bernstein und seine Frau haben lange in New York gelebt, wo er an der NYU Geschichte lehrte. Er ist also ein Kollege von dir. Sie sind allerdings schon vor zwanzig Jahren nach Israel gekommen.«

Der alte Mann stand auf, stützte sich dabei auf seinen Stock, lächelte Michael freundlich an und gab ihm die Hand. Sein helles Leinenjackett schien ihm mindestens zwei Nummern zu groß zu sein, und auch der Kragen seines blass gestreiften Hemdes, der von einer selbst gebundenen Fliege gehalten wurde, stand einige Zentimeter von seinem faltigen Hals ab.

»Ich freue mich, Sie kennenzulernen. Es tut gut, mal wieder jemanden aus der neuen Welt zu treffen. Und wo lehren Sie?« Langsam nahm er wieder Platz.

»Princeton. In der Provinz. Aber New York ist ja nicht weit …«

»Oh, ich beneide Sie. Ich habe so gern in New York gelebt, die Theater, die Museen, die Musik und die vielen guten Restaurants … Wenn ich inzwischen nicht zu alt wäre, würde ich wieder zurückgehen.«

Seine Frau senkte den Blick, sagte aber nichts, sondern legte nur ihre Hand auf die ihres Mannes und streichelte sie.

»Ja, ich genieße die Nähe zur City sehr, in einer guten Autostunde bin ich in Manhattan, vorausgesetzt es gibt keinen Stau vor dem Holland Tunnel. Ich kann Galerien besuchen, ins Konzert, ins Theater oder einfach nur gut essen gehen. Auch wenn ich sie leider nur selten nutze, allein diese Möglichkeiten zu haben ist ein ungeheurer Luxus.«

John unterbrach ihn: »Was möchtest du trinken, Michael? Auch einen Whisky oder was anderes?«

Michael blickte zu John. »Am liebsten einen Kaffee.«

»Setzen Sie sich doch ein Weilchen zu uns«, sagte Professor Bernstein. »Ich bin so begierig, etwas aus der neuen Welt zu hören.« Und nachdem die beiden Männer sich gesetzt hatten, begann er mit seinen Fragen: »Gibt es das *2nd Avenue Deli* an der Ecke 10th noch? Was würde ich dafür geben, dort noch einmal ein Ruben-Sandwich zu essen.«

Frau Bernsteins Hand lag noch immer auf der ihres Mannes, doch nun zog sie sie zurück und sagte: »Die beiden haben sich sicher eine Menge zu erzählen, Daniel, lassen wir sie in Ruhe.«

Michael schaute sie an. Ihre rötlich grauen Haare im Pagenschnitt umrahmten ihr immer noch schönes Gesicht mit einer geraden feinen Nase und großen grünen Augen, in denen die tiefe Traurigkeit lag, die bei allen Überlebenden der Konzentrationslager zu finden war.

Der Barkeeper kam mit Michaels Kaffee und einem zweiten – vielleicht war es auch schon der dritte – Whisky für John.

Michael gab etwas Milch in den Kaffee, nahm einen großen Schluck und sagte: »Nein, nein, ist schon okay. Ich kann das gut verstehen. Wenn ich nach New York komme, führt mich mein Weg oft zu *Katz's Deli* in der Houston Street. Das *2nd Avenue Deli* wurde vor einigen Jahren geschlossen. Mitte der Neunziger wurde Abraham Lebewohl, der Gründer, bei einem Raubüberfall erschossen, und danach lief es nicht mehr so gut. Sein Neffe eröffnete später zwei neue Läden, einen am Murray Hill und einen an der Upper East Side. Aber es ist einfach nicht mehr dasselbe. Nicht nur wegen der neuen Locations.«

»Wie schade. Aber so ist es, nichts bleibt ewig«, sagte Sarah Bernstein leise.

»Übrigens, die alte Adresse am ›Yiddish Walk of Fame‹ beherbergt heute eine Chase Bank. Leider sind die Sterne auf dem Bürgersteig mit all den berühmten Namen des jüdischen Theaters kaum noch zu erkennen, weil die Bank kein Interesse daran hat, Geld für die Instandhaltung auszugeben. Bezeichnend für den Wandel unserer Werte, oder?«

»Ich weiß, wovon Sie sprechen«, sagte der alte Mann und lächelte resigniert.

»Wir sind zwar erst nach dem Zweiten Weltkrieg nach New York gekommen, haben also die Glanzzeit des Yiddish Theaters nicht miterlebt, aber trotz des Holocausts wehte noch immer ein Hauch des jüdischen Humors, der sich in den Theaterstücken manifestierte, durch diesen Stadtteil New Yorks. Heute ist das alles fast vergessen. Aber die berühmten Schauspielschulen von Stella Adler und Lee Strasberg existieren doch noch, oder?«

»Soviel ich weiß, gibt es sie noch, obwohl ihre Gründer inzwischen verstorben sind«, nickte Michael.

John, der etwas verständnislos zugehört hatte, wollte gerade etwas einwerfen, als Bernstein fragte: »Aber was bringt Sie denn in unser Gelobtes Land?«

»Ja, so ganz genau weiß ich das auch noch nicht«, antwortete Michael mit einem Seitenblick auf John, der jetzt endlich die Gelegenheit hatte, das Wort zu ergreifen.

»Wie ich schon sagte, Michael ist Historiker und Papyrologe. Er soll mir bei der Entschlüsselung einiger Rätsel helfen, die neue Funde bei unseren Grabungen aufgeworfen haben.«

»Das klingt ja spannend. Was haben Sie denn ausgegraben?«, fragte Bernstein.

Er beugte sich vor, und seine blauen Augen blitzen neugierig über den Goldrand seiner Brille.

»Sie verstehen sicher, dass ich darüber noch nicht sprechen möchte, aber es ist meiner Ansicht nach ein sehr wichtiger

Fund, so viel kann ich sagen. Bei der weiteren Arbeit wird mir Michael helfen.«

»Wenn Sie so weit sind, würden Sie mich dann informieren? Ich bin fasziniert von der Archäologie, und vielleicht habe ich sogar die eine oder andere Information, die Ihnen weiterhelfen kann. Oder ich kann sie vielleicht besorgen.«

Er lächelte verschmitzt und reichte John seine Karte, auf der *Daniel Bernstein, Rare Books, Be'eri St. 65* in englischer sowie in hebräischer Sprache stand.

»Außerdem würden wir uns freuen, wenn Sie auch mal einfach so bei uns vorbeischauen. Es gibt immer frischen Kaffee und Muffins, nicht wahr, Sarah?«

Seine Frau lächelte ihn an.

»Natürlich, mein Lieber. Aber jetzt lassen wir die beiden allein. Es wird Zeit, dass wir uns auf den Heimweg machen.«

Nachdem die beiden sich verabschiedet hatten, bestellten sich Michael und John noch einen Kaffee, und John begann mit seinem Bericht. »Eigentlich weiß ich gar nicht so recht, wo ich anfangen soll.« Er nahm den letzten Schluck Whisky und stellte das Glas auf den Tisch. »Du erinnerst dich sicher an den Medienrummel, den James Cameron vor ein paar Jahren mit seinen Ossuarien, diesen steinernen Knochenkisten, entfachte. Er glaubte, das Grab von Jesus gefunden zu haben, und nicht nur seines, sondern das seiner ganzen Familie. Außerdem noch das des Jüngers Matthäus und das der Maria Magdalena. Verlassen hatte er sich damals auf die Recherchen eines Journalisten namens Simcha Jacobovici, einem Möchtegernarchäologen und Trittbrettfahrer, wie ihn die Presse damals nannte, der überall Sensationen witterte. Doch dann entwickelte sich die ganze Geschichte zu einem peinlichen Auftritt während des Princeton Symposions. Alle Experten zerpflückten seine Dokumentation in der Luft, und das war auch richtig so.«

John schaute Michael erwartungsvoll an.

»Und ob ich mich erinnere. Ich habe zwar am dem Symposion 2008 nicht teilgenommen, da war ich gerade in Deutschland, aber die Berichte dazu habe ich sehr genau verfolgt«, sagte Michael. »Im Grunde war das eine blamable Veranstaltung. Da wurden sogenannte Beweise aufgetischt, die alles andere als wissenschaftlich fundiert waren. Und die Kollegen haben sich von Jacobovicis Auftreten erst mal blenden lassen.«

Der Kaffee wurde serviert. John ließ zwei Tütchen Zucker in seinen Kaffee rieseln und rührte ihn eine Weile schweigend um. »Man hat seit den frühen Achtzigern knapp neunhundert dieser Ossuare gefunden, und noch nicht einmal ein Viertel der Funde sind bis jetzt ausgewertet. Sie sind aus Kalkstein, auf manchen sind kunstvolle Ornamente eingeritzt, auf anderen stehen nur Namen. Wie du weißt, war diese Art des Begräbnisses nur etwa ein gutes Jahrhundert lang von etwa 30 vor bis etwa 70 nach Christus bei den Juden üblich.« Er nahm den Kaffeelöffel in den Mund, zog ihn wieder heraus und legte ihn auf die Untertasse. »Bei dem Presserummel damals ging völlig unter, dass man in einigen der Kisten auch die Fußknochen von Gekreuzigten gefunden hat. Auch das wäre an sich noch nichts Außergewöhnliches, schließlich sind zu jener Zeit Zehntausende Juden gekreuzigt worden. In der Archäologischen Sammlung des Israel Museum in Jerusalem befindet sich beispielsweise ein Fersenknochen, in dem noch der Kreuzigungsnagel steckt. Erst kürzlich wurden wieder Fersenknochenfunde begutachtet, allerdings steckte in ihnen kein Nagel mehr.«

Wieder schwieg er. Schließlich fragte Michael: »Und?«

»Man hat diese Fußknochen forensisch untersucht – vielleicht war dein Freund Gershom ja sogar an der Untersuchung beteiligt. Na ja, jedenfalls hat man festgestellt, dass diese Kochen verheilt waren. Mit anderen Worten, die Perforationen, die bei der Kreuzigung durch die Nägel entstanden waren, hatten sich teilweise wieder geschlossen. Und das bedeutet, dass dieser Gekreuzigte die Kreuzigung überlebt hatte.«

John sah Michael gespannt an.

»Ich habe von diesem Knochenfund gehört, aber es wird doch nicht viele gegeben haben, die diese Tortur überlebten«, sagte Michael.

»Aber was man bisher höchstens vermutete, kann man jetzt anhand dieser Knochen beweisen: Es *gab* Menschen, die die Kreuzigung überlebt haben. Und wenn du weiterdenkst, bedeutet das, auch Jesus könnte seine Kreuzigung überlebt haben!«, sagte John triumphierend.

»Du willst jetzt aber nicht behaupten, dass es sich dabei um die Knochen von Jesus handelt«, warf Michael ein.

»Nein, natürlich nicht. Aber wir können es auch nicht ausschließen.«

»Jetzt begibst du dich aber aufs Glatteis, mein Lieber. Hast du nicht gerade noch davon gesprochen, dass sich James Cameron mit seinen sogenannten Beweisen lächerlich gemacht hat? Du willst ihm doch wohl keine Gesellschaft leisten!«

»Michael, ich bitte dich. Was ich sagen will, ist, dass es durchaus plausibel ist, dass Jesus seine Kreuzigung überlebt hat. Erinnere dich an die Evangelien. Dort steht, dass er nur einige Stunden am Kreuz gehangen hat, weil man ihn nach jüdischer Tradition vor Beginn des Sabbats begraben musste. Jesus hing nicht tagelang am Kreuz, wie zahlreiche andere Verurteilte. Viele von ihnen sind nachweislich nicht innerhalb weniger Stunden, sondern oft erst mehrere Tage später gestorben, nachdem die Römer sie ans Kreuz genagelt hatten. Das war ja auch der Sinn dieser Strafe, ein langsamer, qualvoller Tod.«

John dehnte die Worte und eiferte sich immer mehr.

»Ach ja, und dann ist da diese Geschichte mit dem römischen Soldaten Longinus, der Jesus posthum in die Seite gestochen haben soll. Und trotzdem sei Blut aus der Wunde geflossen. Wenn dem so war, dann bedeutet das, er war nicht tot, sein Herz schlug noch, denn sonst hätte gar kein Blut fließen können. Und was hat die Kirche daraus gemacht? Sie hat diesen natürlichen Vorgang zum Wunder erklärt. Auf diesen ganzen Quatsch mit der sogenannten Heiligen Lanze will ich gar nicht weiter eingehen.«

Seine Stimme klang erregt, er fing an zu gestikulieren, und seine Geschichte wurde immer länger.

»Das alles ist mir auch bekannt. Aber wobei soll ich dir denn da helfen? Ich bin kein Anthropologe.« Michaels Ton klang schärfer als beabsichtigt, und er wusste auch warum. Es irritierte ihn, dass John offenbar ein Glas mehr getrunken hatte, als ihm guttat. Er wusste, dass John hin und wieder dem Whisky zusprach, aber jetzt hatte er den Verdacht, dass es nicht mehr die Ausnahme war, sondern eher die Regel. John hatte so etwas Rastloses an sich, was Michael bekannt vorkam und schmerzliche Erinnerungen weckte.

John schien seine Gedanken zu erraten. Er sah ihn kurz mit zusammengezogenen Brauen finster an, fuhr dann aber ganz ruhig fort. »Also, vor einigen Wochen haben wir in Ost-Talpiot in einer Höhle, die durch Bauarbeiten verschüttet und fast völlig zerstört war, mehrere zerbrochene Tongefäße gefunden. Das ist nichts Besonderes, ich weiß, Tonscherben gibt es hier zuhauf. Wie üblich haben wir den Fund fotografiert, die Scherben nach und nach zusammengesetzt, soweit das möglich war, und alles dokumentiert. Auf einigen Bruchstücken entdeckte ich eine Aufschrift, die mich total faszinierte. Aber es fehlen wesentliche Teile, um dem gesamten Text Sinn zu geben. Auch bin ich kein Experte, wenn es um alte Sprachen geht. Deshalb ist es so wichtig, dass du hier bist.«

John schaute Michael prüfend an, doch der schwieg und wartete auf den Rest der Geschichte, denn das konnte noch nicht alles sein.

»Okay, ich bin dann am Sabbat, als keiner da war, allein in die Höhle hinuntergeklettert. Das war purer Leichtsinn, ich weiß, aber ich musste mir die Fundstätte selber anschauen. In den Hohlraum, der nicht einmal mannshoch ist, gelangt man nur durch eine kleine Spalte im Fels, durch die man sich hindurchzwängen muss. Die Jungs und Mädels vom Team, denen das viel leichter fiel als so einem alten Knacker wie mir, hatten wirklich gute Arbeit geleistet – ich habe zunächst nichts mehr gefunden. Aber in der hinteren Ecke entdeckte ich plötzlich eine alte Mauer, und als ich begann, die Wand abzuklopfen, gab sie an einer Stelle plötzlich nach. Es öffnete sich ein weiterer, aber noch kleinerer Hohlraum. Der nachrutschende Sand spülte mir den Boden unter den Füßen weg, ich geriet ins Wanken, stürzte und glitt mit dem Sand und dem Geröll in die Öffnung. Ich versuchte, mich irgendwo festzuhalten, da fühlte ich plötzlich Tonscherben unter meiner Hand. Und als ich sie ausgrub, fand ich einen der halb zerbrochenen Krüge, in dem eine Schriftrolle steckte, und dann noch eine und noch eine.«

Michael hatte sich inzwischen nach vorne gebeugt und hörte Johns Bericht nun interessierter zu.

»Trotz des Erdrutsches schienen sie unversehrt. Ich habe sie vorsichtig geborgen und konnte schließlich sehen, in welch fantastischem Zustand sie waren! Ganz und gar lesbare, vollständige Texte! Da wusste ich, ich muss dich anrufen. Du bist der Einzige, der mir bei der Entzifferung und Bewertung dieses Fundes helfen kann.«

»Aber es gibt doch auch an der Hebrew University Experten, die das genauso gut können wie ich.«

»Ja, doch dann muss ich den Fund melden, was ich im Moment aber noch nicht möchte. Bis jetzt weiß noch keiner davon, weder unsere Sponsoren noch die Antikenbehörde, und ich will, dass es vorläufig so bleibt. Dir vertraue ich, und außerdem gibt es keinen Besseren als dich, was die Papyrologie angeht. Wenn es das ist, was ich vermute, dann ist dieser Fund so heikel und hat so weitreichende Folgen, dass ich mir sehr genau überlegen muss, wem ich davon erzähle.«

»Und wie hast du die Schriftrollen jetzt um Himmels willen gesichert?«

Wieder blickte John Michael prüfend an, und ohne die Frage zu beantworten, fuhr er fort.

»Ich arbeite hier mit einem sehr jungen Team, Studenten aus Israel, Frankreich und den USA. Das macht richtig Spaß. Hin und wieder tausche ich mich mit Kollegen aus, die im Auftrag der großen Museen oder Universitäten ebenfalls hier graben. Kennst du übrigens David Hancock vom Metropolitan Museum in New York? Der ist auch hier. Und weißt du, wen ich erst vor ein paar Wochen getroffen habe? Robert Fresson, diesen komischen Vogel, der immer diese schwarzen Lederhandschuhe trug, erinnerst du dich? Die trägt er übrigens immer noch. Er ist schon seit Jahren hier in Israel und arbeitet an der Entzifferung einiger Qumran- und Nag-Hammadi-Texte in der École Biblique, wie er sagte. Wie du sicher weißt: Er ist mittlerweile Priester.«

John nahm einen Schluck Kaffee und dachte kurz nach. Dann lachte er und sagte: »Kannst du dich noch daran erinnern, als wir damals auf dieser Exkursion nach Bingerbrück das Grab des römischen Soldaten Pantera besucht haben, von dem es heißt, er könnte der Vater von Jesus gewesen sein? Da ist Fresson schier ausgerastet und hat immer wieder auf die Evangelien verwiesen.«

John schüttelte den Kopf. »Na, wir haben jedenfalls hier in der Bar gesessen und ein Glas getrunken. Anfangs schien es mir, als sei es ihm unangenehm, mich zu treffen, aber dann wurde es doch noch ein netter Abend. Er hat sich kaum verändert, immer noch ein bisschen steif, und er ließ sich nicht viel über seine Arbeit entlocken, so als sei sie ein Staatsgeheimnis.«

John nahm noch einen Schluck Kaffee und schaute Michael, der ungeduldig auf seinem Stuhl nach vorne rutschte, über den Rand seiner Tasse an. »Ist er nicht damals durch Jennifer in unsere Gruppe gekommen? Hast du mal wieder was von ihr gehört?«

»Schon seit Jahren nicht mehr. Ich glaube, sie hat sich inzwischen auf alte orientalische Schriften spezialisiert. Ich habe erst vor Kurzem einen Beitrag von ihr im *New Scientist* gelesen. Sie lebt jetzt in Kalifornien. Aber du hast meine Frage noch nicht beantwortet.«

»Okay.« John nahm einen weiteren Schluck und blickte sich in der Hotelbar um. Sie waren allein, sogar der Barkeeper hatte die Bar verlassen. »Du denkst vielleicht, ich will mich nur interessant machen, aber seitdem ich diese Tonscherben gefunden habe und schließlich die Schriftrollen, fühle ich mich ständig beobachtet, obwohl niemand davon wissen kann, denn ich habe mit niemandem darüber gesprochen. Die Schriftrollen liegen in einer Kiste in meinem Büro auf dem Grabungsfeld in Talpiot. Wenn ich den Fund richtig interpretiere … ich sage dir, das kann eine wahre Lawine auslösen. Aber du bist der Einzige, der das genau beurteilen kann …«

»John, ich kenne dich, ich weiß, dass du dich nicht wichtigmachen willst, aber kannst du mir bitte ein bisschen was Genaueres über den Inhalt sagen?« Michael war noch immer leicht genervt, was vielleicht aber auch mit seinem Jetlag zu tun hatte.

»Nicht hier. Aber ich möchte, dass du den Fund auf jeden Fall untersuchst, bevor ich ihn der Antikenbehörde melde. Du bist der Experte, kennst dich mit alten Schriften aus. Ich bin nur ein Spatenforscher, der Mann fürs Grobe.«

Er lachte verlegen. »Und außerdem weiß keiner besser als du, was mit Schriftfunden passiert. Sie kommen in die Archive, und kein Mensch kümmert sich mehr um sie. Darf ich dich nur daran erinnern, was mit den Qumran-Schriften passiert ist? Wie oft hast du dich darüber beschwert, dass die Veröffentlichung der entzifferten Schriften vierzig Jahren verschleppt wurde, dass die katholische Kirche nur ausgewählte Wissenschaftler, nur solche, die kirchenkonform waren, überhaupt an die Texte heranließ. Und wer hat das alles verbockt? Mit der Begründung, es handelt sich um rein christliches Kulturgut, hat sich der israelische Staat vom Vatikan damals das Heft aus der Hand nehmen lassen und den Dominikanern, allen voran Roland de Vaux, die Verantwortung dafür übertragen.«

Michael lehnte sich vor, schlug John aufmunternd auf die Schulter und stand auf.

»Ist ja gut. Ich bin neugierig auf deinen Fund. So eine Gelegenheit bekomme auch ich nicht alle Tage. Also, dann werde ich mir die Schriftrollen morgen ansehen, und bis morgen lassen wir das Ganze ruhen. Ich muss jetzt erst mal eine Runde schlafen. Wir können uns doch heute Abend treffen und bei einem Glas Wein noch mal über alles reden.«

Einige Stunden später war die bleierne Müdigkeit, die er noch beim Einchecken verspürt hatte, verflogen, und Michael verließ das Hotel, nahm sich ein Taxi zur Altstadt und ließ sich am Jaffator absetzen. John hatte ihm ein kleines Restaurant im armenischen Viertel genannt, wo sie sich treffen wollten. Michael lief durch die engen, immer noch belebten Gassen der Altstadt und fand das Lokal sofort.

LEH, KASCHMIR

NACH SEINEN EXERZITIEN hatte sich Pater Adam die ganze Nacht schwitzend in seinem Bett von einer Seite auf die andere gewälzt. Nicht, weil sein Rücken brannte, denn er empfand den Schmerz als heilig, als eine Art Buße, die ihn adelte. Er konnte nicht schlafen, weil ihm ständig die Frage durch den Kopf ging, wie sie jetzt an die Dokumente kommen sollten. Und eines hatte man Adam klargemacht: Ohne die Dokumente durften sie nicht nach Rom zurückkehren. Vielleicht hätte er sich doch darauf einlassen sollen, den Bibliothekar mitzunehmen. Man hatte ihn sicher längst im Verdacht. Und wenn man ihn gefangen und verhört hatte, war wohl kaum damit zu rechnen, dass er geschwiegen und nichts über ihren Besuch gesagt hatte. Pater Adam atmete schwer und drehte sich auf die Seite. Sein anfänglicher Optimismus war längst verflogen. Alles war so gut vorbereitet gewesen, und dann war dieser Idiot völlig ausgerastet. Welche neue Strategie könnte sie jetzt noch zum Ziel führen?

Fernando schlief vermutlich sorglos, ohne die Konsequenzen, die ein Misserfolg ihrer Mission haben würde, zu fürchten. Vielleicht war es gerade diese Eigenschaft, sich von Rückschlägen nicht irritieren zu lassen, die den Erzbischof dazu bewogen hatte, ihm diesen jungen Priester als Begleiter mit auf die Reise zu geben. Er hatte ihn erst kurz vor ihrem Aufbruch zum ersten Mal getroffen. Fernando kam aus Argentinien, aus La Reja, wo ihre Bruderschaft ein Kloster und eine Ausbildungsstätte besaß. Fernandos Vorfahren waren Italiener gewesen, die Ende des 19. Jahrhunderts nach Argentinien ausgewandert waren. Das hatte er ihm auf dem langen Flug nach

Neu-Delhi erzählt. Sein Weg war vorgezeichnet gewesen, behauptete er, denn schon mit acht sei er in die Klosterschule der Bruderschaft gekommen und habe sich dort wie ein Auserwählter gefühlt. Weder seine Eltern noch seine Geschwister hätte er jemals vermisst, auch nie wieder Kontakt zu ihnen gehabt.

Ob er zu Hause schlecht behandelt worden wäre, hatte Adam ihn noch teilnahmsvoll gefragt.

»Nein, im Gegenteil«, hatte Fernando geantwortet. Seine Mutter hatte ihn verhätschelt, weil er der Jüngste war. Und dann hatte Fernando ihn angeschaut und gefragt, ob Adam sich denn nicht an das Wort Jesu erinnern könne, das da lautet: »Wenn jemand seinen Vater und seine Mutter *nicht* hasst, dann kann er *nicht* mein Jünger sein.« Doch genau das wollte er sein, ein Jünger Jesu, und deshalb habe er sich ohne das geringste Bedauern von seiner Familie getrennt, denn er hätte ja gewusst, dass es die richtige Entscheidung gewesen war. Hassen würde er seine Eltern nicht, aber sie spielten keine Rolle mehr in seinem Leben, sie wären ihm einfach gleichgültig. Damit hatte er seine Ausführungen beendet, seine Sitzlehne zurückgestellt und war eingeschlafen.

Adam hatte betroffen geschwiegen. Dieser junge Mann war so ganz anders als er. Offenbar war er nie von Zweifeln geplagt, so wie er es als junger Mensch gewesen war. Erst nachdem sich Adam der Priesterbruderschaft angeschlossen hatte – da war er schon Ende zwanzig, aber endlich überzeugt –, hatte er Frieden und seine Aufgabe gefunden. Tiefste Verzweiflung darüber, dass die Traditionen der Kirche verleugnet wurden und die Sitten verfielen, hatte bis dahin sein Leben geprägt.

Natürlich wusste er, dass der Prozess des Verfalls schon vor über zweihundert Jahren begonnen hatte, als der Vatikan die Trennung von Kirche und Staat zugelassen hatte, anstatt sie zu verhindern. Das Zweite Vatikanische Konzil, von Johannes XXIII im

Jahre 1962 einberufen, um die Kirche zu modernisieren, hatte diese unheilvolle Entwicklung allerdings manifestiert. Und was hatte es gebracht? Die Abwendung vieler Menschen vom Glauben. Aber niemand hatte etwas unternommen. Erst zehn Jahre später war die Bruderschaft gegründet worden, weil sich doch noch einige verantwortungsbewusste Brüder gefunden hatten. Sie strebten nun mit aller Macht die Wiedereinführung der alten Gesellschaftsordnung an, in der die Macht in Staat und Gesellschaft einzig und allein von Gott ausging. Auch Adam hielt das für die einzig mögliche Grundlage, jedem Christen ein gottgefälliges Leben zu ermöglichen. Er lehnte die religiöse Neutralität des Staates ab, war Gegner des herrschenden Parteiensystems und wünschte sich, dass an dessen Stelle aufrechte, christliche Männer treten sollten, die sich durch sittliche Reife und Lebenserfahrung, durch Gerechtigkeitssinn und Sorge um das Gemeinwohl auszeichneten. In der idealen Gesellschaft seiner Vorstellung war der Verbund der Familie die Grundlage ihrer Ordnung, und deshalb musste auch die Unauflösbarkeit der Ehe als eines der wichtigsten Gesetze wieder eingeführt werden. Zum Schutz dieser christlichen Gemeinschaft mussten Vertreter von falschen religiösen Überzeugungen daran gehindert werden, für ihren Kult zu werben. Gotteslästerung, Homosexualität und Pornografie musste der Kampf angesagt werden. Für diese Dinge ebenso wie für alle Vergehen gegen Gott oder gegen die christliche Gesellschaft musste die Todesstrafe gelten.

Das war es, wofür sich Papst Benedikt XVI., der doch als Konservativer galt, einsetzen sollte. Und er hatte schon signalisiert, dass er zur Umkehr bereit war. Aber wieder waren es die Einflüsterungen des Teufels, die ihn einen Rückzieher machen ließen. Adam wusste, dass selbst im Vatikan antichristliche Kräfte ihr Unwesen trieben, die die Zerstörung der Herrschaft des Herrn zum Ziel hatten. Wie war es denn sonst möglich gewesen, dass dieser Papst an der Klagemauer gebetet hatte, dass er sogar von einer Versöhnung mit den Juden gesprochen hatte? Eine Versöhnung mit den Gottesmördern? Was war denn in ihn gefahren? Welche bösen Kräfte waren da am Werk? Auf jeden Fall mussten diese Kräfte ausgemerzt werden, damit sich die Kirche wieder auf ihre wahren Aufgaben und ihre wahre Position besinnen konnte und damit die verirrten Schafe wieder zur Herde zurückfinden konnten.

Das war der einzige Weg, daran gab es für Adam keinen Zweifel. Die Bruderschaft würde niemals lockerlassen. Erzbischof Motta, der Generalobere der Bruderschaft, hatte gerade erst einen erneuten Vorstoß unternommen, den Papst zu Gesprächen zu treffen. Schon im kommenden Monat sollten die ersten Termine stattfinden.

Und ausgerechnet jetzt, wo die Kirche innerlich dieser Zerreißprobe ausgesetzt war, kam eine noch größere Gefahr von außen hinzu, die ihr Fundament zu zerstören drohte und alle Gläubigen in tiefste Verzweiflung stürzen würde. Bei dem Gedanken stieg eine heiße Angst in ihm auf, und er schauderte. Aber er würde alles tun, um das zu verhindern. Er würde sein Leben dafür geben, wenn es sein müsste, das wusste auch der Erzbischof, und deshalb hatte er ihn, Adam, ausgewählt, diese Gefahr abzuwenden. Er würde den Erzbischof nicht enttäuschen. Er würde die Schriften finden und sicherstellen, bevor ein anderer es tat. Der Erzbischof hatte ihn mit allen Mitteln ausgestattet, die er brauchte. Was auch immer nötig sein sollte – und gemeint war bis zur letzten Konsequenz –, er hatte den Segen des Generaloberen. Selbstverständlich musste die Mission geheim bleiben, er konnte niemandem trauen.

Er schlug die Decke zur Seite und stand auf. Er nahm einen tiefen Zug aus der Wasserflasche, die auf dem Tisch stand, denn die trockene Luft in dieser Höhe hatte seinen Körper dehydriert. Er ging ans Fenster und schaute in die Morgendämmerung auf den Garten, dessen Wege von bunten Blumenbeeten gesäumt waren. Auf den Rasenflächen standen einige Tische und Stühle, und er glaubte, seinen Augen nicht zu trauen: In einem der Rattanstühle kauerte jemand in einem gelben Mönchsgewand. War das nicht dieser Khenpalung, der Bibliothekar? Wie konnte das sein? War er ihnen gefolgt? Adam wich zurück und lehnte sich an die Wand. Also war Khenpalung seinen Verfolgern entkommen. Aber die Polizei war sicher schon auf der Suche nach ihm. Was wollte der Mönch noch von ihnen? Nach den Geschehnissen war er nutzlos für sie, und das war schließlich seine eigene Schuld. Sie konnten und würden ihm nicht helfen. Und schon gar nicht durften sie sich mit ihm sehen lassen. Sie mussten versuchen, ihn loszuwerden, bevor ihn jemand bemerkte. Aber wie?

Adam zog sich schnell an, ging zu seinem Koffer und entnahm der blauen Geldtasche ein paar Hundertdollarnoten. Dann schlich er leise die Treppe hinunter und schlüpfte lautlos durch eine der Terrassentüren.

Khenpalung schien zu schlafen. Adam schüttelte ihn leicht an der Schulter. Erschrocken fuhr der Bibliothekar auf und fing sofort an, wie ein kleines Kind zu jammern.

»Hör auf damit«, zischte Adam, »du weckst noch alle auf, und was dann passiert, kannst du dir sicher denken.«

Sofort war er still.

»Hier ist etwas Geld, und jetzt verschwinde. Lass dich nie wieder in unserer Nähe blicken.«

Gierig griff Khenpalung nach den Scheinen und verschwand ohne ein weiteres Wort aus dem Garten. Adam setzte sich auf einen der ungeordnet herumstehenden Stühle und wartete darauf, dass seine Anspannung nachließ. Schließlich ging er wieder hinauf in sein Zimmer, legte sich kurz aufs Bett und versuchte, seine Gedanken zu ordnen. Es war sicher das Beste, für einige Zeit aus Leh zu verschwinden. Sie konnten nach Srinagar fliegen oder nach Neu-Delhi, sich dort ein paar Wochen aufhalten, bis sich die Aufregung im Kloster gelegt hatte, und dann mit einem neuen Plan zurückkommen. Er würde versuchen, Fernando beim Frühstück von einer sofortigen Abreise zu überzeugen.

Aber wieso musste er ihn eigentlich davon überzeugen? Er konnte es doch einfach entscheiden. Er war es schließlich, der hier die Regie führte, so hatte es ihm der Erzbischof jedenfalls vermittelt. Und trotzdem fühlte er sich in Gegenwart dieses jungen Priesters unsicher. Lag es an dessen überheblichem Auftreten, das er noch bei keinem anderen jungen Menschen in seinem Alter erlebt hatte? Vielleicht. Aber da war noch mehr. Fernando schien ein Mensch zu sein, der keinen Gedanken an seine Mitmenschen verlor, ein Mensch ohne Empathie, dem Mitgefühl für andere völlig zu fehlen schien.

Adam erinnerte sich wieder an die Unterhaltung im Flugzeug, als er ihm erzählt hatte, dass seine Familie ihm nichts bedeute. Er konnte das nicht verstehen, er verehrte seine Mutter, eine einfache, sehr fromme Frau, die ihm durch Verzicht und viel Arbeit sein Studium ermöglicht hatte. Sein Vater war früh gestorben, und so musste sie allein für sich und ihren Sohn aufkommen. Sie hatte den Haushalt des Pfarrers eines Dorfes in der Nähe von Regensburg geführt, durch Näharbeiten den geringen Lohn aufgebessert und viele Opfer gebracht. Jeden Tag, wenn er von der Schule ins Pfarrhaus gekommen war und sein Mittagessen bekommen hatte, musste er anschließend seiner Mutter in Haus und Garten zur Hand gehen. Anschließend hatte der Pfarrer, ein freundlicher Mann, der ihm immer wohlgesonnen war, seine Hausaufgaben überwacht. Als er alt genug war, eine höhere Schule zu besuchen, sorgte der Pfarrer dafür, dass er auf die Klosterschule St. Athanasius gehen konnte. Er war fleißig, aufmerksam und bestrebt, die Erwartungen, die der Pfarrer in ihn gesetzt hatte, zu erfüllen.

Zwar hatte er nur wenige Freunde, aber man ließ ihn in Ruhe. Er war nie wie manch andere Schulkameraden irgendwelchen Repressalien ausgesetzt gewesen, vielleicht weil er so unauffällig war und sich niemals vordrängte.

Damals war sein Leben noch einfach gewesen, die Zweifel und die Kämpfe mit sich selbst waren erst später gekommen.

JERUSALEM

IN DEM EINZIGEN RAUM der École Biblique, in dem noch Licht brannte, saß Robert Fresson an seinem Schreibtisch und schob die Berichte, die er gerade gelesen hatte, zur Seite. Ihren Inhalt hatte er eh nicht wahrgenommen, denn es war ihm unmöglich, sich zu konzentrieren. Er nahm seine Brille ab und strich sich über die brennenden Lider. Seit acht Jahren arbeitete er hier mit einem kleinen Team an einem Papyrus aus der Qumran Höhle 7. Da die einzelnen Fragmente des Textes nur millimetergroß waren und damit zu klein, um ihr Alter auf physikalischem Weg zu bestimmen, versuchte man, anhand des Inhalts und der Schreibweise der altgriechischen Buchstaben herauszufinden, wie alt der Text war. Wenn der Papyrus vor der Zerstörung Jerusalems durch die Römer im Jahr 68 nach Christus in Qumran deponiert worden war, konnte man ihn tatsächlich Markus, einem Schüler von Petrus, zuschreiben. Dann wäre dieses Fragment der älteste Evangelien-Text überhaupt, denn die drei anderen Evangelien der Bibel waren erst hundertfünfzig und mehr Jahre nach Jesu Tod entstanden. Doch diese Streitfrage, die internationale Experten schon so lange beschäftigte, interessierte Robert Fresson im Moment herzlich wenig.

Seit er vor einigen Wochen John McKenzie getroffen und der ihm nach ein paar Whiskys leutselig von seinem Fund in Talpiot erzählt hatte, war er wie elektrisiert. Gerade als er das *American Colony* Hotel verlassen wollte, wo er sich mit einem Abgesandten aus dem Vatikan getroffen und ihm über die neuesten Ergebnisse seiner Arbeit berichtet hatte, war er John McKenzie in die Arme gelaufen.

Am liebsten wäre er ihm ausgewichen, denn er hatte keine Lust, über die alten Zeiten in München zu reden. Doch John hatte ihn dazu überredet, mit ihm ein Glas zu trinken. Im Nachhinein war das eine gute Entscheidung gewesen, die beste, die er seit Langem getroffen hatte! Wie frustriert er an dem Abend gewesen war, hatte John gar nicht bemerkt. Ganz erfüllt von Stolz und Freude über einen Fund, den er offenbar gerade erst gemacht hatte, konnte er gar nicht aufhören, darüber zu reden, dass solche Momente ihn für jede Anstrengung und für jede Enttäuschung entlohnten. Es war zunächst gar nicht Roberts Absicht gewesen, ihn auszuhorchen, denn eigentlich war ihm Johns Arbeit ziemlich egal. Aber John war nicht aufzuhalten gewesen und hatte mit jedem Glas Whisky mehr preisgegeben. Was für ein Idiot, dachte Robert, aber wenigstens ein nützlicher.

Nachdem er John, der nicht mehr fahren konnte, in seinem alten Range Rover an seinem Hotel abgeliefert und den Wagen geparkt hatte, nahm er sich ein Taxi in die École Biblique, und obwohl es schon sehr spät war, rief er den Abgesandten an und erzählte ihm von Johns Fund. Es musste sofort gehandelt werden, da bestand kein Zweifel. Sollte John McKenzies Vermutung richtig sein und es sich tatsächlich um Zeugnisse dafür handeln, dass Jesus Christus die Kreuzigung überlebt hatte, dann wäre das die denkbar größte Bedrohung für die Glaubenswelt. Wenn Jesus nicht am Kreuz gestorben war, hat er auch nicht die Sünden der Welt auf sich genommen und die Menschheit erlöst. Und er war nicht auferstanden von den Toten! Robert wagte gar nicht weiter zu denken.

Kaum war er sich der Tragweite dieser Erkenntnis bewusst geworden, reagierte sein Körper. Er bekam Herzrasen, sein Atem beschleunigte sich, ihm wurde schwindelig und übel zugleich.

In der zweitausendjährigen Geschichte der Kirche hatten

Ketzer und Häretiker immer wieder versucht, die Kirche zu diffamieren. Mit sogenannten logischen Schlussfolgerungen und der Darstellung des historischen Jesus, hatten sie versucht, die Gläubigen zu verunsichern. Es war ihnen nicht gelungen, weil es eben nur Theorien waren und weil die Kirche immer ihren Anspruch auf Verbreitung der einzigen Wahrheit über Jesus Christus durchsetzen konnte.

Doch jetzt sollte es einen konkreten Gegenbeweis geben? Etwas, das man nicht wegerklären konnte?

Schon am folgenden Tag waren Robert und der Abgesandte gemeinsam nach Rom geflogen, wo er sofort von Kardinal Montillac, dem Leiter der Päpstlichen Kommission für Christliche Archäologie, empfangen wurde. Die besonnene Art und der klare Verstand des Kardinals hatten ihn wieder etwas beruhigt. Was geschehen musste, war klar: Die Schriftrollen mussten sofort in die Hände der Kirche gelangen, ihre Echtheit musste geprüft und gegebenenfalls müssten sie unter Verschluss gebracht werden. Es musste um jeden Preis verhindert werden, dass diese Texte bekannt wurden.

»Was für eine Koinzidenz der Ereignisse«, hatte der Kardinal gesagt. »Seit einiger Zeit sind wir Schriften auf der Spur, die wir im fernen Kaschmir vermuten. Stellen Sie sich vor, sie sollen sogar von unserem Herrn Jesus Christus selbst verfasst worden sein.« Er lachte. »Natürlich ist das Unfug. Wie sollte das möglich sein? Aber wir müssen jedem Hinweis auf die angebliche Existenz solcher Zeugnisse nachgehen. Schon die Gerüchte würden eine Katastrophe heraufbeschwören, nicht wahr? Die Kirche davor zu schützen heißt, den Glauben zu schützen, und das hat oberste Priorität.«

Der Kardinal hatte Robert eine Weile prüfend angesehen. Dann hatte er weitergesprochen: »Ich habe Sie schon lange sprechen wollen, denn ich glaube, Sie können unserer Sache einen großen Dienst erweisen.«

Robert schaute ihn erstaunt an.

»Ich habe mich ein wenig über Sie informiert«, fuhr der Kardinal fort. »Sie haben an der Universität München Archäologie und am Priesterseminar des Herzoglichen Georgianum studiert, nicht wahr?« Dann schaute er auf ein vor ihm liegendes Blatt mit Notizen. »Warum eigentlich nicht in ihrer Heimat Frankreich oder in Rom?«

Robert räusperte sich. »Meine Mutter stammte aus München, und ich wollte mein Deutsch vervollkommnen.« Dann schaute er kurz aus dem Fenster und fügte hinzu: »Sie war damals gerade gestorben, und vielleicht wollte ich ihr auf diese Weise nahe sein.«

Im nächsten Moment ärgerte er sich, so viel hatte er gar nicht von sich preisgeben wollen.

»Aha.« Der Kardinal war unbeeindruckt. »Ich habe noch eine Frage, und ich hoffe, Ihnen damit nicht zu nahe zu treten. Was ist mit Ihren Händen? Warum tragen Sie diese Handschuhe?«

Nur sehr selten war Robert darauf so offen angesprochen worden. Die meisten Menschen, mit denen er es zu tun hatte, scheuten sich davor und ignorierten seine Handschuhe, hielten sie vielleicht für eine Marotte.

Die unverblümte Frage des Kardinals traf ihn unvorbereitet und er stotterte: »Meine Hände … ich …« Dann wurde sein Tonfall bitter. »Als Kind habe ich mir die Hände verbrannt, und weil sie nicht gleich richtig medizinisch versorgt wurden, sind sie heute schlecht vernarbt und verkrüppelt. Diesen Anblick möchte ich meinen Mitmenschen ersparen.« Einen Moment lang spürte Robert wieder diesen höllischen Schmerz und die tiefe Demütigung von damals.

»Das tut mir sehr leid«, sagte Montillac und machte eine kleine Pause. »Vielen Dank für die offene Antwort. Ich möchte immer so viel wie möglich über die Menschen wissen, mit denen ich es zu tun habe. Und ich hoffe, wir haben noch viel miteinander zu tun. Aber mein Vertrauen zu Ihnen ist die Grundlage unserer Zusammenarbeit.«

»Ich verstehe«, sagte Robert, und dachte: ›Aber Sie verstehen nicht, was es heißt, damit leben zu müssen, wenn man mal ein großes musikalisches Talent war und so leidenschaftlich gern Klavier gespielt hat wie ich.‹

Der Gedanke an den Verlust dieser Fähigkeit lähmte ihn für einen Moment.

»Wie ich höre, gab es neben John McKenzie in ihrem Freundeskreis weitere Studienkollegen, die es inzwischen zu einem gewissen Bekanntheitsgrad gebracht haben«, unterbrach Kardinal Montillac Roberts Gedanken. »Wir suchen einen Experten für alte orientalische Schriften. Haben Sie eine Empfehlung für mich?«

Kardinal Montillac wartete einen Moment darauf, dass Robert etwas sagte. Als dieser weiter schwieg, fuhr er fort: »Gut. Denken Sie darüber nach und lassen Sie es mich wissen. Was nun unser Problem in Jerusalem betrifft – bringen Sie mir die Schriftrollen aus Talpiot! Egal, was es kostet. Sie dürfen auf keinen Fall in die falschen Hände geraten.«

Mit diesem Auftrag flog Robert zurück. Der Kardinal hatte ausdrücklich gesagt, er solle sich nur auf das notwendige Handeln beschränken, das aber mit aller Konsequenz. Ihm war die Bedeutung seiner Aufgabe bewusst, und er würde mit aller Entschlossenheit vorgehen. Durch seine Arbeit im Heiligen Land hatte er genügend Kontakte zu Antiquitätenhändlern, zu anständigen und zu zwielichtigen, ja sogar zu skrupellosen. Es würde kein Problem sein, jemanden zu finden, den er für seine Aufgabe einspannen konnte.

Er schaute hinaus in die Nacht und erkannte die dunklen Umrisse der Bäume vor dem Portal, und plötzlich lächelte er. In der kommenden Woche würde er sowieso nach

Kalifornien reisen, um an einem Symposium in Santa Barbara teilzunehmen. Los Angeles war da nicht weit weg. Der Kardinal hatte ihn gebeten, einen Experten zu finden, und er wusste auch schon genau, wen er für diese Aufgabe gewinnen würde.

LEH, KASCHMIR

ES KLOPFTE AN DER Tür. »Adam, bist du wach?«
Er schaute auf die Uhr, es war 7.30 Uhr. Er musste noch mal eingeschlafen sein. »Ja, komm nur rein.«
Die Tür öffnete sich, aber Fernando steckte nur den Kopf herein.
»Buenos dias«, grinste er. »Ich gehe schon mal frühstücken. Wir sehen uns dann unten.«
Ohne eine Antwort abzuwarten, schloss er wieder die Tür.
Adam duschte, zog sich an und ging hinunter, aber Fernando hatte den Frühstücksraum offenbar schon verlassen. Er holte sich etwas Rührei und Toast vom Büfett und setzte sich an einen Tisch, von dem aus er hinaus in den Garten blicken konnte. Dort sah er Fernando zwischen den Blumenbeeten spazieren gehen. Schließlich nahm er in demselben Rattanstuhl Platz, in dem einige Stunden zuvor Khenpalung gesessen hatte. Zufall oder Absicht? Fernando schaute zu ihm herüber und gab ihm durch eine Handbewegung zu verstehen, dass er ihn gesehen hatte, blieb aber sitzen. ›Warum verhält sich dieser Bursche schon wieder so merkwürdig?‹, dachte Adam.
Nachdem er mit dem Essen fertig war, ging er mit einem Glas Orangensaft hinaus. Er hatte sich überlegt, Fernando ein Glas mitzunehmen, es dann aber gelassen, weil die Angst vor Ablehnung größer war als seine Fürsorge.
»Ein schöner Platz, nicht wahr?«, sagte Fernando.
Ohne darauf einzugehen, sagte Adam: »Ich habe mir überlegt, dass es das Beste ist, wenn wir für ein paar Wochen nach Srinagar oder vielleicht nach Neu-Delhi reisen. Bitte packe deinen Koffer. Ich möchte so bald wie möglich aufbrechen.«

»Warum? Ich sehe keine Notwendigkeit, Leh zu verlassen. Ich habe mir schon Gedanken über einen neuen Plan gemacht.«

»Das ist nicht deine Aufgabe. Ich entscheide, was zu tun ist«, unterbrach er Fernando heftiger als gewollt, was ihn ärgerte. Er wollte ihm nicht offenbaren, wie sehr er durch sein Verhalten irritiert wurde.

Ohne zu antworten, grinste Fernando ihn an und blieb sitzen.

»Ich werde jetzt die Hotelrechnung bezahlen und mich nach Flügen erkundigen. Wir sehen uns in einer Stunde in der Hotelhalle«, sagte Adam, drehte sich um und ging davon. ›Nicht mehr diskutieren, nur anordnen‹, versuchte er sich selbst zu bestärken. Doch er fühlte Fernandos belustigten Blick wie ein Messer im Rücken.

Er zahlte und buchte einen Flug um 12.30 Uhr, der sie in zwei Stunden nach Srinagar bringen würde. Ein wenig geografischer Abstand zum Ort der Geschehnisse des vergangenen Tages war sicher vernünftig. Er konnte sich dort in Ruhe überlegen, wie sie weiterverfahren sollten.

Um zehn betrat er die Lobby, ließ sein Gepäck aus seinem Zimmer holen, setzte sich in einen der Sessel mit pastellfarbenen Polstern in der Nähe des Ausgangs und wartete auf Fernando.

Nachdem er eine Viertelstunde in der Hotelhalle gewartet hatte, wurde Adam unruhig, ging zur Rezeption und bat darum, Fernando nochmals Bescheid zu geben. Ein junger Rezeptionist tat, wie ihm geheißen, doch es antwortete niemand. Eine junge Frau trat hinzu und sagte, sie habe gesehen, wie Fernando eine knappe Stunde zuvor ohne Gepäck das Hotel verlassen hatte. Sein Zimmer sei auch noch nicht geräumt.

Adam spürte Ärger in sich aufsteigen, wandte sich um und blieb mitten in der Lobby stehen. Was war nun wieder los?

Wo war Fernando? Was sollte er jetzt tun? Das Gefühl der Ohnmacht verwandelte sich in heftige Wut. Was hatte sich der Erzbischof dabei gedacht, ihm diesen unverschämten Kerl an die Seite zu stellen? Hatte er ihn überhaupt gut genug gekannt? Es konnte doch nicht in seinem Interesse liegen, die Mission durch die Eigenmächtigkeiten dieses … dieses Soziopathen zu gefährden.

Er atmete tief durch und versuchte, die Anspannung seines Körpers ein wenig zu lösen. Dann drehte er sich um, ging zurück zur Rezeption und ließ die Flüge stornieren. Ihre beiden Zimmer würden sie vorerst behalten müssen. Er nahm seinen Koffer und ging hinauf.

Etwa drei Stunden später kam Fernando zurück und meldete sich telefonisch bei ihm. »Ich habe ihn tatsächlich noch aufspüren können«, sagte er ohne Umschweife, kein Wort der Entschuldigung oder wenigstens eine Erklärung.

»Wen?«

»Khenpalung. Den du heute Morgen fortgejagt hast. Das war sehr unklug von dir. Muy malo. Du hast Glück, dass ich weiß, wo sich Typen seines Schlages herumtreiben.«

»Was soll das heißen? Ich halte es für sehr unklug, dass du dich offenbar mit ihm hast sehen lassen. Ich habe dir doch gesagt, dass wir vorsichtig sein müssen. Wir dürfen auf keinen Fall mit dem Mord an Lama Ishe Puntsok in Verbindung gebracht werden!«, schrie Adam in den Hörer.

Ohne Adams Aufregung zur Kenntnis zu nehmen, sagte Fernando: »Ich komme am besten zu dir, dann können wir alles Weitere besprechen. De acuerdo?« Zwei Minuten später stand er in Adams Hotelzimmer.

»Escucha! Wir wollen doch die Dokumente, oder nicht? Dann müssen wir auch mal ein kleines Risiko eingehen. Hör zu, was mir Khenpalung erzählt hat …«

Adam stand mit dem Rücken zu ihm am Fenster und reagierte nicht. Doch das störte Fernando nicht, er redete einfach weiter: »Also, bis ein neuer Lama gefunden ist, hat Songtsen, einer der Ältesten im Kloster, die Leitung übernommen. Er hat sofort nach Khenpalung suchen lassen und ihn in seinem Versteck aufgespürt. Nachdem der Bibliothekar ihm alles erzählt hatte ...«

»Ich habe es doch geahnt, er hat uns verraten. Das heißt, wir müssen sofort verschwinden!«, unterbrach ihn Adam.

»Por favor! Müssen wir nicht. Songtsen ist wesentlich vernünftiger als der alte Abt und hat kein Problem damit, uns die Schriften zu überlassen. Zu einem angemessenen Preis.«

Adam schaute Fernando ungläubig an. »Einfach so? Er setzt sich einfach so über das Gelübde der alten Lamas hinweg?«

»No sé.« Fernando zuckte die Achseln. »Aber er fühlt sich offenbar nicht daran gebunden, zumal er ja nicht der Abt ist und auch nie sein wird. Er will Geld. Um das baufällige Kloster zu sanieren, hat er gesagt. Über die Summe sollten wir allerdings noch mal mit ihm verhandeln.«

»Wieso? Um welche Summe handelt es sich denn?«

Fernando zog einen Briefumschlag hervor, den er offensichtlich schon geöffnet hatte. »Mira! Sieh selbst.«

Adam faltete den Briefbogen auseinander. In der Mitte stand nur eine Zahl: 5 000 000 Indian Rupies.

»Und wie viel ist das in westlicher Währung?«

»Etwa 90 000 Dollar. Ich denke aber, wir können ihn sicher auf die Hälfte herunterhandeln.«

»Soll das heißen, wir müssen noch einmal zurück?« Adams Stimme bekam einen schrillen Unterton. »Und wenn das nun eine Falle ist?«

Fernando lächelte. Mitleidig, wie es Adam schien. Er spürte wieder diesen ohnmächtigen Zorn in sich aufsteigen.

»No te preocupes! Keine Sorge. Es wäre Songtsen kaum recht, das Geschäft im Kloster abzuwickeln. Wir werden ein Gegenangebot machen, und Khenpalung wird es ihm überbringen. Dann sehen wir weiter.«

»Wir müssen erst mit dem Erzbischof sprechen«, wandte Adam ein.

»Das habe ich schon getan. Er ist sehr zufrieden mit der neuen Entwicklung und hat mir freien Handlungsspielraum gewährt«, sagte Fernando eher beiläufig.

Adam schnappte nach Luft.

»Dir? Wieso dir? Mir wurde die Leitung unserer Mission übertragen. Und wenn sich daran etwas ändert, dann soll man mir das persönlich sagen.«

Fernando zog spöttisch die Augenbrauen hoch, ging aber nicht auf Adams Äußerung ein.

»Ich schlage vor, wir bieten Songtsen die Hälfte des geforderten Betrages an und warten auf seine Reaktion.«

Er nahm einen Briefbogen aus der Mappe, die auf dem kleinen Tisch am Fenster für Hotelgäste bereitlag, und schrieb 2,5 Millionen darauf. Adam riss ihm das Papier aus der Hand.

»Auf dem Briefpapier mit Hotelanschrift? Bist du verrückt. Das kommt überhaupt nicht infrage. Er muss nicht wissen, wo wir sind.«

Fernando lachte auf.

»Das weiß er doch längst. Und warum sollte uns das beunruhigen? Wir sind doch Geschäftspartner, ihm kann nicht daran gelegen sein, dass wir Schwierigkeiten bekommen. Zumindest solange er das Geld noch nicht hat.«

Er nahm das Blatt wieder aus Adams Hand und strich es glatt, faltete es und steckte es in einen neuen Umschlag, den er sorgfältig zuklebte.

»Den gebe ich Khenpalung, und dann sehen wir weiter.«

JERUSALEM, TALPIOT

ALS MICHAEL AUFWACHTE, wusste er im ersten Moment nicht, wo er sich befand. Erst nach und nach erkannte er das Hotelzimmer im *American Colony,* das er gestern gemietet hatte. Dämmriges Licht schien durch einen Spalt der fast geschlossenen Vorhänge. Es war offenbar noch früh am Morgen. Er stand auf, ging an die Minibar und holte sich eine kleine Flasche Wasser. Gierig trank er sie leer, ging hinüber ans Fenster und schaute hinaus auf den begrünten Innenhof des Hotels, wo ein Gärtner mit einem Schlauch in der Hand damit beschäftigt war, die Pflanzen zu bewässern.

Was hatte er bloß geträumt? Schemenhafte Szenen tauchten vor seinem geistigen Auge auf. Er war in Berlin, hatte seine Mutter besucht … Sie war verärgert gewesen, weil er das Glas Whisky abgelehnt hatte, das sie ihm reichte … Und da war John, der ihm zuprostete und lachte.

›So ein Unsinn‹, dachte er. John hatte Michaels Mutter gar nicht gekannt. Sie war schon vor Jahren gestorben, und er hatte schon lange nicht mehr an sie gedacht. Wieso kam sie ihm gerade jetzt in den Sinn? Weil John ihn an sie erinnerte? Weil John offenbar genauso gerne ein Glas zu viel trank, wie sie es getan hatte? Hatte er gestern deshalb so empfindlich reagiert?

Er versuchte, die Erinnerung abzuschütteln, aber es gelang ihm nicht. Die Bilder seiner betrunkenen Mutter ließen sich nicht verscheuchen, auf dem Teppich vor dem Kamin, auf den Fliesen im Badezimmer, die Treppe hinaufstolpernd. Er dachte an den Tag, als sie ihn in München besucht und er deshalb vor ihrem Kommen alle alkoholischen Getränke aus der

Wohnung entfernt hatte. Sie waren essen gegangen, und er hatte ihr ein Glas Wein gestattet. Zuerst hatte sie sich darüber lustig gemacht, doch als sie wieder in seiner Wohnung waren, war sie wütend geworden, weil er keinen Cognac, keinen Whisky oder dergleichen hatte.

»Ich habe jeden Abend meinen Schlummertrunk! Daran hättest du wirklich denken können. Sei nicht kindisch und besorg mir was zu trinken. Irgendwo wirst du ja wohl was auftreiben können«, hatte sie trotzig gesagt. Aber er hatte sich geweigert, und sie hatte verkündet, dass sie unter diesen Umständen am nächsten Tag wieder abfahren würde. Er hatte sich erleichtert gefühlt.

Als sie am nächsten Tag, einem Sonntag, um elf immer noch nicht aufgestanden war, klopfte er an ihre Zimmertür und öffnete sie. Das Bild, das sich ihm bot, war so grotesk, dass er im ersten Moment auflachte. Seine Mutter saß wankend und offenbar betrunken im Bett, in einer Hand eine Zigarette, deren Glut bereits die Bettdecke an einer Stelle entzündet hatte, in der anderen ein Glas. Kleine weiße Federn schwebten vor ihrem Gesicht herum, die sie versuchte wegzupusten. Neben ihr auf dem Nachttisch standen weitere Gläser mit Wasser, dachte er jedenfalls. Er nahm ihr die Zigarette aus der Hand, drückte sie aus, griff nach dem erstbesten Glas und löschte damit die kleinen Flammen, die ein Loch in die Daunendecke gebrannt hatten. Dann zog er seine Mutter aus dem Bett und verfrachtete sie ins Badezimmer. Woher hatte sie den Alkohol?

»Da hassu aber Glück gehabt … wirklich, da hassu …«, lallte sie.

»Du meinst wohl, du hast Glück gehabt«, keuchte er und setzte sie auf den Toilettensitz. Er drehte die Dusche an und stellte seine Mutter so, wie sie war, in ihrem Nachthemd unter das kalte Wasser. Sie schrie auf und wollte sich losmachen, doch er hielt sie mit eisernem Griff fest. Schließlich drehte er das Wasser ab, zog sie aus der Dusche und gab ihr ein großes Handtuch. Sie sagte kein Wort mehr.

Er verließ das Badezimmer und ging an ihr Bett, das eigentlich seines war, aber er hatte es ihr überlassen und auf der Couch im angrenzenden Zimmer übernachtet. Er zog den Bettbezug vorsichtig ab, bemüht, keine weiteren Federn zu verstreuen, und verklebte das eingebrannte Loch mit mehreren Pflasterstreifen, bevor er die Gläser in die Küche trug. Erst da bemerkte er den Geruch der Flüssigkeit. Es war Spiritus, reiner Spiritus. Wie war sie daran gekommen? Er schaute unter der Spüle nach, und da stand die grüne Flasche, in der sich der Brennspiritus für das Fondue befunden hatte, das er wenige Tage zuvor mit Jenny für ihre gemeinsamen Freunde hier in seiner Wohnung zubereitet hatte. Sie war leer. Er konnte sich nicht daran erinnern, wie viel Spiritus sich noch darin befunden hatte, aber es war sicher genug, um einem Menschen, der ihn getrunken hatte, zu schaden.

Er stürzte zum Telefon, rief in der Notaufnahme des Krankenhauses Rechts der Isar an und berichtete von dem Vorfall. Der junge Arzt am anderen Ende reagierte gelassen und sagte, seine Mutter würde vermutlich nur einen schlimmen Kater bekommen und sie solle viel Wasser trinken. Wenn er jedoch Zweifel habe, könne er sie jederzeit in die Klink bringen. Er legte den Hörer auf und ließ sich in einen Sessel fallen. Aus dem Badezimmer kam noch immer kein Ton. Jetzt wurde ihm klar, was seine Mutter gemeint hatte, als sie sagte, er habe Glück gehabt. Er hatte offenbar das einzige Glas mit Wasser erwischt, als er den Brand löschen wollte. Die anderen drei enthielten höchst entzündlichen Spiritus.

Sie hatten nur noch das Notwendigste miteinander gesprochen. Einige Stunden später war seine Mutter nach Berlin zurückgeflogen. Danach hatte sie ihn nie wieder in München besucht, und auch er war höchstens noch zwei-, dreimal in Berlin gewesen. Das letzte Mal zu ihrer Beerdigung, aber da hatte er schon seine Professur in Princeton.

Nach dem Frühstück nahm Michael ein Taxi, das ihn zu einem Parkplatz oberhalb des Grabungsareals in Talpiot brachte, einem Neubaugebiet im Südosten Jerusalems. Schicke Wohntürme, Shopping-Malls und Restaurants prägten die Gartenvorstadt Jerusalems, die von Bauhaus-Architekt Richard Kaufmann schon in den Zwanzigerjahren des letzten Jahrhunderts gebaut worden war, doch erst in jüngster Zeit war sie rasant gewachsen.

Seit dem Bau der Mauer, die Israel vom Westjordanland trennt, war die Militärpräsenz nicht zu übersehen und störte das sonst so friedliche Bild des Stadtteils, in dem offensichtlich wohlhabende Menschen lebten. Auf einem kleinen Plateau in unmittelbarer Nachbarschaft der Wohnblocks traf er John und seine Truppe von etwa zwanzig Studenten. John saß auf einem Klappstuhl unter einem Sonnenschirm, vor ihm auf einem kleinen Tisch lag eine Generalstabskarte, auf der er offenbar etwas suchte.

»Guten Morgen.« Michael klappte einen der herumstehenden Stühle auf und setzte sich zu John. »Was suchst du denn? Kannst du auf der Karte überhaupt etwas erkennen, die ist ja total verschmutzt?«

»Schau dir das an. Siehst du das hier?« Er wies mit dem Finger auf ein markiertes Karree auf der Karte. »Das ist das Areal, in dem wir graben dürfen. Und wenn du dich jetzt umschaust, ist es ganz genau markiert. Oder sehe ich das falsch?« John schob seine Brille auf die Stirn und fixierte eine Felswand in einiger Entfernung.

»Das ist genau dieser Punkt.« Wieder tippte er mit dem Finger auf die Karte. »Hier dürfen wir nicht näher an die Häuser.

Und siehst du dort hinten die Olivenbäume? Das ist die östliche Begrenzung unseres Claims.«

Michael folgte Johns Fingerzeig mit den Augen. Er sah mehrere junge Leute im Sand knien oder hocken, die mit kleinen Schaufeln nach den verborgenen Schätzen suchten.

»Ja, und?«

»Ach, heute Morgen war so ein Wichtigtuer hier, der mir weismachen wollte, wir hätten die Grenzen verletzt und würden teilweise auf seinem Gebiet graben. Wir sollten ihm die Funde aushändigen und ... Komisch, ich kenn eigentlich alle Kollegen hier, aber den habe ich noch nie gesehen. Ist allerdings auch ein neues Gebiet, was er sich da ausgesucht hat. Das war bisher noch nicht als archäologisch interessante Stätte ausgewiesen. Na ja, ich werde später mal Hanan Mazar von der Antikenbehörde anrufen und mich erkundigen. Aber komm mit, jetzt zeige ich dir erst mal das Corpus Delicti.«

Sie gingen hinüber zu einer Baracke aus rohen Zementblocksteinen, deren Eisentür mit einem schweren Kettenschloss gesichert war. In dem dunklen Raum befanden sich ein Schreibtisch, auf dem ein Mikroskop stand, drei Stühle, ein offenbar kürzlich erst benutztes Feldbett und davor ein Ventilator. Licht fiel nur durch zwei kleine Fenster herein. Die Scheiben waren so blind, dass man nichts erkennen konnte, egal ob man von drinnen nach draußen oder von draußen nach drinnen schaute. Auf den Stühlen und dem staubigen Boden stapelten sich Kisten mit Papieren in heillosem Durcheinander.

John führte Michael durch die Tür an der gegenüberliegenden Wand in einen zweiten dunklen Raum, in dem ein großer alter Kühlschrank stand. Hinter der Baracke brummte ein Generator. John knipste das Licht an, eine nackte Glühbirne, die von der Decke hing, schloss die Tür und drehte den Schlüssel um. Hier waren viele flache Kisten mit bereits dokumentierten Artefakten aufeinandergestellt. An der Stirnwand sah Michael einen Leuchttisch, dessen Leuchtröhren John jetzt einschaltete. Aus dem Kühlschrank holte er eine offenbar schwere Holzkiste, auf deren Deckel der elegante Schriftzug *Veuve Cliquot* zu lesen war. Michael musste lächeln. Typisch John. Die Kiste hatte vermutlich einer seiner betuchteren Sponsoren anlässlich einer Feier seines letzten Grabungserfolges gestiftet. John hob offenbar immer noch alles auf und führte es einer neuen Verwendung zu.

Als John den Deckel abnahm, sah Michael, dass die Kiste voller Sand war. Mit den Händen grub John vorsichtig im trockenen Sand und brachte schließlich einen Plastikbehälter zum Vorschein, in dem die drei Schriftrollen auf einem Mulltuch lagerten.

»Besser konnte ich es hier nicht sichern«, sagte John und reichte ihm den Behälter. Vorsichtig trug Michael den kostbaren Fund hinüber zu einem Leuchttisch. Er zog sich seine mitgebrachten dünnen Gummihandschuhe an, bevor er eine der Rollen vorsichtig heraushob und auf den Glastisch legte. Sie war in altes, grob gewebtes Leinen gewickelt, das an den Schnittkanten ausgefranst war.

Ganz vorsichtig packte Michael die Rolle aus, die wirklich bemerkenswert gut erhalten schien. Er öffnete sie ein wenig, ohne das uralte Papyrus zu brechen, und schaute auf die Schriftzeichen.

»Das ist Aramäisch«, sagte Michael erstaunt. »Das ist ungewöhnlich, denn die meisten Papyri sind in Griechisch oder Hebräisch verfasst. Hast du eine Lupe?«

»Das ist es ja«, sagte John zustimmend, ging in den vorderen Raum und kramte offenbar in der Schreibtischschublade.

Er kam mit einer Handlupe zurück und reichte sie Michael. Der beugte sich über die alten Schriftzeichen und begann zu lesen. Schließlich zog er einen Stuhl heran und setzte sich.

Michael fing an zu übersetzen:

Am Abend rasteten wir unter den Olivenbäumen, nahe der Stadt Kafarnaum, und einer fragte: Aus welchem Land bist du zu uns gekommen? Wir haben nie von dir gehört und kennen deinen Namen nicht. Und der Meister antwortete: Ich stamme aus Galiläa wie ihr. Vor langer Zeit ging ich fort und lebte in dem Land, das man Sindh nennt. Doch nun bin ich zurückgekommen, weil ich vom Leid meiner Brüder und Schwestern hörte, das ihnen von den Römern und den Reichen unter den Kindern Israels, die mit ihnen gemeinsame Sache machen, zugefügt wird. Und dass sie sich deshalb von Gott abgewendet haben. Ich bin gekommen, um sie zurückzugeleiten auf den Weg, der zu ihm führt.

Das Ende dieses Textabschnitts war erreicht, und Michael scheute sich, das alte Schriftstück noch weiter auseinanderzurollen.

»Nimm die nächste Schriftrolle. Ich glaube, da wird es erst richtig interessant. Mein Aramäisch ist zwar nur rudimentär, aber lies mal!«, sagte John und reichte Michael eine weitere Schriftrolle.

Wieder entfernte dieser vorsichtig das grobe Leintuch, öffnete den alten Papyrus behutsam und begann zu lesen.

Es war im achten Monat nach der Kreuzigung, als ich dem Meister vor den Toren der Stadt Taxila wieder begegnete. Von hier zogen wir gemeinsam mit der Karawane gen Osten in das Land, das man Sindh nennt, aus dem er gekommen war, und daselbst gab er mir den Auftrag, alles aufzuschreiben, was uns widerfahren war.

Vorsichtig rollte er auch diesen Papyrus wieder zusammen, wickelte die Kostbarkeiten in den Stoff, legte sie zuerst in den Plastikbehälter, dann in die Champagnerkiste und bedeckte sie zuletzt mit dem trockenen Sand.

»Verstehst du jetzt, warum ich so vorsichtig bin und erst einmal niemandem davon erzählt habe?«, fragte John.

Michael sah sich in der Baracke um.

»Hier kann ich nicht arbeiten. Wir müssen herausfinden, wie alt diese Schriften sind, wer sie geschrieben hat und um wen es hier geht. Ich würde mich am liebsten sofort damit befassen, aber ich habe Sorge, dass ich die Papyri beschädige, sobald ich sie weiter auseinanderrolle. Auf jeden Fall müssen sie datiert werden, das wäre erst mal das Wichtigste.«

»Du weißt, ich bin letzten Endes verpflichtet, den Fund der Antikenbehörde zu melden. Wir sollten uns also beeilen.«

»Meinst du, wir könnten das vielleicht doch noch ein bisschen hinauszögern? Du hast mich richtig neugierig gemacht …«, er dachte einen Moment nach, »… und ich weiß auch schon, wer uns weiterhelfen kann«, sagte Michael.

»Wen meinst du?«, fragte John.

»Ich denke an Gershom, meinen Freund in Haifa.«

»Der Forensiker? Gute Idee, der sollte dir die passenden Bedingungen ermöglichen können«, sagte John und wuchtete die schwere Kiste wieder hinüber zum Kühlschrank. Er öffnete die Tür und stellte sie hinein.

»Was hältst du davon, wenn ich zwei Rollen der Antikenbehörde übergebe und wir eine zurückbehalten, die du dir dann genauer anschauen kannst?«

»Gute Idee, aber wir müssen uns die aussuchen, in der eindeutig von Jesus' Leben nach der Kreuzigung die Rede ist.«

Sie gingen zurück in den vorderen Raum.

»Willst du mal einen Blick auf die Tonscherben werfen?«, fragte John und gab Michael einen kleinen Karton mit einigen Bruchstücken aus brauner Keramik.

Er schaltete das helle Licht des Mikroskops ein, justierte eines der Objektive und säuberte die Linse mit einem Spezialreiniger, den er in der Tischschublade fand. Dann legte er eine Scherbe mit kleinen, kaum lesbaren Schriftzeichen auf den Objekttisch und forderte Michael auf, sie sich genauer anzuschauen.

Michael setzte sich vor das Mikroskop und blickte hindurch. Er schob das Objekt vorsichtig hin und her, drehte es um und betrachtete die Rückseite.

»Es hat wirklich alle Merkmale der Keramik aus dem frühen ersten Jahrhundert nach Christi Geburt. Genaueres lässt sich erst im Labor feststellen.«

Er drehte die Scherbe wieder um.

»Ich kann nur drei Worte entziffern:

Meister, Botschaft, Osten

Das lässt zu viel Raum für alle möglichen Deutungen. Wir brauchen mehr Teile dieses Gefäßes, um den Text genauer zuzuordnen.«

Michael streifte die Gummihandschuhe ab und warf sie in einen Papierkorb. Es klopfte an der verschlossenen Tür, und die Klinke wurde heruntergedrückt: »Professor McKenzie? John, sind Sie da drin?«

Die Stimme hatte einen unverkennbar französischen Akzent.

»Darf ich Sie stören? Es ist wichtig.«

»Einen Moment, ich komme gleich.«

Eilig legte John die Scherbe wieder an ihren Platz und schloss dann die Tür auf.

»Ah, Jacques, was gibt's?«

Jacques, einer der französischen Studenten, der schon länger zu Johns Team gehörte, schaute die beiden Männer irritiert an.

»Oh, das ist ein Freund aus den USA, Professor Torres«, erklärte John.

Das Gesicht des jungen Mannes hellte sich auf.
»Freut mich sehr, Sie kennenzulernen. Ich habe einige Ihrer Veröffentlichungen gelesen. Wollen Sie uns bei der Zuordnung unserer Funde helfen?«

Michael schüttelte ihm die Hand.

»Nein, ich bin nur auf einen kurzen Besuch hier.«

»Schade, wir könnten Verstärkung gebrauchen.« Er wandte sich an John. »Ich habe Sie vorhin mit einem Mann sprechen sehen. Er schien ziemlich erregt zu sein.«

»Ja. Und?«

»Derselbe Mann war gestern Nachmittag schon mal hier und verlangte, Sie zu sprechen. Ich sagte ihm, dass Sie erst heute wieder da sein würden. Aber er ging nicht gleich, sondern schien irgendetwas zu suchen.«

»Sind Sie sicher? Was hat er denn gesucht? Wir haben doch nichts versteckt.«

John schlug dem jungen Mann lachend auf die Schulter. Jacques schaute erst Michael, dann John an und zuckte die Schultern.

»Ich weiß es nicht. Es kam mir nur sehr sonderbar vor. Aber noch merkwürdiger war, dass ich ihn gegen Abend noch mal gesehen habe, als alle gegangen waren und nur Matthew, der Neue, noch hier war. Die beiden konnten mich nicht sehen, weil ich hinter der Hütte stand und gerade den Generator überprüfte. Sie schienen sich zu streiten.«

John blickte zu den Grabungsstätten einige Meter unterhalb des Parkplatzes, wo gerade einige Studenten eifrig Sand durch ein Sieb schütteten und gebannt auf das Ergebnis schauten. Er arbeitete gerne mit diesen jungen Menschen. Einige von ihnen hatten schon in den vergangenen Jahren in ihren Semesterferien mit ihm gearbeitet, andere verstärkten zum ersten Mal das Team. Er war froh darüber, dass sie alle gut miteinander auskamen. Damit weder Neid noch Eifersucht aufkamen, war er immer darauf bedacht, seine Aufmerksamkeit gerecht zu verteilen.

Jacques folgte seinem Blick.

»Sehen Sie Matthew? Er steht dort drüben und redet gerade mit Ellen.«

Die beiden Männer schauten hinüber zu dem von einem Sonnensegel überdachten Areal, wo etwa fünf Studenten an einem großen Tisch saßen und die Funde dokumentierten. Ein hochgewachsener, blonder junger Mann, der etwas älter zu sein schien als die anderen, redete erregt auf Ellen ein, die sich aber offenbar nicht durch das wilde Gestikulieren beeindrucken ließ.

›Typisch Ellen‹, dachte John. Sie kann wirklich nichts aus der Ruhe bringen. »Also gestern Abend sah ich, wie Matthew mit diesem Fremden redete, und irgendwie hatte ich das Gefühl, dass die sich kennen.«

»Na, dann fragen wir ihn doch einfach mal«, sagte John.

Die drei Männer gingen auf Ellen und Matthew zu. Es war stürmisch an diesem Morgen, und der Wind trieb kleine Staubwolken vor sich her. Als sie die beiden erreichten, sagte Matthew gerade aufgebracht: »Dann eben nicht!«, drehte sich um und stieß fast mit John zusammen.

»Was eben nicht?«, fragte John.

»Matthew will heute schon wieder den Nachmittag freihaben. Das ist das dritte Mal in dieser Woche. Ich sagte ihm, dass er hier einen Job hat und nicht im Urlaub ist«, antwortete Ellen, während Matthew rot anlief.

»Ich wollte … ich dachte ja nur …«, stotterte er.

John schaute wieder hinüber zu den anderen und sagte: »Du kannst jederzeit aufhören, bei uns zu arbeiten. Wir haben genügend Anfragen von Studenten, die sich freuen würden, hier mitzumachen. Also überleg dir gut, was du willst.«

»Hierbleiben! Natürlich will ich weiter mitarbeiten. Ich wollte nur …«

»Na dann, geh rüber zu den anderen und mach dich nützlich. Warte, einen Moment, ich habe noch eine Frage. Wer war der Mann, mit dem du dich gestern Abend unterhalten hast?«

Matthew warf Jacques einen finsteren Blick zu.

»Niemand … Ich kannte ihn überhaupt nicht. Er … er hat mich nur nach dem Weg gefragt«, stotterte er, drehte sich um und machte sich davon.

»Das kann nicht stimmen«, sagte Jaques. »Sie haben mindestens fünf Minuten miteinander geredet und schienen sich zu streiten.«

»Pass ein bisschen auf ihn auf. Ich werde auch die Augen offen halten, okay? Jetzt muss ich aber erst mal Michael und Ellen miteinander bekannt machen.«

Jaques entfernte sich und ging wieder zu den anderen. John wandte sich an Ellen: »Also, Ellen, das ist Michael Torres. Ich hatte dir ja schon gesagt, dass er kommen würde. Michael, das ist Ellen Robertson. Sie ist meine rechte Hand und meine beste Freundin. Ohne sie würde hier nichts funktionieren. Schon seit Jahren ist sie für mich unverzichtbar, und ohne sie hätte ich dieses neue Projekt gar nicht angefangen.« Er legte Ellen die Hand auf die Schulter. »Sie teilt meine Begeisterung für die Arbeit, auch wenn wir oft nur Bedeutungsloses zutage fördern. Ellen verliert Gott sei Dank nie ihre positive Einstellung!« Michael wunderte sich über Johns Lobeshymne und dachte, dass John wohl ein bisschen mehr als nur kollegiale Freundschaft für sie empfand.

Ellen wischte verlegen ihre Hand an ihrer olivgrünen Cargohose ab, deren Taschen mit verschiedenen Utensilien vollgestopft waren, reichte sie Michael und strahlte ihn an.

»Toll, dass ich Sie endlich kennenlerne. John hat mir schon viel von Ihnen erzählt.«

»Und vice versa«, sagte Michael, schüttelte ihr die Hand, die sich rau und kräftig anfühlte, und schaute in ihr hübsches, sonnengebräuntes Gesicht, in dem er keine Spur von Makeup entdecken konnte. Unter ihrem ausgefransten Strohhut trug sie seitlich einen dicken blonden Zopf, aus dem sich einige Strähnen gelöst hatten.
»Ich freue mich auf die Zusammenarbeit. Wie lange werden Sie bleiben?«
»Ich denke, etwa drei Wochen«, antwortete Michael.
»Wir werden sehen«, mischte sich John ein. »Ich hoffe, Michael dazu überreden zu können, noch länger zu bleiben. Und wollen wir die Förmlichkeiten nicht lassen? Zu unserer Arbeit passen sie einfach nicht.«
»Ist mir recht«, sagte Ellen. »Also dann komm, Michael, ich zeige dir mal das Areal und erkläre dir, was wir wo ausgegraben haben.«

Während John zurück zu seinem Arbeitstisch unter dem Sonnenschirm ging, liefen Ellen und Michael an einer Zypressenhecke entlang zur südlichen Ecke der Felswand. Erst beim Näherkommen entdeckte Michael die Grabhöhlen, deren Eingänge etwa drei Meter über dem Boden hinter Gestrüpp versteckt und kaum auszumachen waren.

Ellen deutete hinauf. »Vor einigen Jahren hat man hier in diesen Grabkammern mehrere Ossuare gefunden, in denen jeweils die Knochen von bis zu drei Menschen beigesetzt waren, vorwiegend alte Menschen, aber auch Kinder. Man geht davon aus, dass diese Kammern jeweils einer Familie gehört haben. Du weißt sicher, dass diese Form der Bestattung nur etwa von 30 vor bis 70 nach Christus üblich war, vor allem in Jerusalem, aber auch in Jericho.«

»Ja, John hat mir gestern schon davon erzählt«, sagte Michael.

»Dann hat John dir sicher auch erzählt, dass darunter auch

Fußknochen waren, durch die ganz offenbar ein Kreuzigungsnagel getrieben wurde, deren Perforation aber nach der Entfernung des Nagels wieder verheilt war.«

Ellen schaute ihn gespannt an und wartete auf seine Reaktion, doch er nickte nur, statt irgendetwas zu erwidern.

»Wir können also davon ausgehen, dass die Familien ihre Toten nach der Kreuzigung tatsächlich bestatten durften«, fuhr sie fort. »Es gibt ja auch Theorien, die davon ausgehen, dass die Hingerichteten in Massengräbern verscharrt wurden.«

»Ja, darüber habe ich gelesen. Weißt du, ob die vor Kurzem gefundenen Fersenknochen, deren Perforationen verheilt sind, in der archäologischen Sammlung des Israel Museum liegen? Ich will sie mir unbedingt mal ansehen.«

»Ja, sie sind zwar nicht im öffentlichen Display, aber Hanan oder: Mazar von der Antikenbehörde, der die Genehmigung zur Besichtigung von Funden, die im Archiv lagern, erteilt, ist ein Freund von John. Er wird sie dir sicher zeigen. Wenn du nichts dagegen hast, komme ich mit. Ich muss einfach mal wieder unter zivilisierte Menschen.«

Während ihres Gesprächs hatte Michael die verstohlenen Blicke Matthews bemerkt, der nicht weit von ihnen entfernt an einem der Gräben hockte. Jetzt stand er auf und kam auf sie zu.

»Ich habe gerade mitgekriegt, worüber ihr gesprochen habt.«

›Na klar, weil du wieder mal gelauscht hast‹, dachte Ellen.

»Ich würde gern mitfahren und mir das Museum anschauen. Alle anderen haben es schon besucht, aber ich bin ja erst seit Kurzem dabei und habe noch nicht viel gesehen. Diese Fußknochen interessieren mich besonders.«

»Besprich das mit John beziehungsweise mit Michael. Wenn sie nichts dagegen haben, dann von mir aus«, sagte Ellen kurz angebunden,»nur bedeutet das nicht, dass du dir dafür wieder den ganzen Tag freinehmen kannst.«

»Also wenn John einverstanden ist, kann Matthew mitkommen. So viel Eifer muss doch belohnt werden«, grinste Michael.

Die Ironie schien Matthew entgangen zu sein, stattdessen blickte er Ellen mit einem Gesichtsausdruck an, der Bände sprach: Überraschung, Freude, Triumph. Aber da war noch etwas anderes, etwas, das ihn zu beunruhigen schien, wie Michael feststellte. ›Man sollte ihn im Auge behalten‹, dachte er, ›irgendetwas stimmt nicht mit diesem Jungen.‹

Der Tag verging, während sich Michael mit Schaufel, Pinsel und Kamera in den Gräben nützlich machte. Es waren vorwiegend ganz einfache Keramikstücke ohne Muster oder Farben, die sie zutage förderten. Es würde schwer sein, sie zu bestimmen. Vermutlich handelte es sich um einfaches Kochgeschirr, nichts von besonderer Bedeutung. Die interessanten Stücke waren allesamt vor seiner Ankunft gefunden worden.

Am späten Nachmittag setzte er sich mit John und einigen Studenten unter einen Feigenbaum in den Schatten und erklärte ihnen die Unterschiede zwischen der aramäischen und der hebräischen Schrift, dass jedoch beide, ebenso wie die arabische, aus der phönizischen Schrift entstanden sind.

»Alle vier bestehen nur aus Konsonanten und werden von rechts nach links gelesen. In der Antike wurde im gesamten vorderasiatischen Raum, sogar bis nach Indien, unter anderem auch Aramäisch gesprochen. Interessanterweise geht sogar die altindische Kharoshthi-Schrift, die im Norden des Landes verwendet wurde, auf die aramäische zurück. Manche Theorien gehen davon aus, dass sich sogar die Brahmi-Schrift, von der die heutigen indischen Schriften abstammen, nach ihrem Vorbild entwickelt hat. Aber das führt nun zu weit. Ich wollte euch nur klarmachen, wie weit Aramäisch, in Schrift und Sprache, im Altertum verbreitet war.«

»Sind nicht auch Teile des Alten Testaments in Aramäisch verfasst worden?«, fragte Matthew.

›Sieh mal an, was der Junge alles weiß‹, dachte John und überließ es Michael zu antworten.

»Ganz recht, der Großteil ist allerdings in Althebräisch niedergeschrieben worden. Nach der Zerstörung des Tempels durch Nebukadnezar 586 vor Christus, wurden die Juden ins babylonische Exil geführt. Während der folgenden vierzig Jahre übernahmen sie, die ja eigentlich althebräisch sprachen, die aramäische Sprache, die in Babylonien gesprochen wurde. Die Bücher der Bibel, die während dieser Zeit und auch noch eine Weile danach entstanden, wurden in Aramäisch verfasst.«

»Hat nicht auch Jesus Aramäisch gesprochen?«

»Ja, das hat er, und seine Jünger übrigens auch. Sie stammten aus Galiläa, wo das Aramäische noch lange beibehalten wurde. Nur in Judäa und in Jerusalem sprach und schrieb man Hebräisch. In den Tempeln wurde die Liturgie allerdings überall in Hebräisch gesprochen.«

»Ist es da nicht merkwürdig, dass die Schrift auf den Tonscherben, die wir hier gefunden haben, aramäisch ist?«

»Sehr gut erkannt, Matthew!«, staunte Michael. »Hast du alte Schriften studiert?«

»Eigentlich nicht. Ich habe nur mal ein paar Kurse belegt. Je mehr Schriften man kennt, umso einfacher ist die Zuordnung, wenn man das Glück hat, schriftliche Zeugnisse der Vergangenheit zu finden. Aber was halten Sie denn davon, dass wir hier in Jerusalem Tonscherben mit aramäischer Schrift gefunden haben?«

»Das kann viele Gründe haben. Wir müssen erst mal die C14-Datierung abwarten«, antwortete Michael und stand auf. »So, ich fahre jetzt zurück in die Stadt. Wir sehen uns morgen.«

Sie liefen zum Parkplatz hinauf, zu Johns altem Jeep, und John berichtete von einem Telefonat mir Hanan Mazar, dem Leiter des Departement of Antiquities. Er hatte ihn aus einer Besprechung herausgeholt und demzufolge nur kurz mit ihm gesprochen. In den nächsten Tagen wollten sie sich im Museum treffen.

»Gut. Wir brauchen noch etwas Zeit. Ich habe mir noch ein paar Gedanken gemacht«, meinte Michael. »Vielleicht ist es besser, wenn du ihm noch nichts Genaueres sagst und wir noch ein paar Tage damit warten. Dann können wir uns alle drei Schriften genauer anschauen, bevor du sie ihm übergibst.«

»Zu spät, ich habe leider schon erwähnt, dass ich *Schriftrollen* gefunden habe.«

Michael war verärgert, sie hätten sich wirklich besser absprechen sollen.

»Aber du hast ihm nicht gesagt, um wie viele es sich handelt.«

»Ich habe von nur von *Rollen* gesprochen.«

»Das heißt, wir könnten eine Rolle behalten und müssen uns sehr bald entscheiden, welche das sein soll.« Michael dachte kurz nach. »Wie wäre es, wenn ich die zweite Rolle mitnehme, die wir heute Morgen geöffnet haben. In dem Text wird erwähnt, dass der Verfasser Jesus *nach* der Kreuzigung begegnete. Denn das ist ja wohl der springende Punkt. Die anderen beiden könntest du dann der Antikenbehörde übergeben.«

»Okay. Heißt das, du willst morgen schon nach Haifa fahren?«

»Morgen noch nicht. Ich habe vor, morgen früh mit Ellen und eventuell Matthew, das heißt, wenn du nichts dagegen hast, ins Israel Museum zu gehen und mir mal diese Fußknochen anzusehen.«

»Okay, ich melde euch an, damit ihr ins Archiv kommt. Und ich werde mich dann in den nächsten Tagen mit Hanan treffen.«

Sie machten kehrt und gingen zurück zur Baracke, ohne Matthew, der an einem Olivenbaum lehnte und sie beobachtete, zu bemerken.

Kaum waren die beiden Männer in der Baracke verschwunden, ging Matthew hinauf zum Parkplatz. Er war der einzige der Studenten, der mit einem eigenen Wagen nach Talpiot kam. Die anderen hatten das Areal schon mit dem Pendelbus verlassen. Auch Jaques, der manchmal hier oben in der Baracke übernachtete. Er zog sein Mobiltelefon hervor und wählte eine lokale Telefonnummer. Nach mehrmaligem Klingeln wurde der Anruf entgegengenommen.

»Wir müssen uns sehen. Morgen Mittag im Coffeeshop in der Hillel Street.«

Ohne eine Antwort abzuwarten, unterbrach Matthew die Verbindung, steckte das Handy wieder in seine Tasche und stieg in seinen Mietwagen. Er fuhr in die Stadt und parkte das Auto in einer Nebenstraße in der Nähe ihres Quartiers.

Michael hatte mit Ellen und Matthew ausgemacht, sich gegen neun Uhr vor der Archäologischen Sammlung auf dem Museums-Campus, einem riesigen, modernistischen Gebäudekomplex aus Stahl, Glas und Beton in unmittelbarer der Nähe der Knesset, zu treffen. Obwohl es noch früh am Tag war, strahlten die hellgrauen Steinplatten, auf denen er lief, die Wärme der Sonne ab. Vor der großen gläsernen Eingangstür lärmte eine Schulklasse mit Zwölfjährigen, deren junger Lehrer ihnen offenbar Verhaltensmaßregeln für ihr Benehmen im Museum zu vermitteln suchte – jedenfalls glaubte Michael das, denn er verstand nur wenig modernes Hebräisch. Er schaute sich um und entdeckte Ellen in der Eingangshalle.

»Guten Morgen. Ich bin schon mal reingegangen«, sagte sie, als er zu ihr trat. »Hier drinnen ist es kühler.«

»Wo ist denn Matthew?«, fragte Michael.

»Ich habe ihn noch nicht gesehen«, sagte Ellen.

Eine junge Frau in einem dunkelblauen Kostüm trat zu ihnen. Sie trug die Haare in einem strengen Knoten am Hinterkopf und hatte ein gelbes Halstuch umgebunden. Ihr Outfit erinnerte Michael an die adrette Uniform der Stewardessen der Lufthansa.

»Sie müssen Dr. Robertson und Professor Torres sein. Ich bin Hannah Silberberg«, stellte sie sich vor. »Dr. Mazar hat mich beauftragt, sie ins Archiv der Archäologischen Sammlung zu begleiten. Sind wir vollzählig? Ich dachte, Sie sind zu dritt ...«

In diesem Moment wurde die Glastür aufgerissen und Matthew stürzte herein. »Entschuldigung, tut mir leid, dass ich zu spät dran bin. Ich musste erst einen Parkplatz finden«, stieß er atemlos hervor.

Michael bemerkte, dass Ellen Matthew missbilligend ansah und einen entsprechenden Kommentar nur schwer zurückhalten konnte. ›Er muss ihre Nerven schon ganz schön strapaziert haben‹, dachte er und lächelte bedauernd.

»Und Sie sind Matthew Cohen?«, fragte Hannah Silberberg.

»Ja, ja, der bin ich«, sagte Matthew.

»Na, dann können wir ja nach unten gehen.«

Sie liefen eilig durch die großzügig gestalteten Ausstellungsräume, die durch indirekte Beleuchtung in helles, aber angenehmes Licht getaucht waren. Sie gingen vorbei an den Vitrinen mit Tongefäßen, Schmuck und Gerätschaften, bis sie zu einem Aufzug kamen, wo Hannah Silberberg auf den Knopf drückte. Die Türen öffneten sich im Zeitlupentempo, sie traten hinein, und die Hydraulik des Aufzugs beförderte sie ganz langsam nach unten. Die Tür öffnete sich, und sie kamen in einen großen Lagerraum, der sie mit gleißendem Neonlicht empfing. Hier stapelten sich Hunderte von Kisten in verschiedenen Größen, und an den Wänden lehnten von dicken Holzrahmen geschützte Stelen und Schrifttafeln. Weit und breit war keine Menschenseele zu sehen.

»Wir haben mehrere Hunderttausend Exponate, von denen allerdings nur ein Teil ausgestellt ist«, sagte Hannah Silberberg. »Das meiste wird hier unten im Archiv aufbewahrt beziehungsweise noch von unseren Wissenschaftlern genau untersucht.«

Sie durchquerten den rechteckigen Raum und gelangten in einen zweiten, kleineren Raum, und auch der war mit hellem Neonlicht ausgeleuchtet. In der Mitte standen mehrere Tische, unter deren Glasplatten unterschiedliche Artefakte und Knochen lagen, die offenbar von den Mitarbeitern des Museums begutachtet wurden.

»Dort drüben sitzt Dr. Avram Kollek«, sagte Hannah Silberberg und deutete auf einen beleibten Mann mit struppigem, grau-schwarzem Haar und einer dunklen Hornbrille. »Er ist unser Chef-Anthropologe.«

Als sie seinen Schreibtisch erreichten, stand Avram Kollek auf und überragte Michael um einen halben Kopf.

»Hanan hat Sie schon angekündigt«, sagte er freundlich, und seine große Hand ergriff zur Begrüßung nacheinander die Hände der Besucher.

»Woran arbeiten Sie denn gerade?«, fragte Matthew neugierig und versuchte, an der massigen Gestalt des Anthropologen vorbei einen Blick auf dessen Schreibtisch zu werfen.

»Och, an nichts Aufregendem. Wir haben einige Funde aus Cäsarea bekommen, denen wir uns gerade widmen«, antwortete Kollek vage. »Aber soviel ich weiß, möchten Sie die perforierten Fußknochen sehen, die in den Ossuaren von Talpiot gefunden wurden. Es gibt zwei verschiedene Exemplare.«

Er streckte den linken Arm aus, wies zu den Glastischen

und geleitete seine Gäste hinüber. Von einem Tischkasten war die Glasplatte entfernt worden, und darin lagen zwei Knochenstücke. Avram Kollek nahm eines heraus und hielt es hoch.

»Wie Sie sehen, steckt in diesem Fersenknochen noch ein etwa elf Zentimeter langer Eisennagel.« Er drehte den Knochen um. Der rostige Eisennagel führte durch den Knochen, und seine auf der anderen Seite herausragende Spitze war rechtwinklig gekrümmt. Avram Kollek wies mit dem Finger auf ein paar anhaftende Holzsplitter. »Und hier sehen Sie sogar noch die Reste eines Olivenstammes, der offenbar Teil des Kreuzes war. Dieser Fund war eine Sensation. Bis dahin – das war 1968 – hatte es keine archäologischen Funde von Gekreuzigten gegeben. Man weiß nur aus Aufzeichnungen, dass die Hingerichteten eigentlich nicht bestattet werden durften, ihre Leichen endeten zumeist in Massengräbern. Auch die Kreuze blieben nicht stehen – Holz war ein rares Gut und wurde so häufig wie möglich recycelt. Und diese Nägel blieben schon mal gar nicht übrig. Sie waren sehr kostbar, denn sie galten als heilende Gegenstände für allerlei Krankheiten.« Vorsichtig legte er den Knochen wieder an seinen Platz. »Normalerweise befindet der sich oben in der Ausstellung. Ich habe ihn nur herunterbringen lassen, damit Sie einen Vergleich haben und unsere Theorie deutlicher wird.« Er räusperte sich. »Dieses Exemplar jedoch«, behutsam nahm er den anderen Knochen in die Hand und zeigte ihn Michael, Ellen und Matthew, »dieses Exemplar wurde erst Mitte der Neunzigerjahre gefunden und hat keinen durchgetriebenen Nagel. Wenn Sie jedoch die beiden Knochen vergleichen, sehen Sie, dass dieser an der gleichen Stelle eine Perforation, aber eine wesentlich kleinere aufweist. Warum ist das so?« Er schaute gespannt in die Gesichter der drei, sprach aber sofort weiter. »Sehen Sie, hier hat der Knochen Kallus gebildet, um das Loch wieder zu schließen.«

Er gab Michael den Knochen in die Hand, damit er ihn genauer untersuchen konnte. Auch Ellen und Matthew nahmen ihn nacheinander in die Hand.

Avram Kollek fuhr fort: »Das bedeutet, dass wahrscheinlich auch durch diesen Fersenknochen einmal ein Nagel getrieben wurde. Auch dieser Mensch ist wahrscheinlich gekreuzigt worden. Und wenn dem so gewesen ist, hat er die Kreuzigung überlebt, denn eine Knochenheilung kann nur in einem lebenden Körper stattfinden.«

»Das ist ja der Wahnsinn«, sagte Matthew. »Warum weiß man darüber nichts? Ich habe jedenfalls noch nie etwas davon gehört. Das könnte doch bedeuten, dass auch andere die Kreuzigung überlebt haben, Jesus zum Beispiel.« Er kratzte sich am Kopf. »Mann, das wäre ja …«

»Ganz genau«, sagte Avram Kollek. »Es ist noch verfrüht, unsere Theorie zu veröffentlichen, außerdem gäbe das nur Stoff für Spekulationen. Wir haben noch keine Beweise.«

»Aber …«, versuchte es Matthew erneut.

Avram Kollek unterbrach ihn jedoch sofort: »Es ist eben nur eine Theorie, denn der Mann, dem dieser Fußknochen einmal gehörte, kann sich ebenso gut auf andere Weise verletzt haben. Wir wissen es nicht mit Sicherheit.«

»So ist es«, sagte Michael und reichte Avram Kollek die Hand. »Dr. Kollek, haben Sie vielen Dank für Ihre Ausführungen und dafür, dass Sie sich überhaupt Zeit für uns genommen haben.«

»Sie und Dr. Robertson sind jederzeit herzlich willkommen. Und auch wenn der junge Kollege noch Fragen hat, kann er sich bei mir melden.«

Hannah Silberberg, die sich in der Zwischenzeit mit einem von Kolleks Mitarbeitern unterhalten hatte, führte die drei wieder nach oben und verabschiedete sich von ihnen.

»Ich möchte noch durch das Museum gehen, ich war ja

noch nie hier«, sagte Matthew zu Ellen. »Ich bin spätestens um zwei in Talpiot. Versprochen.«

Ellen tauschte einen Blick mit Michael, der fast unmerklich nickte, und sagte dann: »Na gut. Also bis zwei.«

Ellen und Michael stiegen in Johns Jeep, mit dem Ellen gekommen war, und fuhren davon.

Matthew hielt sich nur noch kurz im Museum auf. Dann lief er zu seinem Auto und fuhr in die Hillel Street. Er musste nicht lange warten, bevor der Mann, der am Tag zuvor in Talpiot aufgetaucht war, das Restaurant betrat. Er war klein und dünn, und die Ärmel seines dunklen Anzugs waren zu lang. Sein schütteres braunes Haar war glatt zurückgekämmt, und er trug eine Brille mit dicken Gläsern. Doch dahinter blickten Matthew wache, misstrauische Augen an, denen nichts entging.

Ohne Begrüßung fuhr Matthew ihn an: »Lassen Sie sich bloß nicht einfallen, noch mal in Talpiot aufzutauchen. Sie gefährden damit nur die ganze Aktion.«

»Wenn Sie sich an unsere Abmachung gehalten und mich angerufen hätten, dann ...«

Matthew ließ ihn nicht ausreden. »Ich hatte noch nichts zu berichten, Mann. Wenn mich die anderen mit Ihnen sehen, mach ich mich doch verdächtig. Ihr dämliches Gequatsche, Sie hätten eine Grabungslizenz, ist doch ganz leicht zu widerlegen. Sie haben in Talpiot nichts verloren, also halten Sie sich fern. Ich melde mich, wenn ich die Schriftrollen habe.«

»Bis jetzt habe ich nur Ihr Wort. Sie wollten doch schon vor ein paar Tagen liefern.«

»Es ist eben etwas dazwischengekommen. Dieser Torres ist aufgetaucht, das macht die Sache nicht leichter!«, sagte Matthew aufgebracht.

»Wie dem auch sei, die Schriften dürfen nicht in falsche

Hände geraten. Ich habe Ihnen doch klargemacht, wie wichtig das ist. Schließlich bezahle ich Sie ja auch anständig dafür«, antwortet sein Gegenüber ruhig.

»Anständig? Dass ich nicht lache. Ich bin es doch, der den Kopf hinhalten muss, wenn was schiefgeht, nicht Sie. Ihrem Auftraggeber können Sie übrigens sagen, dass sich der Preis erhöht hat. Ich will zweihunderttausend! Euros! Keine Dollars!«, zischte Matthew.

Der Mann schüttelte den Kopf. »Ich glaube kaum, dass er sich darauf einlassen wird.«

»Das glaube ich schon. Sagen Sie ihm, dass ich sehr wohl weiß, dass es sich nicht um gewöhnliche Schriftrollen handelt und dass der Inhalt höchstgefährlich für seinen Verein ist. Ich habe alte Sprachen studiert und kann den Text lesen. Sprechen Sie mit ihm. Ich melde mich wieder.« Damit warf Matthew ein paar Shekel für seinen Cappuccino auf den Tisch und verließ den Coffeeshop.

ROM

EINIGE TAGE NACHDEM Kardinal Montillac mit Robert Fresson über die Schriftrollen gesprochen hatte, beorderte er Erzbischof Motta von Albano Laziale nach Rom. Da er diese wichtige Angelegenheit nicht am Telefon, ja nicht einmal in seinem Büro besprechen wollte, ließ sich Motta von seinem Chauffeur in die Ewige Stadt fahren, und die beiden Geistlichen gingen am Ufer des Tibers spazieren. Es war ein warmer Herbsttag, die Sonne blitzte hier und da durch das sich verfärbende Laub der Bäume.

»Eminenz, befürchten Sie denn ernsthaft, dass Ihr Telefon, ja sogar ihr Büro abgehört werden könnte?«, fragte Motta.

»Das befürchte ich nicht nur, ich weiß es. Und es gibt nicht nur eine Interessengruppe, die dafür infrage kommt. Aber da ich darüber informiert bin, kann ich mir diese Tatsache auch zunutze machen, nicht wahr.«

Der Kardinal lächelte und schaute auf den Fluss, wo die Sonne tausend kleine Lichter tanzen ließ.

»Ich habe Sie kommen lassen, weil es wichtige Neuigkeiten gibt«, fuhr er fort. »Die Archäologen der École Biblique sind auf einen außerordentlichen, wenn auch beunruhigenden Fund gestoßen, der unter Umständen die Texte aus Indien, sofern wir sie denn finden, untermauern könnten. Der Leiter der École ist, dem Herrn sei Dank, einer von uns, und deshalb haben wir im Moment nichts zu befürchten.«

»Welch merkwürdiger Zufall ...«, wunderte sich Motta.

»Wohl kaum ein Zufall. Eher eine göttliche Fügung«, unterbrach ihn Montillac. »Ich habe schon seit Jahren die Suche nach Schriften dieser Art intensiv betreiben lassen. Aber ich bin immer davon ausgegangen, dass wir sie nur im Heiligen Land finden würden, wo wir ja nun auch erfolgreich gewesen sind. Die Schriften, die Pater Adam aufgespürt hat, sind die Überraschung, die Gott uns bereitet hat. Deshalb erwarte ich auch, dass diese Angelegenheit mit größter Sorgfalt und größter Eile betrieben wird.«

Motta nickte eifrig. »Ich stehe in ständigem Kontakt mit den Padres, die wir nach Indien geschickt haben, und ich versichere Ihnen, dass die beiden alles daransetzen, die Dokumente so bald wie möglich nach Flavigny zu bringen.«

»Gut, das wollte ich hören«, sagte der Kardinal. »Ich habe übrigens vor, noch einen Schriftexperten hinzuzuziehen. Über die Einzelheiten werde ich Sie noch informieren. Ihnen ist doch klar, nur wenn wir alle inkriminierenden Schriften in unserer Hand haben und ihren Inhalt kennen, können wir sie dem heiligen Zweck zuführen.«

»Gibt es denn schon Neuigkeiten?«, wagte sich Erzbischof Motta vor.

»Allerdings, aber keine guten, und ich bitte Sie, das noch für sich zu behalten.« Der Kardinal wartete auf das zustimmende Nicken des Erzbischofs, dann redete er weiter. »Obwohl ja alles nach einer Annäherung zwischen der Bruderschaft und der Kirche aussah, hat der Papst wieder eine Kehrtwende gemacht und besteht jetzt darauf, dass die Bruderschaft das Zweite Vatikanische Konzil insgesamt anerkennt.«

»Aber das ist doch ausgeschlossen! Damit wären wir heute, fünfzig Jahre nach dem Konzil, wieder am Beginn unserer Kontroverse, so wie sie sich Anfang der Siebzigerjahre darstellte!«, rief der Erzbischof empört aus.

»So ist es«, stellte der Kardinal lakonisch fest.

»Diese unseligen Neuerungen weichen die Sakramente der heiligen Kirche auf. Ob es sich nun um die Notwendigkeit der katholischen Taufe, den Zweck der Ehe, die Einstellung zu

Häretikern, Schismatikern und Heiden oder die Einstellung zur Religionsfreiheit handelt – die überlieferte Lehre war in all diesen grundlegenden Punkten eindeutig und klar, und sie wurde an allen katholischen Universitäten gelehrt. Doch seither nähren die Beschlüsse des Konzils Zweifel an der Rechtmäßigkeit der Autorität der Kirche und an der Notwendigkeit des Gehorsams«, ereiferte sich Motta.

»Sie haben völlig recht, mein Lieber. In unserer sogenannten modernen Gesellschaft werden die viel zitierte menschliche Würde und die Autonomie des Gewissens maßlos überbewertet. Und das geht natürlich zu Lasten jeder Gemeinschaft, angefangen von den Ordensgemeinschaften, den Diözesen, bis zur bürgerlichen Gesellschaft und der Familie. Und die Folgen sind … die Begehrlichkeiten des Fleisches gewinnen die Oberhand.«

»Sie sprechen mir aus der Seele. Denken Sie nur an den moralischen Verfall katholischer Veröffentlichungen. Inzwischen wird ohne jegliche Zurückhaltung von Sexualität, Geburtenbeschränkung durch Mittel aller Art, Legitimität der Ehescheidung, von gemischter Erziehung, vom Zweifel am Zölibat der Priester und so weiter gesprochen«, redete der Erzbischof aufgeregt weiter, was den Kardinal fast ein wenig amüsierte.

»Sehen Sie, mein lieber Motta, deswegen können wir nicht länger tatenlos zusehen! Wir müssen handeln!«

»Sie haben völlig recht, Eminenz. Was schlagen Sie vor?«

Der Kardinal blickte den Erzbischof prüfend an. Dann erläuterte er ihm seinen Plan.

LEH, KASCHMIR

DREI TAGE NACHDEM ER Songtsen den Umschlag von Fernando überreicht hatte, kehrte Khenpalung wieder nach Leh zurück. Inzwischen trug er weltliche Kleidung, eine dunkle weite Hose und eine Jacke aus dickem Filz. Er lungerte eine Weile vor dem Hotel herum, bevor Fernando ihn bemerkte.

Die Nachricht, die er Fernando übergab, lautete:
Keine Verhandlung. 5 Millionen Indian Rupies. Wenn Sie die alten Schriften haben wollen, akzeptieren Sie mein Angebot. Wenn nicht, bleibt alles so, wie es ist, und ich habe niemals von Ihnen gehört.

Fernando presste die Lippen aufeinander.

›Dieser alte Bastard‹, dachte er. An Khenpalung gewandt sagte er: »Warte hier, ich bin gleich wieder da.«

Ohne die Angelegenheit mit Adam zu besprechen, ging er hinauf und rief mit seinem Mobiltelefon den Erzbischof an. Er berichtete ihm, dass Songtsen auf die geforderte Summe bestand, und fragte, ob er doch noch mal einen Versuch unternehmen sollte, Songtsen umzustimmen.

»Alle Menschen sind gierig, mein Sohn, auch diese Mönche. Das sollte dich nicht grämen. Wir arbeiten daran, dass eine bessere Welt entsteht. Und der Besitz dieser Dokumente ist schon ein großer Schritt in diese Richtung. Ich weise das Geld sofort an, das wird sicher ein paar Tage dauern. Sobald ihr das Dokument habt – und vergewissert euch vorher, dass es auch wirklich vollständig ist –, kommt ihr so schnell wie möglich zurück.«

Der Hörer wurde ohne ein Abschiedswort aufgelegt.

Fernando schloss gerade die Tür hinter sich, als Adam aus seinem Zimmer kam.
»Da unten steht Khenpalung. Ich wollte hinuntergehen und hören, ob wir schon eine Antwort haben.«
»Die haben wir! Und ich habe gerade mit dem Erzbischof unser weiteres Vorgehen besprochen.«
»Hinter meinem Rücken?« Adam schnappte nach Luft.
»Was für einen Unterschied macht das denn? Der Erzbischof entscheidet, was wir zu tun haben, wir sind nur seine Gehilfen. Und wem von uns beiden er seine Anweisungen mitteilt, ist doch gleichgültig«, sagte Fernando.
Das empfand Adam nicht so. Er hatte den Auftrag, alles mit dem Erzbischof zu besprechen, und plötzlich kam dieser junge Profilneurotiker daher und versuchte, ihm seine Position streitig zu machen. Bleich vor Zorn wandte er sich ab und steckte sich mit zitternden Händen eine Zigarette an. Er musste sich zusammennehmen, er durfte Fernando keine Schwächen zeigen.

Eine Woche später lag die geforderte Summe bei der State Bank of India am Main Bazaar in Leh bereit und konnte jederzeit als »Spende« auf das Konto des Klosters transferiert werden. Fernando rief Khenpalung an und sagte ihm, er könne das Treffen mit Songtsen vereinbaren.
Als sich beide am folgenden Tag trafen, war die Nachricht, mit der Khenpalung aufwartete, alles andere als zufriedenstellend. Während der 49-tägigen Trauerzeit für den alten Lama war es niemandem im Kloster gestattet, Geldgeschäfte vorzunehmen.
Das bedeutete, sie mussten noch weitere sechs Wochen in Leh bleiben und auf die Übergabe der Schriften warten. Es blieb ihnen nichts anderes übrig, als den Erzbischof davon zu unterrichten. Erstaunlicherweise reagierte der gelassen und

sagte bloß, seine Pläne würden sich dadurch etwas ändern. Adam und Fernando sollten jedoch vorerst in Leh bleiben, er würde sich bald wieder melden.

Und so geschah es. Einige Tage später rief der Erzbischof zurück und erklärte Adam, dass Professor Jennifer Williams, Expertin für alte orientalische Sprachen, auf dem Weg nach Leh sei.

»Wir haben Professor Williams schon vor Wochen dafür gewinnen können, die alten Schriften zu übersetzen. Zwar war vorgesehen, dass sie das im Seminar von Flavigny-sur-Ozerain tun sollte, aber wir dürfen keine Zeit verlieren. Sie kann ja schon mal im Kloster damit beginnen.«

»Wieso denn jetzt noch jemanden hinzuziehen, wir haben doch schon …«

»Professor Williams ist die absolute Expertin auf diesem Gebiet. Wir müssen hier mehrgleisig vorgehen, die Sache ist zu wichtig. Sie hat in meinem Auftrag und ganz unabhängig von den bisherigen Bestrebungen, die Schriften zu erlangen, schon Kontakt mit Songtsen, dem geschäftsführenden Mönch des Klosters, aufgenommen. Sie hat ihm die Eile unsere Sache erklärt und konnte ihn davon überzeugen, eine Sichtung der Dokumente vorzunehmen, obwohl das Kloster sich noch in der Trauerzeit befindet. Außerdem spricht sie die Sprache und kennt die Sitten und Gepflogenheiten des Landes sehr genau. Das ist für uns von großem Vorteil.«

»Gut, wenn Sie das wünschen …«

»Das tue ich, Adam. Sie kommt morgen um 11.30 Uhr an. Holen Sie sie bitte am Flughafen ab und unterrichten Sie sie über den neuesten Stand der Dinge.«

Damit war das Gespräch beendet.

Adam ließ sich langsam in dem Sessel neben dem Hotelzimmerfenster nieder und schaute verwundert hinaus. Hatte der Erzbischof nicht immer gesagt, dass niemand, absolut niemand von den Schriften wissen dürfe? Und daran hatte er sich immer gehalten. Er hatte mit keinem Menschen über seine monatelangen Recherchen gesprochen, darüber, wie stolz und glücklich er war, die Dokumente wirklich aufgespürt zu haben. Doch die Anerkennung für seine Arbeit durch den Erzbischof war eher mager ausgefallen. Nun hatte er auch noch eine fremde Frau eingeweiht. Eine Wissenschaftlerin zwar, aber wer war diese Frau überhaupt? Und wieso vertraute ihr der Erzbischof?

Als die Bruderschaft beschlossen hatte, aktiv zu werden, um die katholische Kirche wieder auf den Weg ihrer wahren Bestimmung zurückzuführen, waren er und einige andere ausgewählte Priester beauftragt worden, alle Schriften, die den Glauben der Menschen untergraben könnten, aufzuspüren. Und er war es gewesen, der die Aufzeichnungen eines gewissen Nicolai Notowitsch in der geheimen Bibliothek des Vatikans gefunden hatte.

Der russische Journalist war Ende des 19. Jahrhunderts im Norden Indiens unterwegs gewesen, als er sich bei einem Sturz das Bein verletzte. Daraufhin wurde er in ein nahe liegendes Kloster gebracht, wo die Mönche ihn gesund pflegten. Während seines dreiwöchigen Aufenthaltes führte er viele lange Gespräche mit dem Abt des Klosters, der ihm von alten Aufzeichnungen eines gewissen Issa erzählte, ein Mann, der aus dem Westen kam, um in Indien zu studieren, und wieder in seine Heimat ging, um zu lehren, was er erfahren hatte. Einige Jahre später sei er jedoch wieder nach Indien zurückgekommen und als Prediger und Heiler durch das Land gezogen.

Natürlich war Adam nicht der Erste, der von diesen Schriften Kenntnis bekam. Sie waren seit Notowitschs Veröffentlichung Ende des 19. Jahrhunderts immer wieder in der Diskussion gewesen. Aber die Frage war doch: Gab es diese alten

Aufzeichnungen tatsächlich oder waren sie nur das erfundene Reiseabenteuer eines nicht sonderlich erfolgreichen Journalisten?

Der Vatikan hatte damals durch Mittelsmänner das Tagebuch und die gesamten Unterlagen Notowitschs heimlich aufgekauft und unter Verschluss gebracht. Doch zu dem Zeitpunkt waren sie in den intellektuellen Kreisen Europas längst bekannt gewesen. Schon bald, nachdem Notowitsch seine Reisetagebücher in Paris veröffentlichen konnte, hatte der Vatikan mehrere kirchentreue Historiker gewinnen können, um die Berichte als Lügengeschichten zu entlarven und damit den Ruf des Journalisten zu untergraben.

Dennoch hatte es eine Reihe von namhaften Wissenschaftlern gegeben, die Notowitschs Veröffentlichungen Glauben schenkten. So war ein regelrechter Streit entstanden. Die Umstände von Notowitschs Tod wurden niemals aufgeklärt. Man vermutete Selbstmord, doch für seine Anhänger hatte kein Zweifel daran bestanden, dass er ermordet worden war.

Nachdem Adam Erzbischof Motta von den Aufzeichnungen Notowitschs berichtet hatte, wurde ihm die Aufgabe erteilt, die Quellen zu finden, sofern sie überhaupt existierten. Als er einige Zeit später zu einem Vortrag in einem buddhistischen Zentrum in Bayern eingeladen war, traf er auf Lama Tsering Wangmo, einen tibetischen Lehrer aus Ladakh. Geschickt hatte Adam im Laufe des Abends die Unterhaltung auf die geheimnisvollen Schriften gelenkt, und nach anfänglichem Zögern hatte Wangmo zugegeben, schon mal davon gehört zu haben. Allerdings hatte er weder Kenntnis über ihren genauen Inhalt noch wo sie aufbewahrt wurden. Schließlich erzählte er Adam, dass es im Kloster Thiksey, einem der ältesten und berühmtesten Klöster südlich des Himalaya, tatsächlich eine Korrespondenz über diese uralten Schriften gäbe, die aus dem 17. Jahrhundert stamme.

Als das Kloster von feindlichen Aufständischen bedroht wurde, hatte der damalige Abt einen Freund, der wiederum Abt eines kleinen Klosters im Industal war, darum gebeten, die Aufzeichnungen eines gewissen Issa, die sich in seiner Obhut befanden, in Verwahrung zu nehmen. Er hatte große Sorge, dass sie von den Aufständischen zerstört werden könnten. Aber welches Kloster die Schriften jetzt hatte, wusste Lama Tsering Wangmo nicht.

Er verwies Adam jedoch auf das Tagebuch eines gewissen Dr. Karl Marx, der etwa zur gleichen Zeit, in der Notowitsch Ladakh bereiste, als Arzt in einer Missionsstation in Leh arbeitete. Ob sich die beiden kennengelernt haben, sei nicht überliefert, wohl aber erwähnten beide die Schriften Issas in ihren Tagebüchern. Adam fand schließlich heraus, dass der Nachlass des Arztes, der 1891 vermutlich einer Epidemie zum Opfer fiel, seinem Bruder nach Deutschland überstellt worden war. Danach war es ein Leichtes, die Familie aufzuspüren und sie davon zu überzeugen, der Kirche die Tagebücher für wissenschaftliche Zwecke zu überlassen.

Aufgeregt war er mit dem Zug nach Berlin gefahren, wo die Nachfahren des Dr. Marx lebten, und hatte die Unterlagen persönlich abgeholt. Noch auf der Rückreise begann er die Tagebücher zu lesen und fand tatsächlich schon auf der langen Fahrt von Berlin nach Flavigny-sur-Ozerain mehrere Stellen, wo von den Schriften des Issa die Rede war. Schließlich, auf Seite 356, fand er den Hinweis auf das Kloster, wo Marx die Schriften selbst gesehen haben wollte. Es lag im Tal eines Seitenarmes des Indus, und Marx lieferte sogar eine genaue Wegbeschreibung.

Endlich! Er war wie berauscht. Nie würde er dieses Gefühl des Triumphes vergessen, das er damals empfunden hatte.

Zurück in Flavigny-sur-Ozerain hatte er in Absprache mit Erzbischof Motta Kontakt zum Abt des buddhistischen Klosters aufgenommen. Abt Ishe Puntsok beauftragte daraufhin den Bibliothekar Khenpalung, nach den Schriften zu forschen. Er sollte sie zunächst einmal finden, denn bei der Menge an Büchern, die das Kloster besaß, sei das nicht so einfach und würde sicher einige Zeit in Anspruch nehmen. Dann könne der Abgesandte sie herzlich gerne einsehen.

Und tatsächlich: Etwa drei Monate später hatte der Bibliothekar ihm geschrieben und bestätigt, alte Aufzeichnungen in einer ihm unbekannten Sprache und Schrift gefunden zu haben. Er habe den Abt aber noch nicht davon unterrichtet. Wenn Adam die Dokumente haben wolle, könne er ihm ganz unbürokratisch dazu verhelfen, denn der Abt würde niemals erlauben, dass sie aus dem Kloster entfernt würden. Allerdings würde das etwas kosten. Sein sehnlichster Wunsch sei es, das Kloster zu verlassen, aber dafür brauche er Geld.

Nachdem Adam dem Erzbischof diese Entwicklungen berichtet hatte, flog dieser sofort nach Rom, um den Leiter der Päpstlichen Kommission für Christliche Archäologie, Kardinal Montillac, zu informieren. Eine Woche später war entschieden worden, dass Adam nach Ladakh fliegen sollte, um mit dem Bibliothekar persönlich Kontakt aufzunehmen. Doch als er nach Ladakh kam und das Kloster tatsächlich fand, konnte Khenpalung ihm nur noch sagen, dass der Abt alle Schriften an sich genommen hatte. Er würde Zeit brauchen, um sie zu finden und ihm wieder zu entwenden.

Deprimiert war Adam zurückgeflogen und musste dem Erzbischof das Scheitern seiner Mission gestehen. Nie zuvor hatte er diese eisige, abweisende Miene im Gesicht des von ihm so verehrten Mannes gesehen, dessen Anerkennung ihm so wichtig war.

»Wenn man dem Ziel so nahe ist, gibt man nicht einfach auf. Du weißt selbst am besten, wie wichtig der Erfolg dieser Reise gewesen ist, und hättest auf Gott vertrauen müssen. Er hätte dir sicher einen Weg gezeigt, an die Dokumente zu gelangen. Aber da du nun aufgegeben hast und zurückgekehrt bist, werde ich mich persönlich mit der Sache befassen müssen.«

Damit hatte er sich abgewandt und erst Wochen später wieder mit Adam gesprochen. Der Erzbischof hatte ihn seine Missbilligung spüren lassen und für seine Kleinmütigkeit mit Verachtung bestraft. Natürlich hatten auch alle anderen mitbekommen, dass er plötzlich in Ungnade gefallen war, und sich ebenfalls von ihm ferngehalten.

Schließlich war entschieden worden, dass er sich abermals auf den Weg nach Ladakh machen sollte, aber nicht allein. Pater Fernando war »als Unterstützung« ins Spiel gekommen. Hatte das denn nicht gereicht? Und nun auch noch diese fremde Wissenschaftlerin.

JERUSALEM

ROBERT FRESSON WAR gerade erst aus Los Angeles zurückgekehrt. Nach seinem Besuch in Rom war er nach Kalifornien geflogen, wo er an einem Symposium teilgenommen und zum ersten Mal seit vielen Jahren Jennifer wiedergesehen hatte. Seither erschien ihr Bild immer wieder in seinem Kopf. Ihr rotes Haar, das so warm geleuchtet hatte, als sie in dem kleinen italienischen Lokal in Santa Monica gegessen hatten. Ihr Lächeln, ihre blaugrauen Augen … Nichts hatte sich an seinen Gefühlen für sie geändert, gar nichts. Er liebte Jennifer.

Er hatte sie immer geliebt, und sosehr er auch gegen dieses Verlangen, ihren Körper einmal zu besitzen, ankämpfte, er war doch machtlos gegen die unstillbare Sehnsucht, die ihn überkam, wenn er an sie dachte. Jahrelang hatte er dieses Gefühl unter Kontrolle gehabt, doch jetzt beherrschte es ihn aufs Neue.

Sicher, sie waren nach dem Studium lose in Verbindung geblieben, hatten sich in den vergangenen zwanzig Jahren auch ein paarmal auf Symposien getroffen, aber immer rein zufällig, er hatte diese Begegnungen nicht gesucht. Danach führte er jedes Mal einen erbitterten Kampf gegen den Sturm der Gefühle, der in im wütete und sich erst nach Tagen wieder beruhigte. Diesmal hätte er es vermeiden können, er hätte für die Aufgabe, für die er sie engagiert hatte, jemand anderen finden können. Aber als er den Auftrag bekam, einen Experten für alte orientalische Sprachen zu finden, konnte er der Versuchung, sie für diese Aufgabe zu gewinnen, einfach nicht widerstehen.

Er liebte sie. Er liebte sie und konnte nichts dagegen tun. Er löschte das Licht, lehnte sich zurück und atmete tief durch. Er spürte, wie das Blut in sein Glied schoss und es sich langsam aufrichtete. Mit beiden Händen presste er es an seinen Bauch und stöhnte auf. Er zog den dünnen Lederhandschuh von seiner rechten Hand und öffnete den Reißverschluss der Jeans. Nein, er wollte das nicht, er durfte das nicht, aber seine Hand gehorchte ihm nicht mehr.

Als Zehnjähriger war Robert Fresson in ein Schweizer Internat gekommen. Seine Eltern wollten ihm die ständigen Schulwechsel, die mit dem Beruf seines Vaters einhergingen, ersparen. So hatten sie es ihm wenigstens zu erklären versucht. Doch Robert wusste auch, dass seine Eltern ganz und gar aufeinander fixiert gewesen waren und er nie ein Teil dieser Einheit war. Er lebte mit ihnen in Paris, und sein Vater war im diplomatischen Dienst. Robert sah ihn nur selten. Sein Vater nahm überhaupt nur dann Notiz von seinem Sohn, wenn er es sich durch eine besondere Leistung verdient hatte, wenn es ihm zum Beispiel gelang, Stücke wie das nicht ganz einfache *Allegretto Quieto* von Bach fehlerfrei vorzuspielen. Dann sah er für eine Sekunde so etwas wie Stolz in den Augen seines Vaters.

Als er vier Jahre alt war, hatten seine Eltern einen Klavierlehrer engagiert, denn ihnen war eines Tages aufgefallen, dass ihr Sohn es liebte, sich ans Klavier zu setzen, und nicht etwa mit der ganzen Hand auf die Tasten schlug, sondern mit seinen kleinen Fingern kleine Melodien spielte. »Schau an«, hatte seine Mutter erfreut gesagt, »wir haben einen kleinen Mozart in der Familie!« Vom ersten Tag seines Unterrichts an liebte er das Klavier, und die Musik öffnete ihm ein Fenster in eine andere Welt, in die Welt des Klangs. Hier fühlte er sich zu Hause. Er lernte schnell, sich über das Spiel am Klavier auszudrücken, elegische Nocturnes von Chopin zu spielen, wenn er traurig und heitere Klaviersonaten von Mozart, wenn er glücklich war.

Wenn er jetzt zurückdachte, kam es ihm so vor, als hätten seine Eltern ihn erst wahrgenommen, als sie seine musikalische Begabung entdeckt hatten. Normalerweise nahmen sie kaum Notiz von seiner jeweiligen Gemütsverfassung, doch er hatte gelernt, sich mit seinem Klavierspiel bemerkbar zu machen. Als sein Spiel nach einiger Zeit immer virtuoser wurde, durfte er den Dinner-Gästen seiner Eltern etwas vorspielen. Und wenn sie dann klatschten, kam seine Mutter zu ihm, küsste ihn auf sein Haar und sagte: »Gut gemacht, mein kleiner Pianist.«

Während sein Vater tagsüber in der Botschaft war, hatte seine Mutter mit den Frauen der anderen Diplomaten Verabredungen zum Tee, besuchte die Museen und Galerien oder machte Einkaufsbummel auf den Champs-Élysées, und am Abend machte sie sich schön für ihre vielen gesellschaftlichen Verpflichtungen. Ihren kleinen Sohn schien sie meistens ganz zu vergessen. Wahrscheinlich war sie deshalb immer völlig überrascht gewesen, wenn Robert sich hin und wieder erfolgreich in ihr Zimmer geschlichen und sich versteckt hatte. Er beobachtete voller Bewunderung, wie sie sich mit graziösen Bewegungen anzog und sich schminkte. Sie bemerkte ihn häufig erst, wenn sie fertig war. Oder hatte sie nur so getan und längst gewusst, dass er ihr zusah? Dann umarmte sie ihn und brachte ihn ins Bett. Doch durch sein Klavierspiel hatte er einen direkten Weg zu ihr gefunden. Sein Talent schien sie immer wieder zu überraschen. Sie hörte ihm zu und küsste ihn als Belohnung für sein fehlerfreies Spiel.

Bittersüße Erinnerungen. Robert spürte wieder diesen vertrauten Schmerz tief in seiner Brust, diese Sehnsucht, die sein Weggefährte geworden war.

In den ersten Wochen im Internat hatte er nachts in seinem

Bett leise geweint, denn die anderen drei Jungen, mit denen er das Zimmer teilte, sollten nichts davon merken, er fürchtete ihren Spott. Aber schließlich hatte er akzeptiert, dass dieses alte Schloss am Genfer See sein neues Zuhause war. Er war froh, wenigstens Klavier spielen zu können, wann immer ihm danach war. Seine Eltern hatten sich die Förderung seines musikalischen Talents von der Schulleitung versichern lassen, und der Musiklehrer hatte ihm erlaubt, auch außerhalb des Unterrichts den Konzertflügel in der Aula zu benutzen statt des Klaviers im Dormitorium, wo er ständig gestört wurde.

Von Anfang an war ihm klar gewesen, dass er diese Zeit am besten überstehen konnte, wenn er sich unauffällig benahm, sich fügte, gehorsam und fleißig war. Im Grunde war dieses Leben im Internat für ihn nicht viel anders als das zuvor. Doch er vermisste seine Mutter, seine wunderschöne Mutter, die so weit entfernt war wie der Mond, dessen kaltes Licht nachts durch das Fenster schien.

Nach einer Weile war einem der Lehrer das sensible Kind aufgefallen. Pater Albert lehrte Geschichte und Französisch, und in seinem Unterricht hatte er sehr bald festgestellt, dass Robert nicht nur ein sehr interessierter, sondern ein hochbegabter Schüler war. Er beschloss, ihn zu fördern. Neben seinen regelmäßigen Klavierstunden nahm er ihn in Leistungskurse auf, die er für ältere Schüler abhielt, unternahm Museumsbesuche mit ihm, antwortete auf Roberts Fragen, wenn sie am Ufer des Sees oder durch den großen Park spazierten, und er nahm ihn zu außerordentlichen Gebeten mit in die Kirche.

Außer in seinem Abendgebet, das eines seiner Kindermädchen ihm beigebracht hatte, hatte sich Robert bis dahin noch nicht mit Gott beschäftigt. Zwar war er im Dialog mit Gott, so wie Kinder es eben sind – »lieber Gott, lass meine Mama heute mehr Zeit für mich haben« oder »lieber Gott, bitte schick mir einen Freund« –, aber Gott war für ihn nicht mehr als ein bärtiger alter Mann, der im Himmel wohnte und erwartete, dass die Kinder brav sind.

Erst mit Pater Albert, der mit ihm das Neue Testament studierte und ihm von Jesus Christus erzählte, macht er seine ersten ernsthaften Schritte auf seinem Weg zu Gott. Bald hatte sich zwischen Robert und Pater Albert ein besonderes Vertrauen etabliert.

Natürlich hatte die Schulleitung diese Sonderbehandlung nicht gerne gesehen, aber Pater Albert rechtfertigte sein Vorgehen mit Roberts überragender Intelligenz.

Als Robert etwa zwölf Jahre alt war, geschah es das erste Mal. Im Schlaf empfand er plötzlich dieses wohlige Gefühl, das sich steigerte und steigerte, in seinem Kopf brauste es, und schließlich überrollte ihn eine heiße Woge. Er wachte auf und spürte eine warme, klebrige Feuchtigkeit zwischen seinen Beinen und wusste nicht, wie er sich das erklären sollte. War er krank? Doch ihm tat nichts weh, im Gegenteil. Was sich so angenehm anfühlte, konnte doch keine Krankheit sein. Sollte er mit Pater Albert darüber sprechen? Er wollte erst mal warten und sehen, ob sich dieses Erlebnis wiederholte.

Als er am Morgen aufwachte, war seine Schlafanzughose wieder trocken, und er wusste nicht, ob alles nur ein Traum gewesen war. Aber einige Tage später passierte es wieder, und dann wieder, und schließlich fand er heraus, dass er diese wunderbare körperliche Erfahrung durch die Massage seines Penis jederzeit selbst herbeiführen konnte.

In den ersten zwei Jahren im Internat hatte er unter den anderen Jungen keinen Freund gefunden. Es gab daher niemanden, mit dem er darüber hätte sprechen können. Er schämte sich, wusste aber nicht genau, warum. Weil er irgendwie ahnte, dass er etwas Unrechtes tat, und weil er zu schwach war, damit aufzuhören?

Auch wenn er im Biologieunterricht über die Fortpflanzung des Menschen aufgeklärt worden war, so hatte man ihm nicht gesagt, dass die Ejakulation ein so wahnsinniges Gefühl war, das er am liebsten jede Nacht wiederholt hätte. Er wagte nicht, mit Pater Albert darüber zu sprechen, weil er dessen Verurteilung fürchtete. Und er beichtete es auch nicht, weil es ja vielleicht gar keine Sünde war. Aber wenn es eine war, dann war sie so groß, dass bisher niemand mit ihm darüber gesprochen hatte, und dann durfte er erst recht niemanden wissen lassen, dass er sie mehr als einmal begangen hatte.

Nie würde er die Nacht vergessen, in der man ihn dann doch entdeckt hatte, und noch heute konnte er sich an jede schmerzliche Einzelheit erinnern. Marcel, ein Mitschüler, der im Bett neben ihm schlief, hatte sein leises Stöhnen gehört und ihn beim Masturbieren beobachtet. Er hatte das Licht angemacht und ihn ausgelacht. Dadurch waren die anderen beiden Jungen, die noch in dem Zimmer schliefen, aufgewacht. Und während die sich noch die Augen rieben, war Marcel aufgesprungen, hatte versucht, Robert die Bettdecke wegzuziehen und gebrüllt: »Sieh mal da, unser Streber holt sich einen runter! Tut immer so, als wäre er was Besseres, und jetzt wichst er unter der Bettdecke.«

Als Robert sich stumm vor Entsetzen in die hinterste Ecke seines Bettes verkroch, fingen die anderen beiden ebenfalls an, ihn auszulachen. Dann ging plötzlich die Tür auf und Pater Albert, der im selben Stockwerk sein Zimmer hatte, kam herein.

»Was ist denn hier los? Sollen alle auf diesem Stockwerk auch wach werden?«, frage er leise.

Roberts Gesicht glühte vor Scham. Er legte sich wieder hin und zog die Bettdecke bis unters Kinn. Auch Marcel und die beiden anderen verschwanden sofort wieder in ihren Betten.

»Nee, wir sind schon ruhig. Hier hat nur einer laut geträumt«, sagte Marcel. Und an Robert gewandt, sodass Pater

Albert es noch hören konnte, fügte er hinzu: »Am besten, du gehst morgen gleich zur Beichte!«

Ohne ein weiteres Wort und ohne Robert eines Blickes zu würdigen, schaltete Pater Albert das Licht aus und verließ das Zimmer.

Die Pausen zwischen den Unterrichtsstunden am nächsten Tag waren eine Tortur, denn Marcel hatte natürlich der ganzen Klasse erzählt, was in der Nacht vorgefallen war, und alle hatten auf Roberts Kosten ihr Witze gemacht. Robert hatte nur stumm an seinem Tisch gesessen und alles über sich ergehen lassen. Damals hatte er noch nicht gewusst, dass er etwas getan hatte, was seine Klassenkameraden auch taten. Es war bisher nur keiner von ihnen erwischt worden.

Am frühen Abend war er in die Kapelle gegangen, wo Pater Albert die Beichte abnahm. Er kniete sich in den Beichtstuhl und erbat den Segen des Priesters. Dann vertraute er ihm seine Sünden an, vor allem die der vergangenen Nacht.

»War es das erste Mal, dass du Hand an dich gelegt hast?«, wollte der Priester wissen.

»Nein.«

»Wie oft?«

»Ich weiß es nicht, vielleicht zehn Mal.«

Robert, dem jetzt klar war, dass es sich bei dem, was er getan hatte, um ein schweres Vergehen handeln musste, fügte schnell hinzu: »Aber ich bereue es von ganzem Herzen und bitte den Herrn um Vergebung und Verzeihung.«

Als Buße wurde ihm auferlegt, den ganzen Rosenkranz zu beten.

Danach schwieg der Priester für einen Moment, bevor er sagte: »Gott, der allmächtige Vater, hat durch den Tod und die Auferstehung seines Sohnes die Welt mit sich versöhnt und uns den Heiligen Geist zur Vergebung der Sünden gesandt. Durch den Dienst der Kirche schenke er dir Verzeihung und

Frieden. So spreche ich dich los – von all deinen Sünden: Im Namen das Vaters und des Sohnes und des Heiligen Geistes. Aber du darfst diese Handlungen niemals wiederholen. Versprichst du das?«

»Ich verspreche es.« Es fiel Robert leicht, dem Priester sein Wort zu geben, denn er war überzeugt davon, dass er es nie wieder tun würde.

»Gelobt sei Jesus Christus.«

»In Ewigkeit. Amen.« Dann war er entlassen und ging erleichtert in die Mensa zum Abendessen.

Für eine Weile gelang es Robert, den Drang zu unterdrücken, und schließlich hörten auch die Hänseleien der Zimmergenossen auf. Weder auf ihren Spaziergängen noch während des Förderungsunterrichts sprach Pater Albert über Roberts Beichte, so als wüsste er nichts davon, so als wäre er zwei Personen, einmal der Priester im Beichtstuhl und einmal Pater Albert, der Vertraute Roberts. Das verwirrte den Jungen zwar, aber es war ihm recht, denn auch er wollte nicht mehr darüber sprechen.

Einige Wochen später wachte Robert wieder nachts auf und spürte die klebrige Samenflüssigkeit zwischen seinen Beinen. Sein Atem ging schnell, und er presste seine Oberschenkel fest zusammen. Es gelang ihm zwar, keinen Laut von sich zu geben, aber es gelang ihm nicht, seine Hand zu kontrollieren. Es war wie ein Fieber, das ihn nun nachts wieder häufiger überkam, und er konnte nicht dagegen an. Und weil er versprochen hatte, sich nie wieder selbst zu befriedigen, wagte er es nicht, diese Sünde zu beichten.

Aber auch dieses Mal wurde er entdeckt, oder besser gesagt, Pater Albert sagte es ihm eines Tages auf den Kopf zu.

»Du hast dich sehr verändert, Robert. Und du verheimlichst mir etwas, nicht wahr? Wir beide wissen auch, was das ist. Wenn du morgen zur Beichte kommst, möchte ich, dass du dem Herrn deine Sünden gestehst und ihn um Vergebung bittest.« Dann war er ohne ein weiteres Wort mit dem Unterricht fortgefahren.

Wieder beichtete Robert seine Verfehlungen, wieder sollte er einen Rosenkranz beten, und wieder wurde ihm vergeben. Am nächsten Nachmittag rief Pater Albert ihn jedoch in sein Zimmer.

»Du weißt, warum ich einen Großteil meiner Zeit mit dir verbringe?« Das war eine rhetorische Frage. »Du bist ein hochbegabter Junge, und ich versuche, dich in jeder mir möglichen Weise zu fördern. Aber dazu brauche ich auch deine Unterstützung und dein bedingungsloses Vertrauen.« Pater Albert gab jedem Wort eine besondere Betonung.

»Selbstbefriedigung ist unkeusch und daher eine Sünde, weil sie den eigenen Körper als Instrument der Lust benutzt. Sie ist ein sexueller Einzelakt. Gott hat diesen Geschlechtsakt aber grundsätzlich als Dualakt vorgesehen, als Akt zwischen Mann und Frau, als Akt, der einzig der Fortpflanzung dient. Verstehst du das?«

Robert nickte, Pater Albert fuhr fort.

»Die Lust, die dabei empfunden wird, ist nur der Lohn oder besser der Anreiz dafür. Du nimmst dir also etwas, was du nicht verdienst. Und das ist eine schwere Sünde gegen Gott. Darüber hinaus verschwendest du Energie, die du besser für dein Studium verwenden solltest. Und auch diese Verschwendung ist eine Sünde. Ich habe dir vertraut, und du hast mein Vertrauen missbraucht, indem du wieder und wieder unkeusch gehandelt hast. Aber ich werde dir helfen, damit du nicht wieder in Versuchung kommst.«

Robert war zutiefst niedergeschlagen und wagte nicht, den Pater anzusehen. Er war todunglücklich darüber, den Pater enttäuscht zu haben. Doch dann hatte Pater Albert ihm den Arm um die Schultern gelegt und ihn die Küche des Internats geführt, in der sich zu dieser Uhrzeit keine Menschenseele befand. Dort hatte er einen Teekessel mit Wasser gefüllt und ihn auf die Herdplatte gesetzt. Sie hatten sich an den großen Arbeitstisch gesetzt und gewartet, bis das Wasser kochte. Dann hatte Pater Albert Roberts Hände genommen, ihn zum Herd gezogen und sie sekundenlang auf das heiße Metall des Kessels gepresst. Robert hatte geschrien und versucht, sich loszureißen. Als Pater Albert ihn endlich losließ, blieben Fetzen seiner Haut am Kessel haften. Robert wurde vor Schmerz fast ohnmächtig, taumelte jedoch, die Hände von sich streckend, aus der Küche.

Pater Albert war ihm gefolgt und hatte ihn wieder mit auf sein Zimmer genommen. Er bestrich Roberts Handflächen mit einer weißen Salbe, die etwas Linderung brachte, und verband sie, während Robert lautlos weinend mit zusammengepressten Lippen auf dem Stuhl saß. »Ich denke du weißt, warum ich das tun musste«, hatte Pater Albert gesagt und ihm ein Bett in der leeren Krankenstation zugewiesen. Er weinte und jammerte leise die ganze Nacht hindurch, denn die Schmerzen hörten nicht auf. Die herbeigerufene Nachtschwester konnte auch nicht viel für ihn tun, sie wechselte nur seinen Verband und betete für ihn.

Erst am dritten Tag hatte man einen Arzt gerufen, der die riesigen Brandwunden auf seinen Handflächen richtig versorgte.

»Das sind Verbrennungen dritten Grades! Der arme Junge. Wie konnte denn das passieren?«, fragte er den Direktor der Schule, der sich ebenfalls im Krankenzimmer eingefunden hatte.

Pater Albert trat dazu. »Es war ein Unfall. Wir waren in der Küche, und ich hatte den Herd angestellt, um Tee zu kochen. Robert ist gestolpert und mit den Handflächen auf die Herdplatten geraten.«

Robert hatte nicht gewagt, etwas Gegenteiliges zu behaupten.

»Sie hätten mich sofort rufen müssen«, sagte der Arzt unwirsch.

Er strich Robert über den Kopf. »Eigentlich gehört der Junge ins Krankenhaus, seine Wunden müssen sehr sorgfältig behandelt werden, damit keine Sepsis entsteht.«

»Wir werden uns gut um ihn kümmern«, beschwichtigte Schwester Francesca, eine junge Nonne, die auf der Krankenstation des Internats arbeitete.

»Also gut, ich werde morgen wiederkommen und nach ihm schauen.«

Er hatte Robert eine Spritze gegeben und sich dann verabschiedet.

»Ich werde deine Eltern benachrichtigen müssen«, hatte der Direktor gesagt, und es hatte fast wie eine Drohung geklungen.

Für einen kurzen Moment hatte Robert gehofft, dass seine Eltern, wenigstens seine Mutter, kommen und ihn nach Hause holen würden. Aber der Direktor kam nach einiger Zeit zurück und sagte ihm, dass sich seine Eltern auf einer Kreuzfahrt befänden und er sie gar nicht hatte erreichen können.

Mehrere Wochen später, seine Brandwunden waren schon fast verheilt, wurde klar, dass seine Hände für immer verkrüppelt bleiben würden. Er hatte zunächst gar nicht begriffen, was das bedeutete. Doch als er sich zum ersten Mal wieder an den Flügel setzte und versuchte, die Tonleitern zu üben, erkannte er, dass seine Finger ihre Beweglichkeit verloren hatten und er nie wieder würde Klavier spielen können. Weinend war er zusammengebrochen und hatte sich in eine Ecke des Konzertsaals verkrochen, wo ihn der Musiklehrer Stunden später fand.

Danach gab es keinen Förderungsunterricht mehr für

Robert, keine Sonderbehandlung, wie seine Klassenkameraden feixten. Sie grenzten ihn noch stärker aus, und in seiner Verzweiflung zog er sich immer mehr in sich selbst zurück. Er hatte niemanden, dem er sich anvertrauen konnte, und seine Scham und seine Ohnmacht, sich zu wehren, zerfraßen seine verletzte Seele.

Im Frühsommer begab sich die Klasse auf einer Bergwanderung, dreiundzwanzig Schüler, Pater Albert und Pater François. Während seine Schulkameraden in kleinen Grüppchen den Schotterweg hinaufwanderten, trottete Robert als Letzter hinterher. Pater François ermahnte ihn mehrmals, etwas schneller zu gehen, aber Robert brauchte den Abstand zur Gruppe. Er sah, wie sie sich alle um Pater Albert scharten, wie er ihnen Pflanzen und Tiere erklärte und sich mit kleinen Geschichten und Witzen ihre ganze Aufmerksamkeit sicherte. Für Robert hatte er keinen Blick. Als sie bei einer Berghütte ankamen, rasteten sie, aßen ihre mitgebrachten Sandwiches, ihre Äpfel und Bananen aus dem Lunchpaket, und der Sennenwirt schenkte jedem ein Glas Milch ein.

Keiner beachtete Robert. Er lehnte abseits an einem großen Stein und schaute ins Tal hinunter. Er fühlte sich so elend, hier draußen noch viel mehr als in der Schule, wo alles einen geregelten Ablauf hatte. Aber hier, wo sich alle frei bewegen und tun und lassen konnten, was sie wollten, wurde noch deutlicher, dass keiner der anderen Schüler etwas mit ihm zu tun haben wollte. Er hatte gelernt, dass Kinder keinen Grund brauchen, um grausam zu sein. Es reichte schon, dass er anders war als die anderen und dass Pater Albert, der ihn zuerst bevorzugt und dann fallen gelassen hatte, seine Verachtung deutlich zeigte.

Rechts von ihm befand sich ein Felsvorsprung, an dem es viele Meter steil hinabging.

›Ich lasse mich einfach hinunterfallen‹, dachte er. ›Dann ist es vorbei und alles ist gut.‹ Und während Tränen über sein Gesicht liefen, ging er wie in Trance auf den Abgrund zu. Gerade als sein letzter Schritt ins Leere ging, spürte er einen festen Griff, der ihn an einem Arm zurückriss. Der Sennenwirt hatte ihm das Leben gerettet.

Einen Monat später hatten Roberts Eltern ihren Sohn aus dem Internat nach Washington geholt, wohin sein Vater mittlerweile versetzt worden war. Seine Mutter kaufte ihm das erste Paar dünner schwarze Lederhandschuhe, die er fortan immer trug. Kurze Zeit später kam er auf die katholische Georgetown Preparatory School in Maryland, wo er für den Rest seiner Schulzeit blieb.

LEH, KASCHMIR

AM FOLGENDEN MORGEN am Flughafen kam eine schlanke, rothaarige Frau in Jeans und halblanger Lammfelljacke mit ausgestreckter Hand auf Adam und Fernando zu.

»Sie müssen Pater Adam sein und Sie Pater Fernando«, strahlte sie die beiden an. Adam schien perplex zu sein, doch Fernando ergriff ihre Hand und schüttelte sie freundlich.

»Mucho alegra! Wie haben Sie uns denn sofort erkannt?«

»Schauen Sie sich um, außer der Gruppe Rucksacktouristen da drüben sind weit und breit keine Europäer zu sehen, nur Sie beide in ihren schwarzen Anzügen. Da muss man kein Detektiv sein, um Sie zu erkennen«, lachte Jennifer Williams.

»Ich bin zwar kein Europäer, sondern komme aus Argentinien, aber ich weiß, was Sie meinen«, sagte Fernando und griff nach ihrer Reisetasche. »Da geht's raus.«

»Okay«, sagte Jennifer und folgte ihm. »Wenn wir im Hotel sind, würde ich mich gerne erst mal ein bisschen ausruhen. Vielleicht können Sie mich beim Abendessen ins Bild setzen. Morgen möchte ich dann gleich ins Kloster aufbrechen.«

Es war Fernando, der Jennifer später im Restaurant erläuterte, was geschehen war, allerdings erwähnte er mit keinem Wort, in welchem Zusammenhang der Tod des alten Lama mit ihrer Suche nach den Dokumenten stand. Eine unglückliche Koinzidenz, mehr nicht.

Adam sagte kaum ein Wort. Noch immer rätselte er, wie viel diese amerikanische Wissenschaftlerin wusste und warum der Erzbischof sie hinzugezogen hatte. Wozu brauchten sie überhaupt eine Übersetzerin? Der genaue Inhalt der Schriften war doch unwichtig, sie mussten sie nur in die Finger bekommen, bevor irgendein anderer sie fand. Warum Mitwisser schaffen? Wie konnte der Erzbischof sicher sein, dass diese Frau niemals über den Inhalt der alten Texte sprechen würde? Als Wissenschaftlerin hatte sie doch bestimmt Interesse daran, ihre Forschungsergebnisse auch zu veröffentlichen.

»Und Sie haben diese ganze Sache recherchiert und vorbereitet?«, wandte sich Jennifer plötzlich an Adam. »Wie sind Sie denn darauf gekommen?« Sie schob sich eine Gabel mit frittiertem Gemüse in den Mund.

»Das war rein zufällig«, antwortete Adam zögernd und rührte in seiner curryfarbenen Suppe, in der kleine Würfel Hühnerfleisch und buntes Gemüse schwammen. Er hatte nicht die Absicht, ihr mehr zu sagen, zumindest im Augenblick noch nicht.

Jennifer hatte seine Ablehnung ihr gegenüber sofort gespürt.

»Gut. Vielleicht erzählen Sie mir die Geschichte bei Gelegenheit.« An Fernando gewandt fuhr sie fort: »Haben Sie schon mit dem Mann, der den Kurier zwischen Ihnen und dem Kloster spielt, Kontakt aufgenommen? Ich würde ihn gerne treffen, damit wir die Fahrt morgen besprechen können. Ich hoffe, das Wetter bleibt gut, ich habe es schon erlebt, dass ich auf meinen Himalaya-Ausflügen wegen Schneestürmen unverrichteter Dinge wieder umkehren musste.«

»Wir haben doch erst September«, wunderte sich Fernando.

»Ich weiß, aber das Wetter in den Bergen hier hält sich an keine Regeln.«

»De acuerdo! Ich brauche Khenpalung, so heißt der Bursche übrigens, nur anzurufen. Ich bin sicher, er ist in der Nähe.«

»Würden Sie das bitte tun? Ich bin auf meinem Zimmer und komme herunter, sobald er da ist.«

Nach dem Essen standen sie auf und gingen Richtung Fahrstuhl.

Adam blickte ihr hinterher. Er konnte sich einfach keinen

Reim darauf machen, wieso diese Frau in ihr Geheimnis eingeweiht worden war. Jennifer fühlte sich zwar erschöpft von der langen Reise, doch diese reizvolle Aufgabe, die ihr unverhofft übertragen worden war, fand sie so aufregend, dass an Schlaf gar nicht zu denken war. Sie packte ihren Koffer aus und setzte sich anschließend aufs Bett. In Kalifornien musste es etwa 10 Uhr morgens sein, vielleicht sollte sie Philip anrufen. Sie kramte in ihrer Handtasche nach ihrem Mobiltelefon und drückte auf die Kurzwahl. Doch sie hörte nur den Anrufbeantworter. Sicher war er in einer Besprechung und würde sie später zurückrufen.

Philip war Architekt und arbeitete an einem aufwendigen Brückenprojekt für die Stadt Los Angeles. Sie kannten sich seit einem Jahr und waren gerade in eine gemeinsame Wohnung gezogen, als sie vor einigen Wochen frühmorgens einen Anruf aus Israel erhielt. Robert Fresson, ein Freund aus Studientagen, hatte sich bei ihr gemeldet. Sie waren sich immer wieder mal zufällig über den Weg gelaufen, doch sie hatte ihn seit Jahren nicht gesprochen. Dieses Mal hatte er ein konkretes Anliegen gehabt, das er persönlich mit ihr besprechen wollte. Zwei Wochen später war er nach Los Angeles gekommen und hatte sie darum gebeten, einen heiklen Auftrag zu übernehmen. Sie sollte uralte Texte übersetzen, die man in einem Kloster im Norden Indiens entdeckt hatte. Heikel war der Auftrag deshalb, weil es sich um einen höchst brisanten Inhalt handelte, der unter Umständen verstörend für die gesamte Christenheit sein könnte. Der Auftrag musste geheim bleiben, niemand sollte davon erfahren, bevor nicht sein Auftraggeber, Kardinal Montillac, genaue Kenntnis des Inhalts hatte. Robert Fresson war auf der Suche nach einem Experten, der die entsprechenden Kenntnisse hatte und dem er vertrauen konnte. Deshalb war er zur ihr gekommen. Was für eine herausfordernde Aufgabe, hatte sie gedacht, und da sie sich das kommende Semester für Forschungsaufgaben freigenommen hatte, konnte sie in Ruhe einen genaueren Blick auf die Dokumente werfen. Auch Philip hatte ihr zugeraten, und so hatte sie kurz entschlossen eingewilligt.

»Dschulee. Khamsang-le?«, begrüßte sie Khenpalung, als er ihr vorgestellt wurde.

»Sie sprechen Bhoti?«, wunderte sich Adam.

»Ja. Es heißt so viel wie ›Guten Tag, wie geht's?‹. Ich war schon oft hier und habe es gelernt, weil es sehr hilfreich ist, mit den Menschen sprechen zu können. Aber das wissen Sie ja sicher selbst.« Sie wandte sich an Adam: »Bhoti ist die alte Landessprache in Ladakh, die schon seit vielen Jahrhunderten gesprochen wird«, erklärte sie.

»Khamsang-le!«, antwortete Khenpalung mit Erstaunen. Er hatte noch nie einen Fremden getroffen, der seine Sprache beherrschte. »Aber ich spreche auch etwas Englisch.«

»Gut, dann sollten wir gut miteinander auskommen. Wie ich höre, fahren Sie morgen wieder zurück ins Kloster? Ich würde gerne mit Ihnen fahren und möchte so früh wie möglich aufbrechen. Ist das in Ordnung?« An Fernando gewandt fügte sie hinzu: »Sie haben doch ein Fahrzeug?«

»Ich bin mit dem Lastwagen des Klosters hier«, sagte Khenpalung. »Natürlich können Sie mit mir fahren.«

»Wir haben einen Leihwagen«, warf Adam ein. »Sie sollten vielleicht den nehmen, damit sie unabhängig sind.«

»Ja, vielleicht sollte ich das. Aber ich glaube, ich fahre besser mit Khenpalung, als vertrauensbildende Maßnahme, sozusagen.«

Adam überlegte, ob er ihr sagen sollte, dass Khenpalung ein Mörder war, jähzornig und unberechenbar, aber er unterließ es. Sie war sicher in alles eingeweiht, was sie wissen musste, und mehr wollte er nicht preisgeben.

ALBANO LAZIALE

ALS ERZBISCHOF MOTTA sich nach seinem Gespräch mit dem Kardinal in seiner schwarzen Limousine nach Albano Laziale zurückfahren ließ, spürte er zum ersten Mal seit Langem wieder, wie Energie und Tatendrang durch seinen Körper strömten. Endlich würde etwas geschehen, sie würden nicht länger warten. Endlich kämen sie aus dieser Stagnation, die sich schon wie Resignation anfühlte. Endlich würden sie etwas unternehmen.

Motta musste lächeln, als er daran dachte, dass der Kardinal ihm offenbar noch immer seine gespielte Einfältigkeit abnahm. Er würde weiterhin die Rolle des Unbedarften spielen und Montillac das Gefühl geben, er sei der Kopf ihres Komplotts. Doch an dem Tag, an dem sich das Blatt wendete, würde er ihm seine Rechnung präsentieren. Sollte der eitle Montillac ruhig anstreben, der neue Papst zu werden, ihn interessierte der Heilige Stuhl nicht. Er wollte Kardinalssekretär werden, der Mann, der tatsächlich die Macht in seinen Händen hielt.

Eines musste er Montillac aber lassen: Der Plan war genial, und er hatte auch noch Tradition. Wie viele Päpste waren auf diese Weise schon erfolgreich aus ihrem Amt entfernt worden? Er wusste es nicht mehr genau, aber der letzte war Johannes Paul I. gewesen, den man mit Digitalis ins Jenseits befördert hatte. Auch damals, 1978, hatte man die große Befürchtung, dass der neue Papst zu modern sei und der Kirche zu viele Veränderungen zumuten würde, zu eigenmächtig handeln könnte. Schließlich hatte er sofort damit begonnen, die Vorgänge in der Vatikan-Bank zu prüfen, und zudem angekündigt, die Seilschaften von Kardinal Marcinkus, dem damaligen Chef der Bank, und vor allem seine wertvollen Verbindungen zur Mafia zu zerschlagen.

Damals hatte die Bruderschaft zwar nichts mit der Beseitigung des Papstes zu tun gehabt, aber es war ihr recht gewesen, dass er aus dem Weg geräumt worden war. So wie vor ihm Johannes X., Paul II., Alexander VI. und Pius XI., die Namen fielen ihm jetzt wieder ein. Jedes Mal war es dem Vatikan gelungen, die gewaltsamen Tode als natürlich darzustellen, und die gläubigen Christen hatten alles, damals wie heute, geglaubt.

Dieses Mal müsste es wahrscheinlich nicht einmal so weit kommen. Der Papst hatte selbst bereits eine mögliche Abdankung angedeutet. Nicht dass es Motta bekümmert hätte, wenn man seinem Ableben gegebenenfalls nachhelfen müsste, aber es würde ihm Scherereien ersparen, wenn der Papst freiwillig aus dem Amt schied. Und dafür konnten sie etwas tun.

Er schaute durch die verdunkelten Scheiben des Mercedes, der in zügigem Tempo die Via Appia Nuova gen Südosten fuhr. Die Albaner Berge und der davorliegende ovale Lago Albano kamen in Sicht. Links in der Ferne, am Westufer des Sees, lag Castel Gandolfo, der Sommersitz des Papstes. Dort hielt sich Benedikt XVI. in letzter Zeit immer häufiger auf.

Man müsste eine Person in der Nähe des Papstes finden, die die Interessen der Bruderschaft teilte. Jemand, der sich um die persönlichen Bedürfnisse seiner Heiligkeit kümmerte, und hier würden Pietro Bertones Kontakte ins Spiel kommen. Als Seminarleiter des italienischen Klosters in Albano kannte er die Gegebenheiten vor Ort sehr genau.

HAIFA

ES WAR NOCH FRÜHER Morgen, als Michael sich auf den Weg nach Haifa machte. Er entschied sich für die Route über Tel Aviv, denn von dort aus führte der Highway an der Küste entlang nach Norden. Ein längst vergessenes Gefühl von Freiheit und Abenteuerlust keimte in ihm auf, viel zu lange hatte er sich hinter seinen Büchern verschanzt. Jetzt war er John dankbar, dass er ihn nach Israel gelockt hatte. Von selbst hätte er sich nie aufgerafft, seinen bequemen Alltag in Princeton zu verlassen, wo alles seinen gewohnten Gang ging, überschaubar und berechenbar. Dafür gab es aber auch keine Herausforderungen und Überraschungen.

Er musste an seinen Vater denken, der am Ende des Wintersemesters emeritiert werden würde. Sein Leben lang hatte er an der Universität von Barcelona Geologie und Geografie gelehrt, es hatte ihn nie woanders hingezogen.

»Ich weiß nicht, warum ihr jungen Leute so unstet seid. Könnt ihr nicht einfach an einem Platz bleiben, wenn es euch da gut geht?«, hatte er zu Michael gesagt, als dieser damals in die USA ging.

Dabei hatte Francisco Torres Angebote von Universitäten aus aller Welt bekommen. Als Leiter eines von der EU finanzierten Projekts zur Neuvermessung der mediterranen Küsten war er seit über zwanzig Jahren an den Standort Barcelona gebunden. Er selbst fuhr nicht mit hinaus aufs Meer, dafür hatte er seine Forschungsteams, sondern wertete nur die Ergebnisse aus, die sie mitbrachten. Michael hatte nie verstehen können, wieso ausgerechnet er, ein Professor der Geografie, nie den Wunsch gehabt hatte, sich die Welt anzuschauen.

Es war kein Wunder, dass sich seine Eltern so früh getrennt hatten, denn seine Mutter war aus ganz anderem Holz geschnitzt. Sie war neugierig, kreativ und spontan. Sie hatte so gar nicht in diese katalanische Familie gepasst, die nach strengen Regeln in ihrem alten, dunklen Palacio lebte. Seine Mutter hatte Architektur studiert und sich in Barcelona verliebt, in die Stadt und in seinen Vater. Aber es war von Anfang an eine Mesalliance: seine strahlende, temperamentvolle Mutter, die aus einer Berliner Künstlerfamilie stammte, und sein gut aussehender, katholisch-konservativer Vater.

Michael war gerade fünf Jahr alt gewesen, als seine Mutter seinen Vater verlassen hatte und mit ihrem Sohn nach Deutschland zurückgekehrt war. Weder sein Vater noch seine Mutter hatten je wieder geheiratet. Michael hatte stets ein männliches Vorbild in seiner Nähe vermisst und fand das Leben mit seiner Mutter alles andere als einfach. Dennoch war er froh, nicht bei seinem Vater aufgewachsen zu sein. Wenn er an die Ferien dachte, die er in Barcelona verbrachte hatte, an die hohen, dunklen Räumen mit den schweren Möbeln, an die strenge Großmutter, die ihn nicht ein einziges Mal in den Arm genommen hatte, an den Großvater, den er nur sah, wenn sie die gemeinsamen Mahlzeiten einnahmen, und der niemals das Wort an ihn richtete, schauderte er heute noch.

Zum Glück hatte es Carlos gegeben, den Sohn des Gärtners, der etwas älter war als er selbst. Wären sie nicht tagsüber zu zweit im Park der Villa herumgestreift, hätte er die Ferienwochen in Barcelona niemals ausgehalten. Sein Vater hatte sich hinter seinen Büchern verschanzt und war nie auf die Idee gekommen, etwas mit seinem Sohn zu unternehmen. Das heißt doch, er war mit ihm an jedem Sonntagmorgen in die Kathedrale Santa Eulalia gegangen und hatte seinem Sohn gestattet, nach dem Gottesdienst die dreizehn Gänse zu füttern, die im Kreuzgang frei herumliefen. Sein Vater hatte ihm die Geschichte des Bauernmädchens Eulalia erzählt. Sie war seine Lieblingsheilige, und die dreizehn Gänse standen für ihr Alter von dreizehn Jahren, als sie wegen ihres Glaubens zu Tode gefoltert wurde.

Bei dem Gedanken an seinen Vater musste Michael lächeln. Wie konnte ein so intelligenter und gebildeter Mann sich gleichzeitig einen so frommen und kindlich-naiven Glauben bewahren? Die Kirchgänge am Sonntagmorgen würde er nie vergessen, weil sein Vater ihm da am nächsten war.

Dann fiel ihm wieder dieser peinliche Vorfall einige Jahre später ein. Carlos' Vater wollte die beiden Freunde mit zum Angeln nehmen, und Michael hatte sich deshalb morgens mit Carlos am Gartenhaus in der südlichen Ecke des Parks verabredet. Dort gab es ein kleines Haus, in dem eine kleine Familie genügend Platz zum Leben gehabt hätte. Gedacht war es für Familienmitglieder oder Freunde, die zu Besuch nach Barcelona kamen und übernachten wollten. Aber solange Carlos denken konnte, war es von niemandem benutzt worden, hatte er Michael erzählt. Hier wurden Boule-Kugeln, ein Croquet-Spiel, Federballschläger und -bälle sowie vieles mehr verstaut, was die beiden Jungen schon oft genutzt hatten. Hier befanden sich auch die Angeln, die sie an diesem Tag mitnehmen wollten. Da Michael den Schlüssel hatte, war er schon hineingegangen, bevor Carlos eintraf. Sobald er sich im Inneren des Hauses befand, hörte er ein leises Wimmern aus einem der Schlafzimmer und ging hinein. Dort, zwischen Bett und Nachttisch, saß sein Vater, neben sich umgestoßene Brandyflaschen und Erbrochenes. Als Michael näher trat, sah er, dass sein Vater sich auch noch eingenässt hatte. Er griff nach einem Arm seines Vaters und wollte ihm aufhelfen, doch dieser riss sich los. In diesem Moment war Carlos erschienen. »Dios mio! Da hat er sich aber wieder ganz schön volllaufen lassen.«

Michael war unfähig gewesen sich zu bewegen und schämte

sich für seinen Vater. Wie hatte er sich so gehen lassen können? Und nun wurde Carlos auch noch Zeuge dieser peinlichen Situation. Als Francisco Torres die beiden Jungen wahrnahm, lallte er etwas Unverständliches.

»Komm«, sagte Carlos, »wir bringen ihn ins Haus.«

»Gut«, sagte Michael, »aber wir müssen achtgeben, dass meine Großeltern ihn so nicht sehen.«

»Mach dir keine Gedanken, das wäre nicht das erste Mal.«

»Wie meinst du das? Kommt das öfter vor? Ich habe ihn noch nie so erlebt«, Michael war entsetzt.

»Weil er immer versucht, sich zusammenzunehmen, wenn du hier bist. Er wollte nicht, dass du es weißt«, sagte Carlos. »Mein Vater und ich haben ihn schon einige Male nach solchen Entgleisungen wieder auf die Beine gebracht.«

»Und meine Großeltern?«

»Die ignorieren das, aber ich habe auch die verachtenden Blicke deines Großvaters gesehen«, sagte Carlos. »Komm, fass mit an. Pack ihn unter den Armen, wir müssen ihn hier rausbringen.«

Grell aufleuchtende Bremslichter rissen Michael aus seinen Gedanken. Kurz vor Haifa hatte sich offenbar ein Stau gebildet, und er brachte den Wagen gerade noch rechtzeitig zum Stehen; es dauerte eine Weile, bevor er weiterfahren konnte. Er schüttelte die Erinnerungen ab, denn er wollte nicht länger über seine Kindheit nachdenken. Er wollte sich gedanklich lieber auf Gershom einstellen.

Michael war zuvor noch nie in Haifa gewesen und war überrascht, wie grün und wie schön gelegen die Stadt war. Sein GPS wies ihm den Weg zum Forensischen Institut, wo er seinen alten Freund treffen wollte. Es musste etwa zwei Jahrzehnte her sein, dass er ihn das letzte Mal gesehen hatte. Gershom, der damals, vor seiner Konvertierung zum Judentum, noch

Karl hieß, hatte sich während des Studiums unsterblich in Rebekkah aus Haifa verliebt, die wiederum die Tochter eines Rabbis war. Als wäre das nicht schon kompliziert genug gewesen, war Karls Vater, zu dem er schon lange keinen Kontakt mehr hatte, ein überzeugter Nazi und Mitglied der SS gewesen. Und obwohl Karl konvertierte, mit Beschneidung und allem, was dazugehörte, und zu Gershom wurde, versöhnte das den Rabbi nicht. Er verweigerte die Zustimmung zur Heirat der beiden. Trotzdem wanderte Gershom nach Israel aus, um Rebekkah nahe zu sein. Danach hatten sich Michael und Gershom aus den Augen verloren.

Erst kurz vor seiner Abreise hatte Michael ihn ausfindig gemacht und ein Treffen vereinbart, auf das sich Gershom am Telefon sehr zu freuen schien. Da er trotz des Staus vor dem vereinbarten Zeitpunkt eintraf, musste er fast eine Stunde warten. ›Seltsam‹, dachte er, ›dass Entfernungen in der alten Welt immer viel kürzer sind, als man sie einschätzt, wenn man in den Staaten lebt.‹ Er nahm eine Ausgabe von *National Geographic* vom Tisch und setzte sich in einen der Besuchersessel.

Schließlich betrat Gershom das Sekretariat. Er war kleiner, als Michael ihn in Erinnerung hatte, und fast kahl.

»Wo sind denn deine wilden Locken geblieben?«

»Buchstäblich auf der Strecke«, lachte Gershom.

»Erst lichteten sie sich oben und verschwanden bald völlig, sodass ich den spärlichen Rest kurz scheren ließ. Aber sonst funktioniert noch alles! Ich habe schließlich vier Kinder in die Welt gesetzt.«

»Mit Rebekkah? Hat der Rabbi doch noch eingewilligt?«

»Ja. Aber erst fünf Jahre später, und auch dann ist es ihm nicht leichtgefallen. Er hat aber eingesehen, dass wir unzertrennlich waren. Zumindest bis vor drei Jahren, da ist Rebekkah gestorben. Ein inoperabler Hirntumor«, sagte er schnell, als wollte er diese Information über sein Leben ganz schnell loswerden.

Michael war betroffen.

»Das tut mir sehr leid.«

»Ja. Die Kinder haben sehr darunter gelitten. Sarah, die Jüngste, war erst vier. Und ich vermisse meine Frau immer noch jeden Tag.«

Gershom nahm seine Brille ab, hauchte die Gläser an und putzte sie mit einem Taschentuch. Nachdem er sie wieder aufgesetzt hatte, zog er seinen Kittel aus, und es kam Michael so vor, als ob er damit auch seine aufkeimende Trauer abstreifte.

»Lass uns jetzt schnell eine Kleinigkeit essen gehen. Heute Abend koche ich uns was Richtiges. Das tue ich immer noch gern«, schlug er vor. »Dann haben wir genügend Zeit, denn es gibt sicher eine Menge zu erzählen.«

Sie fuhren in die Innenstadt, und in einem Sushi-Lokal berichtete Gershom ihm von einem spannenden Projekt, an dem er gerade arbeitete. Man hatte am See Genezareth ein Grab aus dem zweiten vorchristlichen Jahrhundert gefunden, dessen Beigaben buddhistische Artefakte waren. Durch eine DNA-Analyse wollte Gershom nun herausfinden, ob der Tote in dem Grab asiatischer Herkunft war.

»Dann hätten wir endlich einen Beweis, dass schon in vorchristlicher Zeit Händler aus China und Indien in den Westen kamen. Man hat schon vor Jahren in der Nähe von Marseille eine kleine Buddhafigur aus dem ersten Jahrhundert vor Christus gefunden, aber das reicht natürlich nicht, um Handelsbeziehungen zwischen den Völkern Asiens und Europas in so früher Zeit nachzuweisen.«

Gegen halb drei kehrten sie zum Institut zurück. Michael parkte den Wagen auf dem Parkplatz hinter dem Gebäude und wollte gerade aussteigen, als Gershom ihm die Hand auf den Arm legte.

»Ich habe dich noch gar nicht gefragt, was du da eigentlich genau untersuchst. Was sind das für Texte, die du entziffern willst?«

»Ich weiß nicht, ob du das wissen willst«, sagte Michael, und als er Gershoms fragenden Blick sah, fuhr er fort: »John hat bei seinen Grabungen in Talpiot drei Schriftrollen gefunden. Sie befanden sich in Tonkrügen, die beim Einbruch einer alten Mauer zerschlagen wurden. Ich vermute, sie stammen aus dem ersten oder zweiten Jahrhundert nach Christus. Genauer kannst nur du das im Labor bestimmen.«

»Eigentlich bekomme ich meine Aufträge von der Antikenbehörde und nicht von Privatleuten«, sagte Gershom zögerlich.

»Das ist mir schon klar. Aber John will eine der Schriftrollen von mir erst genau befunden lassen, bevor er alle drei der Antikenbehörde übergibt, wo sie unter Umständen in der Versenkung verschwinden oder von anderen für Sensationsberichte missbraucht werden. Er glaubt, dass die Texte hochbrisante Inhalte haben, und er will sie zuerst kennen. Du erinnerst dich an die Ossuarien vor ein paar Jahren ...«

»Sicher. Aber was ist denn so brisant an den Texten?«

»Das, mein lieber Freund, will ich eben herausfinden.«

»Aber du weißt schon, dass du dich juristisch auf dünnem Eis befindest?«

»Ja. Hilfst du mir trotzdem?«

Gershom zögerte kurz. »Okay«, sagte er dann. »Aber ich weiß offiziell von nichts, klar?«

»Klar.«

Michael holte die Plastiktüte mit dem kostbaren Inhalt aus dem Kofferraum seines Wagens. Dann gingen die beiden Männer durch den Eingang zur Treppe, die in den Keller des Instituts führte. Hier, in einem klimatisierten Raum, konnte Michael ungestört arbeiten. Er legte die Plastiktüte auf den Arbeitstisch.

»Das ist aber eine ziemlich unorthodoxe Verpackung«, grinste Gershom.

»Ich musste sie ja irgendwie von dem Grabungsareal schmuggeln, ohne dass Johns Mitarbeiter etwas bemerkten.«

»Na, dann hoffe ich für dich, dass du etwas wirklich Interessantes entdeckst.« Gershom ging zur Tür. »Ich hole dich so gegen sieben ab. Du übernachtest selbstverständlich bei mir. Die Kinder sind in den Ferien bei ihren Großeltern in Tiberias. Es ist so ruhig im Haus, dass ich mich auf eine Abwechslung freue.«

Nachdem er gegangen war, holte Michael sein Werkzeug hervor, zog seine Plastikhandschuhe an und begann, die Rolle vorsichtig zu öffnen.

Die Schrift ließ sich noch sehr gut lesen. Wie damals üblich, war die verwendete Tinte sicher aus dem Ruß pflanzlicher Öle und tierischem Leim gewonnen worden. Er erinnerte sich daran, alte Papyri aus Ägypten gesehen zu haben, die mit dieser Tinte beschrieben waren und deren Schriften ihre Schwärze und ihren Glanz mehrere Tausend Jahre behalten hatten.

Aber er befürchtete, dass der Papyrus brechen würde, wenn er ihn weiter öffnete. Es blieb ihm nichts anderes übrig, als Gershom nochmals um Unterstützung zu bitten. Vielleicht gab es jemanden hier im Institut, der sich mit der Behandlung alter Papyri besser auskannte als er.

JERUSALEM, TALPIOT

JOHN VERSCHLOSS DIE Holzkiste, in der die beiden anderen Schriftrollen lagen, mit Paketklebeband. Es blieb ihm nichts anderes übrig, denn am Abend würde er sich mit Hanan Mazar treffen, ihm die beiden Papyri übergeben und auch endlich seine Sponsoren informieren müssen. Seit einigen Jahren waren Archäologen gesetzlich dazu verpflichtet, ihre Grabungsfunde zu melden, denn Israel war inzwischen nicht mehr bereit, deren Bewertung anderen zu überlassen. Erst danach würde über den weiteren Verbleib der Funde entschieden werden.

Es klopfte an der Tür, und bereits im nächsten Moment stand Matthew im Raum.

»Entschuldigen Sie die Störung. Ich wollte nur wissen, wann Professor Torres aus Haifa zurückkommen wird. Er hatte mir versprochen ...«

»Woher weißt du, dass er in Haifa ist?«, wunderte sich John.

»Ich ... äh, das habe ich gestern zufällig mitgekriegt.«

»Zufällig? Wohl eher weil du gelauscht hast ...«

»Es war zufällig, Sir. Ich habe nicht gelauscht.«

John ging auf ihn zu, schob ihn aus dem Raum und schloss die Tür von außen.

»Hör zu, mein Freund. Wir hatten erst vor ein paar Tagen ein Gespräch über deine Mitarbeit hier, und ich habe keine Lust, mich ständig zu wiederholen. Du gehörst wie jeder andere Student hier zum Grabungsteam, und deine Aufgaben sind dir erläutert worden, bevor du hierhergekommen bist ...«

»Das weiß ich doch ...«

»Dann halt dich daran! Wie lange bist du jetzt dabei? Drei

Wochen, vier Wochen? Ich kann mich nicht erinnern, dich mal beim Graben oder Dokumentieren gesehen zu haben. Ständig schleichst du um uns herum. Abgesehen davon, dass es mich nervt, finde ich es sehr unkollegial den anderen gegenüber.«

John bemerkte, wie Matthew die Lippen zusammenpresste und seine Hände zu Fäusten ballte, sodass die Knöchel weiß hervortraten. Aber er sagte nichts mehr, drehte sich um und ließ John vor der Baracke stehen. John drehte sich um, nahm den Schlüssel, den er zuvor dummerweise stecken gelassen hatte, und verschloss die Tür. Aber Matthew hatte gesehen, was er sehen wollte, und er wusste, es war höchste Zeit zu handeln.

John gesellte sich zu Ellen, die sich gerade gemeinsam mit einigen Studenten unter dem Zeltdach ein paar Scherben durch die Lupe ansah. Es waren vier Stücke, die zueinanderpassten und auf denen jetzt ein zusammenhängender Text lesbar war.

»Schade, dass Michael nicht da ist, dann wüssten wir gleich, was da steht, und könnten vielleicht noch mal konkreter nach dem Inhalt des Kruges suchen«, meinte Ellen.

»Stellt euch doch mal vor, es wäre ein weiteres Evangelium drin gewesen …«, sagte eine der Studentinnen. »Dann würden wir berühmt!«

John drehte sich zu ihr um. »Wärst du das denn gerne?«, fragte er.

»Wer wäre das nicht?«

»Aber das ist hoffentlich nicht der einzige Grund, warum du hier jeden Tag mit uns im Sand buddelst. In der Archäologie erforschen wir die Vergangenheit von Kulturen, um zu erfahren, wie die Menschen damals lebten und welche Bedeutung sie in ihrer Zeit hatten. Dabei sollten wir immer unvoreingenommen und mit großer Sorgfalt an die Dinge herangehen. Und noch etwas: Wenn ihr Archäologen werden wollt, dürft ihr niemals eure Leidenschaft verlieren, nach Zeugnissen der Vergangenheit zu suchen. Auch dann nicht, wenn ihr monate- oder sogar jahrelang nichts von Bedeutung findet.« John sah in die jungen Gesichter seiner Studenten. »Doch ich verspreche euch, eines Tages werdet ihr etwas finden, das zunächst ganz unbedeutend aussieht, und wenn ihr es dokumentiert und sein Alter bestimmt habt, wird es sich als ein wahrer Schatz herausstellen.« Die Augen der jungen Leute strahlten ihn an.

»Ach ja, wisst ihr eigentlich, wie die C14-Methode funktioniert?«

Einige schüttelten den Kopf.

»Also dann, hier die Erklärung: In unserer gesamten Atmosphäre befindet sich das radioaktive Kohlenstoffisotop C14, das ständig durch kosmische Strahlung erzeugt wird. Es gelangt in Form von Kohlendioxid in die Biosphäre und wird hier zunächst von Pflanzen aufgenommen. Die wiederum werden von Tieren als Gras, Blätter oder Rinde und von Menschen als Gemüse und Früchte gegessen. Die Kohlenstoffisotope bleiben sowohl in Pflanzen und Tieren als auch in unseren menschlichen Körpern erhalten und haben eine messbare Aktivität, die sich über sehr lange Zeit nur sehr langsam abbaut. Genauer gesagt: in 5730 Jahren um die Hälfte. Das bedeutet also, je älter ein Fund, desto geringer seine C14-Aktivität. Misst man sie, kann man das Alter eines Objekts ziemlich genau bestimmen. Zum Beispiel in pflanzlichen Produkten wie Papyrus, Korbgeflecht oder aus Holz gefertigten Geräten. Und diese Entdeckung ist ein Meilenstein der Archäologie. So, das war mein Wort zum Sonntag, obwohl heute erst Freitag ist. Wir sehen uns am Montag wieder.«

Die jungen Leute klatschten, danach löste sich die Gruppe auf. Ellen kam auf John zu und sagte: »Es ist wirklich toll, wie du die jungen Leute immer wieder begeistern kannst. Ich wünschte, ich könnte das auch.«

John schaute sie verwundert an. »Das ist doch nichts Besonderes. Ich lasse sie doch nur an meiner eigenen Begeisterung teilhaben.« Er legte einen Arm um ihre Schultern. »Ich wollte dich eigentlich fragen, ob wir etwas trinken gehen, aber ich habe heute noch einen Termin mit Hanan. Verschieben wir es auf morgen?«

»Klar. Kein Problem«, sagte Ellen und schaute ihm nach, als er wieder in der Baracke verschwand. Was wollte er mit Hanan besprechen? Früher war sie immer dabei gewesen, wenn ein Termin mit ihm anstand. Sie wurde das Gefühl nicht los, dass John Geheimnisse vor ihr hatte, und das kränkte sie ein wenig. Sie arbeiteten nun schon seit Jahren zusammen, aber bis heute war sie nie so recht schlau aus ihm geworden. Mal war er ihr nahe, nahm sie in den Arm so wie eben, und dann wieder hielt er sie auf Abstand. Als sie angefangen hatte, mit ihm zu arbeiten, hatte sie sich heftig in ihn verliebt und ziemlich darunter gelitten, dass er ihre Gefühle nicht bemerkte oder nicht bemerken wollte. Auf jeden Fall hatte er sie nicht erwidert, und sie hatte sich schon überlegt, wieder abzureisen. Doch ihre Vernunft siegte irgendwann, denn diese Chance, mit einem so renommierten Wissenschaftler wie John McKenzie zu arbeiten, würde sie nicht so bald wieder bekommen.

Sie ging hinüber zum Parkplatz, stieg in den alten Honda Civic, den sie gemietet hatte, und fuhr in ihr Quartier. Mal sehen, was die jungen Leute heute noch vorhatten, vielleicht würde sie sich ihnen anschließen, denn morgen am Sabbat konnte sie ausschlafen.

Um ihn herum war es dunkel, als John wieder zu sich kam. Er lag mit dem Gesicht auf der Erde und hatte Sand im Mund, den er sofort ausspuckte. Er versuchte sich aufzusetzen, aber bei der kleinsten Bewegung war der Schmerz in seinem Kopf und seinem Nacken so heftig, dass er doch noch einen Moment liegen blieb. Dann versuchte er noch einmal ganz langsam sich aufzurichten. Wo war er eigentlich? Sein Rücken lehnte jetzt am Hinterrad seines Jeeps, er musste also noch auf dem Parkplatz sein. Er sah auch die Lichter von Talpiot aufleuchten und konnte die Umrisse von Bäumen und Felsen in seiner Umgebung unscharf erkennen. Wo war seine Brille? Er tastete den steinigen Boden um ihn herum ab, bis er sie schließlich fand. Gott sei Dank waren die Gläser nicht zerbrochen. Er griff sich an den Hinterkopf und fühlte eine große Schwellung.

Offenbar hatte ihn jemand niedergeschlagen, aber warum?

Er versuchte aufzustehen, doch der Schmerz in seinem Kopf brauste wieder auf, und ihm wurde schwindelig. Es war sicher besser, noch ein Weilchen sitzen zu bleiben. Er griff in die Brusttasche seiner Weste und suchte nach seinem Mobiltelefon, aber er fand es nicht, auch in keiner der anderen Taschen. Plötzlich fiel es ihm wieder ein: Sein Handy lag wahrscheinlich noch in der Baracke auf dem Tisch, dort musste er es nach einem Gespräch mit Michael liegen gelassen haben. Er war schon an seinem Wagen gewesen, als es ihm einfiel, und er hatte gerade noch mal zurückgehen wollen, als ihn der Schlag traf.

Langsam ordneten sich seine Gedanken wieder. Er wollte nach Jerusalem, sich mit Hanan Mazar treffen und ihm die Schriftrollen übergeben. Genau, er war mit der Holzkiste zu seinem Jeep gegangen, hatte die Heckklappe geöffnet und die Kiste in den Wagen gestellt.

Die Kiste! Er musste sofort nachsehen, ob sie noch im Wagen war. Er brauchte seine Stablampe, sie musste irgendwo auf dem Rücksitz liegen.

Langsam zog er sich am Türgriff des Jeeps hoch und versuchte, den stechenden Schmerz in seinem Kopf zu ignorieren. Er öffnete sie und suchte unter den Karten und Werkzeugen, die auf den Sitzen verstreut waren, bis er die Lampe fand. Der helle Lichtkegel leuchtete über den Parkplatz, der allerdings bis auf seinen Jeep völlig verlassen war. Nur der Verkehrslärm, der aus Talpiot heraufdrang, war zu hören. Sich am Kotflügel abstützend ging er um seinen Wagen herum und öffnete die Heckklappe, aber noch bevor er in den Kofferraum leuchtete, wusste er, dass die Kiste weg war.

Natürlich, die Schriftrollen, das war es, wonach der oder die Täter gesucht hatten. Er wusste zwar nicht wieso, aber er glaubte, dass es mehrere waren, die ihm aufgelauert und ihn niedergeschlagen hatten. Sie mussten von seinem Fund erfahren haben. Aber wie war das möglich? Er hatte mit niemandem außer mit Michael darüber gesprochen. Konnte jemand sie belauscht haben? In der Hotelbar? Oder hier in der Baracke? Jacques? Hatte er an dem Morgen, an dem John gekommen war, an der Tür gelauscht, bevor er anklopfte? Über was hatten sie da gleich gesprochen? John konnte sich nicht mehr genau erinnern.

Aber nein, Jacques war es gewiss nicht, er gehörte schon seit Jahren zu der Studentengruppe, die nach dem Examen bei ihm arbeitete. Er hatte ihn immer als zuverlässig und vertrauenswürdig eingeschätzt, und Jacques hatte ihm keinen Grund geliefert, etwas anderes zu glauben. Matthew! Es konnte sich nur um Matthew handeln, der seit Wochen um ihn herumgeschlichen war. Dieser kleine Bastard! Aber er würde ihn finden, und dann Gnade ihm Gott.

Er ließ die Heckklappe des Jeeps zufallen und ging immer noch leicht schwankend die hundert Meter hinunter zur Baracke. Auch hier war alles still. Er schloss die Tür auf und knipste das Licht an. Wie er richtig vermutet hatte, lag sein Mobiltelefon auf dem Tisch. Er nahm es in die Hand und sah, dass vier neue Nachrichten eingegangen waren. Michael hatte zweimal angerufen, und Mazar wollte wissen, wo er bliebe, und hinterließ in einer zweiten Nachricht, dass er jetzt wegmüsse und John ihn wieder anrufen solle. Das war um acht gewesen, jetzt war es fast 9 Uhr. Sein Kopf schmerzte, und ihm war immer noch ein wenig schwindelig. Er musste hier weg, aber er wusste auch, dass es klüger war, in seinem Zustand nicht selbst zu fahren. Daher setzte er sich auf den Stuhl und rief Ellens Nummer an. Sie würde ihn abholen und ins Quartier bringen. Mit Hanan und Michael würde er auch morgen noch sprechen können.

HAIFA

DAS HYPERMODERNE HAUS, in dem Gershom mit seiner Familie lebte, lag im Süden, an den Ausläufern des Karmelgebirges. Von hier hatte man einen herrlichen Blick über die Stadt und den Hafen. Michael und Gershom saßen auf der großen Terrasse an einem Marmortisch, der Platz für wenigstens zwölf Leute bot. Das erinnerte Michael daran, wie gerne Gershom schon während ihrer gemeinsamen Studienzeit gekocht und möglichst viele Freunde gleichzeitig eingeladen hatte. Es war ein angenehm warmer Abend, und das Licht der Kerzen in den schweren Leuchtern, die auf dem Tisch standen, ließ den dunkelroten Wein in ihren Gläsern funkeln.

»Das ist wirklich ein feiner Tropfen. Ich hatte keine Ahnung, dass ihr hier so guten Wein macht.«

»Und ob! Einer der Rothschilds hat hier schon Ende des 19. Jahrhunderts die klassischen französischen Reben pflanzen lassen, Cabernet Sauvignon, Merlot, Syrah, etc. Der hier, ein Special Reserve Cabernet-Merlot 2004, stammt aus einer Kellerei gar nicht weit von hier, in den Karmelbergen«, sagte Gershom mit unüberhörbarem Stolz in der Stimme. »Wusstest du, dass ›Carmel‹ *der Weingarten Gottes* bedeutet? Mit anderen Worten, Weinbau hat hier eine lange Tradition. Inzwischen baut man auch um den See Genezareth Wein an.«

Michael nahm einen weiteren Schluck aus seinem Glas. »Dann ist es auch nicht verwunderlich, dass er so gut schmeckt. Auch dein Osso buco war wirklich große Klasse.«

»Wenn ich daran denke, dass ich mich anfangs immer darum bemüht habe, koscher zu kochen, bin ich wirklich froh, dass ich mich heute nicht mehr total nach diesen Regeln richte. Rebekkah hat das nie von mir verlangt, aber ich dachte, das sei ich meinem Schwiegervater schuldig.«

»Ich koche eigentlich nie«, sagte Michael, »obwohl es bei vielen meiner Kollegen und Freunde als schickes Hobby gilt. Es amüsiert mich immer, wenn ich höre, wie sie sich wortreich über die Vorzüge der Butter aus der Bretagne oder das einzigartige Aroma von weißen Trüffeln aus dem Piemont auslassen. Dabei esse ich gerne und gerne gut. Aber ich lasse lieber kochen.«

»Kein Wunder, du hast ja auch keine Familie, oder hat sich da inzwischen etwas geändert?«

Gershom nahm einen Schluck und blickte ihn neugierig über den Rand seines Glases an.

»Nein. Offen gestanden, ich lebe ganz gern allein. Natürlich habe ich hier und da meine kleinen Abenteuer, aber ich sorge von Anfang an dafür, dass sie unverbindlich bleiben.«

»Schade, du hast offenbar keine Ahnung, was dir entgeht. Ich dachte immer, dass Jennifer und du gut zusammenpasst. Was ist denn da schiefgelaufen?«

»Das habe ich mich auch schon gefragt«, sagte Michael nachdenklich. »Vielleicht war uns beiden der berufliche Erfolg irgendwann wichtiger als unsere Beziehung. Wir waren beide sehr ehrgeizig damals.« Er nahm sein Glas und stand auf. »Offenbar haben wir eben doch nicht so gut zusammengepasst. Aber lass uns von was anderem reden.« Michael stellte sich an die Brüstung der Terrasse.

Gershom schaute ihm versonnen nach, insistierte aber nicht weiter, obwohl er ihm gerne dazu noch einiges gesagt hätte. Er stand ebenfalls auf, gesellte sich zu ihm und schaute in die Ferne.

»Ist das nicht ein wunderbarer Ausblick? Jetzt wohne ich schon seit Jahren hier und genieße die Aussicht doch jeden Tag wieder aufs Neue.«

»Und die politische Situation hier, beängstigt sie dich nicht? So nahe der syrischen und libanesischen Grenze.«

»Wo du auch lebst in Israel, du bist immer in der Nähe einer gefährlichen Grenze. Wir sind von Feinden umgeben, aber erstaunlicherweise gewöhnt man sich daran, auch wenn das kein erstrebenswerter Zustand ist. Haben wir denn eine Wahl? Nach fast zwei Jahrtausenden Diaspora kehrten die Juden endlich ins gelobte Land zurück, nur leider hatten es andere längst unter sich aufgeteilt. Doch das ändert nichts an der Tatsache, dass es unser Land ist. Das Land, das Gott uns zugewiesen hat. Und eine höhere Instanz gibt es nicht, deshalb werden wir auch hierbleiben, komme, was da wolle.«

Michael schaute Gershom von der Seite an. Er stand stramm wie ein Soldat, den Blick geradeaus gerichtet.

»Aber sind die Vorgehensweisen, mit denen ihr es verteidigt, nicht manchmal etwas fragwürdig?«

»Wie meinst du das?«, fragte Gershom, und seine Stimme hatte einen leicht verschärften Ton angenommen.

»Nicht, dass wir uns missverstehen, ich spreche wirklich nur von meinen eigenen Erfahrungen und gebe nicht die Meinung irgendeiner linken Presse wieder. Aber als ich vor etwa zehn Jahren Grabungen in Jericho besuchte, war ich beim Bürgermeister der Stadt zum Essen eingeladen. Wir standen noch in einer kleinen Bar am Marktplatz, als plötzlich mehrere Militärlastwagen mit Soldaten in die Stadt kamen. Sie sprangen mitten auf dem Marktplatz heraus, schossen in die Luft und scheuchten alle Bewohner in ihre Häuser und mich aus der Stadt. Ich war ziemlich entsetzt, muss ich sagen. Da wurde nicht nur militärische Macht demonstriert, sondern Angst und Schrecken verbreitet. Und das erinnerte mich fatalerweise an die Methoden der Nazis Anfang der Dreißigerjahre des letzten Jahrhunderts.«

Gershom schnappte nach Luft. »Du willst uns doch jetzt nicht allen Ernstes mit den Nazis vergleichen?«
»Nicht euch, sondern die Methoden des Militärs.«
»Aber die Situation ist hier doch eine ganz andere als damals in Deutschland! Haben Juden Handgranaten in Kindergärten geworfen oder sich in vollbesetzten Bussen selbst in die Luft gesprengt? Haben sie wahllos auf offener Straße Menschen erschossen? Nein! Sie waren friedliche Bürger, die man nach dem Ersten Weltkrieg für Inflation, soziales Elend und revolutionäre Umtriebe verantwortlich machte, weil man einen Sündenbock für die Misere in Deutschland brauchte. Und schließlich hat man sie zum Krepieren ins KZ geschickt. Was hier geschieht, ist keinesfalls mit damals vergleichbar. Unser Militär versucht nur, unser Land durch Präventivmaßnahmen zu schützen. Terroristen und mögliche Attentäter sollen abgeschreckt werden, noch mehr Anschläge zu verüben.«

Michael wollte noch etwas zur aggressiven Siedlungspolitik in den palästinensischen Gebieten sagen, sah aber, wie emotional Gershom war, und verzichtete darauf. Stattdessen erzählte er von dem Buch des palästinensischen Philosophen Sari Nusseibeh, das er gerade gelesen hatte.

»Der Autor plädiert für einen israelisch-palästinensischen Bundesstaat unter israelischer Führung. Das würde unter anderem bedeuten, alle könnten bleiben, wo sie sind, man müsste also weder Israelis noch Palästinenser in die für sie vorgesehenen Gebiete zurückführen, was heute wahrscheinlich sowieso nicht mehr möglich ist. Allerdings müssten Israelis und Palästinenser gleichberechtigt sein.«

»Dem würde ich unter Umständen zustimmen«, sagte Gershom. »Autor und Buch werde ich mir sofort aufschreiben, das möchte ich gerne lesen. Mittlerweile muss ich mir alles notieren, was ich nicht vergessen will. Geht dir das auch so?«

Michael nickte zustimmend.

»Allerdings. Ist wohl eine Alterserscheinung.«

Die beiden Männer kehrten zum Tisch zurück und setzten sich. Gershom goss Rotwein in die geleerten Gläser. »Wie kommst du mit deiner Arbeit voran?«, fragte er. »Ist Ruth dir eine Hilfe?«

»Ja, vielen Dank, das ist sie. Ich glaube, ich werde schon sehr bald mit dem Studium der gesamten Schrift anfangen können«, sagte Michael. »Und du bist sicher, dass sie kein Aramäisch lesen kann? Es wäre fatal, wenn sie den Inhalt verstehen würde …«

»Mach dir keine Gedanken, sie ist meine beste Handwerkerin, aber sie hat keine Ahnung von alten Sprachen.«

Bevor er ins Bett ging, telefonierte Michael mit Claire in Princeton und erzählte ihr in groben Zügen von Johns Fund. Obwohl er sein Mobiltelefon benutzte, das er für einigermaßen sicher hielt, wollte er nicht in die Details gehen. Hatte John ihn mit seiner übertriebenen Vorsicht schon angesteckt?

»Na, ich sehe schon, du wirst kaum zu Weihnachten wieder hier sein, oder? Ich habe aber offen gestanden auch nichts anderes erwartet«, sagte Claire. »Und ich kann dir anhören, dass es dir gut geht und wie froh du darüber bist, mal wieder bei einer Grabung dabei zu sein.«

»Ja, das bin ich wirklich! Ich hatte ganz vergessen, wie aufregend es sein kann mitzuerleben, wie ein Stück alter Kultur im Boden entdeckt wird. Apropos, was ich dich fragen wollte: Hast du im Archiv eigentlich auch originale Schriften in aramäischer Sprache aus dem ersten Jahrhundert? Ich habe nie welche gesehen.«

»Nein, leider nicht, wir haben nur Kopien einiger Schriftrollen für das Princeton-Project, an denen deine Kollegen vom Theologischen Seminar arbeiten. Aber das sind Dokumente aus vorchristlicher Zeit.«

»Die kenne ich, aber es hätte ja sein können, dass ihr auch Material aus späterer Zeit habt.«

»Nein, aber hätten wir gerne. Vielleicht kannst du ja ein paar Schriftrollen mitbringen ...« Sie lachte. »Nein, im Ernst, sollten wir sie erwerben können, dann lass es mich bitte sofort wissen.«

»Mach ich. Ich melde mich wieder. Bis bald.«

LADAKH

DIE HOLPRIGE FAHRT IN dem kleinen Lastwagen, dessen Stoßdämpfer den Dienst schon lange aufgegeben hatten, dauerte mehrere Stunden. Abgesehen davon, dass ihr Rücken schmerzte, fand Jennifer ihren Begleiter immer unheimlicher, ohne dass sie genau sagen konnte, warum. Er benahm sich devot, aber auf eine unangenehme Art, und wenn er sich unbeobachtet fühlte, hatte sein Gesicht einen finsteren, fast hasserfüllten Ausdruck.

Sie bereute bald, das Angebot der beiden Priester ausgeschlagen zu haben, und versuchte, sich abzulenken. Sie konzentrierte sich deshalb auf die karge, fast baumlose Landschaft, deren herbe Schönheit etwa Magisches hatte. So könnte es auch auf einem fernen Planeten aussehen, dachte sie. Doch die kleinen Stupas, umgeben von Bändern mit bunten Gebetsfahnen, an denen sie hier und da vorbeifuhren, ließen keinen Zweifel daran, wo sie waren.

Schließlich erreichten sie den steilen Weg, der zum Kloster führte, und der klapprige Lastwagen ächzte hinauf. Oben angekommen hielt Khenpalung an und verabschiedete sich. »Ich komme nicht mit hinein.«

Jennifer nahm ihre Reisetasche und stieg aus. Daraufhin parkte er den Wagen unterhalb der Wohnhäuser der Mönche, sprang heraus und verschwand.

Jennifer lief das letzte Stück des steinigen Weges hinauf und kam zu einer Treppe, die auf der rechten Seite von Gebetsmühlen in bunten Farben gesäumt war. »Dschulee! Dschulee!« Mehrere junge Novizen rannten ihr entgegen, begrüßten sie, nahmen ihr die Reisetasche ab und führten sie durch das hohe Holztor in den Innenhof. Aus dem Hauptgebäude konnte sie den monotonen Gesang tiefer Brummtöne und das rhythmische Schlagen der Trommeln hören, die vom metallischen Klang der Messingschellen begleitet wurden. Die Stirnseite des Hofes war gesäumt mit geschnitzten und buntbemalten Holzsäulen, die ein Vordach trugen, und auch darunter befand sich eine Reihe von Gebetsmühlen. In der Mitte führte eine Treppe ins Innere.

Auf den Stufen kam ihr ein hagerer Mann entgegen. »Ich bin Songtsen, der älteste der Priester. Khenpalung hat mich zwar darüber informiert, dass Sie heute schon kommen, doch das war keine gute Entscheidung. Wie Sie wissen ist unser Abt vor Kurzem gestorben, und wir befinden uns in der Trauerzeit«, sagte er auf Bhoti, und Jennifer antwortete in der Landessprache.

»Es tut mir sehr leid, doch die Angelegenheit eilt, denn ich bin nur kurze Zeit in Ladakh. Ich werde ihre Rituale und Zeremonien nicht stören. Weisen Sie mir nur einen Platz zu, an dem ich die Schriften sichten kann.«

Der alte Mann nickte und rief einen der Novizen herbei. »Das ist Sonam, er wird Sie in die Bibliothek begleiten, wo alles bereits vorbereitet ist. Im Nachbargebäude befindet sich der Schlafraum, in dem Sie übernachten können. Sonam wird ihr Gepäck gleich hinübertragen. Aber ich möchte, dass Sie sich beeilen, Ihre Anwesenheit stört.«

»Das verstehe ich«, antwortete Jennifer etwas irritiert, »aber ich werde versuchen, so zügig wie möglich zu arbeiten. Es wird sicher schnell festzustellen sein, ob die Schriften die Bedeutung haben, die sich mein Auftraggeber erhofft. Sollte das der Fall sein, wird er den Preis, den Sie verlangen, gerne dafür zahlen.«

Der alte Mönch nickte und zog sich ohne ein weiteres Wort zurück. Dann blickte Jennifer zu dem Novizen. Der etwa vierzehn Jahre alte Junge hatte ein rundes, offenes Gesicht mit klaren, wachen Augen. »Good morning, Miss«, sagte er. »How are you?«

»Oh, you speak Englisch?« Jennifer lächelte ihn an.

»A little«, strahlte der Junge, und Jennifer schloss ihn gleich in Herz.

»Okay, then let's go.«

Sonam führte sie in ein Nebengebäude, in dem sich ihr Zimmer im dritten Stock befand. Es war sparsam doch zweckmäßig möbliert: ein Bett, ein Tisch, ein Hocker und an der Wand ein paar Haken für ihre Kleidung. Sie machte sich kurz frisch, während Sonam vor der Tür wartete. Anschließend begleitete er sie durch die reich geschmückte Halle mit bunten Vorhängen und Tausenden von kleinen Buddha-Abbildungen an den Wänden sowie einer großen golden Statue am Ende des Raumes. Sie stiegen die Stufen hinauf und gelangten in die Bibliothek. Auf einem schmalen Tisch lagen mehrere Stapel loser Papiere, die Jennifer etwas irritiert anschaute. Sie setzte sich auf eine kleine Bank, die mit einem dunkelroten flachen Kissen gepolstert war, aber keine Lehnen hatte, kramte in ihrer Tasche nach ihrer Brille und schaute auf den oberen Bogen, ohne ihn zu berühren.

»Like tea?«, fragte Sonam.

»Ja«, sagte sie und blickte in das hübsche Gesicht des Jungen. »Danke, das ist genau das, was ich jetzt brauche.«

Sonam verschwand fast lautlos durch die Tür.

Obwohl der Erzbischof ihr nichts über die Form der Schriften hatte sagen können, ob es Schriftrollen, gebundene Bücher oder lose Blätter waren, sah Jennifer auf den ersten Blick, dass diese Manuskripte kaum diejenigen sein konnten, die der Erzbischof zu finden gehofft hatte. Dennoch zog sie ihre dünnen Latexhandschuhe an, holte ihre Lupe heraus und sichtete die oberen Blätter. Sie erkannte schnell, dass es sich um einen

Briefwechsel zweier Lamas handelte, der vielleicht einige Jahrhunderte, aber kaum zwei Jahrtausende alt sein konnte. Neben religiösen Gedanken waren auch Ereignisse des Klosterlebens, Missernten und darauf folgende Hungersnöte, politische Unruhen und Überfälle feindlicher Soldaten niedergeschrieben worden. Ratlos brachte sie die Blätter in eine chronologische Reihenfolge und legte sie beiseite, als Sonam eine Stunde später mit einer Kanne dampfenden Tees erschien.

»Sorry, must do other task, before come back.« Er stellte die Kanne auf den Tisch, holte zwei Tassen aus einem Regal und goss Tee ein. Jennifer machte sich nicht viel aus Buttertee, aber sie trank einige Schlucke, und Sonam strahlte sie an.

»Es freut mich, dass du mir Gesellschaft leisten willst, aber hast du heute keine Schule?«, fragte sie auf Bhoti.

»Schon, aber man hat mich beauftragt, mich um Sie zu kümmern und Ihnen zu helfen, wenn Sie Hilfe brauchen.«

Sonam setzte sich auf einen Hocker an der Wand, einige Meter entfernt von Jennifer. Sie musste lächeln. »Wahrscheinlich bist du ganz froh, mal ein bisschen zu schwänzen, oder?«

Der Junge nickte bloß und grinste.

»Gut, dann bleib einfach da sitzen, bis ich dich rufe.«

Damit wandte sie sich wieder den Schriften zu und suchte nach etwas Ungewöhnlichem. Viele Textpassagen waren kaum zu entziffern, hatten Wasserschäden oder waren ausgeblichen. Dennoch bemühte sie sich, wenigstens zu erahnen, um was es ging. Einige Stunden später brannten ihre Augen, und die Müdigkeit, die noch von ihrem Jetlag herrührte, lähmte ihren Geist. Außerdem machte ihr auch der Höhenunterschied zu schaffen. Die zwei Tage Rast in Srinagar hatten nicht gereicht, um sich an die Höhe zu gewöhnen. Sie drehte sich um und sah, dass Sonam noch immer auf dem Hocker saß.

»Mein Gott, dich habe ich ja ganz vergessen. Das tut mir leid, du hättest ruhig gehen können.«

»Aber ich soll doch in Ihrer Nähe bleiben. Die anderen Novizen sprechen kein Englisch, deshalb habe ich diese Aufgabe bekommen. Dass Sie auch unsere Sprache sprechen, müssen die ja nicht unbedingt wissen.« Verschmitzt lachte er sie an.

»Das wird sich kaum verheimlichen lassen. Also, ich möchte jetzt in mein Zimmer gehen. Ich muss mich ein bisschen ausruhen.«

Sonam stand auf, öffnete die Tür und ging voraus, die Stiege hinunter durch die Eingangshalle auf den Hof. Jennifer sah, dass ein leichtes Zittern durch den schlanken Körper des Jungen ging, als er die Stufen hinunterlief. Sie hatte ein schlechtes Gewissen, schließlich hatte er sicher noch nichts gegessen. Ihr Gepäck stand noch immer neben dem kleinen Tisch. Sie öffnete ihre Reisetasche und holte eine Packung Kekse und eine Tafel Schokolade heraus, die sie dem Jungen reichte. »Das magst du doch bestimmt.«

Wieder schenkte ihr Sonam sein breites Lächeln. »Danke, aber das muss ich mit den anderen teilen.« Er ging zur Tür. »Ich komme morgen wieder, wenn Sie sich ausgeruht haben.« Dann verschwand er.

Jennifer setzte sich auf das schmale Bett. Sie war ein bisschen enttäuscht, denn die Vorfreude auf die spannende Aufgabe war verpufft und wurde durch Müdigkeit ersetzt. Sie legte sich hin und schlief sofort ein.

Gegen 6 Uhr morgens klopfte es leise an der Tür, und Sonam trat ein. Jennifer war schon eine Weile auf und hatte beschlossen, sich an diesem Tag noch einmal mit den Briefwechseln zu beschäftigen, und wenn sie nichts weiter fand, wollte sie am folgenden Tag zurückzufahren. Sobald sie wieder in Leh ankam, müsste sie den Erzbischof anrufen und ihm von dem Misserfolg berichten.

Sonam strahlte sie an. »Ich soll Sie zum Frühstück abholen. Und hier habe ich ein Glas heißen Chai für Sie, der schmeckt

ihnen sicher besser als Buttertee.« Jennifer musste lachen.
»Das ist dir nicht entgangen. Du bist wirklich ein wacher Bursche! Schade, dass ich morgen zurückfahren werde, ich hätte dich gerne näher kennengelernt.«
Sonam blickte sie enttäuscht an. »Aber warum denn? Sie haben doch noch gar nicht alles gelesen.«
»Nein, aber ich weiß, dass diese Schriften nicht das sind, was ich suche, und deshalb macht es keinen Sinn, länger hierzubleiben und eure Trauerzeit zu stören.«
Sie nahm einen Schluck heißen Chai und spürte, wie der würzige Tee sie belebte. »Hmm, der schmeckt gut«, sagte sie zu Sonams Freude, trank die Tasse aus und gab sie ihm zurück. »Na, dann lass uns mal wieder hinuntergehen.«
In einem kargen Raum, der im Kontrast zu den reich geschmückten Meditationsräumen mit den bunten Fahnen, den Buddhafiguren und Hunderten von Kerzen stand, saßen etwa dreißig schwatzende Mönche und nur eine kleine Gruppe Novizen in ihren gelben und dunkelroten Kashaya-Gewändern an einem langen schmalen Holztisch. Darauf standen Schüsseln mit Tsampa, einem Brei aus gerösteter Gerste, und Thing mo, gedämpftem Brot. Dazu gab es Boche, den Buttertee, oder Chai. Als Jennifer mit Sonam den Raum betrat, waren alle sofort still. Songtsen wies ihr ohne ein Wort zu sagen nur durch eine Handbewegung einen Platz zu, den sie sogleich einnahm. Sonam setzte sich an ihre Seite, was Gemurmel bei den jungen Novizen auslöste. Ein Blick Songtsens genügte allerdings, und es war wieder still.
»Ich hoffe, dass Ihnen unser Frühstück nicht zu bescheiden ist«, sagte er auf Englisch, was außer ihr und Sonam keiner verstand.
»Es ist vollkommen ausreichend, vielen Dank für Ihre Großzügigkeit«, antwortete Jennifer auf Bhoti, denn es war ihr wichtig, bei allen Anwesenden Vertrauen zu erwecken. Er-

staunt schauten die Mönche und Novizen auf Jennifer und begannen sofort, sie mit Fragen zu löchern. Wo kommen Sie her? Warum sind Sie hier? Wieso können Sie unsere Sprache sprechen?

»Das wollte ich vermeiden«, sagte Songtsen. »Nun wird es nicht leicht sein, sie vor der Neugier der Kinder zu schützen.«

»Ich glaube, ich komme schon klar. Die Jungen werden sicher verstehen, dass ich hier arbeiten muss. Am Nachmittag, nach der Meditation, werde ich mich gerne mit ihnen unterhalten und ihnen auf alle Fragen antworten. Einverstanden?«

Sie schaute in die Runde. Die Kinder lachten sie an und nickten. Nur Sonam schien etwas enttäuscht, befürchtete er doch, seine Sonderstellung gerade eingebüßt zu haben.

Etwas später saß sie wieder in der Bibliothek, mit ihrer Lupe über die Papiere gebeugt. Plötzlich fiel ihr ein Name auf, der sich auf den letzten Seiten mehrfach wiederholt hatte. *Issa*. Sie blätterte zurück und versuchte die Stelle zu finden, wo er zum ersten Mal aufgetaucht war, und entdeckte ihn schließlich vereinzelt schon etwa in der Mitte des Manuskripts. Außerdem fand sie zum ersten Mal auch Hinweise auf die Zeit, in der diese Zeilen verfasst worden waren. Da war von den immer wiederkehrenden Überfällen muslimischer Truppen aus dem benachbarten Baltistan die Rede, von der Zerstörung mancher Klöster und der Verbrennung religiöser Schriften. Überfälle dieser Art hatte es seit Ende des 15. Jahrhunderts zwar immer wieder gegeben. Dabei war es zunächst nur um reine Landeroberungen gegangen. Die religiös motivierte Gewalt der Moslems gegen die Buddhisten hatte erst Ende des 16. Jahrhunderts, also hundert Jahre später, begonnen. Aus dieser Zeit musste der Briefwechsel stammen, denn hier bat ein gewisser Lama Tenzin seinen Freund Lama Yonten, eine Truhe voller Schriften aufzubewahren, um sie vor der Vernichtung der muslimischen Soldaten zu schützen. Und weiter hieß es, darunter seien auch die Aufzeichnungen eines gewissen *Issa,* die in einer fremden Sprache abgefasst waren.

Lama Yonten wusste zwar nicht, wer dieser *Issa* war, aber seine Neugierde war geweckt worden, und da er die Texte nicht lesen konnte, fragte er seinen Freund in den folgenden Briefen, wer denn dieser *Issa* gewesen sei. Tenzin schrieb, dass *Issa* ein Lehrer gewesen war, der vor 1500 Jahren als Kind aus dem Westen nach Indien gekommen war, um die Lehre Buddhas zu studieren. Im Alter von etwa dreißig Jahren war er zurück in das Land gegangen, aus dem er gekommen war, um dort Buddhas Lehre zu verkünden. Doch sein Volk hatte ihn geschmäht, und man hatte ihn sogar töten wollen. Deshalb war er einige Jahre später mit einem Gefolgsmann nach Indien zurückgekehrt und hatte hier noch weitere fünfzig Jahre als großer Lehrer und Heiler gewirkt. Auf dem letzten Blatt standen noch Ermahnungen an Yonten, die Schriften sorgfältig zu behandeln und gut zu verstecken.

Ungläubig schüttelte Jennifer den Kopf. Sollte hier der Abt eines Klosters, dessen Ort sie nicht kannte, an den befreundeten Abt eines anderen Klosters, vielleicht sogar das, in dem sie sich gerade befand, über eine Person geschrieben haben, die Jesus war? *Issa* – die Ähnlichkeit des Namens, die Zeit und die Einzelheiten der Geschichte ließen kaum eine andere Deutung zu. Doch dann verwarf sie den Gedanken wieder. Von Geschichten wie dieser hatte sie schon mehrfach gehört, und sämtliche Kommentare dazu hatten betont, dass diese Parallelen rein zufällig waren. Außerdem war Jesus Christus in Jerusalem am Kreuz gestorben, daran gab es nichts zu rütteln. Sie war zwar nicht religiös, doch sie hatte ihre eigene Beziehung zu Gott und zu Jesus Christus. Sie hatte nie viel mit dem Jesus anfangen können, den die Kirche aus ihm gemacht hatte. Doch schon als kleines Mädchen war sie immer froh darüber gewesen, dass es eine Instanz gab, an die sich alle Menschen wenden konnten, wenn es ihnen schlecht ging.

Aber warum hatte man sie hierher geschickt? Dieser Gedanke beschäftigte sie. Schriften von höchster Brisanz, hatte man ihr gesagt. Um diesen harmlosen Briefwechsel konnte es sich also nicht handeln. Sie war hier, um die Originalschriften des Issa zu finden. Das war ihre Aufgabe.

Aber wo konnten sie sein? In einer Truhe voller Bücher, die vor mehreren Hundert Jahren vielleicht hierher gebracht worden war? Und wo könnte diese Truhe sein? Hatten sich die Generationen von Mönchen, die seither hier in der Bibliothek studiert hatten, eventuell auch für die Aufzeichnungen dieses Fremden interessiert? Hatte man sie vielleicht gebündelt und irgendwo eingelagert? Sie schaute auf die hohen Wände, an denen die Bücher der vielen Gelehrten des Buddhismus bis unter die Decke gestapelt waren. Hunderttausende von Seiten, zwischen Holzdeckeln, lose mit Fäden gebunden. Zwar war jedes Buch mit einem kleinen Stofffetzen gekennzeichnet, auf dem sein Inhalt vermerkt war, aber dennoch, wie sollte sie die gesuchten Schriften finden? Wenn es überhaupt jemand wusste, dann nur der Bibliothekar, und der war offenbar in Ungnade gefallen. Sie musste Songtsen bitten, Khenpalung ins Kloster zu holen, denn nur er würde vielleicht wissen, wo sie weitersuchen konnte. Sie stand auf, um den Mönch zu suchen und danach zu befragen.

Doch Songtsen lehnte sofort ab, Khenpalung dürfe das Kloster nie wieder betreten. Wenn sie ihn sprechen wolle, dürfe das nur außerhalb der Klostermauern geschehen. Er würde ihr helfen und ein Treffen mit ihm arrangieren.

Bereits wenige Stunden später wartete Khenpalung tatsächlich in der Nähe des Klostertores auf Jennifer. Sie konnte ihn schon von ihrem Zimmerfenster aus sehen und ging hinunter. Als sie das Tor aufstieß, wehte ihr ein kalter Wind ins Gesicht. Sie hätte ihre Jacke mitnehmen sollen, doch dafür war es jetzt zu spät.

Khenpalung trug immer noch seine weltliche Kleidung, was wohl bedeutete, dass er sich mit seinem Ausschluss aus dem Kloster abgefunden hatte.

»Sie wollen mich sprechen? Ich kann Ihnen nichts sagen, ich weiß nichts«, sagte er abweisend.

»Das glaube ich Ihnen nicht. Nicht nur wissen Sie von der Existenz der Aufzeichnungen des *Issa,* Sie wissen sicher auch, wo sie sich befinden.«

»Gar nichts weiß ich! Ich kenne nur die Schriften, die Songtsen Ihnen gegeben hat. Mehr nicht.«

»Lügen Sie mich nicht an, denn Pater Adam hat mit Ihnen doch über ganz andere Schriften verhandelt, nicht wahr? Über die originalen Aufzeichnungen, die er hier im Kloster vermutet hat, und die wollten Sie ihm aushändigen«, wagte sie einen Vorstoß. Sie wurde langsam ärgerlich.

»Ich weiß nicht, wo sie sind. Der alte Abt hat sie an sich genommen und versteckt, aber ich weiß nicht, wo. Und jetzt lassen Sie mich in Ruhe, ich kann Ihnen nicht helfen.« Ohne ein weiteres Wort drehte er sich um und lief den Berg hinunter. Sie sah ihm nach und wusste, dass er log, nur hatte es keinen Sinn, ihm nachzulaufen und auf die Wahrheit zu drängen.

»Dann brauche ich auch nicht länger hierzubleiben. Holen Sie mich morgen früh um 8 Uhr ab, dann fahre ich wieder zurück«, rief ihm Jennifer hinterher. Sie verschränkte fröstelnd die Arme und ging in den windgeschützten Klosterhof zurück. Plötzlich war Sonam neben ihr und half, das große Holztor zu schließen. Gemeinsam gingen sie zurück in die Bibliothek.

»How are you?«, fragte er im Gehen. »Fine? Can help you now?«

Jennifer fuhr mit ihrer Hand über seinen kurz geschorenen Kopf.

»Ach, Sonam, ich wünschte, du könntest mir helfen. Aber ich muss jetzt nachdenken und mir überlegen, was ich tue. Ich werde morgen nach Leh zurückfahren, weil es hier nichts mehr für mich zu tun gibt.«

»You not find what you seek?«

»Nein, ich habe nicht gefunden, was ich suche«, sagte Jennifer auf Bhoti und musste lachen. Sie mochte diesen Jungen wirklich gern. »Wenn ich hierbleiben könnte, würde ich dir besseres Englisch beibringen.«

Sonam sah sie nachdenklich an. Er ahnte, von welchen Schriften sie sprach, aber durfte er ihr sagen, wo sie sich befanden?

Die Tür ging auf und Songtsen erschien. Er sah Sonam an, der sofort den Raum verließ.

»Da Sie offenbar nicht erfolgreich waren mit ihrer Suche, möchte ich Sie bitten, das Kloster morgen wieder zu verlassen.«

›Hatten die Wände Ohren?‹, fragte sich Jennifer.

Songtsen fuhr fort: »Es tut mir leid, aber Ihr Aufenthalt hier schafft einfach zu viel Unruhe.«

Er schien verärgert, aber Jennifer konnte nicht genau deuten, warum. War es wirklich, weil ihre Präsenz störte, oder war es, weil er sich von dem lukrativen Geschäft verabschieden musste, viel Geld für ein paar alte Schriften zu bekommen, die in einer Sprache geschrieben waren, die keiner lesen konnte. Was auch immer, Jennifer würde am nächsten Tag abreisen.

»Das ist mir schon klar, deshalb habe ich Khenpalung gebeten, mich morgen früh abzuholen und zurückzufahren«, sagte sie und begann, ihren Tisch aufzuräumen.

»Ich wäre Ihnen dankbar, wenn Sie sich bis dahin auf Ihrem Zimmer aufhalten würden, abgesehen von den Mahlzeiten natürlich«, sagte er und verließ die Bibliothek, ohne auf eine Antwort zu warten.

Jennifer setzte sich auf eine kleine Bank am Fenster, die mit einem Kissen gepolstert war, und schaute hinaus auf den Hof. Unten spielten die jungen Novizen Fangen, und ihre hellen Stimmen klangen bis zu ihr hinauf. Sie sah Sonam, der neben einer der reich geschnitzten Holzsäulen stand, die das Vordach trugen. Er schaute regungslos zu ihr hinauf und schien traurig zu sein. Ihr Besuch und der Kontakt zu ihr waren offenbar eine willkommene Abwechslung für ihn gewesen. Und auch ihr tat es leid, nicht mehr Zeit mit dem Jungen verbringen zu können. Sie packte ihre Utensilien in ihre Tasche und verließ die Bibliothek. Unten auf dem Hof spielten die Jungen noch immer und schienen im Moment kein Interesse an ihr zu haben. Sie schaute zum Säulengang, aber Sonam war fort.

Wie Songtsen es verlangt hatte, ging sie auf ihr Zimmer. Dort legte sie sich auf das Bett und schloss die Augen. Ihre überstürzte Reise hierher schien umsonst gewesen zu sein, im Moment jedenfalls war ihr Auftrag gescheitert. Vielleicht konnte sie irgendwann nach der Trauerzeit zurückkommen und in den alten Kisten suchen, die irgendwo im Kloster gelagert wurden, wobei ihr dann möglicherweise einige Mönche sogar helfen würden. Aber jetzt war es sicher das Beste, erst mal abzureisen. Eventuell sollte sie Kontakt mit dem Abt von Hemis, dem größten und wichtigsten Kloster in Ladakh, aufnehmen. Vielleicht gab es ja dort Unterlagen, die ihr weiterhelfen würden. Zuerst müsste sie mit den beiden Priestern sprechen und die nächsten Schritte gemeinsam mit ihnen planen. Keinesfalls würde sie sich von Khenpalung nach Hemis bringen lassen. Vor der Fahrt am nächsten Tag graute ihr jetzt schon. Er war ihr unangenehm, kam ihr verschlagen und bösartig vor.

Es klopfte an der Tür, und bevor sie reagieren konnte, wurde die Tür schon lautlos geöffnet. Sonam schlüpfte in den Raum. Er setzte sich auf den kleinen Hocker und sagte leise: »Know where papers are.«

Jennifer setzte sich auf. »What do you mean? Du weißt, wo die Dokumente sind, die ich suche?«, fragte sie atemlos.

Sonam nickte und erzählte ihr dann flüsternd in seiner Sprache von seinem Geheimnis. Dass er beobachtet hatte, wie der alte Abt über die hölzerne Wand des kleinen Meditationsraumes im obersten Stockwerk hinter den bunten Seidenvorhängen gestrichen hatte, und er glaubte, dass sich dahinter etwas Wichtiges verbarg. Wie er hilflos zusehen musste, als Khenpalung den alten Mann erschlug, weil er ihm nicht sagen wollte, wo die Schriften waren. Jennifer umarmte Sonam, der diese Zärtlichkeit regungslos akzeptierte, denn er war die körperliche Nähe einer Frau schon lange nicht mehr gewohnt. Sie strich ihm über den Kopf und murmelte: »Und du armer Junge hattest niemanden, dem du dich anvertrauen konntest. Doch was können wir jetzt tun? Offenbar weiß Songtsen nichts von dem Versteck.«

»Ich könnte mich hinaufschleichen und versuchen, die Schriften hinter der Holztäfelung zu finden, und sie Ihnen dann herbringen«, meinte Sonam.

»Aber wie erkläre ich Songtsen anschließend, wo ich sie herhabe? Ich kann nicht wieder in die Bibliothek und behaupten, ich hätte sie doch noch gefunden, nachdem er mich aufgefordert hat, morgen zurückzufahren und mich bis dahin in meinem Zimmer aufzuhalten. Außerdem, sie einfach mitzunehmen wäre Diebstahl.«

Sie überlegte, unter welchem Vorwand sie noch einmal in die Bibliothek gehen könnte, aber ihr fiel nichts ein.

»Und wir können Songtsen ebenso wenig erzählen, was du beobachtet hast, sonst bekommst du Schwierigkeiten, weil du darüber bis jetzt geschwiegen hast«, sie schaute Sonam sorgenvoll an. »Bist du sicher, dass du ungesehen hinaufschleichen kannst?«

Sonam nickte heftig.

»Ich gehe über die Außentreppe, die benutzt sonst keiner, weil sie baufällig ist. Und da oben ist niemand während der Trauerzeit.«

Jennifer dachte nach. War es das Risiko wert? Konnte sie den Jungen der Gefahr aussetzen, entdeckt zu werden? Die Bestrafung konnte sein, dass man ihn aus dem Kloster entfernte, und was würde dann aus ihm werden? Er würde als Straßenkind in Leh enden. Noch während sie nachdachte, schlüpfte Sonam aus dem Raum. Sie folgte ihm und rief leise seinen Namen, doch er war schon verschwunden. Es gab nichts, was sie tun konnte. Auf keinen Fall wollte sie Aufmerksamkeit erregen. Also wartete sie sorgenvoll auf die Rückkehr des Jungen, und je länger sie wartete, desto größer wurden ihre Befürchtungen, dass er entdeckt worden war. Bis Sonam zurückkam, dauerte es fast zwei Stunden, in denen sie in ihrem Zimmer auf und ab lief. Seine Augen leuchteten, als er ihr ein in Stoff eingewickeltes Bündel gab.»Sorry for take so long. Must go now to pray.«

Er umarmte sie kurz und rannte davon. Ihr war klar, dass der Junge nichts vom Wert der Schriften ahnte, die er ihr da gerade übergeben hatte. Er hatte es getan, weil er sie mochte, und vielleicht weil er glaubte, im Sinne des alten Abts zu handeln.

Jennifer setzte sich an den kleinen Tisch und packte das Bündel aus, das in mehrere Lagen Stoff gewickelt war, bis schließlich zwei Schriftrollen hervorkamen. Sie entfernte die erste aus einer ledernen Schutzhülle und öffnete sie. Ungläubig starrte sie auf den uralten Text. Sie hatte erwartet, dass das Dokument in Sanskrit abgefasst war, aber was sie sah waren eindeutig aramäische Schriftzeichen.

Sie wollte gerade die zweite Rolle öffnen, als sie vor der Tür ein Geräusch hörte. Schnell wickelte sie die Schriftrollen wieder ein und versteckte sie unter dem Bett.

Es klopfte. »Kann ich Sie sprechen?«, fragte eine Stimme.
»Natürlich, einen Moment bitte.« Sie stand auf und ging zur Tür. »Ich habe ein bisschen geschlafen«, sagte sie zu dem Mönch, der vor der Tür stand. »Um was geht es denn?«

»Ich bin Lama Lobsang«, sagte er auf Bhoti. »Sonam ist einer meiner Schüler, und er ist nicht zur Gebetsstunde erschienen. Wissen Sie, wo er ist? Man hat ihn vor einer Viertelstunde mit einem Paket in dieses Gebäude gehen sehen.«

»Hier ist er nicht.« Wie sollte sie ihm erklären, wo Sonam gewesen war?

»Aber war er denn nicht bei Ihnen?«

»Doch, doch. Er hat mir meine Tasche gebracht, die ich in der Bibliothek habe liegen lassen«, sagte Jennifer schnell.

»Darf ich die Tasche sehen?«

Jennifer ging zu dem kleinen Tisch und gab sie ihm.

Er schaute hinein und inspizierte den Inhalt, dann gab er sie ihr wieder zurück.

»Darf ich fragen, was Sie suchen?«, fragte Jennifer kühl.

»Oh, es hätte sein können, dass Sie unbeabsichtigt etwas in Ihre Tasche gesteckt haben, das dem Kloster gehört. Und Sie wollen doch sicher nichts mitnehmen, das nicht ihr Eigentum ist.«

»Wollen Sie auch in meine Reisetasche sehen? Dort steht sie.«

»Danke für die Erlaubnis.« Er kam in den Raum, nahm die Reisetasche, stellte sie auf das Bett und schaute hinein. Da sich jedoch hauptsächlich ihre Unterwäsche darin befand, berührte er nichts, sondern bedankte sich und verließ das Zimmer wieder.

Jennifer setzte sich erleichtert aufs Bett und verzichtete darauf, die Schriftrollen genauer zu untersuchen. Sie verpackte sie sorgfältig und legte sie in ihre Reisetasche. Dann faltete sie ihre Kleidung zusammen packte sie behutsam obenauf.

Danach legte sie sich ins Bett und versuchte, ihre Gedanken zu ordnen. Nie hätte sie mit einer solchen Überraschung gerechnet: Sie befand sich im äußersten Nordwesten Indiens – wie waren diese aramäischen Texte hierhergekommen? Konnte es sein, dass es sich tatsächlich um Aufzeichnungen von Jesus selbst handelte? Schnell verwarf sie diesen Gedanken wieder. In der Forschung gab es keine Anzeichen dafür, dass Jesus selbst jemals etwas aufgeschrieben hatte. Es war nicht mal sicher, ob er überhaupt lesen und schreiben konnte. Aber es gab auch keinen Grund anzunehmen, dass er es nicht konnte. Hatte er eventuell doch die Kreuzigung überlebt und war nach in Indien gegangen?

Es dauerte lange, bis Jennifer an diesem Abend einschlief. Als sie kurze Zeit später wieder erwachte, graute bereits der Morgen. Sie zog sich schnell an und sehnte sich nach einer Dusche und einer heißen Tasse Kaffee. Doch das würde warten müssen. Jetzt wollte sie so schnell wie möglich das Kloster verlassen.

Als sie nach unten kam, empfing Songtsen sie im Innenhof und lud sie zum Frühstück ein.

»Sie müssen etwas essen, bevor Sie sich auf den langen Weg machen. Lassen Sie Ihr Gepäck hier stehen und kommen Sie mit mir.«

Zögernd stellte sie ihre Reisetasche neben dem Eingang zur großen Halle ab. »Machen Sie sich keine Sorgen, niemand wird sich an Ihren Sachen vergreifen.«

Sie gingen hinein, und in dem kargen Raum, wo die beiden täglichen Mahlzeiten eingenommen wurden, waren alle Mönche und Novizen versammelt. Diesmal ging das Geplapper munter weiter, Jennifers Gegenwart im Kloster erzeugte keine Aufmerksamkeit mehr. Nur Sonam saß bedrückt am Ende des Tisches und schaute kaum auf, als sie sich näherte. Demonstrativ setzte sie sich neben ihn.

»Was ist los?«, fragte sie ihn auf Englisch.

»Nothing.« Er schaute kurz hinüber zu seinem Lehrer Lama Lobsang und sprach dann auf Bhoti weiter. »Ich bin traurig, dass Sie heute wieder wegfahren.«

»Aber ich komme wieder, das verspreche ich dir. Und dann bleibe ich länger und bringe dir gutes Englisch bei.«

»Vielleicht können auch die anderen Novizen davon profitieren, wenn Sie wirklich wiederkommen«, meinte Lama Lobsang. »Aber die Fremden, die uns hier besuchen, haben den Jungen schon viel versprochen, nur gehalten wurde bisher nichts.«

Sonam blickte Jennifer flehentlich an.

Sie nahm Sonams Hand und sagte: »Ich halte meine Versprechen. Du kannst dich auf mich verlassen, spätestens im nächsten Frühjahr bin ich wieder da. Ich werde dir schreiben, wann ich komme.«

Sie drückte die Hand des Jungen, und auch sein Griff wurde fester. Er lächelte sie an. »Ich glaube Ihnen.«

Nach einer Schale Chai und ein paar Bissen Thing mo verabschiedete sie sich von allen und dankte Songtsen nochmals, dass er es ihr ermöglicht hatte, die Schriften einzusehen. Er bedauerte, dass sie nicht gefunden hatte, was sie suchte, und begleitete sie hinaus. Ihr Gepäck schien unberührt. Sie schulterte ihre Reisetasche, nahm die Handtasche und ging über den Hof. Songtsen öffnete ihr die Tür, und sie ging an den Gebetsmühlen vorbei die Steintreppe hinunter. Unten wartete Khenpalung auf sie, nahm ihr die Tasche ab und warf sie auf die kleine Ladefläche des Lasters.

»Vorsicht, bitte!«, entfuhr es ihr, und sie bereute es sofort, als sie Khenpalungs misstrauischen Blick sah.

»Wir müssen uns auf den Weg machen, das Wetter soll umschlagen«, sagte er, ohne darauf weiter einzugehen.

Sie fuhren mehrere Stunden auf einer Schotterpiste, bevor sie auf die besser befestigte, aber stark befahrene Straße nach Leh kamen. Dunkle Wolken zogen über den Gipfeln des Himalajas auf. Die Vorboten des Winters, der hier schon sehr bald einsetzen würde. Kurz darauf begann ein so heftiger Schneeregen, dass sie kaum noch etwas sehen konnten.

»Die Tasche! Ich muss die Tasche hereinholen, sonst wir alles nass.« Khenpalung bremste, stieg aus, holte die Reisetasche und warf sie ihr auf den Schoß. »Na, da haben Sie wohl doch gefunden, was Sie gesucht haben«, fauchte er. »Und deshalb steht mir mein Finderlohn zu.«

»Ich habe nichts gefunden, es sind nur meine Sachen und Aufzeichnungen, die nicht nass werden sollen!«

»Das glaube ich Ihnen nicht. Lassen Sie mal sehen.« Er riss ihr die Tasche aus den Händen, zog den Reisverschluss auf und begann darin herumzukramen. »Und was ist das?« Er zog eine der Schriftrollen hervor. »Ich kann Ihnen genau sagen, was das ist«, schrie er triumphierend. »Das sind die Schriftrollen, die ich gefunden habe, bevor der alte Abt sie mir weggenommen und versteckt hat.«

Im nächsten Moment erschütterte ein gewaltiger Stoß den kleinen Lastwagen. Ein großer Transporter war auf sie aufgefahren. Jennifer flog gegen die Windschutzscheibe und rutschte dann in den Fußraum unter dem Armaturenbrett. Ihr Wagen wurde von der Straße geschoben und überschlug sich einmal an einem steilen Abhang, bevor er auf den Rädern wieder zum Stehen kam. Doch davon spürte Jennifer nichts mehr, sie hatte das Bewusstsein verloren.

Als sie wieder zu sich kam, lag sie auf einer übel riechenden, rauen Wolldecke, die unter ihr auf einem spärlich mit Gras bewachsenen Feld ausgebreitet war. Jennifer fror in der kalten Höhenluft. Wenigstens hatte es aufgehört zu regnen. Sie versuchte sich aufzusetzen, doch ein stechender Schmerz fuhr ihr durch die Glieder. Sie legte sich wieder zurück und schmeckte Blut auf ihrer Zunge, auf die sie sich offenbar gebissen hatte.

Der zweite Versuch, sich aufzusetzen, gelang mühsam. Ihre linke Schulter und ihre Knie schmerzten, aber offenbar hatte sie sich nichts gebrochen, und auch sonst schien sie keine schlimmeren Verletzungen davongetragen zu haben. Sie schaute sich um. Oberhalb des Abhangs auf der unbefestigten Straße sah sie einige voll beladene Autos und einen Ochsenkarren vorbeifahren. Der kleine Lastwagen, in dem sie gesessen hatte, war verschwunden.

Das freundliche Gesicht einer älteren Frau, die in einem Bhoti-Dialekt auf sie einsprach, neigte sich über sie. Ihr schwarzes Haar war in der Mitte streng gescheitelt und im Nacken zu zwei Zöpfen geflochten. Sie trug ein dunkles Gewand aus dickem Stoff, das sie mit einer leuchtend türkisfarbenen Schärpe in der Taille gebunden hatte.

»Ganz ruhig, ganz ruhig, gleich kommt mein Mann, er holt nur eine Karre, dann fahren wir dich zu uns nach Hause.«

»Wo ist der Lastwagen, mit dem ich verunglückt bin?«, fragte Jennifer und versuchte aufzustehen, aber ihr wurde wieder schwindelig.

»Kein Lastwagen, nur du warst hier auf dem Feld, als ich dich gefunden habe«, sagte die Frau.

Also war das Fahrzeug trotz des Unfalls noch fahrtüchtig gewesen. Khenpalung hatte sich aus dem Staub gemacht.

»Hast du meine Handtasche und meinen Koffer gefunden?«

»Nein, nichts. Nur du warst hier.«

Khenpalung war offenbar unverletzt geblieben und hatte die Gelegenheit genutzt, um zu verschwinden, und natürlich hatte er auch ihre Sachen und die Schriftrollen mitgenommen. Heißer Zorn stieg in ihr auf. Warum hatte sie sich bloß von diesem Halunken fahren lassen? Die beiden Priester hätten sie sicher gern begleitet, zumindest der jüngere. Aber es war die offensichtliche Animosität des älteren gewesen, die sie auf ihre Hilfe hatte verzichten lassen.

Was sollte sie jetzt tun? Sie musste dringend telefonieren. Vielleicht gab es in dem Dorf ja ein Telefon.

»Bitte hilf mir mal, ich möchte aufstehen«, sagte sie zu der Frau, die sie sofort stützte. Mühsam und leicht schwankend hielt sie sich auf den Beinen. »Wie lange habe ich hier gelegen?«

»Das weiß ich nicht, aber ich habe dich erst vor ein paar Minuten gefunden.«

»Gibt es hier ein Telefon? Ich muss ganz dringend telefonieren.«

»Tenzin Mowang hat eins. Er ist der Dorfälteste.«

Langsam und auf die Frau gestützt ging sie an Maulbeerbäumen und Sanddornbüschen vorbei in Richtung der kleinen Siedlung am Ufer des Indus, der hier nur wenige Meter breit war. Sein rasch fließendes Wasser schimmerte in dunklem Türkisblau. Beide Ufer waren gesäumt von Schwarzpappeln. Die nahe gelegene, kleine Siedlung war eine grüne Oase inmitten einer steinernen Wüste, die von hohen, kahlen Bergen umgeben war. Auf einem Felsvorsprung des Ladakh-Gebirges gegenüber entdeckte sie ein weiteres der vielen Klöster dieser Gegend. Als sie den Dorfrand erreichten, kam ihnen ein Mann entgegen, der eine Holzkarre hinter sich herzog. Die Frau lachte. »Du kommst zu spät, wir sind schon da.«

Die beiden führten Jennifer zu einem alten Haus, das aus Felssteinen und Holzbalken gebaut war. Ein alter Mann öffnete die Tür und bat sie in einen Raum mit niedriger Decke. Nachdem einige Höflichkeitsfloskeln ausgetauscht waren, fragte Jennifer erneut nach einem Telefon. Der Dorfälteste ging zu einem Tisch und kramte in einer Kiste, aus der er schließlich ein Mobiltelefon hervorholte, das sogar geladen war.

Sie erreichte Adam sofort. Nachdem sie berichtet hatte, was

passiert war, versicherte er ihr, dass sie sofort kommen würden, um sie abzuholen.

»Ich weiß, welches Dorf Sie meinen, wir sind in etwa einer Stunde bei Ihnen.«

Doch es dauerte fast zwei Stunden, bis der Wagen endlich in die Ortseinfahrt bog, und es war nur Adam, der im Wagen saß. Er hielt vor der Tür des Dorfältesten, und die beiden Alten stützten Jennifer beim Hinausgehen. Sie halfen ihr in den Wagen, und nachdem auch Adam sich bei ihnen für ihre Hilfe bedankt hatte, fuhren sie los. Jennifer bemerkte sofort, dass er sehr verärgert war, sprach ihn aber nicht darauf an.

»Sind Sie auch wirklich okay?«, fragte er nach einer Weile. »Soll ich Sie vielleicht doch zuerst ins Krankenhaus fahren?«

»Nein, nein«, sagte Jennifer, »es geht schon. Ich muss mich nur ein wenig ausruhen. Und natürlich mache ich mir Sorgen um die Schriftrollen.«

»Es tut mir leid, dass es länger gedauert hat. Ich hatte eine Auseinandersetzung mit Fernando darüber, wer von uns beiden fahren sollte«, sagte Adam heiser. »Er hat sich dann sofort auf die Suche nach Khenpalung gemacht. Er sagte, er wüsste, wo er ihn finden könnte. Aber vielleicht war das ja auch die richtige Entscheidung. Wer weiß, ob Khenpalung nicht sofort alles, was er Ihnen gestohlen hat, zu Geld machen will.«

»Das Wichtigste sind die Schriftrollen. Alles andere kann man ersetzen«, meinte Jennifer. »Meine Reiseunterlagen und meinen Pass hatte ich ja im Hotelsafe gelassen.«

»Ja, es sind die Schriftrollen, die auch mir die größten Sorgen bereiten. Es ist ein Wunder, dass Sie sie gefunden haben, und nun ... ich weiß gar nicht, was ich dem Bischof sagen soll.«

»Das Gespräch werde ich Ihnen selbstverständlich abnehmen, schließlich war ich ja auch verantwortlich ...«

»Vielen Dank, aber trotzdem wird er mir die Schuld geben. Ich hätte niemals zulassen dürfen, dass Sie mit diesem Halunken fahren. Ich kenne ihn ja und hätte es wissen müssen.«

»Lassen Sie uns mit dem Anruf warten, bis Fernando zurück ist. Vielleicht hat er ja Glück und findet ihn.«

»Einverstanden«, meinte Adam. Er umklammerte das Lenkrad des Wagens und schaute grimmig auf die vor ihm liegende Straße.

Jerusalem, Talpiot

ES DAUERTE FAST EINE Stunde, bis Ellen den Parkplatz in Talpiot erreichte. Sie war mit einigen der Studenten unterwegs gewesen und hatte erst ihren Wagen holen müssen. Sie lief hinunter zur Baracke, wo sie John fand.

»Tut mir leid, dass es länger gedauert hat. Was ist denn um Himmels willen passiert? Du siehst ziemlich mitgenommen aus.«

»Ich weiß es nicht, ich wollte zurück in die Stadt, stand am Auto und spürte plötzlich einen Schlag. Ich habe niemanden kommen hören, geschweige denn jemanden gesehen.« Er tastete vorsichtig nach seiner Beule. Ellen stellte sich hinter ihn und leuchtete mit der Hängelampe auf seinen Hinterkopf.

»Das sieht ganz schön geschwollen aus. Ich bringe dich jetzt erst einmal in die Notaufnahme, das muss sich ein Arzt ansehen.«

»Quatsch! Ich habe keine Zeit für so was. Fahr mich einfach nur ins Hotel, ich lege mir einen Eisbeutel auf meinen Kopf, und morgen ist es wieder gut.«

»Ich fahre dich ins Krankenhaus oder nirgendwohin!«, insistierte Ellen. »Und darüber diskutiere ich nicht mit dir, weil du im Moment gar nicht zurechnungsfähig bist.«

Sie stützte ihn auf dem Weg zu ihrem Wagen und half beim Einsteigen. Ihm war immer noch schwindelig, und langsam wurde ihm auch übel. Typische Anzeichen für eine Gehirnerschütterung. Wahrscheinlich war es wirklich besser, wenn sich ein Arzt seinen Kopf ansah.

Nachdem Ellen John in die Notaufnahme des Hadassah

Medical Centers gebracht und alle Formalitäten erledigt hatte, war es halb zwölf.

Sie überlegte kurz, ob sie Michael noch anrufen konnte, entschied sich dann dafür und wählte seine Nummer. Doch es war besetzt. Erst beim dritten Versuch erwischte sie ihn und berichtete von dem Vorfall.

»Der diensthabende Oberarzt hat John dringend geraten, wenigstens bis morgen zur Beobachtung hierzubleiben.«

»Und John hat auf den Arzt gehört? Dann muss es ihm wirklich schlecht gehen. Habt ihr die Polizei eingeschaltet?«, wollte Michael wissen.

»Nein, John hat gesagt, dass er erst mit dir sprechen will.«

»Okay, dann fahre ich gleich morgen früh zurück und komme zuerst nach Talpiot. Alles Weitere besprechen wir dann.«

Es war gegen 9 Uhr morgens, als Michael auf den Parkplatz der Grabungsstätte einbog. Er sah Ellen aus der Bürobaracke kommen und ihm zuwinken, als er ausstieg. Was für eine hübsche junge Frau sie ist, dachte Michael. Ob John überhaupt klar ist, wen er da an seiner Seite hat? Wohl kaum.

Er konnte sich nicht daran erinnern, dass John nach seiner missglückten Ehe jemals eine ernst zu nehmende Beziehung gehabt hatte. Seine Arbeit ließe ihm keinen Raum für so etwas, hatte er immer behauptet.

»Guten Morgen, Michael. Ich bin froh, dass du so schnell gekommen bist. John hat heute Morgen schon angerufen, er will, dass ich ihn sofort aus der Klinik hole. Ich habe ihm gesagt, dass ich auf dich warten will.«

»Und was sagen die Ärzte? Ist er denn überhaupt schon so weit, dass er das Krankenhaus verlassen kann? Ich kenn mich da nicht so aus. Ich weiß nur, dass mit einer schweren Gehirnerschütterung nicht zu spaßen ist. Lass mich hinfahren, vielleicht kann ich ihn zur Vernunft bringen.«

»Ist mir recht. Es ist sicher besser, wenn ich hierbleibe, damit nichts aus dem Ruder läuft. Ich habe den Studenten noch nichts gesagt. Und noch etwas: Matthew ist heute Morgen nicht zum Frühstück erschienen. Er ist offenbar schon seit gestern Abend verschwunden. Es würde mich nicht wundern, wenn er etwas mit dem Überfall auf John zu tun hat.«

Michael schaute Ellen zweifelnd an.

»Meinst du wirklich? Er ist doch nur ein dummer Junge.«

»Es ist nur so ein Bauchgefühl. Irgendetwas stimmt nicht mit ihm. Ständig schleicht er um John herum und steckt seine Nase in Dinge, die ihn nichts angehen. Jacques erzählte mir kürzlich, dass er ihn mit dem Mann, der vor ein paar Tagen hier war und mit John sprechen wollte, gesehen hat. Sie schienen sich zu streiten, und Jacques ist überzeugt, dass sie sich kennen.«

»Und jetzt ist er verschwunden? Na ja, das ist schon merkwürdig.«

Michael schaute zu den Studenten hinüber. »Ich fahre jetzt zu John, und dann sehen wir weiter. Wir müssen überlegen, ob wir nicht doch die Polizei einschalten. Aber im Moment geht das noch nicht. Warum, erkläre ich dir, sobald ich mit oder ohne John zurück bin. Okay?«

Ellen zog eine Braue in die Höhe, als sie Michael ansah. »Glaub nicht, dass ich nicht schon lange weiß, dass hier Dinge laufen, von denen mir John nichts erzählt hat. Bis jetzt jedenfalls nicht.« Sie berührte seinen Arm. »Ich bin nur froh, dass du hier bist.«

Michael legte seine Hand auf ihre und lächelte sie an. »Ich auch. Aber jetzt schau ich erst mal nach John.«

Wie er erwartet hatte, ließ sich John durch kein Argument davon abbringen, die Klinik vorzeitig zu verlassen. Und so gab Michael schließlich nach und chauffierte ihn zurück nach Talpiot. Unterwegs berichtete er über seine bisherigen Erkenntnisse zu den Schriftrollen.

»Ich kann noch nicht viel sagen, aber wenn wir davon ausgehen, dass der Verfasser des Textes hier die Biografie von Jesus aufgeschrieben hat, dann muss es jemand aus seinem engsten Umfeld gewesen sein. Ich komme immer mehr zu der Überzeugung, dass es sich um den Jünger Thomas handelt, der, wie man weiß, Jesus sehr nahe stand und nach der Kreuzigung nach Indien ging. Heute wird Gershom übrigens mit den C14-Tests beginnen, damit wir endlich erfahren, wie alt die Schriftrollen tatsächlich sind.«

»Und ich muss endlich mit Mazar sprechen und ihn darüber informieren, was passiert ist. Aber als Erstes sollten wir zur Polizei gehen, sonst bekomme ich wirklich Schwierigkeiten mit den Behörden.«

Michael fuhr sich mit den Fingern durch die Haare. »Du hast recht, aber wir werden denen unter keinen Umständen verraten, dass wir eine dritte Schriftrolle in unserem Besitz haben. Jedenfalls nicht, bevor wir genau wissen, was drinsteht. Offenbar sind die Texte ja nicht nur für uns interessant.«

»Sieh mal an, der sonst immer so aufrechte Michael nimmt es plötzlich nicht mehr so genau mit den Gesetzen. Ich hatte schon befürchtet, dich mühsam dazu überreden zu müssen«, grinste John. »Wenn ich Mazar nur nichts von den Schriftrollen erzählt hätte ...«

»Es hat keinen Sinn mehr, darüber nachzudenken. Immerhin haben wir ja noch einen Text in unseren Händen.«

Ellen kam ihnen auf dem Parkplatz entgegen. Sie schüttelte den Kopf und sagte: »Du bist einfach unverbesserlich, John«, und an Michael gewandt: »Ich habe inzwischen mit allen gesprochen, und keiner weiß wo Matthew ist. Margaret, eine der Studentinnen, glaubt beobachtet zu haben, dass er gestern Abend gegen halb neun ins Quartier kam und kurz darauf wieder verschwand. Sie hat sich aber nichts weiter dabei gedacht.«

»Ich habe Matthew inzwischen auch in Verdacht. Wir sollten unbedingt mit Margaret reden«, meinte John.

»Vielleicht redet ihr erst einmal mit mir! Was geht hier eigentlich vor? Zuerst taucht Michael völlig überraschend hier auf, dann führt ihr ständig wichtige Gespräche, an denen ich nicht teilhaben darf. Matthew benimmt sich schon seit seiner Ankunft äußerst merkwürdig, und irgendwie scheint das ja zusammenzuhängen. Und jetzt wirst du auch noch niedergeschlagen. Warum?« Zornig strich sich Ellen eine Haarsträhne aus dem Gesicht.

John blickte betreten zu Boden.

»Du hast jedes Recht dich aufzuregen, Ellen. Es tut mir sehr leid, dass ich dich bis jetzt noch nicht eingeweiht habe, aber die Sache ist heikel, und ich wollte erst Michaels Beurteilung abwarten, bevor ich dir etwas sage.«

Michael räusperte sich. »Ich schlage vor, dass ich mit Margaret rede, und ihr klärt diese Angelegenheit unter euch, okay?«

Er dreht sich um und ging davon.

Während John Ellen von seinem Fund berichtete, sprach Michael mit Margaret, einer etwas pummeligen Studentin mit dunklen, krausen Locken, um die sie ein kleines Tuch gebunden hatte.

»Wir vermissen Matthew«, sagte Michael zu ihr, »und Ellen sagte, du hättest ihn gestern Abend noch gesehen?«

»Ja, ich war so müde und bin deshalb im Quartier geblieben, als die andern noch um die Häuser ziehen wollten. Als ich aus der Gemeinschaftsdusche kam und aus dem Fenster im Gang blickte, sah ich Matthew ins Haus kommen. Er schien es sehr eilig zu haben.«

»Hast du gesehen, ob er etwas bei sich hatte?«

»Nein, darauf habe ich nicht geachtet. Aber als ich mir etwa eine Viertelstunde später noch eine Flasche Wasser aus dem Automaten ziehen wollte, verließ er das Quartier wieder und hatte eine Tasche bei sich. Er war so schnell verschwunden, dass ich ihn nicht fragen konnte, wo er hinwollte. Tut mir leid.«

»Das muss es nicht. Wir machen uns nur Sorgen und hoffen, dass ihm nichts passiert ist. Vermutlich müssen wir die Polizei einschalten, die werden sich sicher auch noch mal mit dir unterhalten wollen.«

»Das ist okay. Aber ich mache mir keine Sorgen. Er wird sicher im Laufe des Tages wieder auftauchen. Er war ja von Anfang an etwas merkwürdig und hat immer sein eigenes Ding gemacht.«

Das war offenbar niemandem entgangen. Aber hatte er auch John niedergeschlagen? Hatte dieser Überfall etwas mit dem Mann zu tun, der vor ein paar Tagen hier herumgeschlichen war? Jacques hatte zwar beobachtet, wie Matthew und der Mann miteinander geredet hatten, doch das alles musste noch nichts bedeuten.

»Danke, Margaret«, sagte Michael.

»Okay. Kann ich jetzt wieder gehen?«

»Natürlich. Sollte dir aber noch etwas einfallen, dann lass es uns wissen.«

Das junge Mädchen nickte, drehte sich um und lief zurück zu den anderen.

Michael sah Ellen und John in der Nähe des alten Range Rovers stehen und ging auf sie zu. Ellen hatte sich offenbar immer noch nicht beruhigt.

»Es enttäuscht mich sehr, dass du mir so wenig vertraut hast. Ich dachte immer, wir sind nicht nur ein gutes Team, sondern vor allem gute Freunde …«

»Sind wir doch auch …«, stammelte John.

»… und gute Freunde verheimlichen nicht so etwas Wichtiges voreinander. Wie würdest du dich fühlen, wenn ich auf diesen Fund gestoßen wäre und dir nichts davon gesagt hätte?«

John blickte hilflos zu Michael.

»Ich kann nur noch mal sagen, dass es mir leidtut. Aber ich war so überwältigt und hatte Sorge, dass irgendwer davon erfahren könnte, der es nicht erfahren sollte …«

»Und genau das ist offenbar passiert«, hakte Michael ein. »Derjenige, der dich niedergeschlagen hat, muss von den Rollen gewusst haben. Wir sollten uns jetzt sehr genau überlegen, was wir tun. Was weißt du über den Mann, mit dem du an dem Morgen gesprochen hast, an dem ich ankam? Hat er sich irgendwie ausgewiesen?«

»Offen gestanden weiß ich gar nichts über ihn. Er war klein und unauffällig. Aber ich habe ihn mir gar nicht richtig angesehen. Jedenfalls behauptete er, dass wir außerhalb unseres Grabungsfeldes gegraben hätten. Und dass alles, was wir dort gefunden haben bzw. finden würden, ihm zustehe. Er wollte sich bei der Antikenbehörde beschweren. Dann ist er wieder gegangen und bis heute nicht wiedergekommen.«

»Vielleicht hat er diese Geschichte nur erfunden, weil wir ihn entdeckt hatten und er einen Vorwand für seine Anwesenheit brauchte. Aber warum war er überhaupt hier? Um Matthew zu treffen?«

Ellen zuckte die Schultern.

Doch es hatte keinen Sinn herumzuspekulieren, und so beschlossen sie, dass John zuerst einmal zur Polizei gehen sollte und sie dann mit Hanan Mazar sprechen würden.

»Moment, ich muss dir noch etwas zeigen«, sagte Ellen, bevor Michael sich entfernten konnte. »Wir haben vor ein paar Tagen weitere Scherben gefunden, die zu dem Text auf dem Tonkrug gehören. Die solltest du dir unbedingt noch ansehen.«

Sie gingen hinüber zur Bürobaracke, wo die Bruchstücke auf dem Tisch lagen. John kramte nach einer Lupe und gab sie Michael. Der schaute hindurch, kniff die Augen zusammen und versuchte die Schrift zu lesen.

»Es ergibt leider noch keinen Sinn.«

»Ich hatte noch keine Zeit, die restlichen Stücke zusammenzusetzen, aber ich werde mich sofort damit beschäftigen.«

»Auf jeden Fall solltet ihr auch diese Scherben noch eine Weile unter Verschluss halten. Erst wenn wir alles zusammengetragen haben, wird sich vielleicht ein klares Bild ergeben«, sagte Michael. »Ich bin mir noch immer nicht sicher, wie wir vorgehen sollten. Du hast da eine ziemlich große Verantwortung auf dich genommen.«

»Und du bist mit von der Partie, Michael«, sagte John. »Ohne dich könnten wir den Fund gar nicht einschätzen.«

»Vielleicht, aber du hast ihn schließlich entdeckt.«

Im Moment gab es in Talpiot nichts weiter für Michael zu tun. Daher wollte er bald nach Haifa zurückkehren, um bei der Restaurierung der Schriftrolle dabei zu sein. Das würde sicher einige Wochen in Anspruch nehmen, aber der Papyrus war so gut erhalten, dass er mit der Entzifferung der Texte zumindest anfangen könnte. Noch wusste er nicht, welche Geheimnisse sie ihm verraten würden, aber seine Erwartungen waren aufgrund der ersten Textprobe groß, und er hoffte sehr, genaue Ergebnisse zu bekommen.

John hatte Mazar über den Fund zweier Schriftrollen informiert, ihm aber die Existenz dieser dritten, von der niemand etwas wusste, verschwiegen. Aber wusste wirklich niemand davon? Zumindest ein Unbekannter musste davon wissen. Er fuhr sich mit beiden Händen durch sein schütteres Haar. Wer konnte das bloß sein? Und wie hatte das passieren können? Sicher, die Jagd auf archäologische Schätze war groß und rücksichtslos, schließlich war es ein Leichtes, sie auf dem Schwarzmarkt für gutes Geld zu verkaufen, wenn man die nötigen Kontakte hatte. Wer war der ominöse Mann, der auf dem Grabungsfeld aufgetaucht war? Ein Händler auf der Jagd nach Beute? Und Matthew? War er vielleicht einer seiner Helfer gewesen? In diesem Fall hätte er sich sicher längst mit seinem Lohn aus dem Staub gemacht. Wie viel Zeit blieb ihnen noch, um die Rollen eventuell zurückzubekommen? Hatte der Händler bereits einen Kunden oder war er noch auf der Suche?

Er dachte an Professor Bernstein, der ihm seine Hilfe angeboten hatte. Vielleicht konnte der ihm ja einen Rat geben oder hatte Informationen, die ihm weiterhelfen würden. Er wollte ihn aufsuchen, schon in den nächsten Tagen.

Als er am Abend mit Michael telefonierte, erzählte dieser, dass die Polizei inzwischen eingeschaltet war und dass Hanan Mazar über den Raubüberfall informiert war.

»Er hat sich ziemlich aufgeregt und mich daran erinnert, dass er jederzeit dafür sorgen könnte, dass mir die Grabungslizenz entzogen würde.«

»Das wird er aber nach all deinen Erfolgen wohl kaum tun. Sein halbes Museum ist doch voll mit deinen Funden«, meinte Michael.

»Na, nun übertreib mal nicht. Aber du hast wahrscheinlich recht, das wird er nicht tun. Die Polizei scheint der Sache übrigens nicht gerade große Aufmerksamkeit zu schenken, und in den Medien ist bis jetzt auch noch nichts erschienen. Das ist mir sehr recht so. Je weniger darüber bekannt wird, desto besser.«

»Was ich dir noch vorschlagen wollte«, sagte Michael, »du solltest Professor Bernstein besuchen. Er hat vielleicht Verbindungen zu Sammlern alter Schriften und kann uns helfen.«

»Die Idee hatte ich auch schon. Kannst du eventuell mitkommen?«

LEH, LADAKH

WÄHREND ADAM UND Jennifer sich auf dem Weg zurück nach Leh befanden, hastete Fernando durch den Main Bazar in Leh, vorbei am Soma Gompa, einem kleinen Kloster, und an den vielen kleinen Läden und den Straßenhändlern in ihren farbigen Gewändern, die Gemüse, Holzschnitzereien, Schmuck und Textilien anboten. In seinem Parka, Jeans und mit einer dicken Wollmütze, die er einige Stunden zuvor gekauft hatte, ahnte niemand, dass er ein katholischer Priester war. Bei dem, was er vorhatte, wollte er genau das absolut vermeiden.

Am Ende der Main Bazar Road oberhalb der Stadt thronte der neun Stockwerke hohe Leh Palace auf einem steilen Felsen. Er stammte aus dem 17. Jahrhundert, aus der Zeit, als Ladakh noch ein Königreich war. Und obwohl die Königsfamilie heute nicht mehr hier lebte, wurden die Nachfahren der Namgyal-Dynastie als die wahren Herren des Landes verehrt. Unterhalb des Steilhanges säumten die alten weißgrauen Häuser der ehemaligen Bediensteten des Palastes aus Stein, Lehm und Holz den Fuß des Berges. Doch Fernando hatte keinen Blick für diese Dinge. Ziemlich am Ende des Bazars bog er in eine schmale Straße ein, die ihn zu einem Gewirr von kleinen Gassen führte, die den ältesten Teil der Stadt ausmachten. Dort verschwand er in einem der heruntergekommenen Häuser.

Im Inneren war es so dunkel, dass er zunächst nichts erkennen konnte, aber er sah, dass jemand aufsprang und versuchte, an ihm vorbei ins Freie zu gelangen. Fernando packte den Arm des Flüchtenden und hielt ihn mit eisernem Griff fest. Es war Khenpalung. Drei weitere Männer waren aufgestanden und näherten sich den beiden. Im gleichen Moment zog Fernando eine Pistole aus dem Halfter unter seinem Parka und machte ihnen klar, dass keiner lebend an ihm vorbeikäme. Er riss Khenpalung herum und stieß ihn zu Boden. Langsam hatten sich seine Augen an die Dunkelheit gewöhnt, und er konnte erkennen, dass sich auf einem Tisch, um den die Männer gesessen hatten, Jennifers Handtasche sowie ihre Reisetasche befanden. Ihre Sachen, deren Wert offenbar gerade begutachtet worden war, lagen verstreut herum. Doch die Schriftrollen waren nicht dabei.

Die Männer schienen eingeschüchtert und belauerten jede Bewegung Fernandos. Er gab Khenpalung eine Rolle Paketklebeband, das er zuvor in einem der vielen Gemischtwarenläden auf dem Bazar gekauft hatte. Er überließ eben nie etwas dem Zufall.

»Hier, fessele Hände und Füße der drei damit.« Khenpalung nahm es zögernd entgegen. Die drei anderen Männer starrten auf die Pistole, die Fernando ruhig auf sie gerichtet hielt, und ließen sich ohne Gegenwehr fesseln.

»Kleb ihnen auch den Mund zu. Dann pack alle Sachen wieder in die Taschen und bring sie mir hier rüber. Wo sind die Schriftrollen?«

»Ich habe keine Schriftrollen«, jammerte Khenpalung, und als ihm klar wurde, dass leugnen seine Lage nur noch verschlimmern würde, sagte er: »Ich habe sie nicht mehr ...«

»Wo sind sie?«, fragte Fernando ruhig und hielt ihm die Pistole an den Kopf.

»Ich habe sie schon verkauft.«

»Das glaube ich dir nicht. So schnell hast du niemanden gefunden, dem du sie hättest verkaufen können. Wo sind sie?«, fragte er drohend.

»Ich habe sie nicht mehr«, schrie Khenpalung ängstlich. Fernando schlug ihn mit dem Knauf der Waffe ins Gesicht.

Blut trat aus einer Platzwunde über dem linken Auge. Die drei Kumpane blickten mit Entsetzen herüber.

»Schrei noch lauter«, sagte Fernando. »Draußen patrouillieren jede Menge Soldaten der indischen Armee. Was meinst du, was die mit euch machen, wenn ich dich und deine Kumpane an sie ausliefere? Also, wo sind die Schriftrollen?«

»Ein Händler auf dem Bazar hat sie, ich habe sie ihm gegeben.«

»Gut, dann bringst du mich jetzt zu ihm.«

Fernando steckte die Waffe wieder in das Halfter und schulterte die Reisetasche. Dann griff er nach Khenpalungs Handgelenk, zerrte ihn hinaus in die Gasse und schob ihn vor sich her.

Schweigend liefen sie den Main Bazar hinunter. Inzwischen hatten die meisten der Einheimischen ihre Einkäufe getätigt und waren auf dem Weg nach Hause. Die ersten Straßenhändler begannen, ihre restliche Ware wieder einzupacken. Eine lange Reihe von kleinen Last- und Personenwagen staute sich in der Straße, es wurde laut gehupt und diskutiert. Sie hatten Mühe, in dem Gewimmel von Händlern, Einheimischen und Touristen auf der Suche nach Reiseandenken voranzukommen. An jeder Ecke standen indische Soldaten. China war nicht weit, und wegen der ständig vorkommenden Grenzverletzungen war offenbar eine starke Präsenz des Militärs erforderlich.

Schließlich hielt Khenpalung an und zeigte auf eine schmale Treppe, die hinauf in den ersten Stock eines relativ neuen Gebäudes führte, in dem sich im Erdgeschoss ein Café mit lärmenden jungen Menschen und lauter Musik befand.

Fernando wies ihn an, die Stufen vor ihm hinaufzusteigen. Oben angekommen, stellte Fernando die Reistasche, in die er Jennifers Handtasche gepackt hatte, auf den Treppenabsatz. Khenpalung klopfte an die Tür und wartete auf eine Antwort.

Es dauerte eine Weile, bevor ein dunkles, hageres Gesicht im Türspalt auftauchte. Fernando verstand nicht, was geflüstert wurde, es war ihm auch gleichgültig. Er stieß die Tür mit Gewalt auf und drängte Khenpalung ins Innere. Dort saß ein dicker Mann mit dunkler Hautfarbe, kurzem glattem Haar und einer dicken Hornbrille, die er auf den Kopf geschoben hatte, vor einem kleinen Tisch. Er hielt eine Lupe in der Hand und war über die Schriftrollen gebeugt.

Empört gestikulierend redete der Hagere, dessen Kopfbedeckung ihn als Moslem auswies, auf Khenpalung ein. Fernando unterbrach ihn harsch und sagte auf Englisch: »Ich habe keine Zeit für Diskussionen. Geben Sie mir die Schriftrollen, dann können Sie Ihren Geschäften friedlich weiter nachgehen.«

Der Moslem schaute Khenpalung verständnislos an, woraufhin dieser sofort Fernandos Forderung übersetzte. Die beiden Männer fingen an zu lachen. »Ich habe schon verstanden, aber warum glaubt dieser Fremde, dass ich ihm diese Schätze einfach so überlasse? Wenn er sie kaufen will, soll er mir ein Angebot machen«, sagte der Hagere in überheblichem Ton.

Khenpalung schaute ängstlich zu Fernando, der seelenruhig seine Waffe aus dem Halfter zog. »Vielleicht überzeugt dich das hier. Und nun gib mir sofort die Schriftrollen«, sagte er bedrohlich leise. »Khenpalung hat sie gestohlen, und ich will nur zurück, was mir gehört.«

»Was dir gehört? Sie gehören dir aber nicht. Du und deine Freunde, ihr habt sie doch auch nur gestohlen!«, kreischte Khenpalung.

»Meine Waffe sagt aber etwas ganz anderes. Und glaube mir, ich lasse sie gerne sprechen. Pack die Schriftrollen zusammen und gib sie mir. Sofort!«

Aus dem Augenwinkel sah Fernando, wie sich der dicke Mann erhob und offenbar verschwinden wollte. Sofort richtete er die Waffe auf ihn und zischte ihn an, er solle sich wieder setzen. Diesen Moment nutzte der Hagere und warf Fernando eine der noch verpackten Rollen an den Kopf. Das brachte ihn zwar kurz aus dem Gleichgewicht, aber Fernando drehte sich um und drückte ab. Außer einem gedämpften *Plop* war dank des Schaldämpfers nichts zu hören. Mit weit aufgerissenen Augen sackte der Hagere zusammen. Der zweite Mann schrie auf, Khenpalung wimmerte.

›Ich kann keine Zeugen hinterlassen‹, dachte Fernando, und ohne einen weiteren Gedanken zu verschwenden, erschoss er auch den Käufer. Dann wandte sich an Khenpalung. »Du weißt, das hier ist deine Schuld. Wir hatten einen Deal! Aber du hast dich nicht daran gehalten.«

Khenpalung fiel vor ihm auf die Knie und umschlang Fernandos Beine. »Bitte nicht! Ich will nicht sterben! Bitte!«

Fernando sah ihn mitleidlos an, riss seinen Kopf an den Haaren zurück, setzte die Pistole an Khenpalungs Stirn und drückte ab. Der leblose Körper fiel zur Seite. Fernando wischte die Pistole sorgfältig ab und drückte sie Khenpalung in die Hand. Dann hob er die Schriftrolle auf, die der Händler nach ihm geworfen hatte, und sah, dass die Stoffhülle voller Blutspritzer war. Er überlegte kurz, ob er sie auswickeln sollte, entschied sich dann aber dagegen. Er griff nach der anderen auf dem Tisch. Auch sie hatte einige Blutspritzer abbekommen, doch darum konnte er sich jetzt nicht kümmern. Er rollte sie vorsichtig zusammen, steckte sie wieder in das Lederetui, wickelte sie in den Stoff und spähte aus der Tür. Niemand war zu sehen, nur die laute Musik und der Lärm von der Straße drangen die steile Treppe herauf.

Jennifer stand unter der Dusche und ließ das heiße Wasser auf ihre Haut prasseln. Sie öffnete eine kleine Plastikflasche mit dem goldenen Aufdruck *Grand Dragon Hotel Shampoo*, drückte den einen Teil des Inhalts in ihre Hand und wusch sich damit die Haare. Mit dem Rest seifte sie ihren schmerzenden Körper vorsichtig ein und spülte den Schaum wieder ab. Eingehüllt in ein großes Handtuch schaute sie in den beschlagenen Spiegel. Mit einem Tuch wischte sie das Glas trocken und konnte nun die Schrammen an ihrer Stirn und die blauroten Blutergüsse an ihrer Schulter und Hüfte erkennen. Morgen würden sie sich noch heftiger verfärbt haben.

Sie tupfte ihren Körper vorsichtig trocken, denn es gab noch mehr Stellen, die wehtaten, auch ihr Knie war angeschwollen. Dann kämmte sie ihre nassen Haare zurück, zog einen Bademantel an und setzte sich in einen der beiden Sessel, die vor dem Zimmerfenster standen.

Wie naiv sie gewesen war, Khenpalung zu trauen. Wie weit wäre er wohl gegangen, wenn der Unfall nicht passiert wäre? Hätte er sie getötet? Sie schüttelte den Kopf. Wie dem auch sei, die Schriftrollen waren weg. Sie war einer der größten Entdeckungen der christlichen Religion so nahe gewesen, und nun war es fraglich, ob die Schriftrollen je wieder auftauchen würden. Gut, es bestand noch immer die Hoffnung, dass Pater Fernando Khenpalung finden und ihn zur Rückgabe bewegen würde, aber sie machte sich keine großen Hoffnungen. Khenpalung hatte längst begriffen, wie wertvoll diese Schriften waren, und würde sie nun demjenigen verkaufen, der am meisten dafür bot. Vermutlich war er schon auf dem Weg nach Srinagar, denn hier in Leh würde sich kaum jemand finden, der die Textrollen begutachten konnte.

Sie nahm frische Wäsche aus dem Schrank, in dem sie die Sachen gelassen hatte, die sie nicht ins Kloster mitgenommen hatte, und zog sich an. Es war fast 5 Uhr nachmittags, und sie hatte außer dem Frühstück im Kloster noch nichts gegessen. Sie ließ sich vom Zimmerservice ein Club-Sandwich und ein alkoholfreies Bier bringen. In allen Hotels der Welt konnte man sich auf das Club-Sandwich verlassen. Sie aß es mit großem Appetit, auch wenn es nicht besonders gut schmeckte. Besser als die buddhistische Klosterküche mit ihren zwei kargen und geschmacklosen Mahlzeiten pro Tag war es aber allemal.

Sie steckte sich die letzten Kartoffelchips in den Mund und schaute aus dem Fenster, das hinaus auf die Straße blickte. Da sah sie einen Mann eilig auf das Hotel zulaufen. War das Pater Fernando? Sie war sich nicht sicher, aber die Reisetasche an seiner Schulter kam ihr bekannt vor. Offenbar verbarg er etwas unter seiner Jacke, das sie nicht erkennen konnte. Aufgeregt schlüpfte sie in ihre Schuhe und lief auf den Flur zu den Fahrstühlen. Die Türen öffneten sich, aber heraus kamen nur einige Touristen mit bunt bedruckten Plastiktüten, die offenbar auf dem Bazar eingekauft hatten. Auch der zweite Fahrstuhl brachte nur unbekannte Hotelgäste nach oben. Sie drehte sich um und ging zurück, als jemand sie leise rief: »Professor Williams, warten Sie.«

Als sich Jennifer umwandte, sah sie Fernando aus dem Treppenhaus kommen. Er trug Jeans, ein dunkelblaues Sweatshirt und einen Parka. Ihre Reisetasche hing über seiner Schulter. Sein sonst ordentlich gekämmtes Haar war feucht und hing ihm unter einer grauen Mütze strähnig ins Gesicht, fast hätte sie ihn nicht erkannt.

Mit beiden Händen streckte er ihr die beiden Stoffbündel entgegen.

»Ich habe alles wieder zurückgeholt«, sagte er. »Hier sind die Schriftrollen, und hier ist Ihre Reisetasche, die Handtasche und das Portemonnaie sind drinnen.«

Jennifer konnte es nicht glauben. Sie nahm ihm die Rollen ab, von denen sie gedacht hatte, dass sie sie niemals wiedersehen würde. »Das ist ja unglaublich, wie haben Sie das geschafft?«, fragte sie, dann entdeckte sie die Blutflecken auf der Stoffhülle.

»Wessen Blut ist das?«
»No se preocupe! Das wollen Sie bestimmt nicht wissen«, sagte Fernando. »Denken Sie nicht darüber nach. Das Wichtigste ist, wir haben die Schriftrollen wieder. Und nun sollten wir uns so schnell wie möglich auf die Rückreise machen. Ich werde mit Adam sprechen, er betreut das Organisatorische.«
»Fernando, ich hoffe, Sie haben ...«
»Es ist ein bisschen Blut geflossen, aber wie gesagt, machen Sie sich keine Gedanken. Khenpalung ist es nicht wert.«
Noch immer zweifelnd sah Jennifer ihn an, aber wahrscheinlich war es besser, nicht weiter auf einer genauen Erklärung zu bestehen, die er ihr sowieso nicht geben würde.
»Gut, dann sehen wir uns nach dem Abendessen. Wir haben noch einiges zu besprechen.«
Auf dem Weg in sein Zimmer klopfte Fernando an Adams Tür. Der bat ihn hereinzukommen und bekam dieselben Angaben zu hören, die Fernando schon Jennifer gegeben hatte.
»Jetzt sollten wir so schnell wie möglich zurückfliegen. Kannst du das in die Wege leiten?«
Adam sah ihn misstrauisch an. Wie war Fernando eigentlich angezogen? Ein schmutziger, nasser Parka, Jeans und Sportschuhe? Wenigstens waren sie schwarz, dachte er. Und die Flecken auf seiner Hose, war das Blut? Wo waren sein schwarzer Anzug und sein weißer Kragen? Aber es musste ihm egal sein. Sie hatten nach allen Widrigkeiten ihre Mission erfolgreich abgeschlossen und würden dieses Land endlich wieder verlassen.
»Ist das auch schon mit dem Erzbischof abgesprochen?«, fragte Adam.
»No señor! Ich wollte es dir überlassen, ihm die frohe Botschaft mitzuteilen«, grinste Fernando ironisch, drehte sich um und ging.
Adam wartete noch einen Moment, dann nahm er die

Mappe mit ihren Reiseunterlagen vom Tisch und verließ das Zimmer. Weil die Fahrstühle besetzt waren, ging er die Treppe hinunter. An der Rezeption musste er kurz warten, während man sich um die Anliegen anderer Gäste kümmerte. Schließlich war er an der Reihe und konnte seine Bitte vorbringen. »Wir wollen morgen zurückfliegen. Können Sie bitte zwei Plätze auf der zehn Uhr vierzig Maschine nach Delhi reservieren? Hier sind die beiden Tickets von Pater Fernando und mir. Und würden Sie bitte Professor Williams fragen, ob sie ebenfalls morgen zurückfliegen will? Dann könnten Sie die Buchungen gleichzeitig erledigen.«

Der junge Mann, der sich um Adams Angelegenheit kümmerte, suchte nach Jennifers Zimmernummer und rief sie an. Nach einem kurzen Telefonat, in dem sie offenbar zustimmte, rief er bei Indian Airlines an und reservierte die Plätze. Der Drucker spuckte die Bestätigung aus, und Adam, der an der Rezeption gewartet hatte, nahm sie entgegen, bedankte sich und atmete tief durch. ›Endlich geht es zurück‹, dachte er. Erst jetzt wurde ihm klar, wie unwohl er sich in diesem Land gefühlt hatte. Weder die Menschen noch die karge Landschaft behagten ihm.

Nachdem Jennifer den Hörer aufgelegt hatte, widmete sie sich wieder den Schriftrollen. Sie hatte die Tücher, in die sie eingewickelt waren, entfernt und sah nun, in welch gutem Zustand die uralten Kostbarkeiten waren. Was mochten diese Texte wohl offenbaren? Sie konnte es kaum erwarten, mit ihrer Arbeit zu beginnen, nur hier war es unmöglich. Das Wichtigste war jetzt, die Schriftrollen gut zu verpacken und irgendwie außer Landes zu bringen. Ihr war völlig klar, dass das, was sie getan hatte, alles andere als legal war. Doch es waren schließlich die Umstände, die sie zu diesen Maßnahmen gezwungen hatten. Außerdem war es erforderlich, die uralten Dokumente unter angemessenen Bedingungen zu studieren, und die waren hier einfach nicht gegeben.

Wenn alles mit rechten Dingen zugehen würde, müsste sie ihren Fund dem Archäologischen Institut der Universität in Delhi übergeben, doch sie hatte den Pfad der Legalität längst verlassen. Eigentlich schon in dem Moment, in dem sie den Auftrag des Vatikans angenommen hatte. Abgesehen davon würden die Schriftrollen vermutlich nur im Archiv der Universität verschwinden, weil sie für die indische Geschichte von untergeordneter Bedeutung waren. Nein, das Forscher-Fieber hatte sie gepackt, sie wollte die Schriften selbst entschlüsseln.

Sorgfältig packte sie die Schriftrollen wieder in die Tücher und verstaute sie unter dem Bett, das von einer großen Decke, die bis auf den Boden reichte, bedeckt war. Dann zog sie einen dicken Pulli und ihre Lammfelljacke an und ging hinaus.

Es hatte zwar aufgehört zu regnen, doch es war viel kälter, als sie gedacht hatte. Der Spaziergang über die Old Leh Road zum Main Bazar hätte ihr sicher gutgetan, aber sie schloss den Reißverschluss ihrer Jacke und winkte ein Taxi heran.

Als der Wagen in den Main Bazar einbog, war sie überrascht, wie viel Militär und Polizei sich auf der Straße befanden. Das war ihr bei ihrem letzten Aufenthalt in Ladakh vor ein paar Jahren noch nicht aufgefallen. Doch die Lage im nahen Pakistan war durch den Krieg in Afghanistan nun wesentlich ernster als damals, deshalb war man hier wohl wachsam. Das Taxi fuhr an einem Haus vorbei, vor dem einige Polizeiwagen parkten, und mehrere Polizisten waren dabei, den Eingang abzuriegeln. Vermutlich eine Razzia, dachte sie, nichts Außergewöhnliches. Immer wieder wurden geheime Waffenlager gefunden. Daher ließ sie sich noch ein Stück weiter fahren und stieg beim Ladags Apricot Store aus. Sie bat den Fahrer zu warten und versprach ihm dafür den doppelten Fahrpreis.

Als sie etwa eine Stunde später wieder zurückfuhr, hatte sich eine große Menschenmenge vor dem abgesperrten Haus versammelt, und Jennifer fragte den Fahrer, was denn da los sei.

»Es hat wohl eine Schießerei gegeben«, sagte er, mehr wüsste er aber nicht.

Sie schüttelte den Kopf. Was war bloß los in diesem Teil der Welt? Sie kannte dieses Land nur als gastfreundlich und friedliebend, nie zuvor hatte sie hier so viel Gewalt erlebt. Dabei hatte sie sich darauf gefreut, wieder nach Ladakh zu kommen. Doch jetzt war sie froh, dieses Land morgen wieder verlassen zu können.

Am Hotel angekommen, trug sie ihre Plastiktüten mit dem Aufdruck der jeweiligen Läden, in denen sie eingekauft hatte, hinein und holte sich ihren Zimmerschüssel.

»Good evening, Madam. Noch ein paar Souvenirs eingekauft?«, fragte der junge Mann an der Rezeption freundlich.

»Genau«, antwortete Jennifer und verschwand in einem der Fahrstühle.

In Ihrem Zimmer nahm sie die Souvenirs aus den Plastiktüten und packte die Schriftrollen hinein, verknotete die Henkel und legte sie zwischen ihre benutzte Unterwäsche in ihren Koffer. Die Souvenirs, zwei Paar Türkisohrringe, eine Kette mit alten Glasperlen, ein kleiner Buddha aus Holz, eine Holzflöte und einige Pashmina-Schals, legte sie in ihrer Papierverpackung bedeckt von einigen Pullovern und Blusen obendrauf. Als sie alles untergebracht hatte, schloss sie den Koffer und stellte ihn neben die Tür. Der Rest war morgen früh schnell verstaut.

Nach dem Abendessen, das sie getrennt voneinander eingenommen hatten, trafen sich Jennifer und die beiden Priester in der Lobby, um die Details der Abreise zu besprechen. Jennifer erzählte den beiden von ihrem Aufenthalt im Kloster, veränderte die Geschichte aber ein wenig und erwähnte Sonam mit keinem Wort. Sie wollte ihn aus allem heraushalten.

Und dann hatte sie noch eine andere Frage auf dem Herzen: »Was geschieht eigentlich jetzt mit dem Geld, das Erzbischof Montillac hierher überwiesen hat? Das war doch für das Kloster gedacht.«

»Darum habe ich mich in Ihrer Abwesenheit gekümmert«, sagte Adam. »Ich habe die Bank beauftragt, das Geld morgen als anonyme Spende an das Kloster zu überweisen. Ich wollte, dass wir außer Landes sind, wenn das geschieht. Schließlich ist es eine beträchtliche Summe, und es könnten Fragen gestellt werden.«

Jennifer legte ihm die Hand auf den Arm. »Danke, Adam«, sagte sie, »darüber bin ich sehr froh. Das beruhigt mein Gewissen etwas.« Adam nahm diese freundliche Geste regungslos hin.

Die Bedienung hatte ihnen gerade Tee gebracht, als ein Polizeiwagen vor dem Hoteleingang hielt und mehrere Polizisten mit einem jungen Mann in die Halle kamen. Der Manager wurde gerufen, und die Polizisten redeten erregt auf ihn ein. Alle Gäste, die in der Lobby saßen, verfolgten schweigend die Szene. Dem Manager war dieser Auftritt peinlich, und er bat die Polizisten in sein Büro.

»Was mag denn da los sein?«, wunderte sich Adam. Offenbar fragten sich das auch die anderen Gäste. Ein beherzter älterer Mann stand auf und ging an die Rezeption, um nachzufragen. Dann drehte er sich um und erklärte auf Englisch: »In der Stadt hat es eine Schießerei gegeben, und ein Zeuge, den die Polizisten hergebracht haben, hat einen Mann in westlicher Kleidung davonlaufen sehen. Den versuchen sie nun zu finden.«

In diesem Moment kam der Manager aus seinem Büro, erklärte die Situation noch einmal und bat darum, dass die

Gäste, die am folgenden Tag abreisen würden, in der Halle bleiben sollten, während alle anderen sich in die Bar begeben sollten. Außer einem älteren Paar, der Kleidung nach aus Indien, und zwei Frauen, Amerikanerinnen, wie sich später herausstellte, blieben nur Jennifer, Adam und Fernando an ihren Tischen sitzen. Der Manager kam zu ihnen und entschuldigte sich für die Unannehmlichkeiten. »Es tut mir sehr leid, aber die Polizei macht nur ihre Arbeit.«

Als die Polizisten mit dem jungen Mann, der verängstigt schien und, wie man jetzt erkennen konnte, gerade mal ein Teenager war, in die Halle kamen, gingen sie nacheinander zu den drei besetzten Tischen. Der Junge schaute sich die Gäste nur kurz an und schüttelte dann den Kopf. Als sie an den Tisch mit der Wissenschaftlerin und den beiden Priestern kamen, zögerte der Junge kurz, als er Fernando anschaute, schüttelte dann aber den Kopf. Fernando, der längst wieder seine Priesterkluft mit dem weißen Stehkragen angelegt und sein Haar ordentlich gescheitelt hatte, schien die Situation zu belustigen. Jennifer warf Adam einen Blick zu, und sie erkannte an seinem Gesichtsausdruck, dass ihn das gleiche Misstrauen beschlichen hatte wie sie. Hatte Fernando etwas mit dieser Sache zu tun? Doch sie verwarf den Gedanken sofort wieder. Es handelte sich um eine Schießerei, und woher sollte Fernando oder: eine Schusswaffe haben? Sie wollte nicht weiter darüber nachdenken.

Nachdem die Polizisten das Hotel wieder verlassen hatten, sagte Jennifer: »Es wäre besser, wenn ich die Schriftrollen ins Handgepäck mitnehmen könnte, aber ich vermute, dass die Kontrollen morgen früh besonders gründlich sein werden. Deshalb werde ich sie in meinen Koffer packen und hoffen, dass man ihn nicht durchsucht. Wir sollten nach Möglichkeit unser Gepäck nach Paris durchchecken.«

Die beiden Priester nickten.

»Wann müssen wir morgen losfahren?«, fragte Jennifer weiter. »Ist 7 Uhr früh genug? Muss man nicht wegen der Security-Checks zwei Stunden vor Abflug am Flughafen sein?«

»Ja, das sollte reichen«, meinte Adam. »Ich werde für 7 Uhr ein Taxi bestellen. Und jetzt wünsche ich eine gute Nacht.« Er stand auf und ging davon. Jennifer wartete noch einen Moment, weil sie annahm, dass der junge Priester noch etwas sagen würde. Er tat es aber nicht. »Dann gehe ich jetzt auch nach oben. Bis morgen.«

»Hasta mañana!«, lächelte Fernando. »Und machen Sie sich keine Gedanken, es ist alles in Ordnung.«

Das Taxi, das sie am nächsten Morgen abholte, war groß genug für alle abreisenden Gäste, und so fuhren sie mit den beiden Amerikanerinnen und dem indischen Ehepaar gemeinsam zum Flughafen. Die beiden Frauen stammten aus Boston und waren zum ersten Mal in Indien. Ihre Reise sollte sie von Delhi aus nach Agra führen, wo sie sich das Taj Mahal anschauen wollten, und schließlich nach Goa, wie sie den Mitfahrenden erzählten, die das herzlich wenig interessierte. Das indische Ehepaar lächelte freundlich, die beiden Priester hingen ihren eigenen Gedanken nach.

Jennifer schaute aus dem Fenster und dachte an Sonam. Sie hatte das Gefühl, ihn im Stich gelassen zu haben, und hoffte inständig, dass niemand etwas von dem Diebstahl bemerkt hatte. Die Folgen für den Jungen wären schlimm. Und sie hatte sich nicht einmal richtig für seine Hilfe bedanken können. Sobald sie wieder zu Hause war, würde sie ihm schreiben, und, wenn es möglich war, ihn bald wieder besuchen. Aber am liebsten hätte sie ihn mitgenommen nach Kalifornien und ihn adoptiert. Aber wie hätte das gehen sollen? Und überhaupt, was würde Philip dazu sagen?

Das Polizeiaufgebot am Flughafen war groß, am Abfertigungsschalter hatte sich schon eine lange Schlange gebildet. In der kleinen Halle drängten sich die Menschen, an jedem Ausgang standen Soldaten mit Maschinengewehren. Man suchte offenbar noch immer nach dem Schützen vom Vortag, und jeder der Passagiere wurde kontrolliert. Auch der junge Mann, wohl der einzige Augenzeuge, stand eingeschüchtert zwischen zwei Polizisten neben dem Eingang. Jennifer wurde es mulmig zumute. Was, wenn man ihren Koffer durchsuchen und die Schriftrollen entdecken würde? Ihre Handflächen wurden feucht, sie atmete tief durch, die aufgeregten Stimmen um sie herum nahm sie kaum noch wahr. Sie schaute hinter sich zu den beiden Priestern, die ein paar Meter entfernt standen. Fernando schaute gelangweilt auf das Menschgewimmel und schien nicht im Mindesten beunruhigt zu sein. Aber die beiden hatten auch nichts zu befürchten, in ihren Koffern war nichts Illegales, was die Aufmerksamkeit der Polizisten wecken könnte, und außerdem waren sie Priester. Wer würde einem Priester etwas Kriminelles zutrauen? Es wäre sicher besser gewesen, die Schriftrollen in einen ihrer Koffer zu packen, aber keiner der beiden hatte es angeboten.

Sie versuchte, sich zu beruhigen. Man suchte nach Waffen oder Drogen, aber nicht nach Antiquitäten. Und selbst wenn sie sie finden würden, welcher Polizist würde erkennen, um welche Schätze es sich dabei handelte? Sie könnte einfach behaupten, dass sie die Schriftrollen auf dem Markt in Leh als Souvenir gekauft hatte. Doch würde man ihr das glauben?

Es kam ihr wie eine Ewigkeit vor, bis sie an der Reihe war. Sie gab der jungen Frau am Indian-Airlines-Schalter ihr Ticket und ihren Pass.

»Good Morning, Ma'am, what is your destination?«, fragte diese freundlich.

»Delhi und anschließend Paris. Könnten Sie das Gepäck bitte durchchecken?«

»Mit welcher Airline fliegen Sie von Delhi aus weiter? Ah,

ich sehe mit Air France. Ich werde es versuchen, mal sehen, ob der Computer das akzeptiert.«

In diesem Moment trat einer der Polizisten hinzu, nahm der Hostess Jennifers Pass ab, blätterte darin herum und fragte dann: »Ma'am, was war der Grund Ihres Aufenthaltes in Leh?«

Auf diese Frage war sie völlig unvorbereitet und wusste einen Moment lang nicht, was sie ihm antworten sollte. »Ich habe hier einige Klöster besucht.«

»Professor Jennifer Williams ist eine bekannte Wissenschaftlerin, die im Auftrag des Vatikans auf einer kurzen Studienreise war«, sagte Adam, der plötzlich neben ihr stand. »Wir, mein Kollege und ich, haben sie begleitet.« Während er das sagte, reichte er der Hostess ihre Tickets. Überrascht schaute Jennifer ihn an. Sie hatte ihm nicht zugetraut, derart für sie in die Bresche zu springen.

Der Polizist, dem man ansah, dass er schon viele Jahre seinen Dienst getan hatte und dass er davon überzeugt war, niemand könne ihm etwas vormachen, klappte den Pass zu, gab ihn ihr aber nicht zurück, sondern sagte: »Trotzdem möchte ich gerne in Ihren Koffer schauen. Würden Sie ihn bitte öffnen?« Jennifer beugte sich nach unten und zog langsam den Reißverschluss auf. Sie klappte den Deckel auf, und zusammengefaltete Pullis sowie ein Jackett kamen zum Vorschein. Sie hob den Kopf und blickte in das Gesicht des Polizisten. »Weiter«, sagte er. »Ich will alles sehen.«

»Das ist doch die reinste Schikane«, sagte Adam. »Was erwarten Sie denn zu finden?«

»Bitte beeilen Sie sich«, rief die Hostess dazwischen, »wir sind schon spät dran, die Maschine wird gleich starten.« An Adam gewandt fuhr sie fort: »Hier sind Ihre Tickets und Ihre Bordkarten.«

Gerade als Jennifer die obere Lage ihre Sachen aus dem Koffer nehmen wollte, ertönte hinter ihr Geschrei. Sie stand auf und schaute sich um. Alle Polizisten rannten auf einen jungen Mann zu, der gerade die Abflughalle betreten hatte. Er trug einen dunkelgrünen Parka und eine Wollmütze. Man überwältigte ihn sogleich und warf ihn zu Boden. Auch der Polizist, der sie gerade noch genötigt hatte, ihren Koffer auszupacken, gab ihr ihren Pass zurück und rannte davon. Einen Moment lang war Jennifer irritiert, irgendetwas stimmte hier nicht, aber sie wusste nicht sofort, was es war.

»Schnell, schnell!«, sagte die Hostess. »Geben Sie mir Ihre Koffer und gehen Sie zum Flugzeug, sonst fliegt es ohne Sie ab.«

Adam, Fernando und Jennifer übergaben ihr das Gepäck und rannten hinaus zur Indian Airlines Maschine, die die Motoren schon angeworfen hatte. In letzter Minute, gerade bevor die Treppe wieder weggerollt werden sollte, erreichten sie das Flugzeug.

»Good morning«, begrüßte sie eine junge Stewardess, so als sei nichts gewesen. »Could I see your boarding passes, please.«

Jennifer zitterte noch immer am ganzen Körper, als sie erschöpft in ihrem Sitz Platz nahm. Durch das Fenster sah sie, wie ihr Gepäck in die Maschine verladen wurde. Sie schnallte sich an und schaute nach vorn. In der Reihe vor ihr saßen die beiden Priester. Fernando drehte sich um und lächelte ihr aufmunternd zu.

Und da wusste sie plötzlich, was an der Szene im Flughafengebäude nicht gestimmt hatte. Der verhaftete junge Mann trug eine Wollmütze, einen Parka und Jeans – die gleiche Kleidung, die Fernando am Tag zuvor getragen hatte, als er wieder ins Hotel zurückgekommen war. Es handelte sich um eine Verwechslung! Die Polizei hatte den falschen Mann verhaftet, weil er zufällig genauso angezogen war wie der Täter. Derjenige, der verantwortlich für die Schießerei im Main Bazaar war, saß hier eine Reihe vor ihr.

Fernando hatte kaltblütig zugesehen, wie die Polizisten den jungen Mann behandelt hatten, so als ginge ihn das Ganze nichts an. Der junge Priester wurde ihr immer unheimlicher. Sie war froh, dass sie endlich auf dem Rückweg waren und dass sie in Zukunft nichts mehr mit ihm zu tun haben würde. Nur der junge Mann tat ihr leid. Sie wusste, dass die Polizei nicht zimperlich mit ihm umgehen würde, und hoffte inständig, dass schnell klar werden würde, dass er mit den Schüssen nichts zu tun hatte.

ALBANO LAZIALE

ERZBISCHOF MOTTA SASS in seinem Arbeitszimmer und war zufrieden mit sich. Montillac, geblendet von seiner eigenen Eitelkeit, hatte ihm abgenommen, dass er, Motta, Oberer der Bruderschaft, ein naiver Trottel war. Was für ein Irrtum. Er lachte in sich hinein. Montillac glaubte tatsächlich, ihn manipulieren zu können, doch da hatte er sich gewaltig geirrt. Sobald Adam und Fernando aus Ladakh zurück sein würden, wäre er es, der die Schriften in der Hand hatte, und was konnte der Kardinal schon ohne sie erreichen?

Als Nächstes wollte Motta selbst nach Flavigny reisen, um dabei zu sein, wenn die Texte übersetzt wurden. Keinen Augenblick würde er sie aus den Augen lassen. Und was immer Montillac vorhatte, ohne Erzbischof Motta würde er keinen seiner ehrgeizigen Pläne durchführen können.

Doch zunächst musste er sich um die Probleme hier in Italien kümmern. Er schaute aus dem Fenster. Es war ein stiller Herbsttag, die Sonne wärmte die Luft noch immer. Vielleicht sollte er sich zu einem Spaziergang am See aufmachen. So voller Energie wie heute hatte er sich lange nicht gefühlt, die frische Luft und etwas Bewegung würden ihm guttun. Außerdem musste er nachdenken, und das konnte er beim Gehen am besten.

Er holte einen langen schwarzen Mantel aus der Garderobe, zog ihn an und verließ sein Arbeitszimmer. Dann durchschritt er die großräumige Eingangshalle des zwar modernen, aber in traditionellem Stil errichteten Gebäudes und ging hinaus.

Mit seiner glatten Oberfläche lag der Lago Albano wie ein riesiger dunkler Spiegel vor ihm, und seine magische Anziehungskraft verfehlte auch bei Motta nicht seine Wirkung. Er schaute hinauf zum Monte Cavo, der sich knapp tausend Meter über den See erhob. Er war der heilige Berg der Latiner gewesen, die Jupiter, ihrem höchsten Gott, dort oben alljährlich einen weißen Stier opferten. Der Tempel war längst zerstört, und aus seinen Steinen hatte man später ein Kloster gebaut. Doch auch das Kloster existierte längst nicht mehr. Früher war er manchmal hinaufgewandert, hatte sich auf den Steinbänken unter den mächtigen Kastanien und Buchen ausgeruht und den wunderbaren Blick von dort oben genossen. Heute waren ihm solche Unternehmungen zu anstrengend, und so verschränkte er die Hände auf seinem Rücken und lief leicht nach vorn gebeugt auf dem Uferweg entlang.

Eines musste er Montillac lassen: Sein Plan entbehrte nicht einer gewissen Eleganz. Es war gar nicht notwendig, drastische Maßnahmen zu ergreifen, nein, sie würden ganz unauffällig zu ihrem Ziel gelangen. Sie würden dem Papst letztendlich nur dazu verhelfen, die richtige Entscheidung zu treffen – und zwar bald.

Die Planung und Durchführung hatte Montillac wie immer ihm überlassen. Und das war gut so, denn der Kardinal verfügte längst nicht über die notwendigen Kontakte in diesem Land. Motta als Italiener hatte es da einfacher als der französische Kardinal. Er selbst stammt aus dem Tessin, der italienischen Schweiz, und hatte schon sehr früh begonnen, sein Netzwerk von Entscheidungsträgern in Klöstern, Gemeinden und Seminaren auszubauen. Es war eng und funktionierte perfekt.

Nach dem Abendessen würde er sich mit dem Leiter des hiesigen Seminars zurückziehen und über Möglichkeiten sprechen, die sich durch dessen Cousine, die zum Hauspersonal des Papstes gehörte, eröffneten. Und übermorgen würde er für einige Tage nach Flavigny-sur-Ozerain reisen müssen, wo seine Anwesenheit wegen der Anreise der amerikanischen Wissenschaftlerin nötig geworden war. Er wollte sich selbst einen Eindruck von ihr verschaffen.

JERUSALEM, TALPIOT

ES WAR FREITAGNACHMITTAG. John holte sich eine kleine Flasche Wasser aus dem Kühlschrank, ging hinaus und setzte sich auf die kniehohe Mauer, die den Parkplatz von dem unterhalb liegenden Grabungsfeld trennte.

Er öffnete den Plastikverschluss, nahm einen tiefen Zug und spürte, wie das eiskalte Wasser seine Kehle hinunterfloss. Dann trank er nach und nach die Flasche aus, wischte sich mit dem Handrücken über die Lippen und schaute hinüber zu den Gräben, wo ein Teil der Studenten arbeitete. Unter dem Sonnensegel saßen die anderen und dokumentierten die Funde, die sie während der vergangenen Tage entdeckt hatten. Ellen stand etwas abseits und sprach mit Jaques, der ihr irgendetwas in einem der kleineren Siebe zeigte.

Es war immer dasselbe: im Sand graben, manchmal mit bloßen Händen, stets auf der Suche nach Zeugnissen der Vergangenheit. Das war seine Welt, und darüber hatte er die Gegenwart völlig vergessen. Die Hoffnung, eines Tages den einen bedeutenden Fund zu machen, der alle Mühe wert war, hatte sein Dasein bestimmt. Alles andere hatte er vernachlässigt, vor allem sich selbst. Sein Leben rieselte dabei durch seine Hände wie der Sand durch die Schüttelsiebe. Wie viele Feiertage, Verabredungen, Familienfeste hatte er versäumt, weil ihm seine Arbeit wichtiger war? Alle Beziehungen zu Frauen, die er jemals gehabt hatte, waren daran gescheitert.

Diane, seine Exfrau, hatte schon nach zwei Jahren begriffen, dass sie gegen seine Besessenheit nichts ausrichten konnte, dass ihr Eheleben nur einige Wochen im Jahr stattfand. Sie hatte ihn schließlich hochschwanger verlassen. Er hatte Diane auf einer Vortragsreise kennengelernt, die ihn an verschiedene Universitäten in den USA geführt hatte. Sie war Studentin in Ithaca an der Cornell University gewesen, ein hübsches Mädchen aus reichem Haus, das sich in ihn verliebt hatte. John fühlte sich geschmeichelt, und dank Dianes resolutem Vater waren sie binnen kürzester Zeit verheiratet.

Nicht dass John sie nicht geliebt hätte, zumindest soweit er damals zu lieben vermochte, aber er hatte ihr niemals versprochen, sein Leben zu ändern. Doch sie war überzeugt davon gewesen, ihn irgendwann dazu bewegen zu können, einfach nur an der Universität zu unterrichten und nicht mehr durch die Welt zu reisen. Er hatte gemerkt, dass sie ernsthaft versucht hatte, sein Leben mit ihm zu teilen. Sie war ihm an verschiedene Grabungsstätten im Mittleren Osten gefolgt, hatte sich bemüht, sich für seine Arbeit zu begeistern, doch ihre romantischen Vorstellungen wurden von der Realität eingeholt. Das Leben in Zelten oder bescheidenen Unterkünften war nichts für ein verwöhntes Mädchen aus ihren Kreisen.

Schon bald wurde sie schwanger und kehrte nach Ithaca zurück. Er hatte es nicht einmal fertiggebracht, bei der Geburt seiner Tochter dabei zu sein. Erst drei Monate später flog er in die USA, aber da war es schon zu spät. Sie konnte oder wollte ihm nicht verzeihen, dass ihm seine Arbeit wichtiger gewesen war als die Geburt seines Kindes.

Bei der Scheidung hatte sie keinen Unterhalt von ihm verlangt, doch dafür sollte er sich künftig aus dem Leben ihrer gemeinsamen Tochter heraushalten. Sicher, das hatte ihn ziemlich getroffen, aber wenn er ehrlich zu sich selbst war, dann musste er sich eingestehen, dass er tief drinnen eine gewisse Erleichterung empfunden hatte, keine weitere Verantwortung übernehmen zu müssen. Kaum ein Jahr später hatte Diane wieder geheiratet, und seine Tochter bekam einen Stiefvater. Er hatte sie niemals gesehen, geschweige denn sie jemals in seinen Armen gehalten.

Nur selten hatte er in den vergangenen Jahren an seine Tochter gedacht, hatte es vermieden, an sie zu denken, weil es ihm immer mehr wehtat, je älter er wurde. Sie war mittlerweile sechzehn. Ob sie überhaupt wissen wollte, wer ihr Vater war? Ob sie ihm ähnlich war?

Der Himmel hatte sich zugezogen, dicke Wolken ballten sich von Westen her über die Stadt, es würde bald regnen. Er schaute auf die Uhr, halb fünf. Für heute war es genug. Er lief hinüber zu Ellen, deutete auf den Himmel und meinte: »Ich glaube, wir sollten für heute Schluss machen, wenn ihr trocken in eure Unterkünfte kommen wollt.«

Ellen schaute auf, schien aber nicht weiter beeindruckt.

»Wir haben keinem eine Garantie für schönes Wetter gegeben«, sagte sie, »aber alle werden sicher froh sein, wenn sie jetzt gehen können.«

Sie wollte sich umdrehen und gehen, doch er hielt ihren Arm fest.

»Hättest du Lust auf einen Drink im *American Colony?*«

Sie schaute ihn erstaunt an. Dann strahlte sie. Er hatte es nicht vergessen. »Und ob! Holst du mich ab, sagen wir so gegen sieben?«

»Ich dachte, wir könnten gleich von hier ...«

»Also, ich würde mich gerne frisch machen, und du könntest auch eine Dusche vertragen.«

Er lächelte sie etwas verunsichert an. »Okay, dann um sieben.«

Nachdem Matthew einige Tage zuvor das Quartier verlassen hatte, war er in den Osten der Stadt gefahren und hatte sich dort in einem kleinen Hotel einquartiert. Es war eine billige Absteige, in der sich vorwiegend Rucksacktouristen aufhielten. Jetzt musste nur noch die Übergabe stattfinden, und danach wollte er so schnell wie möglich von hier verschwinden.

Nachdem er die Schriftrollen aus McKenzies Jeep gestohlen hatte und in seinem kleinen Leihwagen davongefahren war, hatte er seinen Komplizen angerufen und ihm vorgeschlagen, sich gleich am nächsten Tag um 19 Uhr auf dem Parkplatz des Grabungsfeldes zu treffen. Aber seither hatte er nichts mehr von ihm gehört. Wo war er? Es hatte ihm doch nicht schnell genug gehen können, und jetzt war er wie vom Erdboden verschluckt. Seit Tagen hing Matthew nun schon in diesem Hotel fest. Hatte er doch zu hoch gepokert? Gab es Probleme mit seiner erhöhten Forderung? Nervös ging er in dem kleinen Zimmer auf und ab. Sein Handy klingelte. »Was ist los?«, fragte er, ohne sich mit Namen zu melden.

»Wie besprochen, morgen Abend, um 19 Uhr auf dem Parkplatz in Talpiot.« Es wurde aufgelegt.

Auch wenn sich Matthew die Texte aus Angst, er könnte den Papyrus beschädigen, nicht angeschaut hatte, wusste er, dass sie für den Vatikan von allergrößter Bedeutung waren. Die Gesprächsfetzen der Unterhaltungen zwischen McKenzie und Torres hatten ihm genug offenbart. Dies waren Texte, die die Auferstehung von Jesus Christus infrage stellten. Vermutlich hatte man nur einige Tage gebraucht, um das Geld zu besorgen, beruhigte er sich. Dann lächelt er, denn ihm gefiel die Idee, den Austausch Geld gegen Ware am Ort des Geschehens vorzunehmen. Außerdem konnten sie sicher sein, dass es dort keine Zeugen gab, denn morgen am Sabbat würde niemand da sein.

John wartete in seinem Jeep vor dem Vordach des kleinen Hotels, in dem sein Team untergebracht war. Das Gewitter hatte sich zwar verzogen, aber es regnete dennoch in Strömen. Als er Ellen herauskommen sah, hätte es ihm fast den Atem verschlagen. Sie trug ein tomatenrotes, hautenges Kleid mit eckigem Ausschnitt und schwarze Pumps. Ihre blonden Haare hatte sie hochgesteckt und sogar ein wenig Make-up aufgelegt. Er konnte sich nicht erinnern, sie jemals in einem Kleid gesehen zu haben – sie sah hinreißend aus. Aber sagen konnte er es ihr nicht. Er kam sich linkisch und unbeholfen vor, Komplimente zu machen lag ihm einfach nicht. Er war nicht wie Michael, dem immer die richtigen Worte einfielen.

»Scheußlich, dieser Regen, schau nur, wie das Wasser in Sturzbächen den Rinnstein hinunterläuft«, begrüßte ihn Ellen, stieg in seinen Wagen und strich sich über die nackten Arme. »Wenn das so weiterregnet, werden wir am Montag wohl im Schlamm graben dürfen.«

Etwas später saßen sie unter dem Kreuzgewölbe in der Bar des *American Colony*, John mit einem Single Malt und Ellen mit einem Screwdriver vor sich, und schwiegen. Er wollte ihr so gern sagen, was ihm in den vergangenen Tagen durch den Kopf gegangen war. Dass er erst jetzt erkannt hatte, was für eine tolle Frau sie war und was sie ihm bedeutete. Dass er das in den vergangenen Jahren einfach als selbstverständlich hingenommen und Michael ihm schließlich die Augen geöffnet hatte. John wollte ihr so viel sagen, so viel erklären, aber er wusste einfach nicht, wo er anfangen sollte. Er drehte das Glas in seinen Händen, und das Licht über der Bar produzierte goldene Reflexe in seinem Whisky.

Ellen ahnte zwar ungefähr, was in seinem Kopf vorging, hatte aber nicht die Absicht, ihm zu Hilfe zu kommen. Stattdessen sagte sie: »Matthew hat übrigens schon gestern Nachmittag ausgecheckt, und ich glaube kaum, dass er wieder auftauchen wird. Ich kann nur hoffen, dass die strengen Kontrollen am Flughafen verhindern, dass er das Land mit den Schriftrollen verlässt.«

John hob den Kopf und verscheuchte seine Gedanken.

»Was? Ach so, ja. Vorausgesetzt, er hat sie«, wandte er ein.
Ellen schaute ihn von der Seite an.

»Aber warum sollte er sich sonst klammheimlich aus dem Staub gemacht haben?« Sie drehte sich ganz zu ihm. »Weißt du, was ich mich schon die ganze Zeit frage? Woher hat er gewusst, dass du diese Papyri gefunden hast? Du hast es ja nicht einmal mir erzählt.« Sie nahm einen Schluck aus ihrem Glas und sah ihn fragend an.

John war immer noch über seinen Drink gebeugt.

»Ja, ich weiß, das war ein Fehler. Ich hätte dich gleich einweihen müssen. Ich wäre dir dankbar, wenn du nicht mehr darauf herumreiten würdest. Und was Matthew betrifft, wir wissen doch gar nichts Genaues. Das sind alles nur Spekulationen. Schließlich habe ich nicht gesehen, wer mich niedergeschlagen hat.«

»Spekulationen? Vielleicht. Sie passen aber verdammt gut zusammen«, beharrte Ellen.

Wohin führte diese Unterhaltung? Sie nahm einen völlig falschen Kurs. Er hatte sich doch vorgenommen, an diesem Abend mal nicht über die Grabungen oder die Schriftrollen zu sprechen, sondern nur darüber, wie wichtig sie für ihn war. Er ärgerte sich über seine Unfähigkeit, sich ihr zu öffnen. Aber vielleicht lag es daran, dass ihm selbst noch gar nicht so recht klar war, was das für Gefühle waren, die er für Ellen empfand. Auf jeden Fall war er unfähig, sie auszudrücken.

Er versuchte, ihrem Gespräch eine andere Wendung zu geben. »Können wir nicht mal über was anderes sprechen als immer nur …« Hilflos brach er ab. Er trank den Rest aus seinem Glas und bedeutete dem Barkeeper nachzuschenken.

»Wie lange arbeiten wir jetzt eigentlich schon zusammen?«, fragte er Ellen schließlich.

»Seit fast drei Jahren«, sagte sie, denn ihr war jede Erinnerung aus dieser Zeit präsent. »Damals im Wadi al-Arab sind wir uns zum ersten Mal begegnet. Du hast in der Grabungsstätte von Tall Zira'a gearbeitet, und ich war mit einer Forschungsgruppe meiner Uni unterwegs. Wir haben uns länger unterhalten, und du hast mir gesagt, ich könne mich jederzeit deinem Team anschließen. Wenn ich heute darüber nachdenke, kann ich es selbst kaum fassen, dass ich dich beim Wort genommen habe, aber kaum war ich wieder zu Hause, habe ich mich bei dir beworben, und du hast mich angenommen.«

»Tatsächlich?« Wieder wirkte er abwesend.

Ellen schaute ihn an. Er hatte sich rasiert, sein Haar war im Nacken noch feucht vom Duschen. In seinem frisch gestärkten Khakihemd und der sauberen Jeans sah er zur Abwechslung mal richtig gepflegt aus. ›Er sollte mehr auf sich achtgeben‹, dachte sie und versuchte, seinen Blick zu erhaschen, doch seine blaugrauen Augen hinter der hellen Hornbrille schienen irgendwo in der Ferne einen Punkt gefunden zu haben, auf dem sie ruhten. Er wirkte so verloren. Zu ihrer Überraschung weckte es in ihr mütterliche Instinkte, als müsse sie ihn beschützen.

»Ist schon merkwürdig. Wir sind tagtäglich zusammen und wissen doch so wenig voneinander«, sagte sie leise.

Jetzt schaute John sie an.

»Du hast recht. Ich glaube, ich habe dich noch nie nach privaten Dingen gefragt. Mal sehen, was ich von dir weiß. Du heißt Ellen Robertson, stammst aus New York, hast an der NYU studiert, bist 30 Jahre …«

»33«, sagte Ellen lächelnd.

»… 33 Jahre alt. Dein Vater ist Rechtsanwalt, und du hast zwei jüngere Brüder.« John dachte kurz nach. »Ich glaube das ist alles. Na ja, bis auf deine fachlichen Qualifikationen, promoviert in biblischer Archäologie et cetera …«

»Okay.« Sie setzte sich aufrecht hin und blickte ihn an.

»Meine Lieblingsfarbe ist Rot, ich liebe Katzen, und am liebsten esse ich gegrillten Loup de Mer. Ich liebe Matisse und Chopin, außerdem spiele ich gerne Tennis, was ich allerdings schon ewig nicht mehr getan habe. Aber das hatte ich wirklich nicht gemeint.«
Sie nahm einen Schluck aus ihrem Glas. Die Eiswürfel klirrten.
»Ich weiß, aber es ist wenigstens ein Anfang«, sagte er. »Was soll ich dir über mich erzählen? Ich stamme aus Chicago, meine Eltern hatten dort einen Eisenwarenhandel. Ich bin der einzige Sohn und habe meinem Vater fast das Herz gebrochen, als ich mich weigerte, das Geschäft zu übernehmen. Dabei war es das Beste, was meinen Eltern passieren konnte. Sie haben das Geschäft vor einigen Jahren verkauft und leben heute in Florida. Ich habe an der Columbia University studiert und auch promoviert, war dann ein paar Jahre in München und lebe seither ein Leben ohne festen Wohnsitz. Ich esse fast alles, wünschte mir aber manchmal ein richtiges Porterhouse Steak, so wie ich es aus Chicago kenne. Von Malerei und Musik habe ich nicht viel Ahnung, obwohl mir die Bilder von van Gogh gefallen. Ich liebe die Stimme der Callas, besonders wenn sie die Arie ›Casta Diva‹ aus Bellinis *Norma* singt. Einige Klavierkonzerte von Beethoven, vor allem das fünfte, höre ich gern und manches von Mahler, aber dann ist auch schon Schluss. Lieblingsfarbe habe ich keine. Ich spiele ebenfalls gerne Tennis, aber ich kann mich gar nicht mehr erinnern, wann …«
Ellen legte eine Hand auf seinen Arm. »Ich glaube, das ist Information genug für heute. Aber hattest du nicht mal erwähnt, dass du verheiratet warst?«
»Ja, aber das ist lange her.«
Ellen sah, wie sich sein Gesicht verschloss. Offenbar hatte sie jetzt ein Thema berührt, über das er nicht sprechen würde.

»Kann ich bitte noch einen Drink haben?«, fragte sie schnell, um das Thema zu wechseln.

»Natürlich kannst du das.«

John schaute sie an, doch dann schien etwas hinter ihr seine Aufmerksamkeit zu erregen, und sie drehte sich um. An einem Tisch in einer der Nischen saßen zwei Männer in kirchlicher Kleidung, der eine trug den typischen schwarzen Anzug der Priester, der zweite eine Soutane.

»Der rechts ist Robert Fresson, ein Studienkollege von mir und Michael aus München. Ich habe ihn erst kürzlich hier getroffen. Schon witzig, dass wir nach all den Jahren gleichzeitig hier in Jerusalem sind«, sagte John.

»Er ist Priester?«, fragte Ellen verwundert.

»Ja, du weißt doch, dass die Katholische Kirche archäologisch hier stark vertreten ist. Er ist der derzeitige Leiter der École Biblique.«

Gerade als John aufstehen wollte, um ihn zu begrüßen, setzte sich ein anderer Mann in einem hellen Straßenanzug dazu, sodass John davon absah, an ihren Tisch zu gehen. Doch als sie die Bar eine Stunde später verließen, saßen die drei Männer immer noch da. John nickte Robert im Vorbeigehen kurz zu. Als sie draußen waren, sagte Ellen: »Hast du dir den Mann angesehen, der zu den beiden Kirchenmännern stieß?« Und als John den Kopf schüttelte, fügte sie hinzu: »Er hat große Ähnlichkeit mit dem Typen, der kürzlich in Talpiot aufgetaucht ist. Vielleicht solltest du noch mal reingehen. Eventuell kannst du etwas herausfinden.«

»Ganz ehrlich? Ich würde ihn nicht wiedererkennen. Ich habe ihn mir einfach nicht so genau angesehen. Und selbst wenn ich ihn wiedererkennen würde, was würde das ändern? Vermutlich arbeitet er für die École und hatte sich nur im Areal geirrt.«

Matthew hatte alles vorbereitet, bevor er am Sabbat gegen halb sieben abends nach Talpiot fuhr. Sein EL-AL-Ticket für den Flug 007 von Tel Aviv nach New York um 9.30 Uhr am nächsten Tag war schon ausgestellt. ›007, wie passend‹, hatte er gedacht und musste lachen, aber ein bisschen kam er sich tatsächlich vor wie James Bond.

Er hatte am Nachmittag aus seinem Hotel ausgecheckt, und sein Koffer lag auf dem Rücksitz des geliehenen Ford Fiesta. Die Schriftrollen hatte er allerdings im Kofferraum versteckt. Sollte er von einer der vielen Polizeikontrollen angehalten werden, könnten Fragen auftauchen, wenn sie sich in seinem Koffer befanden. Natürlich könnten sie auch auf die Idee kommen, den Kofferraum zu durchsuchen, aber das Risiko musste er eingehen. Meistens gaben sie sich mit dem Pass zufrieden und ließen einen weiterfahren, aber er musste ja nicht unnötig Verdacht erregen.

Gleich nach dem Treffen würde er nach Tel Aviv fahren, denn er musste vier Stunden vor Abflug am Flughafen sein. Er würde vielleicht noch ein bisschen in Bars rumhängen, schließlich zum Flughafen fahren, und dann würde es losgehen, in die große Freiheit. Aus dem Lautsprecher des Autoradios klang Rod Stewarts kratzige Stimme »I am sailing ...«, und Matthew sang aus vollem Hals mit.

Als er auf den Parkplatz der Grabungsstätte einbog, auf dessen steinigem Boden immer noch einige Pfützen vom Regen des Vortages im Licht der Scheinwerfer glänzten, stand dort nur ein einzelnes Auto, ein schwarzer Peugeot. Das musste er sein.

Matthew lenkte seinen Wagen geradewegs darauf zu und kam parallel zu dem Peugeot in entgegengesetzter Fahrtrichtung zum Stehen. Er leierte die Scheibe herunter und sah, dass der andere dasselbe tat.

›Wie im Film‹, dachte er noch, bevor ihn die Kugel mit einem leisen *Plop* mitten in die Stirn traf.

FLAVIGNY-SUR-OZERAIN

ZWEIUNDZWANZIG STUNDEN nachdem sie in Leh abgeflogen waren, landeten Jennifer und die beiden Priester mit der Air France auf dem Flughafen Paris-Charles-de-Gaulle. Anschließend fuhren sie mit dem TGV weiter nach Dijon, wo sie ein Wagen abholte und ins Kloster der Confrérie du Saint Paul, das Kloster des Priesterseminars, nach Flavigny-sur-Ozerain brachte. Jennifer war viel zu müde, um der malerischen Landschaft, durch die sie fuhren, viel Beachtung zu schenken. Die saftigen, von Hecken gesäumten Wiesen mit den weißen Charolais-Rindern, die verstreuten Höfe und kleinen Burgen nahm sie kaum wahr. Auch Adam, der neben ihr auf dem Rücksitz saß, schien ziemlich erschöpft von der langen Reise. Nur Fernando war fit und unterhielt sich angeregt mit dem Fahrer. Als sie endlich auf den Parkplatz des Klosters fuhren, kam sogleich ein junger Seminarist in schwarzer Kutte und trug ihr Gepäck in eines der Gästezimmer im dritten Stock. Es war zwar etwas größer, aber genauso spartanisch möbliert wie das Zimmer in dem buddhistischen Kloster in Ladakh. Zudem hing hier natürlich ein Kreuz über dem Kopfende des Bettes.

Jennifer sehnte sich nach ein bisschen Luxus und Privatsphäre, aber damit würde sie sich noch eine Weile gedulden müssen. Wenigstens hatte sie diesmal ein eigenes Bad und konnte auch endlich wieder problemlos mit Philip telefonieren.

»Wie war die Reise?«, fragte er.

»Sehr anstrengend.«

»Ich bin heilfroh, dass du gut angekommen bist.«

»Ich auch. Am Flughafen in Leh wäre ich fast verhaftet worden. Dann hättest du vermutlich nie wieder etwas von mir gehört.«

Jennifer erzählte Philip von den Ereignissen in Ladakh, was dazu führte, dass er sich noch mehr Sorgen um sie machte.

»Mir wäre es am liebsten, du würdest morgen wieder nach Hause kommen. Können die nicht jemand anderen finden, der die Texte übersetzt?«

»Nein, das glaube ich nicht. Sie haben ziemlich heikle Inhalte, und es sollen so wenig Leute wie möglich davon wissen.« Sie durfte ihm nichts Genaues über die Schriften sagen, das wusste er.

»Kannst du wenigstens schon überblicken, wie lange du für die Übersetzung brauchst?«

»Leider nicht«, antwortete sie, »ich habe ja noch nicht einmal das gesamte Manuskript sichten können. Ich weiß nur, dass es dem Erzbischof sehr eilig ist und dass er mir alle nötigen Hilfsmittel zur Verfügung stellen wird. In den nächsten Tagen werde ich mehr wissen.« Sie machte eine kleine Pause. »Ich vermisse dich!«

»Ich dich auch. Pass gut auf dich auf! Ich melde mich bald wieder.«

Die Verbindung wurde unterbrochen.

Jennifer nahm sich Zeit für eine heiße Dusche, zog sich saubere Sachen an und legte sich für eine halbe Stunde auf das frisch bezogene Bett. An Schlaf war trotz ihrer Müdigkeit aber nicht zu denken. Sie fröstelte ein wenig, stand auf, zog sich die dunkelblaue Strickjacke an, die sie schon bereitgelegt hatte, nahm die verpackten Schriften und verließ ihr Zimmer.

Erzbischof Motta war längst in Flavigny-sur-Ozerain angekommen und erwartete sie bereits in seinem Büro.

»Kommen Sie nur herein, meine Liebe. Pater Adam und Pater Fernando sind auch gerade gekommen.«

Motta stand auf, kam ihr entgegen und nahm ihr so vorsichtig die Schriften ab, als könnten sie nur durch die Berührung zu Staub zerfallen. »Das sind sie also, die kostbaren Stücke.« Er war offenbar sehr froh, sie endlich in Gewahrsam nehmen zu können.

Bisher hatten sie nur miteinander telefoniert, und Jennifer hatte die Vorstellung von einem großen schlanken Mann mittleren Alters gehabt. Doch Erzbischof Motta war höchstens mittelgroß und ziemlich beleibt. Eine runde Brille mit einem dünnen Metallrahmen saß auf seinem Nasenrücken, deren Rand sich auf die feisten roten Backen drückte. Jetzt bemerkte sie auch den Schweizer Akzent, der ihr bei den Telefonaten entgangen war.

»Schön, Sie persönlich kennenzulernen, Exzellenz«, sagte sie.

»Ich danke Ihnen. Ich danke Ihnen sehr. Sie haben der Kirche damit einen unermesslichen Dienst erwiesen.«

Jennifer entging nicht, dass ihr Pater Adam einen missmutigen Blick zuwarf. »Wir alle drei haben dazu beigetragen. Ich würde sagen, dass Pater Adam besonderer Dank gebührt, weil er die ganze Vorarbeit geleistet hat.«

»Ja, ja, aber nun berichten Sie! Das war ja alles recht aufregend, was ich so höre.«

Nach ihrer Schilderung der Ereignisse am Flughafen in Leh, der der Erzbischof interessiert, aber nicht wirklich beeindruckt gelauscht hatte, führte er sie in einen benachbarten Raum, der für die nächsten Wochen ihr Arbeitszimmer sein würde.

»Ich möchte Sie in meiner Nähe haben, wenn ich in Flavigny bin, damit Sie mich immer ohne Umwege über den Stand Ihrer Übersetzung unterrichten können.«

Die Möblierung war karg und zweckmäßig, drei große moderne Schreibtische, auf denen jeweils ein Computer und ein Drucker standen, dazu ergonomische Bürostühle und ein langes Regal mit einer umfangreichen Handbibliothek aus lexikalischen Werken sowie Wörterbüchern in verschiedenen Sprachen. Am Fenster waren ein kleiner antiker Tisch sowie ein gepolsterter Sessel, der wohl dazu da war, sich zwischendurch ein wenig auszuruhen. Neben dem obligaten Kreuz hingen an der Wand gegenüber ein Bild des Papstes sowie eines des Gründers der Bruderschaft, das um einiges größer war.

»Ich hoffe, Sie werden alles finden, was Sie brauchen. Wenn nicht, lassen Sie es mich bitte wissen.«

»Vielen Dank.« Jennifer schaute sich um.

»Im Prinzip ist alles in Ordnung, aber ich vermisse einen klimatisierten Schrank für die alten Schriften.«

»Oh, der befindet sich im benachbarten Büro, das ich während meines Aufenthalts hier benutze«, sagte Erzbischof Motta lächelnd. »Dort werden sie gut aufgehoben sein.«

Er traut mir wohl nicht, dachte Jennifer. Laut sagte sie: »Ich habe ja bis jetzt noch keine Möglichkeit gehabt, mich näher mit dem Inhalt zu beschäftigen, aber etwas Überraschendes hat sich schon offenbart. Die Aufzeichnungen sind in aramäischer Sprache verfasst.«

»Ja, das hat mir Pater Adam schon mitgeteilt. Ich bin sehr gespannt, was Sie noch alles herausfinden werden. Glauben Sie, dass Sie morgen gleich mit der Arbeit beginnen können?«

Er schaute sie mit leicht nach unten geneigtem Kopf über den Rand seiner Brillengläser an.

»Sicher. Wenn ich eine Nacht durchgeschlafen habe, bin ich wieder fit.«

»Gut. Wir sehen uns um 19 Uhr beim Abendessen, also in einer Stunde.«

Damit war sie entlassen. Während die beiden Priester noch sitzen blieben, verließ Jennifer das Büro.

»Sehen Sie, mein lieber Adam, Gott ist auf unserer Seite. Ihre Mission war am Ende doch erfolgreich. Lassen Sie es mich mit

Jesu Worten an Petrus wiederholen: Du Kleinmütiger, warum hast du gezweifelt?«

Adam senkte den Kopf.

»Es tut mir leid. Ich weiß, wie wichtig diese Aufgabe war und dass alle Mittel, die wir anwenden mussten, um unser Ziel zu erreichen, gerechtfertigt waren.«

Er fragte sich allerdings, ob der Erzbischof wirklich über alle Mittel informiert war oder ob er gar nichts Genaues wissen wollte. Vielleicht hatte er Fernando nur deshalb ausgewählt, weil der skrupellos war. Auf dem langen Flug war ihm längst klar geworden, dass Fernando etwas mit der Polizeipräsenz am Flughafen zu tun gehabt haben musste. Und er bezweifelte auch nicht mehr, dass Fernando getötet hatte, um ihr Ziel zu erreichen. Das war es, was ihn so beunruhigte. Wie weit hätten sie gehen dürfen? Oder hatten sie längst eine Grenze überschritten? War das fünfte Gebot nicht grundsätzlich gültig? Gab es Ausnahmen? Unter welchen Umständen würde Gott vergeben, was Fernando getan hatte und woran er mitschuldig geworden war? All diese Fragen kreisten seit Stunden in seinem Kopf, aber er fand keine Antwort. Er seufzte leise.

»... meinen Sie nicht auch, Adam?«

Adam blickte auf.

»Verzeihen Sie, ich habe gerade nicht zugehört.«

»Ach Adam, hören Sie endlich auf, sich Gedanken zu machen. Alles wird gut, glauben Sie mir. Ich muss wieder zurück nach Albano Laziale, aber ich bin bald wieder hier und hoffe, dass Sie dann schon einige Fortschritte gemacht haben. Sie wissen, wie sehr die Sache eilt.«

Der Erzbischof, der inzwischen aufgestanden war, legte ihm die Hand auf die Schulter und geleitete die beiden zur Tür.

Auf dem Weg zu ihrem Zimmer war Jennifer zwei Seminaristen begegnet, die die Kapuzen ihrer schwarzen Kutten tief ins Gesicht gezogen hatten. Eigentlich hatte sie die beiden nach dem Ausgang des Klosters fragen wollen, aber sie kamen ihr so unheimlich vor, dass sie es unterließ. Als sie an ihnen vorbei die Treppe hinuntergegangen war, erkannte sie die große Eichentür, die hinaus auf die Gasse führte. Erleichtert trat sie hinaus. Sie wollte sich in dem mittelalterlichen Dorf, das auf der Kuppe eines Hügels lag, ein wenig umsehen. Trotz seiner Häuser mit ihren verwitterten Wänden und schiefen Dächern war der Ort gepflegt. Blumenkästen an Fenstern und Rosenranken an grauen Steinmauern vermittelten einen freundlichen Eindruck. Sie bog in die Rue d'Eglise ein, die gleich einen Blick auf die alte romanische Kirche erlaubte. Irgendwie kam ihr die Straße bekannt vor. Und dann fiel es ihr ein: Sie hatte gelesen, dass hier einige Jahren zuvor der Film *Chocolat* gedreht worden war. Ein Schokoladengeschäft wie das aus dem Film konnte sie jedoch nicht entdecken. Dafür fand sie den Laden der ehemaligen Benediktinerabtei, in der heute das berühmte Konfekt *Anis de Flavigny* hergestellt wurde.

Als sie aus dem alten Stadttor mit den beiden trutzigen runden Wehrtürmen heraustrat, bot sich ihr ein herrlicher Ausblick auf das Umland mit saftigen Wiesen, Wäldern und fruchtbaren Feldern, wo in Reih und Glied Weinreben wuchsen. Sie erinnerte sich an den eleganten Rotwein, den Philip so gerne trank und der aus dieser Gegend, die man Côte-d'Or nannte, kam. Sie bedauerte sehr, dass er jetzt nicht bei ihr sein konnte. Philip war Romantiker, und ihm hätte diese liebliche, unzerstörte Landschaft sicher gut gefallen. Hier schien sich seit Hunderten von Jahren nichts verändert zu haben. Ein von kleinen Rosenbüschen, an denen noch vereinzelt weiße Blüten hingen, gesäumter Weg führte ins Tal. Sie nahm sich vor, in den kommenden Tagen hinunterzuwandern.

»Ist das nicht ein wunderschöner Blick von hier oben?«, fragte plötzlich eine wohlklingende Stimme hinter ihr.

Sie drehte sich um und schaute in das hagere Gesicht eines hochgewachsenen älteren Mannes in einer schwarzen Soutane.

»Obwohl ich schon seit vielen Jahren hier lebe, erfreut mich diese Aussicht immer wieder aufs Neue.« Er lächelte sie freundlich an. Sofort fielen ihr die stahlblauen, kalten Augen des Priesters auf, die nicht mitlächelten.

»Sie müssen Dr. Williams sein«, fuhr er fort. »Erzbischof Motta hat mir von Ihrem Kommen und Ihrer Arbeit erzählt.«

»Und Sie sind?« Jennifer schaut ihn fragend an.

Er räusperte sich. »Ich bin Bischof Tormentière, der Leiter des Séminaire St. Paul. Aber lassen Sie sich nicht stören, wir werden uns sicher noch häufiger begegnen.« Er dreht sich um und ging zurück zum Kloster.

JERUSALEM

AM SPÄTEN SONNTAGNACHMITTAG betrat ein Mann in einem hellen Anzug die École Biblique. Dort wurde er bereits von Robert Fresson und einem weiteren Mann in einer Soutane erwartet.

»Haben Sie die Schriften?«, fragte Robert, ohne ihn zu begrüßen.

Der Mann in dem hellen Anzug sah ihn herausfordernd an. »Natürlich habe ich sie. Aber ich habe sie nicht mitgebracht. Wir sollten doch noch mal über das Finanzielle reden, denke ich.«

Robert Fresson war irritiert. »Das haben wir doch längst geklärt«, sagte er verärgert.

»Ja, aber da habe ich noch nicht gewusst, um welch explosiven Stoff es sich hier handelt.« Die Bezeichnung ›explosiv‹ gefiel ihm, auch wenn er sie ohne nachzudenken verwendet hatte. »Und um bei dem Bild zu bleiben, wenn der gezündet wird, fliegt der gesamte Vatikan in die Luft«, sagte er triumphierend.

Robert und der Bischof sahen sich erschrocken an.

»Und was haben Sie sich vorgestellt?«, fragte der Besucher aus Rom.

»Wie viel ist Ihnen denn der Glaube Ihrer Schäfchen wert?«

Robert konnte seinen Zorn kaum zügeln. »Spielen Sie keine Spielchen mit uns! Das könnte Ihnen schlecht bekommen.«

»Soll das eine Drohung sein? Muss ich jetzt etwa Angst haben?« Der Mann schien sich zu amüsieren.

Das Gesicht des Mannes aus dem Vatikan, der neben Robert stand, lief rot an.

»Sagen Sie einfach, wie viel Sie wollen«, kam Robert ihm zuvor.

»Einen Cent«, sagte der Mann im hellen Anzug.

»Wie? Einen Cent?« Robert schaute ihn verständnislos an.

»Einen Cent pro Mitglied Ihrer Kirche.«

»Wie bitte?« Robert hatte sich als Erster wieder gefasst. »Wissen Sie, wie viel das ist?«

»Natürlich weiß ich das. Bei etwa 1,2 Milliarden Katholiken weltweit sind das zwölf Millionen Dollar. Na, sagen wir zehn Millionen. Sobald das Geld auf meinem Schweizer Konto eingegangen ist, gehören die Schriften Ihnen.«

Der Geistliche aus Rom schnappte nach Luft. »Sie müssen wahnsinnig sein. So viel Geld haben wir nicht.«

»Aber, aber. Jeder weiß doch, wie reich der Vatikan ist und dass es hier und da Konten mit Hunderten von versteckten Millionen gibt. Sie werden das Geld schon auftreiben. Sie wissen doch, es geht um Ihre Existenz.«

Die beiden Kirchenmänner sahen ihn wütend an.

Der Mann drehte sich um und ging zur Tür. Dann schaute er noch einmal zurück. »Sie wissen, ich habe genügend andere Interessenten, die sofort bereit wären, den Preis zu zahlen.«

ALBANO LAZIALE

EINIGE TAGE NACHDEM MOTTA aus Flavigny zurückgekommen war, erschien Schwester Immaculata im Kloster. Sie war die Cousine von Pietro Bertone, dem Leiter des Seminars in Albano Laziale. Noch vor seiner Abreise hatte Motta mit ihm gesprochen und erfahren, dass sie eine der fünf Nonnen war, die im Vatikan und auch im Castel Gandolfo für das leibliche Wohl des Papstes sorgten. Ihr Habit, eine erdbraune Tunika und darüber das typische Skapulier in derselben Farbe, verriet, dass sie zum Orden der Karmelitinnen gehörte, der schon lange eine freundschaftliche Verbindung mit der Bruderschaft pflegte. Er wusste, dass sie ihr Leben ganz und gar der Kontemplation, dem Gebet, der Buße, harter Arbeit und der Stille gewidmet hatte, so wie es den Regeln ihres Ordens entsprach. Und er wusste von ihrem Cousin, dass es ihr schwerfiel, dem Papst zu dienen, da sie mit dem Weg zu einer modernen Kirche, den der Papst jetzt eingeschlagen hatte, nicht einverstanden war.

Darüber hinaus machte Schwester Immaculata einen recht verschlossenen Eindruck. Der mürrische Zug um den Mund gab viel über ihren unzufriedenen Seelenzustand preis. Sie hatte ihre Hände unter dem Skapulier versteckt, und ihre grauen Augen blickten ihn misstrauisch an, als sie sich begrüßten.

»Ich freue mich, dass Sie sich etwas Zeit nehmen konnten, um mich zu besuchen«, sagte Motta freundlich. »Bitte nehmen Sie Platz.«

»Nun, eigentlich wollte ich nur meinen Cousin besuchen«, sagte sie und setzte sich auf den Stuhl, den ihr Motta zugewiesen hatte.

»Ja, natürlich«, erwiderte er, »und dabei sollten wir es auch belassen, falls jemand fragen sollte.« Er schaute sie an. »Hat Ihnen Ihr Cousin gesagt, worüber ich mit Ihnen sprechen möchte?«

Sie nickte. »Er hat es angedeutet.«

Wieder schaute Motta sie prüfend an, konnte aber nicht erkennen, was sie dachte. Wie viel wusste sie über sein Vorhaben? Pietro Bertone hatte ihm gesagt, dass seine Schwester die Bestrebungen der Bruderschaft immer unterstützt hatte. Dass sie über ihre Berufung an den Vatikan nicht glücklich gewesen war, sich aber auch nicht dagegen wehren konnte, weil es Tradition war, dass alle fünf Jahre im Wechsel einige Nonnen aus bestimmten Klöstern die Hausarbeit im Vatikan verrichten mussten. Im Moment war ihr Orden an der Reihe. ›Und in der Tat, was für ein glücklicher Umstand‹, dachte Motta, ›dass gerade sie dazu ausgewählt worden war.‹

»Können Sie mir beschreiben, für welche Arbeiten Sie zuständig sind?«, fragte er Immaculata freundlich.

»Ich? Ich ... ich kümmere mich um die Wäsche. Ich wasche und bügele die private Wäsche des Papstes«, sagte sie zögernd.

»Warum?«

»Sie arbeiten nicht in der Küche?«, fragte Motta zurück.

»Nein.« Wieder schaute sie ihn misstrauisch an.

Motta dachte nach. »Wissen Sie, welche Medikamente der Papst einnehmen muss?«

Sie sagte nichts, schüttelte nur den Kopf.

»Aufgrund seines schlechten Gesundheitszustandes muss er doch sicher einige Medikamente einnehmen«, hakte Motta nach.

»Darüber wacht Schwester Pasqualina. Sie arbeitet mit dem Leibarzt des Papstes, Dr. Sciafranetto, zusammen. Damit haben wir anderen nichts zu tun. Aber warum wollen Sie das wissen?«

Wieder beachtete Motta ihre Frage nicht. »Und Sie haben mit den Mahlzeiten des Papstes nichts zu tun?«, fragte er erneut.

»Wie ich Ihnen schon sagte, ich wasche und bügele, sonst nichts«, sagte sie und strich mit einer Hand über ihre Tunika, so als müsste sie sie glätten.

»Und Sie bekommen den Papst niemals zu Gesicht?« Motta konnte sein Erstaunen nicht verbergen.

»Natürlich. Wenn ich zum Beispiel seine Wäsche einräume und er sich gerade in seinen Privaträumen aufhält«, sagte sie langsam.

»Und sonst nicht?« Motta ließ nicht locker.

»Nein.«

Er blickte düster drein und dachte nach.

»Es sei denn, ich serviere ihm seinen Tee am Abend … manchmal auch am Nachmittag, weil … das macht immer diejenige, die gerade nicht mit etwas anderem beschäftigt ist. Das muss jede von uns tun«, sagte sie plötzlich.

Mottas Gesicht hellte sich auf. »Gut«, sagte er gedehnt. »Das ist sehr gut.«

Sie schwieg und wartete.

»Wie mir Ihr Cousin sagte, teilen Sie unsere Sorge um die Zukunft der Kirche.« Er sah sie abwartend an und fuhr fort, als er ihr Nicken registrierte.

»Leider hat uns der Papst sehr enttäuscht. Obwohl er versprochen hatte, sich mit uns zu versöhnen, hat er es nicht getan. Bis heute haben wir keinerlei Bemühungen seinerseits feststellen können. Ganz offensichtlich hat er sich von den Gegnern unserer Bruderschaft überzeugen lassen, eine Einigung mit uns nicht weiterzuverfolgen. Wir, die Bruderschaft St. Paul, sind aber die treuen Bewahrer der Kirche, die Hüter des Glaubens, die niemals von Gottes vorgezeigtem Weg abgewichen sind.« Er machte eine kleine Pause und schaute auf das Kreuz mit einem aus dunklem Holz geschnitzten Christus, das neben der Tür hing. Immaculata hatte sich nicht gerührt und wartete darauf, dass er weiterreden würde.

»Inzwischen glauben wir – nein, wir wissen, dass der Papst den Anforderungen seines Amtes nicht gewachsen ist. Deshalb flieht er immer häufiger aus dem Vatikan und hält sich in Castel Gandolfo auf.« Wieder schwieg er einen Moment. »Aber das werden Sie ja besser wissen als ich. Er ist zu alt und sein Geist ist verwirrt. Dennoch tritt er nicht zurück. Offenbar aus falsch verstandenem Pflichtgefühl.«

Motta stand auf und begann, langsam hin und her zu gehen, während er nachdachte. War es jetzt nicht an der Zeit, dass er ihr sagte, was er von ihr wollte? Würde sie bereit sein? Schließlich blieb er vor Immaculata stehen.

»Wie mir Ihr Cousin auch sagte, wollen Sie uns helfen.« Sie schwieg und sah ihn erwartungsvoll an. »Wenn Sie wirklich dazu bereit sind, übernehmen Sie eine sehr wichtige Aufgabe bei unserem Vorhaben, liebe Immaculata, wahrscheinlich die wichtigste. Aber seien Sie gewiss, der Herrgott wird es Ihnen lohnen.« Der Erzbischof blickte die Nonne lächelnd an. Dann erläuterte er ihr seinen Plan, das heißt, nur gerade so viel, wie sie wissen musste.

»Ich werde in der kommenden Woche einige Tage nicht hier sein können, aber ich melde mich bei Ihnen, wenn ich zurück bin. Dann werden Sie mir Ihre Antwort geben«, sagte er zum Abschied.

JERUSALEM

AM ERSTEN WOCHENENDE, an dem Michael wieder in Jerusalem war, besuchten er, Ellen und John die Bernsteins in ihrer Buchhandlung in der Be'eri Street 65. Sie betraten einen hellen, rechteckigen Raum mit Regalen voller gebrauchter Bücher in verschiedenen Sprachen, die bis an die Decke reichten. Michael schaute sich um und entdeckte viele bekannte Werke der deutschen Literatur. In der Mitte stand ein schmaler langer Tisch, auf dem verschiedene Loseblattsammlungen und Jahresbände alter Zeitungen lagen, in denen der alte Herr offenbar gerade geblättert hatte, denn seine Brille lag auf der aufgeschlagenen Seite.

»Wie schön, dass Sie gekommen sind.« Professor Bernstein hatte den beiden Männern die Hand geschüttelt und Ellen mit einem Handkuss begrüßt.

»Was für eine Freude, Sie kennenzulernen.« Ellen war vor Verlegenheit ganz rot geworden, denn noch nie hatte ihr jemand die Hand geküsst.

Damit sie ungestört reden konnten, hängte er das »סגור – Closed«-Schild an die Tür. In einem der hinteren Räume, die ebenfalls von Bücherregalen umgeben waren, hatte Sarah Bernstein einen kleinen Tisch gedeckt, auf dem in der Mitte eine Schale mit frisch gebackenen Muffins stand.

»In dieser Weltgegend trinkt man ja eher Tee«, sagte sie, »aber mein Mann und ich stammen aus Berlin. Wir haben immer lieber Kaffee getrunken, und manche unserer Kunden kommen wohl nur wegen des frisch gebrühten Kaffees zu uns.«

Aus einer Kanne mit Metallmantel goss sie die fast schwarze Flüssigkeit in fünf Tassen.

»Milch und Zucker stehen auf dem Tisch.«

»Es freut mich, dass Sie gekommen sind.« Daniel Bernstein nahm auf einem der Sessel mit zerschlissenem Bezug neben seiner Frau Platz. »Und es freut mich noch mehr, wenn ich Ihnen helfen kann.«

Die drei setzten sich auf die um den Tisch stehenden Stühle, und Michael überließ es John, das Wort zu ergreifen. Er erzählte von seinen Grabungen in Jordanien und Syrien, von den Archäologie-Studenten aus verschiedenen Ländern, die ihm dabei halfen, von seinem momentanen Grabungsfeld in Talpiot und schließlich von seinem Fund, ohne zunächst näher auf den Inhalt der Schriftrollen einzugehen. Professor Bernstein fragte nicht nach, sondern wartete, was John preisgeben wollte.

Nach einer kurzen Pause und einem Blick zu Michael beschloss John, den Professor einzuweihen. Er berichtete ihm, was sie bisher herausgefunden hatten.

»Michael arbeitet an der Übersetzung einer der Rollen, und wir sind uns jetzt absolut sicher, dass die Schriften authentisch sind.«

»Wer hätte gedacht, dass sich eines Tages doch noch der Beweis dafür finden würde, dass Jesus die Kreuzigung überlebt hat?«, sagte Professor Bernstein, und es schien, als würde er zu sich selbst sprechen.

Ellen nickte zustimmend.

»Wenn ich als Kind die Geschichte von der Auferstehung in der Kirche oder in der Sonntagsschule hörte, habe ich mich immer schon darüber gewundert und gedacht, dass daran etwas nicht stimmen konnte. Wenn die Jünger einen Geist gesehen hätten, gut – aber sie haben Jesus angefasst, er war aus Fleisch und Blut! Also konnte er doch nicht tot sein.«

Michael lächelte vor sich hin und schüttelte den Kopf. Ihm war es genauso ergangen.

»Und uns hat man das dann als Wunder verkauft. Da Jesus die Menschheit durch seinen Märtyrertod von allen Sünden erlösen sollte, musste er am Kreuz gestorben sein. Aber – wenn das gar nicht stimmt, dann hat Jesus uns auch nicht erlöst, und das wichtigste Dogma der Kirche ist eine Lüge.« Professor Bernstein fühlte sich in der Rolle des Vortragenden sehr wohl.

Es entstand eine Pause, in der Michael zum ersten Mal richtig klar wurde, was es bedeuten könnte, wenn Milliarden Menschen ihre Religion, ihren Glauben und damit ihre Orientierung im Leben verlieren würden.

Ohne den Glauben an den Opfertod Jesu wäre die Weltgeschichte völlig anders verlaufen: Weder gäbe es den Westen als Erbe einer zweitausendjährigen christlichen Kultur noch den Islam, der ja erst als Reaktion auf das Christentum entstanden war.

»Ist es nicht erstaunlich, dass die Geschichte eines einzelnen Mannes, von dem man kaum etwas weiß, das gesamte Weltgeschehen geprägt hat?«, sagte Professor Bernstein, und Michael fragte sich, ob er seine Gedanken gelesen hatte. Doch dann fuhr er in eine ganz andere Richtung fort.

»Aber es war Paulus und nicht Jesus, der das Christentum erfunden hat. Und der interessierte sich herzlich wenig für den historischen Jesus. Nicht einer seiner sieben Briefe enthält auch nur die geringste Information über das Leben des Jeshua aus Nazareth, ganz einfach deshalb, weil er ihn gar nicht kannte. Paulus erschien erst nach der Kreuzigung auf der Bildfläche, aufgrund der nur von ihm gehörten Berufungsworte auf der Straße nach Damaskus. Wenn man dann noch weiß, dass Paulus Epileptiker war und vermutlich während eines Anfalls eine Wahnvorstellung hatte, in der der auferstandene Jesus ihn aufforderte, die ganze Welt zu missionieren, erkennt man die Ironie des Ganzen.« Professor Bernstein unterbrach sich und schaute in die verblüfften Gesichter der drei Freunde. Dann fuhr er fort.

»Während die ›Nazarener‹-Gemeinde um Jakobus, dem Bruder Jesu, und die restlichen Jünger in Jerusalem lebten und nur unter den sogenannten ›verlorenen Schafen Israels‹ predigten, verbreitete Paulus, der selbst ernannte Apostel, seine fabrizierten Lehren in der heutigen Türkei und in Griechenland. Dort gründete er die ersten christlichen Gemeinden.«

Wieder machte Professor Bernstein eine kurze Pause.

»Wie man weiß, sind die Evangelien erst hundert und mehr Jahre nach Jesu Tod aufgeschrieben worden, und der Missions- und Taufauftrag ist sehr wahrscheinlich erst in dieser Zeit formuliert worden, weil man inzwischen von Paulus' erfolgreicher Tätigkeit außerhalb Judäas und Israels gehört hatte. Die Juden haben niemals – bis heute nicht – missioniert.«

Michael räusperte sich. »Mit dem historischen Jesus tut sich die Kirche schwer. Der christliche Glaube beruht ja auch nicht auf ihm, sondern auf dem Mythos des Auferstandenen.«

»So ist es. Hätte Paulus nicht gelebt, wäre die Lehre des Jeshua aus Nazareth vermutlich höchstens eine Fußnote der Geschichte gewesen«, sagte Professor Bernstein lächelnd. »Lassen Sie uns diesen Gedanken einmal konsequent fortführen. Wenn Jesus die Christenheit also nicht erlöst hat«, fuhr er fort, »müsste die Kirche – um sich zu retten – den sieben Sakramenten ein achtes hinzufügen, in dem es heißt: *Der Mensch ist für alle seine Sünden selbst verantwortlich, und deren Vergebung kann nur direkt von Gott kommen.* Damit fallen allerdings die Beichte vor einem Priester und die damit verbundene Buße weg. Aber es geht noch weiter. Da Jesus nur ein einfacher Mensch war, so wie Sie und ich, hat er natürlich gar keine Sakramente spenden können. Also müsste das achte und einzig wahre Sakrament heißen: *Alle zuvor genannten Sakramente sind hinfällig. Alle Menschen sind Sünder und nur der Gnade Gottes ausgeliefert.* Keine Taufe, keine Firmung, die Eucharistie wäre nur ein Gedenke an das letzte gemeinsame Mahl mit Jesus – keine heilige Handlung, keine Krankensalbung, keine Priesterweihe. Und die Ehe wäre nichts anderes als ein Versprechen, das sich zwei Menschen geben.«

Verblüfft schauten sich die drei Freunde an.

»Leider ist das nicht so einfach«, sagte Michael schließlich. »Können Sie sich vorstellen, was die Kirche ohne Jesus wäre? Es gäbe kein Papsttum, keine Verehrung der Muttergottes, keine Heiligen, kein Zölibat, keine Feiertage, an denen die Kirche sich selber zelebriert, es gäbe die Kirche gar nicht. Wenn heute bekannt würde, dass Jesus einfach nur ein Mensch war, dann würde die Kirche kollabieren.«

Eine Weile schwiegen alle. Jeder versuchte, sich über das gerade Gehörte klar zu werden, sich das Ausmaß dieser Konsequenzen vorzustellen.

John ergriff als Erster wieder das Wort: »Ich glaube, das führt jetzt zu weit. Wir müssen uns erst mal auf die momentanen Ereignisse konzentrieren. Denn da gibt es noch etwas, wovon ich Ihnen erzählen wollte. Vor einigen Tagen bin ich auf dem Parkplatz vor der Grabungsstätte niedergeschlagen worden, und man hat mir zwei der drei Schriftrollen gestohlen. Abgesehen davon, dass es für mich ein riesiger Verlust ist, habe ich große Sorge, dass der Papyrus durch unsachgemäße Behandlung Schaden nimmt. Noch kenne ich den Inhalt nicht genau, aber ich bin mir sicher, dass er brisant ist. Michael ist mit seiner Arbeit zwar noch nicht fertig, aber uns ist eines doch klar geworden: Wenn die Schriften in die Hände skrupelloser Händler gelangen, könnte das noch ganz andere Gefahren heraufbeschwören.«

Professor Bernstein schüttelte den Kopf.

»Sie haben völlig recht, es wird leider immer viel Unfug angerichtet, wenn solche Artefakte in die falschen Hände kommen. Denken Sie nur an das Judasevangelium aus Nag Hammadi, das jahrzehntelang in einem Bankschließfach in Hicksville auf Long Island versteckt wurde. Als man den Papyrus endlich herausholte, war er total brüchig und zerfiel bei der geringsten Berührung. Und das nur, weil der Händler niemanden gefunden hatte, der den von ihm geforderten Preis zahlen wollte.« Wieder schüttelte er den Kopf.

»So etwas darf nicht geschehen«, sagte John, »aber wie wir wissen, geschieht es immer wieder. Auch hier in Jerusalem gibt es einige kriminelle Banden, die sich auf den Diebstahl von archäologischen Funden spezialisiert haben. Ist ja auch ein blühendes Geschäft. Ich hatte bisher offenbar Glück, denn uns ist bis jetzt noch nie etwas gestohlen worden.«

Bernstein nahm einen Schluck Kaffee und schloss die Augen. Man sah, wie er ihn genoss. Als er bemerkte, dass er beobachtet wurde, lächelte er verschmitzt.

»Leider gibt es diesen Kaffee hier nicht zu kaufen. Das sind besonders sanft geröstete Bohnen, die uns eine Freundin aus Berlin mitbringt, wenn sie uns besucht. Sie handelt übrigens mit Antiquitäten und hat internationale Verbindungen. Ich werde sie bitten, die Ohren offen zu halten und mir Bescheid zu geben, falls sie etwas über Ihre Papyri hört.«

Bernstein rieb sich die Nase, lehnte sich vor und stützte seine Ellbogen auf die Knie. »Natürlich könnten auch moslemische Extremisten dahinterstecken. Allein um Unruhe unter den Christen zu stiften, ist ihnen jedes Mittel recht.« Er dachte über seine Worte nach, schüttelte dann allerdings den Kopf. »Aber das glaube ich eigentlich nicht. Plausibler erscheint mir, dass die Leute von der École Biblique etwas über den Verbleib der Schriftrollen wissen könnten. Jeder weiß, dass der Vatikan immer großes Interesse an Artefakten aus der Zeit um und nach Jesu Geburt hat und hohe Preise dafür bezahlt.« Er wandte sich an John. »Sie wissen sicher, dass die École ein verlängerter Arm des Vatikans ist. Ich habe immer wieder gehört, dass der Vatikan überall Schriften aufkauft, die im weitesten Sinne mit dem frühen Christentum zu tun haben könnten. Oft auch unter der Hand, schon um die Kontrolle zu behalten. Vielleicht sollten Sie mit Robert Fresson in Verbindung treten, er ist der Leiter der École. Hin und wieder kommt er in die Buchhandlung, immer auf der Suche nach Erstausgaben mit religiösem Inhalt.«

Michael hatte schweigend zugehört.

»Sie haben recht, wir sollten auch mit den Leuten von der École Biblique sprechen. Robert Fresson ist übrigens ein Studienfreund von uns. Na ja, Freund ist vielleicht zu viel gesagt…«

»Haben wir den nicht kürzlich abends im *American Colony* gesehen?«, wandte sich Ellen an John.

»Stimmt. Und der Mann in der Soutane, mit dem er sich unterhielt, schien geradewegs aus dem Vatikan zu kommen. Aber das ist natürlich nur eine Vermutung.«

»Da kam doch später noch ein weiterer Mann an den Tisch«, warf Ellen ein. »Er schien sehr aufgebracht zu sein und sah übrigens genauso aus wie der, der kürzlich morgens in Talpiot aufgetaucht ist.«

»Ich habe ihn mir leider nicht so genau angesehen, aber du bist dir sich sicher, dass es derselbe war, nicht wahr?«

Ellen nickte zustimmend.

»Das könnte auch Zufall sein. Vielleicht war das nur ein Schatzjäger, der im Auftrag bestimmter Abnehmer handelt«, warf Michael ein, nahm noch einen Muffin und biss hinein, was Sarah Bernstein dazu veranlasste, die Schale den anderen beiden zu reichen.

»Bitte, greifen Sie zu. Sie sind ganz frisch. Warm schmecken sie doch am besten.«

John lehnte dankend ab, aber Ellen griff mit Vergnügen zu.

»Ich glaube nicht an einen solchen Zufall«, sagte Professor Bernstein. »Ich könnte mir sehr gut vorstellen, dass irgendwer von dem Inhalt der Texte erfahren hat und deshalb die Schriftrollen in seinen Besitz bringen will. Es würde mich wirklich nicht wundern, wenn es sich dabei um Handlanger des Vatikans handelt. Auf jeden Fall werde ich unsere Berliner Freundin Frieda Hoffmann fragen, ob sie etwas gehört hat.« Er schaute auf die Uhr. »Eigentlich könnte ich das sofort tun. In Deutschland ist es jetzt 5 Uhr nachmittags. Vielleicht kann ich sie zu Hause erreichen.« Damit stand er auf und verschwand in einem der hinteren Zimmer.

Etwa eine Viertelstunde später kam er zurück, setzte sich in seinen Sessel und wartete, bis Michael, der gerade eine Geschichte zum Besten gab, geendet hatte.

»Frieda kommt her. Sie hatte sowieso vor, in den nächsten Wochen Jerusalem zu besuchen. Als ich ihr erzählte, dass Sie einen sehr interessanten Fund gemacht haben und was damit passiert ist, entschloss sie sich, sofort zu kommen. Sie meinte, sie wüsste genau, wen sie ansprechen müsse, um mehr zu erfahren.« Er schaute zu John und Michael. »Sie werden Frieda mögen. Sie ist eine intelligente und sehr warmherzige Person.«

John schaute ihn zweifelnd an. »Eigentlich ist es mir gar nicht recht, dass immer mehr Leute von den Schriftrollen erfahren. Das kann mich in Teufels Küche bringen.«

»Machen Sie sich keine Gedanken, John, bei uns ist Ihr Geheimnis gut aufgehoben. Und für Frieda lege ich meine Hand ins Feuer. Sie werden sehen, sie ist verschwiegen und hat unglaubliche Verbindungen. Sie wird Ihnen sicher helfen können.«

JERUSALEM, TALPIOT

ALS ELLEN GEGEN HALB ACHT am Montagmorgen auf den Parkplatz der Grabungsstätte von Talpiot einbog, sah sie mehrere Polizeiautos und zahlreiche Polizeibeamte um ein ausgebranntes Autowrack stehen. Sie parkte den Wagen, stieg aus und ging auf die Gruppe zu.

»Was ist denn um Himmels willen hier passiert?«

Einer der Polizisten antwortete mit Gegenfragen: »Wer sind Sie? Würden Sie sich bitte ausweisen?«

Ellen kramte in ihrer Tasche. »Natürlich. Aber was ist denn los?« Sie reichte ihm ihren Ausweis. »Ich bin Ellen Robertson und gehöre zum Team von Professor McKenzie. Der wird sicher gleich hier sein und die Studenten auch.«

»Sehr gut, dann können wir uns gleich mit ihm unterhalten. Er ist doch in der vergangenen Woche hier überfallen worden, richtig?«

»Ja, das stimmt. Er …«

»Ist doch komisch, dass wir ausgerechnet hier ein ausgebranntes Fahrzeug mit einer verkohlten Leiche finden, oder?« Der junge Polizist schaute sie erwartungsvoll an.

»Wie bitte …?« Ellen war fassungslos.

»Am Sabbat, also vorgestern Abend, wurde die Feuerwehr von den Anwohnern verständigt, dass hier oben auf dem Parkplatz ein Auto brennen würde. Nachdem der Brand gelöscht war, fand man eine Leiche auf dem Fahrersitz. Ich bin Shimon Meir von der Mordkommission.« Er reichte ihr die Hand.

»Wissen Sie schon, um wen es sich handelt?«

»Nein. Der Pathologe sagte nur, dass es sich um einen Mann, vermutlich einen jungen Mann, handeln muss. Mehr kann und darf ich Ihnen auch gar nicht sagen. Jedenfalls können Sie heute und in den nächsten Tagen hier nicht graben. Wir sind immer noch dabei, den Tatort zu erkunden, und dazu gehört auch das Grabungsfeld.«

Auf den Parkplatz hinter ihnen kam der Kleinbus mit den Studenten, die alle neugierig aus den Fenstern schauten.

»Entschuldigen Sie mich«, sagte Ellen und ging hinüber zum Bus. Sie bedeute dem Fahrer, die Fensterscheibe herunterzuleiern, und sofort erschienen mehrere Köpfe.

»Was ist denn da los? Was wollen die Polizisten hier? Ist das ein ausgebranntes Auto?«, bestürmten sie die jungen Leute.

»Ich weiß auch noch nichts Näheres. Ja, das ist ein ausgebranntes Auto.«

»Saß da jemand drin?«

»Ja, sie haben eine Leiche gefunden.«

»Und wer ist es?«

»Das weiß man noch nicht.«

»Oh Gott«, sagte Margaret. »Das wird doch nicht Matthew gewesen sein.«

Die junge Engländerin, die Matthew als Letzte gesehen hatte, sprach das aus, was sich Ellen auch schon gefragt hatte.

»Ich hoffe nicht«, sagte sie, »aber heute können wir hier nicht weitermachen. Deshalb schlage ich vor, ihr fahrt zurück und nehmt euch einen Tag frei. Da die meisten von euch sowieso in den nächsten Tagen in die Weihnachtsferien fahren werden, könnt ihr ja schon mal anfangen, eure Koffer zu packen. Sollte die Polizei noch mit euch sprechen wollen, werdet ihr das noch früh genug erfahren. Wir treffen uns später wieder. Ich werde euch dann informieren, wie es weitergeht, okay?«

»Okay«, sagte der Fahrer, leierte das Fenster wieder hoch, fuhr in einer großen Kurve um den Parkplatz und verließ das Gelände.

Während sich der aufgewirbelte Staub wieder setzte, ging Ellen zurück zu dem Beamten der Mordkommission. Sie sah, wie mehrere Polizisten den Boden vor der begrenzenden Felswand absuchten und sich hin und wieder bückten, um etwas aufzuheben.

»Professor McKenzie muss gleich hier sein, dann können Sie mit ihm sprechen.« Ellen deutete mit dem Kopf hinüber und fragte: »Was suchen die denn da?«

»Wir suchen nach einer Kugel. Der Mann ist erschossen worden, bevor man den Wagen angezündet hat. Haben Sie eine Waffe?«

»Nein, natürlich nicht. Und soviel ich weiß, hat Professor McKenzie auch keine, das wollten Sie sicher als Nächstes fragen.«

Der junge Mann schaute sie prüfend an.

»Gut, dann warten wir jetzt auf Ihren Chef.«

Er drehte sich um und ging zurück zu seinen Kollegen.

Obwohl es noch früher Vormittag war, war klar, dass es wieder ein warmer Tag werden würde. Ellen setzte sich in ihr Auto und ließ die Tür weit offen.

John McKenzie war spät dran an diesem Morgen. Je länger er über Professor Bernsteins Vermutung nachdachte, desto plausibler erschien sie ihm. Und er ahnte inzwischen auch, wie der Vatikan Kenntnis von seinem Fund erhalten hatte. Lange hatte er es verdrängt, aber jetzt musste er sich den Tatsachen stellen – er selbst hatte es ausgeplaudert.

Als er Robert Fresson vor einigen Wochen zufällig getroffen hatte, war er schon ziemlich angetrunken gewesen, und die zwei, drei Whisky zu viel hatten ihn geschwätzig gemacht. Es war völlig klar, dass Robert seine Vorgesetzten davon in Kenntnis gesetzt hatte und daraufhin die Dinge ihren Lauf genommen hatten. Der Vatikan hatte nicht nur einen langen Arm, er hatte auch die Mittel, jeden Fund, an dem er interessiert war, in die Hände zu bekommen. John konnte froh sein, dass sie wenigstens noch über eine Schriftrolle verfügten und dass Michael hier war, um sie zu entziffern. Noch ahnte niemand, dass Michael diesen kostbaren Schatz nach Haifa gebracht hatte.

Und eines hatte Michael bereits herausfinden können: Es handelte sich um einen Text, der das Leben Jesu vor und kurze Zeit nach seiner Kreuzigung beschrieb. Aber wer war der Verfasser? Und was stand in den Texten der anderen beiden Schriftrollen? Michael hatte vermutet, dass es sich um Thomas, einen der Jünger Jesu, handelte, aber einen Beweis hatten sie noch nicht.

John fuhr im morgendlichen Verkehr über die Derech Hevron Richtung Ost-Talpiot. Nachdem er über die begrünte Sderot Ein Tsurin mit ihren hübschen Wohnanlagen gefahren war, landete er nach mehrmaligem Abbiegen auf der Straße, die ihn hinauf zum Parkplatz auf dem Hügel führte. Jedes Mal, wenn er seinen Wagen hier parkte, genoss er für einen Moment den wunderbaren Blick auf die Altstadt mit dem Felsendom, dessen vergoldete Kuppel in der Morgensonne glänzte und jeden Blick auf sich zog.

Erst als er ausgestiegen war, nahm er die vielen Polizisten wahr. Er sah Ellen in der offenen Tür ihres Hondas sitzen und lief zu ihr. Sie hatte die Arme auf ihre Knie gestützt und schaute mit hängendem Kopf auf den Boden.

»Was ist denn hier los?«

»Guten Morgen, John. Eine ziemliche Katastrophe. Man hat auf unserem Parkplatz ein ausgebranntes Fahrzeug mit einer verkohlten Leiche gefunden. Vorerst werden wir hier nicht weiterarbeiten können.« Ellen richtete sich auf. »Ach ja, die Polizei will natürlich mit dir reden, weil sie einen Zusammenhang mit dem Überfall auf dich letzte Woche vermuten.«

»Aha! Und wieso sollte da ein Zusammenhang bestehen?«

»Das musst du sie schon selber fragen. Der Blonde dort links ist wohl der leitende Beamte der Mordkommission. Ich habe seinen Namen schon wieder vergessen. Unsere Truppe habe ich jedenfalls wieder zurückgeschickt, denn heute können wir hier nichts machen.«

John drehte sich um. »Stimmt. Na, dann will ich mal mit dem Mann reden.«

Ellen sah im nach. Er lief quer über den Platz, und bei jedem Schritt stiegen kleine Staubwölkchen neben seinen Schuhen auf. ›Wie schnell die Sonne den Boden wieder ausgetrocknet hat‹, dachte sie.

»Ich bin John McKenzie«, sagte er zu dem jungen Kriminalbeamten und streckte ihm die Hand entgegen. »Sie wollen mich sprechen?«

»Ja, guten Morgen. Ich bin Shimon Meir«, sagte der junge Mann. Er ignorierte Johns Hand.

Das irritierte John, aber er fragte dennoch freundlich: »Wie kann ich Ihnen helfen?«

»Zunächst einmal damit, dass Sie mir sagen, wo Sie am Freitagabend waren.«

John dachte kurz nach. »Am Freitagabend war ich mit meiner Kollegin, Frau Dr. Robertson, im *American Colony*. Sie können sie fragen, sie steht da drüben.«

»Und wann waren Sie da?«

»Warten Sie mal, das muss so zwischen acht und zehn gewesen sein. Danach habe ich Dr. Robertson wieder in ihr Quartier gebracht und bin in mein Hotel gefahren.«

»Und wann sind Sie da angekommen?«

»So gegen elf, denke ich. Ach Moment, ich war da noch in der gegenüberliegenden Bar und habe etwas getrunken.«

»Das tun Sie wohl ganz gerne …«

Jetzt reichte es John. »Ich wüsste nicht, was Sie das angeht«, brauste er auf. »Was wollen Sie eigentlich von mir?«

»Nun, ich denke, dass Ihre Erinnerung unter Alkoholeinfluss vielleicht nicht so zuverlässig ist. Und inwieweit Sie etwas mit dieser Sache zu tun haben, werden wir noch sehen«, sagte Shimon Meir. »Ich muss Sie jedenfalls bitten, die Stadt nicht zu verlassen, bevor diese Sache hier aufgeklärt ist. Außerdem erwarte ich Sie morgen um 9 Uhr zu einer protokollierten Aussage im Kommissariat.«

John biss wütend die Zähne zusammen, es hatte keinen Sinn, einen Streit anzufangen, das wusste er, aber der Ton dieses jungen Schnösels gefiel ihm nicht. Er drehte sich wortlos um und ging davon.

Als John am folgenden Tag im Kommissariat erschien, teilte man ihm mit, dass es sich bei dem Toten sehr wahrscheinlich um Matthew handelte. Man hatte in seiner verbrannten Reisetasche die verkohlten Überreste eines Passes gefunden, und der Name auf dem Dokument war noch lesbar. Allerdings wartete man noch auf genaue Informationen zu seiner DNA, um ihn hundertprozentig identifizieren zu können.

Der junge Kommissar befragte John nach seinem Verhältnis zu Matthew, wie er in sein Team gekommen war und was er über ihn wusste. Diesmal war Kommissar Meir sachlich, vermied Provokationen, und John beantwortete die Fragen so gut er konnte. Er erwähnte auch Matthews Kontakt zu diesem Fremden, der unangekündigt auf der Grabungsstätte aufgetaucht war, aber wer das war und worüber er und Matthew gesprochen hatten, konnte John nicht sagen. Shimon Meir wollte mit jedem der Studenten sprechen, und auch Jacques und Ellen wurden zu offiziellen Aussagen auf das Polizeirevier bestellt. Ob Matthew etwas mit Drogen zu tun gehabt hätte, wollte er wissen, doch davon wusste niemand etwas. Außer dass keiner Matthew sonderlich sympathisch gefunden hatte, schien bei den Befragungen nichts herauszukommen, was die Polizei weitergebracht hätte. So konzentrierte man sich auf den Fremden, von dem Jacques und Ellen eine ziemlich exakte Personenbeschreibung abgeben konnten.

Bei der Untersuchung der Leiche hatte man zwei Löcher im Schädel, eins in der Stirn und eins am Hinterkopf – Eintritt und Austritt der Kugel – entdeckt und festgestellt, dass es sich dabei um ein kleines Kaliber handeln musste, das vermutlich aus nächster Nähe abgeschossen worden war. Das gesamte Areal wurde noch immer fieberhaft nach der Kugel abgesucht. Dies gestaltete sich als sehr schwierig, denn die Überreste des Wagens, verkohlte Autositze, geschmolzenes Glas und Metall, ließen eine genaue Rekonstruktion des Tathergangs nicht mehr zu. Man konnte den Schusswinkel nicht feststellen, was die Suche sehr schwierig machte. Das wiederum bedeutete, dass das Grabungsfeld auch während der folgenden Tage abgesperrt bleiben würde.

John rief Michael an, berichtete von den Ereignissen und fragte dann beklommen: »Was meinst du? Hat das etwas mit den Schriftrollen zu tun?«

»Daran habe ich keinen Zweifel, John. Und das bedeutet für uns, dass wir verdammt vorsichtig sein müssen. Wir haben es hier mit Leuten zu tun, die buchstäblich über Leichen gehen, um an die Papyri zu kommen.«

»Ja, das denke ich auch. Sobald du zurückkommst, will die Polizei auch mit dir sprechen. Ich habe ihnen gesagt, dass du im Moment unterwegs bist, dich aber Ende der Woche bei ihnen melden wirst.«

»Selbstverständlich. Ich denke, dass ich spätestens am Donnerstag wieder in Jerusalem bin. Also sei vorsichtig. Bis dann.«

Nach dem Gespräch schaute John noch einige Sekunden versonnen auf sein Handy. Er war froh, dass Michael hier war und er die zukünftigen Entscheidungen nicht allein treffen musste, sondern sich mit ihm beraten konnte.

Aber jetzt musste er sich erst einmal um die unmittelbar anstehenden Probleme kümmern. Er musste seine Sponsoren anrufen und Bescheid geben, dass die Grabungen bis auf Weiteres unterbrochen worden waren. Es machte keinen Sinn, die Studenten länger hierzubehalten. Wer wollte, sollte über Weihnachten nach Hause fliegen, und alle die, die hierbleiben wollten, würde er vorläufig auf andere in der Nähe liegende Grabungsstätten befreundeter Archäologen verteilen, die sicher dankbar für jede helfende Hand waren.

Am Mittwochmorgen hatten Ellen und John eine Verabredung mit Hanan Mazar, um ihn über den Stand der Dinge zu unterrichten. John sagte jedoch immer noch nichts über die dritte Schriftrolle, die noch in seinem Besitz war.

Hanan versprach, sich umzuhören und sich zu melden, falls er etwas erfahren sollte. Natürlich hatte auch er Verbindungen zu den zwielichtigen Vertretern der Branche.

CASTEL GANDOLFO

ES HATTE FAST eine Woche gedauert, bis Immaculata wieder einmal den Tee für Seine Heiligkeit zubereiten durfte. Aus dem Fläschchen, das sie von Erzbischof Motta erhalten hatte, träufelte sie unbemerkt die genaue Anzahl Tropfen, die er ihr genannt hatte, in die Teetasse. Seit er ihr das Fläschchen gegeben hatte, war es immer in ihrer Tasche gewesen, damit sie handeln konnte, sobald sich die Möglichkeit ergab. Sie hatte zwar Angst, aber Zweifel an der Richtigkeit ihres Tuns drängte sie beiseite. Und wenn Gott wollte, dass der Papst an den Tropfen starb und man seinen Tod mit ihr in Verbindung brachte, dann würde es eben so sein. Was wäre ihr Opfer schon im Vergleich zu dem, was sie zur Rettung des Glaubens erreichen konnte?

Zum ersten Mal in ihrem Leben hatte sie nicht nur Pflichten, sie hatte einen wichtigen Auftrag. Sie war Teil einer großen Sache. Vom Erfolg ihres Handelns hing es ab, welche Wendung die Kirchengeschichte nun nehmen würde. Von ihr allein hing es ab, und sie würde nicht versagen. Und sie konnte schweigen, das hatte sie ihr Leben lang getan. Niemals würde sie ihren Auftraggeber verraten. Sie schauderte und gleichzeitig durchfuhr eine heiße Woge des Stolzes ihren Körper. Sie schmeckte die Macht, die ihr diese Aufgabe verlieh. Sie stützte sich kurz an der Tischkante auf und atmete tief durch, um sich zu beruhigen. Doch ihre Hände zitterten noch immer ein wenig, als sie das silberne Tablett mit der Teekanne, der Tasse und einer kleinen Schale mit Gebäck anhob und sich auf den Weg zu den Gemächern des Papstes machte. Es gelang ihr schließlich, ihre Nervosität zu beherrschen, und sie ging festen Schrittes weiter. Vor seiner Tür angekommen klopfte sie leise.

»Der Tee, Heiliger Vater«, sagte sie mit klarer Stimme.

Die Tür wurde geöffnet, und der Sekretär des Papstes, Monsignore Aquato, stand vor ihr. »Kommen Sie herein, Schwester Immaculata«, sagte er freundlich, und sie wunderte sich, dass er ihren Namen kannte.

»Soll ich ihn gleich servieren?«, fragte sie.

Der Papst, der in eine einfache weiße Soutane gekleidet nahe dem Fenster in einem mit goldenem Brokat bezogenen Sessel saß, wirkte müde und erschöpft.

Er winkte sie heran.

»Ja bitte, hier«, sagte Seine Heiligkeit leise und wies auf einen kleinen Tisch neben sich.

Sie blieb kurz stehen. Der Papst bedankte sich, schenkte ihr aber sonst keinerlei Beachtung. Dann drehte sie sich um und ging aus dem Zimmer. Sie musste all ihre Kraft zusammennehmen, um genauso unauffällig wieder zu gehen, wie sie gekommen war.

Sie ging hinunter in die Arbeitsräume. Da die beiden großen Trockner gerade ihren Trockengang beendet hatten, nahm sie die Laken und Bezüge heraus, legte sie zusammen und stapelte sie in einen Korb mit der Mangelwäsche. Dann trug sie den schweren Korb in einen benachbarten Raum, wo zwei junge Mönche an der großen Mangel standen und die fertige Wäsche sorgfältig falteten. Sie ging zurück und begann mit der nächsten Ladung Wäsche. Sie musste sich beschäftigen und sich zwingen, nicht darüber nachzudenken, was jetzt in den Räumlichkeiten des Papstes geschah.

Erst am nächsten Vormittag, und dann auch nur zufällig, erfuhr sie die Neuigkeiten. Im Vorbeigehen hörte sie, wie Schwester Pasqualina zu einer ihrer Mitschwestern sagte: »Wir mussten gestern Abend noch nach Doktor Sciafranetto schicken. Der Papst klagte über Schwindel und Übelkeit. Dabei ging es ihm in den vergangenen Wochen doch etwas besser.«

»Vergiss nicht, er ist schon ziemlich alt, und seine Widerstandskräfte sind nicht mehr die besten«, sagte die Mitschwester.

Immaculata lief atemlos weiter, denn sie wollte nicht beim Lauschen erwischt werden. Dann blieb sie stehen und holte erleichtert Luft. Also hatte Erzbischof Motta die Wahrheit gesagt. Die Tropfen würden den Papst nicht umbringen, wie sie insgeheim befürchtet hatte, sondern würden ihn nur etwas kränker machen, und damit konnte sie sich ohne Skrupel arrangieren. Sie trug die frische Wäsche in die Ankleideräume des Papstes, wo sie wieder von dessen Sekretär in Empfang genommen wurde.

»Guten Morgen, Schwester Immaculata, kommen Sie herein.«

Sie nickte kurz und ging wortlos an ihm vorbei zu einem der großen Wandschränke. Der Sekretär blieb bei ihr, während sie die Wäsche in die Fächer stapelte. Dann nahm sie ihren Korb, grüßte kurz und wollte wieder gehen, als Monsignore Aquato sagte: »Einen Moment, Schwester Immaculata.«

Erschrocken hielt sie mitten in ihre Bewegung inne.

»Ja?«, sagte sie heiser und sah ihn unsicher an.

»Ich wollte Ihnen nur für Ihre Hingabe danken, mit der Sie sich um die Wäsche des Heiligen Vaters kümmern«, sagte Aquato.

»Das ist nichts weiter als meine Pflicht«, antwortete sie leise und hoffte, dass er ihre Erregung nicht bemerkte.

»Trotzdem, nochmals danke.«

Sie nickte wieder und verließ den Raum. Sie ahnte nicht, dass er ihre Unsicherheit bemerkt hatte, sie aber völlig falsch deutete.

Schon drei Tage später wurde sie wieder gerufen, um dem

Papst den Tee zu servieren. Und wieder gelang es ihr, das Getränk unbeobachtet mit den Tropfen von Erzbischof Motta zu präparieren. Als sie die Gemächer des Heiligen Vaters betrat, erschrak sie, denn der Papst hatte einen Gast aus Rom. Kardinal Fratonelli, der Camerlengo, war da und redete mit leiser Stimme auf seine Heiligkeit ein. Was, wenn man ihm auch eine Tasse anbieten würde? Aber als sie näher kam, schwieg der Kardinal sofort und verabschiedete sich eilig. Wieder stellte sie die Kanne, eine Tasse und eine Schale mit Gebäck auf den kleinen Beistelltisch. Der Heilige Vater lächelte sie freundlich, aber zugleich auch völlig abwesend an.

Als sie wieder auf dem Flur war, atmete sie erleichtert aus. Immaculatas Herz schlug heftig. Was hätte sie bloß getan, wenn auch der Kardinal von dem Tee getrunken hätte?

Sie wagte nicht weiterzudenken.

HAIFA

MICHAEL WAR AM Montagmorgen wieder nach Haifa gefahren und konnte endlich mit der Arbeit an der Schriftrolle fortfahren. Seit Wochen hatte er die einzelnen Abschnitte übersetzt, die Gershoms Assistentin präpariert hatte, was oft Tage in Anspruch nahm. Der Text beschrieb in allen Einzelheiten die Wanderungen von Jesus in Galiläa, seine Kreuzigung, den Weg nach Damaskus, die Wochen, die der Schreiber gemeinsam mit ihm dort verbrachte, und die Vorbereitung auf die lange Reise in das Land, das man Sindh nannte, das heutige Indien.

Aber er konnte eben nur vermuten, wer der Verfasser des Textes war, dessen Name nirgendwo geschrieben stand. Üblicherweise nannte sich der Autor in diesen alten Schriften am Anfang seines Textes, aber dort war kein Name vermerkt, der Text fing einfach an. Möglicherweise waren alle drei Schriften vom selben Verfasser, und sein Name stand auf einer der beiden Rollen, die sich jetzt in den Händen der Diebe befanden.

Wenigstens würde er heute noch das Ergebnis des C14-Tests bekommen, dann wären sie zumindest einen kleinen Schritt weiter. Michael ging hinunter ins Labor des Forensischen Instituts, vorbei an den großen Fenstern, durch die man einen Blick auf den Hafen von Haifa hatte, mit den hohen Lastkränen, die wie die Hälse von Brachiosauriern in den Himmel ragten. Das Meer dahinter glitzerte an diesem wolkenlosen Morgen in der Sonne. Am Ende des Ganges sah er Gershom, der ihm mit einem Papier, das er in der Hand hatte, zuwinkte.

»Hier sind die Ergebnisse. Du kannst wirklich von Glück reden, das wir hier die Möglichkeit haben, das Alter mit der

Beschleuniger-Massenspektrometrie zu bestimmen, denn wir hatten ja nur ganz wenig Material der Schriftrolle. Also, wie du siehst ...«, Gershom wies mit dem Finger auf das Papier, »haben wir hier ein Alter von 2010 Jahren plus/minus 40. Das heißt, der Text dieser Schriftrolle wurde vermutlich zu Jesu Lebzeiten verfasst.«

Michael schaute auf die mit Zahlenreihen bedruckten Blätter. »Das ist ja fantastisch«, strahlte er. »Damit ist es das älteste schriftliche Zeugnis des Lebens von Jesus. Nur leider weiß ich noch immer nicht, wer es verfasst hat.«

»Dabei kann ich dir nicht weiterhelfen«, meinte Gershom. »Ihr werdet versuchen müssen, die restlichen Schriften zu finden.«

»Das müssen wir wohl. Ich werde noch zwei, drei Tage zu tun haben und dann nach Jerusalem fahren. Aber vorher würde ich dich gerne in das beste Restaurant von Haifa einladen, um mich für deine große Hilfe wenigstens ein bisschen erkenntlich zu zeigen.«

»Okay, dann lass uns morgen ins *Hanamal 24* gehen. Das Restaurant ist in einem alten Lagerhaus am Hafen in einer ziemlich dunklen Gegend, aber das Essen – französische Küche – und die Weinkarte sind vom Feinsten.«

»Abgemacht. Hat doch Vorteile, wenn man einen Ortskundigen kennt. Wann wirst du heute Abend fertig sein?«

»Ich denke so gegen acht können wir fahren.«

Das Interieur des Restaurants erinnerte Michael an Trattorien in der Toskana: gefliester Fußboden, dunkle schlichte Tische und Stühle, Wände in typischen Ockerfarben und aus Ziegelstein gemauerte Alkoven und Säulen. Ein israelischer Merlot funkelte in warmem Rot in den Gläsern, während sie ein wunderbar zartes Rindsfilet mit Gänseleberterrine verspeisten.

»Es gibt da eine Entwicklung, die ich dir leider nicht verschweigen kann, obwohl du mir gesagt hast, dass du am liebsten gar nichts von unserem Unternehmen wissen willst«, begann Michael.

Gershom schaute ihn fragend, aber auch ein wenig tadelnd an. »Und daran führt kein Weg vorbei?«

»Ich fürchte nicht. Du solltest vorbereitet sein, wenn man vielleicht irgendwann auf dich zukommt. Man weiß ja nicht, was die Ermittlungen ergeben.« Michael schnitt sich ein Stück von seinem Steak ab, kaute es genussvoll und begann dann, Gershom von dem Vorfall auf dem Parkplatz zu erzählen.

»John und ich sind sicher, dass dieser Anschlag mit den Schriftrollen zu tun hat. Dieser junge Mann, der dort offenbar erschossen und anschließend verbrannt wurde, gehörte zu Johns Team und war uns schon wegen seiner Neugier aufgefallen. Ständig versuchte er uns zu belauschen, und ich denke, er war es, der John zusammengeschlagen hat und dann mit den beiden anderen Schriftrollen verschwunden ist.«

»Ich arbeite zwar hinter den Mauern des Instituts, aber ich kenne solche Geschichten natürlich. Wenn es darum geht, mit Artefakten viel Geld zu machen, schrecken manche dieser Schmuggler, die meistens im Auftrag zahlungskräftiger Kunden arbeiten, vor nichts zurück.« Gershom wischte sich mit seiner Serviette den Mund ab und nahm einen Schluck Wein. Behutsam stellte er das Glas wieder auf den Tisch. »Der Schwarzhandel mit Artefakten hat sich zu einem weltweiten Milliardengeschäft entwickelt und verfügt heute über ein kriminell arbeitendes Netzwerk. Wer es bedroht, wird – ganz ähnlich wie bei der Mafia – als unliebsamer Mitwisser gerne mal entsorgt. Der junge Mann hat wohl seine Forderungen erhöht, nachdem ihm klar wurde, was er da gestohlen hatte. Wahrscheinlich hat er damit gedroht, andernfalls die ganze Sache auffliegen zu lassen. Ein tödlicher Anfängerfehler in dieser Branche.«

»Da magst du recht haben. Für John ist das natürlich eine sehr unangenehme Sache. Nicht nur, weil die Schriftrollen verschwunden sind. Obwohl er natürlich nichts mit dem Tod des Jungen zu tun hat, gehört er im Moment auch zum Kreis der Verdächtigen. Unter diesen Umständen mit der Polizei zu tun zu haben ist seiner Arbeit und seinem Ruf nicht gerade zuträglich«, meinte Michael besorgt.

»Richtig. Aber die Polizei wird sicher bald feststellen, dass er mit diesem Mord nichts zu tun hat. Problematisch wird es nur dann, wenn die Polizei von der Existenz der dritten Schriftrolle, die ihr in eurem Besitz habt, etwas erfährt. Schließlich war John ja im Begriff, die anderen beiden abzuliefern, oder?«

Michael nickte.

»Von der, an der du arbeitest, kann ja niemand außer euch etwas wissen. Und ich weiß sowieso von gar nichts, und dieses Gespräch hat nie stattgefunden.« Gershom prostete Michael zu. »Und nun lass uns von was anderem reden. Wie schmeckt dir der Wein?«

Am späten Nachmittag des übernächsten Tages übersetzte Michael den letzten Satz der Schriftrolle. Dann ging er das gesamte Manuskript noch einmal durch und nahm einige Korrekturen vor, um es in eine modernere, gut lesbare Sprache zu übertragen. Schließlich lehnte er sich in seinem Stuhl zurück und schüttelte den Kopf.

Was da stand, war ungeheuerlich. Bis jetzt hatte er sich auf die einzelnen Sätze konzentriert und weniger auf den Zusammenhang, doch als er nun den gesamten Text wieder und wieder las, konnte er kaum glauben, was da stand.

Er lud den Text von seinem Computer auf einen Memorystick und ging in Gershoms Sekretariat. Dort ließ er den Text ausdrucken, ging wieder in seinen Arbeitsraum und las ihn noch einmal in Ruhe.

Die Sonne stand tief am westlichen Horizont und färbte den Himmel jenseits des Berges Hermon blutrot, als die Karawane Damaskus erreichte. Sie schlugen ihr Lager vor den Toren der gepriesenen, tausendjährigen Stadt auf und legten sich schlafen. Nach den vielen Entbehrungen der langen Reise würden sie sich am kommenden Tag fühlen wie im Paradies: prächtige Villen und Paläste, üppige Gärten und Parks, wo das saftige Grün der Bäume Schatten spendete, Wasserspiele, die in der Sonne glitzerten, und süße Früchte, Feigen und Datteln, Pfirsiche und Aprikosen, die die Menschen labten.

Einige Händler waren in Bagdad und Palmyra geblieben, und manche hatten die jahrelange Wanderung durch wasserlose Wüsten und Gebirge, Sand- und Schneestürme, Regengüsse, in denen sie zu ertrinken, und gnadenlose Hitze, in der sie alle zu verdursten drohten, nicht überlebt.

Auf dem Markt von Damaskus würden sie ihre Waren, Seide und Porzellan aus China, Moschus aus den Hochebenen des Himalajas, Glas, Schmuck und Gewürze aus Indien, die sie auf dem beschwerlichen Weg aus den fernen Ländern mitgebracht hatten, feilbieten. Viele von ihnen würden weiterziehen zu den Häfen der Levante nach Gaza und Antiochia, wo ihre Kostbarkeiten auf die Schiffe geladen würden, die nach Rom segelten.

Unter denen, die in Damaskus ankamen, war auch Jeshua aus Nazareth. Er war kein Händler, er war Heiler und Prediger. Siebzehn Jahre hatte er in Indien in der Diaspora gelebt, nun war er in seine Heimat zurückgekehrt, um sich am Kampf unseres Volkes gegen die römische Unterdrückung zu beteiligen. Seit Hunderten von Jahren hatten unsere Vorfahren wegen politischer und religiöser Unterdrückung Palästina verlassen, besonders aber seit die Römer sieben Jahrzehnte zuvor das Land erobert hatten und die Bevölkerung knechteten. Viele Juden lebten in kleinen Gemeinden verstreut im gesamten

Mittelmeerraum. Andere waren gen Süden bis nach Äthiopien und gen Osten bis nach China ausgewandert. Einige hatten sich im nördlichen Sindh als Kaufleute niedergelassen, und ihre Nachfahren waren es, die Jeshua freundlich aufgenommen hatten.

Nachdem er die Sprache des Landes erlernt und die Thora studiert hatte, lebte er einige Jahre als Rabbi unter ihnen, doch eines Tages zog er weiter nach Osten. Sein unbändiger Durst nach Wissen und geistigem Austausch trieb ihn in die Stadt Puri am Golf von Bengalen, wo er bei brahmanischen Priestern lebte und die Veden, die heiligen Schriften der Hindus, kennen- und sie zu interpretieren lernte. Die Brahmanen nannten ihn Issa und lehrten ihn, Menschen zu heilen und den eigenen Körper zu beherrschen. Er war beliebt bei allen Menschen, zu denen er kam, um ihnen von Gott zu erzählen und um sie zu behandeln, wenn sie krank waren. Die meisten aber bewunderten ihn, weil er den Frieden und die Liebe, die er predigte, auch selbst lebte und keine Unterschiede machte zwischen den Kasten.

Er wohnte bei den Menschen der niederen Kasten, wie den Sudras oder den Veshyas, und erklärte ihnen die Veden, die heiligen Schriften der Hindus. Doch damit zog er sich den Zorn der Brahmanen zu, der Priesterkaste, die das Recht, die Veden zu kennen und auszulegen, für sich allein beanspruchte. Sie glaubten, dass kein Mensch, sondern nur der Tod die niederen Kasten aus ihrem Dasein erlösen und nur die Wiedergeburt sie in die privilegierte Kaste und damit in ein besseres Dasein befördern könnte. Doch Jeshua glaubte nicht an das Kastensystem, vielmehr vertrat er vehement seine Sicht der Dinge und predigte: »Vor Gott haben alle Menschen die gleichen Rechte, und keiner darf dem anderen seine Menschrechte verweigern.« Er lehnte die Vormachtstellung der Priester ab, denn »... als die Völker noch keine Priester hatten, waren ihre Seelen

rein, und sie waren eins mit Gott. Ihr braucht keine Vermittler oder Götzen, um mit Gott zu sprechen, solange ihr nur den direkten Weg zu ihm sucht. Liebet einander, unterstützt die Armen und Schwachen und begehrt nicht, was andere besitzen.«
Für die Brahmanen waren diese Reden Frevel, den sie nicht ungesühnt lassen konnten, und so sandten sie Krieger aus, die Issa töten sollten. Von seinen Anhängern gewarnt, floh er von Bengalen nach Norden und kam nach Bodhgaya, wo fünf Jahrhunderte zuvor Buddha unter einem Bodhi-Baum erleuchtet worden war.
Noch immer konnte er die Kraft an diesem Ort spüren, und je mehr er sich mit den Lehren dieses Erleuchteten beschäftigte, desto mehr fühlte er eine geistige Verwandtschaft mit ihm. Und je mehr er über das Leben Buddhas erfuhr, desto mehr Parallelen fand er zu seinem eigenen. Hier hatte er seine geistige Heimat gefunden, und so verbrachte er die folgenden Jahre bei den Anhängern der Lehre Buddhas an den südlichen Hängen des Himalajas.

Michael hielt mit dem Lesen inne und erinnerte sich daran, dass einer seiner Professoren in München, ein ehemaliger Jesuitenschüler und später praktizierender Buddhist, ihm mit Begeisterung die Ähnlichkeiten zwischen dem christlichen und dem buddhistischen Glauben erklärt hatte. Schon damals war ihm das sehr plausibel erschienen. Wäre es nicht sogar denkbar, dass darüber auch Aufzeichnungen in Indien existierten? Hatte er nicht mal so etwas gelesen? Es war ihm entfallen, aber er würde das recherchieren.

Nachrichten aus seiner Heimat hatte Issa nur sehr selten gehört, doch wenn er auf Kaufleute aus Palästina traf, berichteten sie von der römischen Unterdrückung, von Ausbeutung und von brutaler Gewalt gegen unser Volk. Je mehr er davon erfuhr, desto stärker wurde in ihm der Drang, nach Palästina zurückzukehren, und so machte er sich eines Tages nach Taxila auf, einem Knotenpunkt dreier Handelswege, und schloss sich dort einer Karawane an, die nach Westen zog.

Von einem Heiler begleitet zu werden war den Händlern willkommen, denn unterwegs lauerten viele Krankheiten und Unfälle. Von Verletzungen, die sie bei immer wieder vorkommenden blutigen Auseinandersetzungen mit wilden Räuberbanden davontrugen, von Vergiftungen durch Schlangenbisse und Skorpionstiche ganz zu schweigen.

Unter denen, die er heilte, war auch ein gewisser Simon, der von einem tückischen Fieber befallen worden war. Es hatte Wochen gedauert, bis er sich davon erholte. Wochen, in denen Jeshua dafür sorgte, dass er in einem der Eselskarren liegen konnte, dass er genug Wasser bekam, bis die Kräuterelixiere und Salben, mit denen Jeshua ihn behandelte, ihre Wirkung taten. Simon stammte aus Kana, wohin er jetzt für immer zurückkehren wollte. Seine Söhne und Töchter würden ein großes Fest zu Ehren seiner Rückkehr feiern, und er hatte seinen Retter eingeladen, ihn zu begleiten. Er könne bleiben, so lange er wolle, und in seinem Haus leben, schließlich verdanke er ihm sein Leben. Zunächst hatte Jeshua abgelehnt, aber weil er kein anderes Ziel hatte, hatte er die Einladung schließlich angenommen.

Die Familie Simons nahm ihn herzlich auf, und in den folgenden Wochen erholten sich die beiden Männer von den Strapazen der langen Reise. Dann aber kam der Tag, an dem Jeshua sich auf den Weg nach Süden machte, um das Land kennenzulernen, das er vor 17 Jahren als Kind verlassen hatte, verlassen musste.

Als er sich von Simon verabschiedete, ließ dieser ihn jedoch nicht ohne das Versprechen gehen, der Hochzeit seiner Tochter, die in drei Monaten stattfinden sollte, beizuwohnen.

Zur Zeit von Jeshuas Geburt war Herodes, den man den Großen nannte, König von Roms Gnaden. Er hatte das mächtige Rom als Besatzungsmacht anerkannt, schließlich bot es ihm einen gewissen Schutz vor Angriffen der Völker aus dem Osten. Außerdem halfen die Römer ihm, unser Volk unter Kontrolle zu halten. Die Juden weigerten sich nämlich, ihn als ihren Herrscher anzuerkennen, da er Idumäer war. In der Thora steht geschrieben, dass nur diejenigen die Kinder Israels seien, die einem der zwölf jüdischen Stämme entsprangen, und nur derjenige König sein sollte, der dem Haus Davids entstammte. Die Idumäer aber waren keine Juden, und Herodes stammte nicht aus dem Hause Davids, also konnte er auch nicht unser König sein.

Drei Magier aus Persien bereisten zu jener Zeit das Land und erzählten Herodes, sie seien gekommen, um den neugeborenen König der Juden zu ehren. Herodes erschrak zutiefst und befahl seinen Soldaten, alle Knaben, die jünger als zwei Jahre waren, zu töten. So groß war seine Furcht, von einem Juden, der Anspruch auf den Thron erhob, vertrieben zu werden.

Aus Angst um Jeshua waren Miriam und Josef mit ihrem Kind nach Ägypten geflohen, wo sie sich bis nach Herodes' Tod einige Jahre später aufhielten.

Das Reich Herodes des Großen hatte sich auf Judäa, Samaria, Galiläa und einige Gebiete östlich des Jordans erstreckt. Als er starb, wurde das Land unter seinen Söhnen aufgeteilt. Der älteste, Herodes Antipas, war als König von Galiläa wie schon sein Vater ein treuer Vasall und Vollzugsgehilfe Roms. Sein Bruder Archelaus, der König von Judäa, hatte sich als brutaler und rücksichtsloser Herrscher gebärdet und war nur zwei Jahre später von den Römern abgesetzt und nach Gallien verbannt worden. Seither verwalteten römische Prokuratoren Judäa und Samaria.

Jeshua war gerade dreizehn Jahre alt gewesen, als Miriam, seine

Mutter, ihn einem Mann anvertraut hatte, der mit seiner Karawane in den fernen Osten zog. Sicher, sie hatte ihn fortgeschickt, um ihn zu schützen, denn sein wacher Verstand und seine freche Zunge hatten ihn ständig in Schwierigkeiten gebracht. Immer wieder hatte er damit die Aufmerksamkeit der Menschen auf seine Familie gezogen. Als er dann im Tempel in Jerusalem den Schriftgelehrten widersprach und sich auf heftige Dispute mit ihnen einließ, hatte seine Mutter Angst bekommen. Und sie und Josef, von dem er lange geglaubt hatte, dass er sein leiblicher Vater sei, beschlossen, Jeshua fortzuschicken. Sie wollten ihn abermals, wie schon einmal kurz nach seiner Geburt vor den Häschern des Königs, in Sicherheit bringen.

Aber Jeshua vermutete einen anderen, wichtigeren Grund für seine Verbannung. In den vergangenen Jahren hatte er viel darüber nachgedacht und war inzwischen zu der Überzeugung gekommen, dass seine uneheliche Zeugung wohl eher das Motiv war, das im Vordergrund stand. Wie häufig waren seine Mutter und Josef, ihr Mann, von den Nachbarn geschmäht worden, als Jeshua noch bei ihnen lebte. Es wurde bezweifelt, dass Josef sein Vater war, und wenn Josef nicht sein Vater war, sondern ein Unbekannter, konnte dieser auch ein Nichtjude, ja sogar ein Römer gewesen sein. Und das bedeutete, dass er, Jeshua, kein Kind Israels war. Denn nur wer eine jüdische Mutter und einen jüdischen Vater hatte, galt als Jude. Dieser Makel hatte ihn auch in seiner Familie zum Außenseiter gemacht, und es war zwischen seinen Geschwistern und seinen Eltern immer wieder zu Streitigkeiten gekommen. Es schien ihm also viel wahrscheinlicher, dass Miriam und Josef ihn fortgeschickt hatten, weil die Auseinandersetzungen seinetwegen immer heftiger wurden und er ihnen deshalb lästig geworden war. Warum also sollte er zu einer Familie zurückkehren, die schon lange nicht mehr seine war?

Wieder unterbrach Michael seine Lektüre und dachte, dass alles plötzlich einen Sinn ergab. Es gab keine Aufzeichnungen, die darüber berichteten, was Jesus nach seinem Auftritt im Tempel von Jerusalem im Alter von zwölf Jahren gemacht hatte. Achtzehn Jahre lang, bis zu seiner Taufe durch Johannes, war er nirgendwo in Erscheinung getreten. Dass er bis dahin als Zimmermann in Nazareth gearbeitet hatte, war immer nur eine reine Mutmaßung gewesen.

> So wanderte er nach Süden durch Galiläa und Judäa. Wohin er auch kam, überall wurde er Zeuge davon, wie römische Soldaten unsere Landsleute verjagten oder sie verprügelten, wenn sie sich weigerten, ihnen dienlich zu sein, sie verhöhnten und verlachten. Jeshua tröstete Frauen und Mädchen, die von den Soldaten vergewaltigt und gedemütigt worden waren, und er versorgte die Alten und Schwachen, die sie geschlagen hatten.
>
> Aber er hatte auch gesehen, wie die Mächtigen und Reichen unter unserem Volk das brutale Vorgehen der Römer gegen die Armen und Schwachen ignorierten, so als ginge es sie nichts an, und mehr noch, wie sie mit der Besatzungsmacht gemeinsame Sache machten.
>
> Schließlich hörte er von einem Mann mit Namen Johanan der Täufer, der entlang des Unterlaufs des Jordan predigte und taufte, um die Menschen von ihren Sünden zu reinigen und sie zur Umkehr zu bewegen, zum Glauben der Vorfahren, zum Gehorsam gegenüber dem Gesetz Gottes, denn der Jüngste Tag sei nicht mehr fern.

Michael überflog die nächsten Abschnitte, in denen es um die Predigten Johanans ging. Darin geißelte er König Herodes Antipas, den Ehebrecher auf dem Thron, der seinem Bruder die Frau weggenommen und seinen Palast auf einem alten jüdischen Friedhof errichtet hatte, was einen Frevel gegen die religiösen Gesetze darstellte. Man hielt ihn für den sehnsüchtig erwarteten Messias, der das Volk Israel von seinem Leid als Folge des ersten Sündenfalls befreien und sie in das Paradies zurückführen sollte. Dann las er weiter.

Während seiner Wanderung durch Galiläa begegnete Jeshua Menschen, die in misslichen Situationen waren und seiner Hilfe bedurften, Menschen, die er von Krankheiten heilen konnte, und Menschen, mit denen er über die verkommenen Sitten im Land diskutierte. Ihnen predigte er, dass die Zeit für Läuterung gekommen sei, dass Gott all denen vergebe, die an ihn und seine Gebote glauben. Viele wollten ihm folgen, aber er hatte sie immer zurückgewiesen, denn er wollte keine Anhänger um sich scharen.
Als er eines Tages in der Nähe von Aenon an den Fluss Jordan kam, sah er eine Menschenmenge am Ufer stehen, die Johanan zuhörte. Wieder sprach er von Herodes, der seine eigene Frau verstoßen hatte, »... um die Frau seines Bruders heiraten zu können – ein doppelter Ehebruch! Aber das kümmert ihn nicht. Er hat euch deswegen in einen schmählichen Krieg geführt, dessen Verluste ihr zu tragen habt. Aber auch das kümmert ihn nicht. Und er hat sein Haus auf einem unreinen Platz, einem Friedhof, errichtet, nur weil von dort die Aussicht am schönsten ist. Dass es Frevel ist, sein Haus auf dem Platz zu bauen, wo die Toten ruhen, kümmert ihn nicht. Glaubt er, da er König ist, sich über die Gebote Gottes hinwegsetzen zu können? Glaubt er, auf diese Weise ein Vorbild für sein Volk zu sein? Seht genau hin, meine Brüder und Schwestern, er führt das Gegenteil eines gottgefälligen Lebens. An ihm dürft ihr euch kein Beispiel nehmen. Ich sage euch, es ist an der Zeit umzukehren und Buße zu tun, denn der Jüngste Tag ist nah, und der Zorn Gottes wird all jene treffen, die seine Gebote missachten.«

Daraufhin drängten die Menschen zum Fluss und wollten sich taufen lassen, um sich von ihren Sünden zu reinigen.

Und Johanan taufte einen nach dem anderen, und auch Jeshua reihte sich ein. Es war schon Nachmittag, als die Reihe an ihm war. Als Johanan ihn sah, erkannte er ihn und sagte: »Ich bin nicht würdig, dich zu taufen.« Doch Jeshua bestand darauf, von Johanan getauft zu werden, und im selben Moment, als er ihn taufte, brach die Sonne aus den Wolken hervor, und ihr strahlendes Licht ergoss sich über Jeshua. Ein Raunen ging durch die Menge, die Menschen wichen erschrocken zurück, und Johanan rief aus: »Er ist es, von dem ich euch erzählt habe. Er ist der Messias. Seht, auf ihn ist der Geist des Herrn herabgekommen. So hat es der, der mich zu euch gesandt hat, prophezeit.«

Michael kannte die Geschichte von Jesu Taufe und wie angeblich der Heilige Geist in ihn gefahren sei, nur zu gut, aber hier war vom Heiligen Geist keine Rede. Zufällig waren die Wolken aufgerissen und die Sonne hervorgekommen. So etwas passierte doch fast jeden Tag. Es war etwas Alltägliches, und dennoch hatte es die Menschen, die dabei waren, beeindruckt. Warum hatte die Kirche auch noch den Heiligen Geist bemühen müssen?

Jeshua schloss die Augen, weil das Licht ihn blendete, und er spürte die Wärme, die es spendete, aber er nahm die Worte Johanans kaum war. Was geschah hier mit ihm? War das ein Zeichen Gottes? War er es, der ihn hierher geführt hatte? War er, Jeshua, der Auserwählte, der Messias, der die Kinder Israels in das Reich Gottes führen sollte? In ihm tobte ein Aufruhr, den er kaum beherrschen konnte. Sein Herz schlug wild, und er fühlte sich einer Ohnmacht nahe. Er musste zur Ruhe kommen, deshalb wandte er sich ab, bahnte sich einen

Weg durch die Menschenmenge und ging davon. Nur fort wollte er und beschleunigte seine Schritte. Erst als er sich den Blicken und Rufen der Menschen entzogen hatte, setzte er sich auf einen Stein und atmete tief. Und plötzlich spürte er einen inneren Frieden, wie er ihn noch nie zuvor empfunden hatte.

Sechs Wochen wanderte er allein durch die Wüste, und obwohl er im Innersten wusste, was er zu tun hatte, plagten ihn immer wieder Zweifel. Mehrmals war er versucht, sich seiner Aufgabe zu entziehen und ein anderes Leben zu finden als das, was ihm bevorstand. Aber er wusste, er hatte keine Wahl als den Weg zu gehen, den Gott ihm wies.

Auf seiner Wanderung entlang des Jordan traf er auf die Brüder Simon und Andreas. Sie erkannten ihn, denn sie waren unter denen gewesen, die sich mit Jeshua hatten taufen lassen, und sie boten ihm Obdach und Essen an. Am folgenden Morgen gingen sie mit ihm. Bald darauf begegneten sie zwei weiteren Männern, Philippus und Nathanael, die von ihm gehört hatten und sagten, sie wollten ihm folgen, wo auch immer er hingeht. Und er antwortete ihnen: »Füchse haben Höhlen, Vögel Nester, aber einer wie ich hat keinen Ort, wo er sein Haupt hinlegen könnte. Wenn ihr mir dennoch folgen wollt, so kommt.«

Am Abend vor dem Schabbat erreichten sie Nazareth und übernachteten auf dem Feld vor der Stadt. Am nächsten Tag gingen sie wie gewohnt in die Synagoge, um am Gottesdienst teilzunehmen. Und da es Sommer war, wurde aus Jesaja Kapitel 61 vorgetragen, das auf die Tora-Abschnitte Ki Tawo und Nizawim folgte. Als Letzter wurde Jeshua zur Tora gebeten, und er las mit lauter Stimme: »Der Geist Gottes ist mit mir. Er hat mich gesandt, damit ich den Armen eine frohe Botschaft bringe und alle heile, deren Herz zerbrochen ist. Damit ich den Gefangenen die Entlassung verkünde und den Gefessel-

ten die Befreiung.« Dann hob er den Kopf und sagte: »Heute hat sich das Schriftwort, das ihr soeben gehört habt, erfüllt. Ich bin es, auf den ihr gewartet habt.«
Ungläubiges Staunen und Murren schlug ihm entgegen. Er fuhr fort, dass er wohl wisse, dass der Prophet im eigenen Land nichts gelte. Als die Leute das hörten, empörten sie sich noch mehr über diese Anmaßung, diese ungeheure Provokation, beschimpften ihn und trieben ihn gewaltsam aus der Synagoge, hinaus aus der Stadt an einen Abhang und wollten ihn hinunterstürzen. Doch Jeshua befreite sich von ihnen, drehte sich um, bahnte sich einen Weg durch die wütende Menge, und keiner wagte es, ihn anzugreifen. Mit seinen Freunden verließ er Nazareth, niemand hielt ihn auf. Er würde nie wieder in diese Stadt zurückkehren.

Michael unterbrach seine Lektüre. Offensichtlich war Jesus auf seinen Wanderungen durch Galiläa nicht überall willkommen gewesen. Durch seinen Anspruch, die Stimme Gottes zu sein, brachte er alle die gegen sich auf, die das als Frevel betrachteten. Doch wie gefährlich sein Weg tatsächlich war, wurde ihm offenbar erst klar, als er von Johanans Gefangennahme und Hinrichtung hörte. Natürlich hatte Herodes Antipas Angst vor Johanan gehabt, der mit der Taufe viele Menschen an sich gebunden und sie gegen den König aufgebracht hatte. Wie schnell konnte man damals den Zorn der Mächtigen auf sich ziehen, die ohne die geringsten Skrupel Menschenleben vernichteten. Damals? War es nicht in vielen Ländern auch heute noch so?

Jesus hatte sicher oft Zweifel an seinem Tun, und er muss sich oft gefragt haben, warum er zurückgekommen war. Ob überhaupt jemand hören wollte, was er zu sagen hatte?

Er setzte seine Lektüre fort.

Jeshua erinnerte sich an seinen Freund Simon und an die Einladung zur Hochzeit von dessen Tochter, und so machte er sich gemeinsam mit seinen Freunden auf den Weg nach Kana, das nur eine halbe Tagesreise von Nazareth entfernt war. Die Hochzeitsfeierlichkeiten waren schon im Gange, als sie im Haus von Simon ankamen. Man lachte, tanzte ausgelassen, und es schien auch schon viel Wein geflossen zu sein. Erstaunt musste er feststellen, dass auch seine Mutter unter den Gästen war, und er vermutete, dass Simon ihm mit ihrer Einladung einen Gefallen erweisen wollte. Als seine Mutter ihn erkannte, erschrak sie und lief auf ihn zu, denn sie hatte gehört, was sich in der Synagoge in Nazareth zugetragen hatte. Offenbar hatte sie Angst, er könne wieder Unfrieden stiften, und sagte: »Es gibt keinen Wein mehr, vielleicht solltest du wieder gehen.« Offenbar hoffte sie, dass Jeshua und seine Freunde weiterziehen würden. Doch er antwortete verärgert: »Was willst du von mir, Frau? Du hast mir nichts zu sagen.« Dann ging er zu Simon und begrüßte ihn. Und weil er nicht wollte, dass sein Freund wegen des mangelnden Weines in Verlegenheit geriet, ging er zu dessen Bediensteten und sagte ihnen, sie sollten die Weinkrüge mit Wasser auffüllen. Und da alle Gäste schon zu viel getrunken hatten, bemerkte keiner den Unterschied.
Am darauffolgenden Tag machte Jeshua sich mit seinen Anhängern auf den Weg nach Kafarnaum am Nordufer des Sees Kinneret, wo er sich einige Monate aufhalten sollte.
Er hatte jetzt 12 Jünger um sich geschart, die jeder für einen der Stämme Israels standen, und auch einige Frauen, unter denen ihm Maria Magdalena die liebste war. Er nahm sie zur Frau und teilte das Lager mit ihr.

Michael blickte auf und lächelte. Er hatte nie verstanden, warum die Kirche nicht einfach akzeptieren konnte, dass Jesus eine Frau hatte. Warum es so wichtig war, dass Jesus unverheiratet war. Aber es gab so viele Dinge im Leben von Jesus, die die Kirche erfunden oder verleugnet hatte.

Die folgenden Abschnitte handelten von der Zeit, die Jesus am See Genezareth, den man damals See Kinneret nannte, verbrachte. Hier lebten offenbar Menschen, die seine Botschaft hören wollten. Er hatte Trauernde getröstet, Kranke geheilt und Verzagten Hoffnung gegeben. Und als irgendwann die Synagoge nicht mehr genügend Platz geboten hatte, verlegte er seine Ansprachen und seine Behandlungen auf die Felder und Hügel vor der Stadt.

> Wohin er auch kam, die Geschichten seiner Wundertaten eilten ihm voraus. Er hatte Tote zum Leben erweckt, Blinde sehend und Lahme gehend gemacht, Besessenen die Dämonen ausgetrieben. Er predigte von einem gottgefälligen Leben in Bescheidenheit, von der Liebe zu seinen Nächsten, von Gerechtigkeit, aber auch davon, gegen die falsche Obrigkeit aufzubegehren und das römische Joch abzuschütteln.
> Binnen weniger Monate hatte er eine große Zahl von Anhängern, Männer und Frauen, die er gleichermaßen achtete. Sie kamen nicht nur aus Galiläa, Samaria und Dekapolis, sondern auch aus Judäa, wo Pontius Pilatus Prokurator war. Diesem war Jeshua nicht geheuer. Bisher hatte er alle Aufstände mit unerbittlicher Härte im Keim ersticken können, und auch diesmal würde er mit aller Macht vorgehen, sollte sich auch nur der geringste Verdacht gegen diesen unbekannten Prediger bestätigen.
> Herodes Antipas gefiel die Beliebtheit dieses neuen Propheten ebenso wenig wie den Römern, hatte er sich doch gerade erst des Volksaufhetzers Johanan entledigt. Und nun kam dieser Jeshua, der auch noch behauptete, aus dem Haus Davids und Salomos zu stammen, und machte mit der Agitation da weiter, wo Johanan aufgehört hatte. Er konnte ihm weitaus gefährlicher werden als der Täufer. Daher schickte

er Männer aus, die Jeshua finden und gefangen nehmen sollten. Die zunehmende Präsenz römischer Soldaten wo immer er predigte, ließ keinen Zweifel daran, dass Jeshua auf der Hut sein musste. Er bat von nun an alle, die er geheilt hatte, nicht darüber zu reden. Mit seiner Gefolgschaft wanderte er durch Galiläa, mied die Städte und predigte auf den Feldern und Hügeln. Hin und wieder, an Sukkot, Hanukkah oder zum Pessachfest, erschien Jeshua auch in Jerusalem, und dort kam es zu Streitgesprächen mit toratreuen Pharisäern, konservativen Sadduzäern und anderen Schriftgelehrten.

Im vierten Jahr nach seiner Rückkehr, als er zum Pessachfest wieder nach Jerusalem gekommen war, kam es auf dem Platz vor dem Tempel zu einem Zwischenfall. Außer sich vor Zorn über die Entheiligung des Tempels hatte Jeshua Händler und Geldwechsler, die dort ihren Geschäften nachgingen, beschimpft, ihre Tische umgestoßen und sie verjagt.

Wie immer bei jüdischen Festtagen, zu denen die Bevölkerung aus vielen Landesteilen in Jerusalem zusammenkam, waren die Truppen in der Stadt konzentriert worden, weil der Statthalter politische Demonstrationen fürchtete. Und so hatten die römischen Soldaten Pontius Pilatus sofort von dem Vorfall im Tempel unterrichtet. Darüber hatte sich auch der Hohepriester Kaiphas empört. Er war zu Pilatus gegangen, hatte sich über diesen Aufrührer beschwert und ihn gebeten, gegen Jeshua vorzugehen.

Als Pontius Pilatus hörte, dass es sich um diesen Jeshua handelte, der die Juden dazu aufgefordert hatte, sich gegen die Römer zu wehren und ihnen die Steuern zu verweigern, befahl er, ihn zu verhaften.

Am Abend desselben Tages traf sich Jeshua, der zunächst nichts von seiner Verfolgung wusste, mit seinen Anhängern im Haus eines Freundes zum gemeinsamen Seder. Während des Essens erzählten die Jünger ihm, dass in der ganzen Stadt

nach ihm gesucht werde, und baten ihn voller Angst zu fliehen oder sich wenigstens zu verstecken. Um seinen Freund, der ihm Obdach gewährt hatte, nicht in Schwierigkeiten zu bringen, beschloss Jeshua, die Nacht im Freien zu verbringen und am folgenden Morgen weiterzuziehen. Nur mit wenigen seiner Jünger verließ er die Stadt durch das Osttor. Sie fanden einen geschützten Platz im Olivenhain des Gethsemane. Doch noch bevor der Morgen aufzog, hatten römische Soldaten die kleine Gruppe aufgespürt. Seine Jünger waren entsetzt und flohen vor Angst. Widerstandslos ließ sich Jeshua von den Soldaten festnehmen und ins Gefängnis zerren.
Nachdem Pontius Pilatus seiner endlich habhaft geworden war, lag ihm viel daran, Jeshua schnell zu verurteilen und kreuzigen zu lassen. Möglichst noch bevor am Abend der Schabbat begann, an dem keine Hinrichtungen stattfinden durften. Er fürchtete, wenn er ihn länger gefangen hielt, würden Jeshuas Anhänger einen Aufstand anzetteln. Nach römischem Recht war der schnellste Weg, seinen Plan in die Tat umzusetzen, ein Geständnis des Aufrührers. Das würde einen langwierigen und aufsehenerregenden Prozess überflüssig machen, daher befahl er seinen Soldaten, Jeshua zu foltern und zu demütigen, um ein Geständnis zu erpressen.
Einige Stunden später führte man den blutüberströmten Jeshua vor Pilatus, der ihn zum Tode am Kreuz verurteilte. Um ihn zu verspotten, hatten römische Soldaten einen Dornenkranz geflochten, den sie Jeshua aufsetzten, da er behauptet hatte, der rechtmäßige König der Juden zu sein. Man lud ihm und zwei weiteren Verurteilten die Kreuze auf, die sie, geschwächt von den Auspeitschungen, kaum tragen konnten, und führte sie auf einen Hügel außerhalb der Stadt, der Golgatha genannt wurde. Es war schon Mittag, als sie die Nägel durch seine Handgelenke und Fersen trieben. Einige von Jeshuas Anhängern, Johannes, Josef von Aramäus, Nakdemon, Ja-

kob und seine Frau Maria Magdalena hatten sich trotz der Gefahr, ebenfalls verhaftet zu werden, in der Nähe versammelt.
Schon bald verlor Jeshua das Bewusstsein und spürte nicht mehr, wie einer der Soldaten mit einer Lanze in seine Seite stach. Frisches rotes Blut spritzte heraus, und Maria Magdalena schrie auf. Der Lanzenstich aber war das Zeichen dafür, dass man ihn vom Kreuz nehmen und bestatten durfte, denn die Sonne stand schon tief, der Schabbat würde bald beginnen. Nachdem Josef und seine Helfer die eisernen Nägel aus seinen Fersen entfernt hatten, wickelten sie ihn in ein Leintuch und trugen ihn zu einer Grabstätte, die Josef von Aramäus für sich und seine Familie gekauft hatte.
Josef beauftragte Nakdemon, frisches Wasser, saubere Tücher, verschiedene Geräte, Lammfett, Myrrhe Bergamotte, Aloe und Mohn für sie zu holen.

Das sind eindeutig Kräuter für die Wundheilung und Schmerzlinderung und nicht für das Einbalsamieren einer Leiche, dachte Michael.

Sie legten Jeshua auf die steinerne Bank, und Magdalena bat die Männer, einen Felsstein vor das Grab zu rollen. Als sie wieder mit ihm allein war, reinigte sie seine Wunden und salbte seinen Körper mit Tinkturen, die sie aus den Kräutern herstellte, um seine Schmerzen zu lindern.
Am frühen Morgen des dritten Tages kamen Josef und die Männer, die ihm geholfen hatten, und schoben den Stein beiseite. Sie konnten nicht glauben, was sie sahen. Jeshua, obwohl schwach, setzte sich auf und begrüßte sie:
»Friede sei mit euch! Warum seid ihr so bestürzt? Seht meine Hände und Füße an, ich bin es selbst. Fasst mich an und begreift, kein Geist hat Fleisch und Knochen, wie ihr es bei mir seht.«

Schon während er den Text übersetzte, hatte Michael an dieser Stelle atemlos innegehalten. Hier stand es! Ganz eindeutig! Unmissverständlich!

Jesus hatte die Kreuzigung überlebt.

Der Schwindel vom Gottessohn, der die Menschheit mit seinem Opfertod von ihren Sünden befreit hatte, würde auffliegen, sobald diese Schrift veröffentlicht wurde. Zwei Jahrtausende lang hatte die Kirche die Menschen mit ihren strengen Gesetzen drangsaliert. Das wäre hiermit vorbei.

Michael schüttelte den Kopf und wandte sich wieder dem Text zu.

Jeshua verließ mit Maria Magdalena die Höhle, und die Männer halfen ihm auf dem Weg in das Haus Josefs, wo sie ihn während der folgenden Wochen gesund pflegten. Dann machte er sich eines Abends auf, um in der Stadt nach seinen Jüngern zu suchen. Er schickte Maria Magdalena voraus, um sie auf das Unfassbare vorzubereiten, doch die Jünger glaubten ihr nicht. So betrat er das Haus, in dem sie sich vor den Römern versteckt hielten, und sagte: »Weshalb zweifelt ihr? Ich bin es, euer Lehrer. Und damit ihr es wirklich begreift, komm, Petrus, und berühre die Wunde, die der Nagel in meinem Handgelenk hinterließ, und du, Nathanael, komm und berühre meine Seite, wo die Lanze meine Haut aufschnitt, und du, Andreas, sieh, dass mein Fuß Spuren auf der Erde hinterlässt. Denn weder ein Geist noch ein Dämon besteht aus Fleisch und Blut und hinterlässt Spuren, wenn er über die Erde geht.«

Jeshua und seine Getreuen mussten die Stadt so schnell wie möglich verlassen, denn hätten die Römer erfahren, dass er die Kreuzigung überlebt hatte, würden sie ihn sicher erneut richten.

Damit sie nicht auffielen, wollten sie sich getrennt oder in kleinen Gruppen auf den Weg machen. Jeshua nannte ihnen einen Ort in Galiläa, wo er sie treffen würde.

Einer von den Zwölfen war nicht bei ihnen gewesen, als Jeshua zu ihnen gekommen war. Da sagten die anderen Jünger zu ihm: »Wir haben den Herrn gesehen!« Er aber antwortete: »Wenn ich nicht an seinen Händen das Mal der Nägel sehe und meinen Finger in das Mal der Nägel und meine Hand in seine Seite lege, glaube ich es nicht.«

Da kam Jeshua herein, stand in ihrer Mitte und sprach: »Friede sei mit euch!« Dann sagte er zu Thomas: »Reiche deinen Finger her und sieh meine Hände. Reiche deine Hand und lege sie in meine Seite, und sei nicht ungläubig, sondern gläubig.« Und er fuhr fort: »Weil du mich gesehen hast, hast du geglaubt. Selig sind die, die nicht sahen und doch glaubten.« Thomas wandte sich beschämt ab und bedauerte zutiefst, dass er gezweifelt hatte.

Jeshua aber nahm ihn, zog sich zurück und sagte ihm drei Worte. Als Thomas wieder zu seinen Gefährten kam, fragten sie ihn: »Was hat dir Jeshua gesagt?« Da antwortete Thomas ihnen: »Wenn ich euch eines der Worte sage, die er mir gesagt hat, werdet ihr Steine nehmen und nach mir werfen, und Feuer wird aus den Steinen kommen und euch verbrennen.«

Jeshua verließ seine Jünger und zog nach Osten Richtung Damaskus, der gepriesenen, tausendjährigen Stadt, wo er sich einige Zeit aufhalten wollte. Denn er wusste, dass ihm dorthin niemand folgen würde.

Einige Zeit später schloss sich Jeshua wie schon zuvor einer Karawane an, die ihn zurück nach Indien führen sollte, denn auch die verlorenen Stämme Israels sollten seine Botschaft hören.

Nach Monaten traf er in Taxila auf Thomas, seinen liebsten Jünger, und die Wiedersehensfreude war groß. Einige Zeit

lehrten sie gemeinsam im Norden Indiens, wo sie verstreute jüdische Gemeinden aufsuchten.
Dann sandte Jeshua Thomas nach Kerala, in den Süden des Landes. Denn auch dorthin hatte es einige Stämme Israels verschlagen.

Hier brach der Text ab. Am unteren Rand des Papyrus standen noch wenige Zeilen, die wie eine kleine Fußnote wirkten. Doch auch hier fand sich kein Hinweis auf den Verfasser:

> Es war im achten Monat nach der Kreuzigung, als ich dem Meister wieder begegnete. Von hier zogen wir gemeinsam gen Osten in das Land, das man Sindh nennt. Und hier gab er mir den Auftrag, alles niederzuschreiben, was ihm widerfahren war.

Michael schob die bedruckten Seiten zu einem Stapel zusammen und schüttelte wieder den Kopf. Obwohl es ihm immer noch unfassbar erschien, dass John diesen Text gefunden hatte, gab es für ihn keinen Zweifel mehr daran, dass es sich um ein authentisches schriftliches Zeugnis handelte.

Nun mussten sie herausfinden, wer der Verfasser war. Wenn wirklich Thomas dieses Papyrus beschrieben hatte, warum hatte er dann immer in der dritten Person von sich gesprochen und die Geschichte vom »ungläubigen Thomas« zwar erwähnt, aber nicht, dass es sich dabei um ihn, den Schreiber dieser Geschichte, handelte? Aus Bescheidenheit? Aus Scham, weil er gezweifelt hatte? Und noch etwas stand in der von John gefundenen Schriftrolle, etwas, das in keinem Evangelium vorkam: Jesus hatte eine Frau, ›mit der er das Lager teilte‹, auch eine Tatsache, der die Kirche seit dem Konzil von Nicäa im Jahr 325 vehement widersprochen hatte.

Jetzt erinnerte sich Michael auch wieder an die Diskussionen mit Robert, der ihm, Jennifer und John mal erklärt hatte, warum Jesus keine Frau gehabt haben konnte. Es war darum gegangen, die Wesensgleichheit von Gott und Jesus zu manifestieren. Gott war nicht verheiratet, und da Jesus wesensgleich mit Gott war, konnte auch er keine Frau gehabt haben. Kirchliche Logik.

Michael musste lächeln. Vor sich hatte er einen Text, der zu Lebzeiten Jesu oder kurz danach entstanden war! Das war deshalb so erstaunlich, weil man immer davon ausgegangen war, dass im ersten Jahrhundert nach Christus alle Berichte über das Leben und Wirken von Jesus nur mündlich überliefert worden waren. Man vermutete daher, dass sich während dieser Zeit so manche Übertreibung eingeschlichen hatte und anderes ganz weggelassen worden war.

Bis ins frühe vierte Jahrhundert hinein galt Jesus unter den frühen Christen ebenso wie unter den Juden als ein Mann des Wissens und der Erkenntnis, ein Erleuchteter, aber ein Mensch – und kein Gott. Einer, zu dem jeder, ohne den Umweg über die Kirche, direkten Zugang finden konnte.

›Und genau das ist der Knackpunkt‹, dachte Michael. ›Wenn die Wahrheit ans Licht kommt, wird die Kirche überflüssig sein.‹

Die Bischöfe des Konzils von Nicäa hatten ganze Arbeit geleistet und das Evangelium des Johannes zum wichtigsten erklärt, weil es dasjenige war, in dem nicht nur die Auferstehungsgeschichte beschrieben, sondern auch über die Himmelfahrt Christi berichtet wurde. In keinem der anderen Evangelien wurde sie erwähnt. Und die Evangelien des Matthäus, Markus und Lukas wurden vermutlich nur deshalb in das Neue Testament aufgenommen, weil diese drei Schriften die meisten Übereinstimmungen mit dem Johannesevangelium aufweisen.

Michael erinnerte sich daran, dass die neueste Forschung

die Entstehungszeit des Johannesevangeliums auf den Beginn des zweiten nachchristlichen Jahrhunderts datiert. Man nahm an, dass die anderen drei Evangelien zwischen 70 und 90 nach Christus entstanden waren. Als das somit jüngste der vier Evangelien hat es den größten zeitlichen Abstand zu Jesu Lebzeiten und daher vermutlich die meisten Unstimmigkeiten. Außerdem hatten Textanalysen inzwischen bestätigt, dass es von mehreren Personen geschrieben worden war und darüber hinaus eine großzügige kirchliche Redaktion stattgefunden hatte.

Die Schriftrolle auf Michaels Tisch musste fünfzig bis zweihundert Jahre älter sein als alle bisher gefundenen Evangelien! Das bedeutete, dass es sich bei dem Verfasser wenn nicht um Thomas, so doch zumindest um einen Jesus besonders nahestehenden Zeitgenossen handeln musste. Daher war es zweifellos ein Bericht, der Authentizität besaß.

Aber um wirklich sicher zu sein, brauchten sie die anderen Schriftrollen. Wenn sie davon ausgingen, dass alle drei von demselben Autor stammten, würden sie seinen Namen am Anfang oder am Ende der Texte finden. Doch wie sollten sie an die gestohlenen Schriftrollen gelangen? Würde ihnen diese Frieda Hoffmann wirklich dabei helfen können?

Michael nahm den Stapel paginierter Manuskriptseiten in die Hände, stauchte sie auf dem Tisch zusammen, schob sie in eine Klarsichthülle und steckte diese in seinen kleinen Koffer, den er am Morgen schon mit ins Institut gebracht hatte. Er räumte noch ein wenig auf, wickelte die Schriftrolle ein letztes Mal in das Leintuch und ging anschließend in Gershoms Büro, um sich zu verabschieden.

»Hier ist das kostbare Stück. Ich bin froh, dass du mir erlaubst, es hierzulassen, damit es sachgemäß aufbewahrt werden kann. Außerdem ist es hier sicher. Nach dem, was John passiert ist, würde ich mich nicht wohlfühlen, es mit mir herumzutragen.«

»Keine Ursache, alter Freund. Aber wir sehen uns doch noch, oder? Wirst du über Weihnachten hierbleiben oder fliegst du vorher zurück?«

»Vermutlich, aber ich weiß es noch nicht. Wenn ich wieder in Jerusalem bin, werden wir uns die nächsten Schritte überlegen müssen. Aber ich halte dich auf dem Laufenden.«

Gershom umarmte ihn herzlich und ermahnte ihn vorsichtig zu fahren.

»Versprochen«, sagte Michael, stieg in sein Auto und fuhr davon.

JERUSALEM

AM FOLGENDEN ABEND traf sich Michael mit John und Ellen im *American Colony* und zeigte ihnen die Übersetzung. Während die beiden den Text lasen, trank Michael ein Glas Rotwein und wartete gespannt auf ihre Reaktion.

»Ich wusste es! Ich wusste es doch!«, rief John. »Hab ich dir das nicht gleich bei deiner Ankunft gesagt?«

»Ja, das hast du«, meinte Michael lächelnd und schaute zu Ellen.

Für sie war der Inhalt des Textes in seiner Deutlichkeit jedoch überraschend. Jetzt, da sie die Übersetzung in der Hand hielt, selber lesen konnte, was da stand, konnte sie es kaum glauben. Sie atmete tief ein, hielt die Luft einen Moment an und atmete wieder heraus.

»Das ist wirklich stark. Ich will gar nicht anfangen, mir vorzustellen, was in der Welt geschehen wird, wenn ihr das veröffentlicht.« Sie schüttelte den Kopf. »Der Ruf des Vatikans ist ohnehin durch seine fragwürdige Finanzpolitik und den skandalösen Umgang mit den Missbrauchsfällen angeschlagen. Wenn ihr den Menschen jetzt auch noch sagt, hey, wir brauchen die Kirche gar nicht … was wird dann passieren?«

Sie legte das Manuskript auf den Tisch.

»Aber hier geht es doch um Wahrheit und Fälschung. Haben wir nicht die Pflicht, die Menschen aufzuklären?«, fragte John.

Michael goss beiden Wein nach, hielt sich aber für den Moment aus dem Gespräch heraus.

»Um jeden Preis?«, fragte Ellen nachdenklich. »Ist dir wirklich klar, was das bedeuten würde? Wenn die Menschen nicht mehr daran glauben können, dass Jesus am Kreuz gestorben ist? Dann verliert das Sakrament von der Erlösung der Sünden durch seinen Tod jede Grundlage. Und nicht nur das, wie Professor Bernstein ja schon gesagt hat, alle Sakramente werden hinfällig. Oder die Kirche müsste tatsächlich das achte Sakrament formulieren.«

»Aber doch nur, weil die Kirche der Menschheit seit zwei Jahrtausenden Lügen auftischt. Wir sind Wissenschaftler und deshalb der Wahrheit verpflichtet«, insistierte John. »Außerdem bin ich sicher, dass diejenigen, die an Jesus glauben wollen, auch weiterhin an ihn glauben werden, denn es hat ihn ja tatsächlich gegeben. Er war ein außerordentlicher Mensch, ein Kämpfer für die Armen und Unterdrückten, ein Che Guevara der Antike sozusagen. Aber er war eben nicht der Erlöser, der Sohn Gottes. Das hat die Kirche aus ihm gemacht. Und diejenigen, die an der kirchlichen Darstellung seines Lebens schon immer gezweifelt haben, werden endlich Gewissheit bekommen. Und denen sind wir die Wahrheit schuldig.«

»Vielleicht hast du ja recht. Ich hatte immer meine Zweifel an der Auferstehung. Aber ich denke an die vielen Unterprivilegierten, an die Armen in Süd- und Mittelamerika oder in Afrika und Asien, für die Jesus eine Zuflucht ist, ein Trost, der ihnen das elende Leben, das sie führen müssen, erträglich macht.«

»Denke aber bitte auch daran, wie viel Unrecht gerade in diesen Ländern im Namen des Herrn begangen wurde. Außerdem glaube ich, dass niemand diesen Menschen ihren Glauben wegnehmen kann. Auch wir nicht.« John nahm einen Schluck Rotwein. »Ich möchte diesen Text jedenfalls so bald wie möglich veröffentlichen«, sagte er aufgedreht.

»Lass uns damit noch warten. Bevor wir die Schriftrolle der Antikenbehörde übergeben und an die Öffentlichkeit gehen, sollten wir versuchen, die anderen beiden Rollen zurückzubekommen. Wir müssen erst verifizieren, wer sie verfasst hat«, warf Michael schließlich ein.

»Michael hat recht, John«, sagte Ellen. »Lass uns noch warten. Vielleicht kann diese Frieda Hoffmann ja etwas herausfinden.«

Der Händler Karim Azir saß in seinem Büro in einem Industriepark im südwestlichen Jerusalem und legte den Hörer auf die Gabel.

›Interessant, wer sich da plötzlich bei mir meldet‹, dachte er. Auf seinem Schreibtisch lagen die beiden Schriftrollen, die er aus Matthews Wagen geborgen hatte, bevor er ihn mit Benzin übergossen und in Brand gesteckt hatte. Sie waren noch immer in die alten Leinenstofffetzen eingepackt, und er wollte sie so wenig wie möglich bewegen, damit sie nicht beschädigt wurden.

Er sah wieder den erstaunten Gesichtsausdruck Matthews vor sich, und für einen Moment fragte er sich, ob es nicht voreilig gewesen war, den Jungen zu erschießen. Doch der hatte ihm keine Wahl gelassen. Um sicherzugehen, dass keiner von dem Fund erfuhr, musste er diesen großmäuligen Kerl zum Schweigen bringen. Außerdem war er gierig geworden. Wer weiß, was für Forderungen er noch gestellt hätte.

Das hatte er den beiden Kirchenmännern auch klarzumachen versucht, schließlich hatten sie ihm einen unmissverständlichen Auftrag gegeben. Doch plötzlich hatten sie angefangen zu hinterfragen, ob solche Maßnahmen denn tatsächlich notwendig seien.

Aber das kannte er schon: Wenn es darum ging, dass der Vatikan bestimmte Artefakte haben wollte, war erst einmal jedes Mittel recht. Doch sobald man es anwenden musste, um an die gewünschte Sache heranzukommen, wollte die Kirche nichts mehr damit zu tun haben. Sich die Hände schmutzig zu machen überließen sie immer anderen. Und nur weil er selbst libanesischer Christ war, hieß das noch lange nicht, dass er ausschließlich für die Kirche arbeiten musste. Er hatte genügend Interessenten. Andererseits war Robert Fresson bisher immer ein zuverlässiger Abnehmer und fairer Verhandlungspartner gewesen.

Es war das erste Mal, dass er einen Fund nicht einfach an Robert übergab, denn diesmal hatte er sehr viel dafür riskiert. Sollten die Kirchenmänner doch ein bisschen zappeln. Es war sicher nicht verkehrt, sich noch eine Weile umzuhören. Er kannte viele Sammler, die sicher bereit waren, einen hohen Preis für die Schriftrollen zu zahlen. Vorsichtig nahm er sie vom Tisch und schloss sie in seinen Safe.

Einige Stunden später stand die Frau, die ihn angerufen hatte, in seinem Büro. Frieda Hoffmann war eine imposante Erscheinung mit wilden, grauschwarzen Locken, ausgeprägten Gesichtszügen und einer extravaganten roten Brille. Azir kam sich in seinem Stuhl vor wie ein Zwerg, daher stand er auf, um sie zu begrüßen. Trotzdem reichte er ihr gerade bis zur Schulter. Sie waren sich schon mehrfach begegnet, waren aber bisher nie ins Geschäft gekommen.

Azir nahm einen Stapel Unterlagen vom Besuchersessel und sagte: »Setzen Sie sich doch, Frau Hoffmann. Was führt Sie nach Jerusalem? Was kann ich für Sie tun? Sie erwähnten da etwas von Schriftrollen ...« Er machte ein erstauntes Gesicht.

Frieda Hoffmann sah in amüsiert an. »Lieber Karim Azir, wir kennen uns doch schon so lange. Müssen wir da noch diese Spielchen spielen? Die Spatzen pfeifen es doch schon von Dächern, dass Sie etwas ganz Besonderes haben.«

Das war zwar ein Bluff, aber er verfehlte seine Wirkung nicht. Erschrocken schaute er sie an. Woher wusste sie das? Er bemühte sich, gelassen zu bleiben.

»Es tut mir leid, aber ich weiß nicht, was die Spatzen von den Dächern pfeifen. Auf jeden Fall bin ich sicher, dass ich zurzeit keine Schriftrollen oder Ähnliches habe. Wenn das alles ist, was Sie interessiert …«

›Also doch Spielchen‹, dachte Frieda. »Na ja, vielleicht habe ich mich geirrt«, sagte sie. »Wenn ich es recht bedenke, sollte ich mich vermutlich eher an Naim al-Basr wenden, er ist ja offenbar derjenige mit den besseren Verbindungen.«

Sie nahm einen der gut erhaltenen Tonkrüge in die Hand, die in einem Regal neben ihr standen. Er war mit alten Schriftzeichen versehen, daher schob sie ihre Brille auf die Stirn, kniff die Augen zusammen und versuchte, den Text zu entziffern.

»Schönes Stück, viertes Jahrhundert?«

»Drittes. Davon habe ich noch mehr. Wenn Sie Keramik sehen wollen, kann ich Ihnen sicher einiges zeigen. Nur mit Schriftrollen …«

»… können Sie nicht dienen. Habe ich schon verstanden. Wie gesagt, ich werde mich an Naim wenden.«

Sie schien sich wieder auf den Krug in ihrer Hand zu konzentrieren.

Karim Azir schaute auf den Safe in der gegenüberliegenden Wand. Angst stieg in ihm auf. Naims Interesse zu wecken war gefährlich. Seine Schlägerbanden waren berüchtigt, und Azir hatte nicht die geringste Absicht, sich mit ihm anzulegen. Bisher war es ihm immer gelungen, sich von Naim fernzuhalten, und dabei sollte es bleiben. Aber woher hatte Frieda Hoffmann bloß die Information? Hatte diese kleine Ratte Matthew geplaudert, bevor er ihm das Maul stopfen konnte? Möglich. Seine Gedanken überschlugen sich.

Vielleicht hätte er mit den Kirchenmännern nicht pokern sollen, dann wäre er die brisanten Fundstücke schon los. Aber er hatte sich über die beiden geärgert, darüber, dass er die Drecksarbeit machen musste und sie ihn anschließend über den Tisch ziehen wollten. Doch das war jetzt auch egal, er musste die Schriftrollen so schnell wie möglich loswerden. Gut, wenn Frieda einen guten Preis zahlen wollte, dann würde er sie ihr sofort übergeben.

»Fünf Millionen Dollar«, stieß er plötzlich hervor.

»Was?«

»Fünf Millionen«, wiederholte er. Diese Forderung musste für Frieda Hoffmann übertrieben klingen, das war ihm bewusst. »Ich kenne viele, die das Doppelte und mehr zahlen würden. Aber die Transaktionen dauern mir zu lange«, sagte er großmäulig.

Frieda setzte die Brille wieder auf die Nase, und ihre schwarzen Augen, die plötzlich viel größer schienen, schauten ihn scharf an.

»Lächerlich. So viel können sie niemals wert sein.«

»Diese Schriftrollen sind es.«

»Dann will ich sie sehen.«

Azir stand auf, ging zur Tür seines Büros und verschloss sie mit einem Riegel. Dann öffnete er den Safe.

Am folgenden Freitagmorgen erhielt John einen Anruf von Professor Bernstein. Er schlug vor, sich wieder am Sonntag in der Buchhandlung zu treffen. Frieda Hoffmann würde da sein und hätte einige interessante Informationen für sie.

Als Michael, John und Ellen am Sonntagnachmittag wieder in der Bernstein'schen Buchhandlung auftauchten, war Frieda schon da. Der Professor hängte wieder das »Closed«-Schild ins Fenster und geleitete sie über den grauen Fliesenboden in die hinteren Räume.

»So, Frieda, das sind Dr. Ellen Robertson, Professor Michael Torres und Professor John McKenzie aus den USA. Und das ist unsere liebe Freundin Frieda Hoffmann aus Berlin.«

Nachdem sich alle begrüßt hatten und Sarah Bernstein ihnen eine Tasse des berühmten Kaffees eingegossen hatte, fuhr der Professor fort: »Frieda ist den Schriftrollen schon auf der Spur. Erzähl es ihnen.«

»Vielleicht lässt du sie erst einmal Platz nehmen, Daniel«, mahnte Sarah.

Michael schaute Frieda Hoffmann fasziniert an. ›An wen erinnert sie mich bloß?‹, dachte er.

Frieda Hoffmann, die Michaels Blicke bemerkt hatte, fragte: »Kennen wir uns, Michael?«

»Nein, ich glaube nicht. Aber Sie erinnern mich an jemanden.«

»Ich hoffe, an jemand Sympathischen.«

Michael lächelte sie an. »Bestimmt, aber mir fällt es im Moment einfach nicht ein.«

Er nahm sich einen der frisch gebackenen Muffins, die wieder auf dem Tisch standen. Diesmal griff auch John zu.

»Ich bin sehr gespannt, was Sie uns erzählen können«, sagte er kauend. Frieda Hoffmann lächelte ihn nachsichtig an.

»Gut. Ich habe zunächst mit einigen Händlern gesprochen, von denen ich öfter etwas kaufe, aber keiner hatte irgendetwas von Schriftrollen gehört. Das heißt, dass sie nicht auf dem Markt angeboten werden, was wiederum bedeutet, dass sie vermutlich im Auftrag von jemandem gestohlen wurden. Und ich kenne nur zwei Händler, die das tun. Der eine ist Naim al-Basr, ein skrupelloser Kerl, der einen Schlägertrupp unterhält und sich durch Erpressung und Gewalt alles besorgt, was er für seine Geschäfte braucht. An ihn wenden sich vor allem Hehler mit internationalen Verbindungen oder steinreiche Sammler aus Russland, den USA, oder China.« Frieda nahm einen Schluck Kaffee. »Der andere ist Karim Azir, ein Mann, der im Verborgenen agiert und hauptsächlich für den Vatikan arbeitet. Ihn habe ich zuerst kontaktiert. Und tatsächlich, nach einigem Hin und Her hat er zugegeben, dass die Rollen in seinem Besitz sind. Er hat sie mir sogar gezeigt. Aber er fordert fünf Millionen Dollar für die beiden Artefakte.«

Ellen schnappte hörbar nach Luft.

»Der muss ja komplett verrückt sein. Wer würde denn so viel bezahlen?«

Frieda lächelte fast ein wenig mitleidig. »Mein liebes Kind, da gibt es leider einige, die das und auch mehr zahlen würden, gerade weil diese Texte für die Kirche offenbar so wichtig sind. Man muss nicht besonders fantasiebegabt sein, um sich auszumalen, was man mit so einem Fund alles machen könnte. Ich vermute aber, dass der Auftraggeber für diesen Raub in Rom sitzt. Letztendlich wird die Kirche zahlen. Die Frage ist nur, ob Azir so lange warten will beziehungsweise kann.«

»Wir glauben, dass einer der jungen Leute, die bei der Ausgrabung helfen, der Dieb war. Aber man hat ihn erschossen und anschließend in seinem Auto verbrannt. Und wenn dieser Azir jetzt im Besitz der Schriftrollen ist, muss er wohl der Mörder sein oder ihn zumindest kennen«, sagte John. »Würde der Vatikan denn einen Mord decken?«

»Vielleicht. Wenn religiöser Eifer und Gier am Werk sind, ist auch Mord nicht mehr weit. In diesem Geschäft schon gar nicht«, sagte Frieda leise.

John war aufgestanden und lief in dem kleinen Raum hin und her. Vor einem der hohen Regale blieb er schließlich stehen und schüttelte resigniert den Kopf. »Was können wir tun? Ich werde niemals in der Lage sein, fünf Millionen Dollar aufzutreiben. Und auch meine Sponsoren werden das ablehnen. Völlig ausgeschlossen.«

Auch Frieda war aufgestanden und ging nun zu John. Sie legte ihre Hand auf seinen Arm.

»Sie können Azir natürlich anzeigen und die Polizei über Ihre Vermutungen informieren, aber ich bezweifle, dass Sie das viel weiterbringen wird. Für die israelischen Behörden ist der

Fund nur im Zusammenhang mit dem Mord wichtig. Und das könnte Ihnen eine Menge Scherereien bringen. Außerdem werden Sie die Schriftrollen auch nicht so bald erhalten, da sie ja Beweismittel sind. Natürlich wollen Sie den Mörder finden, aber sind Sie sich denn sicher, dass Karim Azir der Mörder ist? Jemanden zu erschießen, das passt eher zu Naim al-Basr. Vielleicht hat Azir ihm die Schriftrollen für eine große Summe abgekauft, vielleicht sind sie deshalb so teuer. Außerdem bin ich sicher, dass Azir sie nach meinem Besuch gestern längst in ein Versteck gebracht hat. Selbst wenn die Polizei sein Büro durchsuchen würde, würden sie nichts mehr finden.«

»Da haben Sie sicher recht«, sagte John zerknirscht.

Es entstand eine kleine Pause, in der jeder seinen eigenen Gedanken nachzuhängen schien.

»Daniel erwähnte, dass Sie Robert Fresson kennen«, sagte Frieda plötzlich. »Wäre es nicht der einfachste Weg, ihn direkt zu fragen?«

»Ja, das sollten Sie tun, John«, meinte auch Professor Bernstein. »Sie sollten mit *ihm* sprechen.«

John blickte zweifelnd zu Michael, doch der zuckte nur die Achseln.

»Ich weiß nicht, ob das eine gute Idee ist. Wir kennen uns zwar aus unserer Studienzeit, aber er war schon damals ein etwas merkwürdiger Zeitgenosse.«

»Trotzdem, was haben Sie schon zu verlieren?«, fragte Frieda Hoffman und stand auf. »So, ich muss mich jetzt verabschieden, weil ich noch einige Termine in der Stadt habe und morgen wieder zurückfliege. Ich möchte wieder zu Hause sein, bevor der Weihnachtsrummel hier losgeht.«

Zur gleichen Zeit saß Robert Fresson im Büro von Karim Azir. Dieser Besuch war nötig geworden, weil er Azir tagelang nicht hatte erreichen können. Er war nicht zurückgekommen, um ihm die Schriftrollen zu bringen, so wie sie es bei Ihrem letzten Treffen besprochen hatten. Stattdessen war Azir untergetaucht und hatte sich einfach nicht mehr gemeldet.

Robert konnte seinen Zorn kaum beherrschen.

»Sie werden mir jetzt sofort die Schriftrollen aushändigen! Wenn nicht, das verspreche ich Ihnen, werden Sie für den Rest Ihres Lebens keine ruhige Minute mehr haben.« Er schlug mit der Hand auf die hölzerne Schreibtischplatte. »Wir hatten eine Vereinbarung!«

»Ist ja gut«, sagte Azir eingeschüchtert. »Ich musste dafür schließlich einen Menschen umbringen. Da hab ich nun wirklich mehr Geld verdient.«

»Wer hat Ihnen gesagt, dass Sie den Burschen erschießen sollen?«, blaffte Robert ihn an.

»Ich musste es tun. Er wollte plötzlich doppelt so viel Geld. Und er drohte damit, alles irgendeinem Reporter zu erzählen. Außerdem – haben Sie nicht gesagt, es dürfe keine Zeugen geben?«

Robert wusste, dass Azir recht hatte. Was auch bedeutete, dass man sich noch um Azir würde kümmern müssen. Doch für solche Aufgaben gab es andere. Jetzt ging es erst mal um die Schriftrollen, und die musste er ihm sofort aushändigen.

»Also gut«, lenkte er ein. »Auf welche Summe können wir uns einigen? Haben Sie noch mal darüber nachgedacht? Der Vatikan ist jedenfalls nicht bereit, zehn Millionen zu zahlen.«

»Das sollte er aber. Ich muss Sie doch nicht über die Konsequenzen aufklären, die es haben würde, wenn ich die Schriften auf dem Schwarzmarkt anbieten würde. Ich bekäme ohne Schwierigkeiten das Doppelte dafür.« Azir, wieder etwas selbstbewusster, richtet sich in seinem Sessel auf, um größer zu wirken.

»Was soll das jetzt werden? Wollen Sie uns erpressen? Das war ein Auftrag! Sie hatten alle Informationen von mir.«

Das Problem mit diesem Händler musste gelöst werden, und zwar so schnell wie möglich.

»Also gut, ich werde nochmals versuchen, den Vatikan umzustimmen. Aber vorher will ich die Schriftrollen sehen.«

Wieder ging Azir zu seinem Safe und holte die Artefakte heraus. Robert nahm denselben Krug, den Frieda Hoffmann am Tag zuvor begutachtet hatte, aus dem Regal, trat hinter Azir und schlug ihm damit auf den Kopf. Lautlos sackte der kleine Mann zusammen. Robert nahm die Schriftrollen und verschwand.

Die ganze Nacht und den folgenden Tag verbrachte Robert damit, die beiden Schriftrollen zu sichten. Wie schon Michael zuvor öffnete er sie sehr vorsichtig und wagte es nicht, sie über den ersten Abschnitt hinaus weiter auszurollen, denn er hatte Sorge, dass der Papyrus brechen könnte. Soweit er sehen konnte, waren die Texte lesbar. Die Schriftrollen müssten nur präpariert werden, damit sie ganz ausgebreitet werden konnten. Seine Aramäisch-Kenntnisse reichten allerdings nicht aus, um sie korrekt zu übersetzen. Er hatte gehofft, dass auch diese Papyri, wie die meisten, die sich in der École Biblique befanden, in Altgriechisch geschrieben waren. Das Einzige, was er sicher über diese Schriften sagen konnte, war, dass sie sehr alt sein mussten und unter Berücksichtigung aller ihm bekannten Fakten vermutlich aus dem ersten Jahrhundert nach Christi stammten.

Er lehnte sich zurück, schlug die Hände vors Gesicht und atmete tief durch. Er war müde, enttäuscht und wusste, dass der Kardinal sich mit diesem Ergebnis nicht zufriedengeben würde. Als er die Hände wieder senkte, sah er auf seine vernarbten Handflächen. Die Haut hatte sich während des Heilungsprozesses zusammengezogen, er war nicht mehr in der Lage, seine Finger zu strecken, geschweige denn sie zu spreizen. Wie die Klauen eines Greifvogels, dachte er. Nie hatte er sich mit dieser Behinderung abfinden können und seit damals dünne Lederhandschuhe getragen, damit er nicht auf die Narben angesprochen wurde. Er hatte nie wieder versucht, Klavier zu spielen.

Robert strich mit dem Unterarm über die Arbeitsfläche, als wollte er die Erinnerung fortwischen. Dabei warf er einen antiken Silberbecher mit Bleistiften um. Sie rollten über die Schreibtischkante und fielen auf den gefliesten Boden. Er stand auf, ließ die Stifte jedoch achtlos liegen und begann in dem großen Raum hin und her zu laufen.

Wie konnte er an die dritte Schriftrolle gelangen? Was hatte John mit diesem Text vor? Bisher war noch nichts an die Öffentlichkeit gedrungen, aber das konnte jederzeit passieren. Nachdem Karim Azir den Jungen erschossen hatte, gab es keinen Kontakt mehr zu der Gruppe um John McKenzie, und er würde sich nun wohl oder übel selbst einbringen müssen. Wie groß sein eigenes Interesse war, durfte natürlich nicht auffallen. Oder doch? Vielleicht war die Flucht nach vorn die beste Strategie.

Er musste die nächsten Schritte mit dem Kardinal selbst besprechen. Er nahm den Hörer ab und wählte die geheime Nummer, die ihm Montillac für Notfälle bei seinem letzten Besuch in Rom gegeben hatte.

CASTEL GANDOLFO

NOCH HATTE NIEMAND einen Zusammenhang zwischen den Schwächeanfällen des Papstes und dem Tee, der von Immaculata serviert wurde, hergestellt. Da Monsignore Aquato sie für ihre Bescheidenheit und Zuverlässigkeit belohnen wollte, wurde ihr diese Aufgabe immer öfter zuteil. Ihr Herzklopfen wurde allerdings mit jedem Mal, wenn sie die Stufen hinaufstieg, heftiger. Auch während des Tages überkamen sie immer häufiger leichte Panikattacken. Sie war sich sicher, der Tag würde kommen, an dem man sie verdächtigen würde. Sie hatte Angst davor, aber noch mehr sorgte sie sich, dass man ihr auf die Schliche kam, bevor sie ihre Aufgabe erfüllen konnte. Warum gab dieser störrische alte Mann nicht auf, warum dankte er nicht endlich ab? Sie war überzeugt davon, dass die Kirche einen besseren Papst verdient hatte, einen, der die Zügel wieder fest in die Hand nahm, der die alte Ordnung wiederherstellte.

Doch sie scheute sich davor, unter Umständen diese letzte, endgültige Tat begehen zu müssen, von der Erzbischof Motta gesprochen hatte, als sie ein paar Tage zuvor in Albano Laziale war. Was würde dann mit ihr geschehen? Der Vatikan hatte zwar eine eigene Gerichtsbarkeit, aber galt die auch bei Mord? Würde sie vielleicht sogar in einem weltlichen Gefängnis landen?

Wieder stand sie in der Küche und wartete darauf, dass der Tee von Pasqualina zubereitet wurde. »Ich habe diesmal einige stärkende Kräuter beigemischt, die werden dem Heiligen Vater guttun«, sagte sie, als sie die Kanne auf das Silbertablett stellte. »Nun beeil dich, damit der Tee nicht kalt wird.« Sie scheuchte Immaculata aus der Küche, bevor diese die Tropfen in die Kanne träufeln konnte.

Sie ging mit steifen Schritten den Flur entlang, die Treppe hinauf und gelangte schließlich an die Doppeltür zu den Räumlichkeiten des Papstes. Neben der Tür stand ein kleiner Tisch mit einer Vase weißer Lilien. Sie schaute sich um. Es war niemand zu sehen. Sie griff in ihre Tasche, nahm das Fläschchen heraus und öffnete es, als sie ein Geräusch hinter der Tür hörte. Schnell schüttete sie eine kleine Menge in den dampfenden Tee, schraubt das Fläschchen wieder zu, steckte es in ihre Tasche und nahm das Tablett wieder in die Hände. Sie hatte keine Zeit gehabt, die Tropfen zu zählen. Die Tür ging auf und vor ihr stand Monsignore Aquato. Eine heiße Woge stieg in ihr auf, und sie wusste, dass ihr die Röte ins Gesicht geschossen war.

»Ah, Schwester Immaculata, ich wollte Sie nicht erschrecken. Ich habe etwas gehört und dachte mir schon, dass Sie es sind. Kommen Sie herein, seine Heiligkeit hat sich etwas hingelegt, aber er kann den Tee ja auch etwas später trinken. Und wenn er ihn nicht möchte, habe ich selbst nichts gegen ein Tässchen einzuwenden.«

»Nein ... das dürfen Sie nicht. Der Tee ... der Tee ist doch nicht für Sie ...«, stotterte sie und wusste, wie dumm das klang.

Monsignore Aquato sah sie erstaunt an.

»Was ich meine ist ... Schwester Pasqualina hat dem Tee dieses Mal besondere Kräuter beigemischt, die den Heiligen Vater stärken sollen.«

»Ach so«, lächelte Aquato. »Aber ich kann auch eine kleine Stärkung vertragen und eine Tasse ...« Er begann, etwas Tee in die Tasse zu gießen.

»Bitte nicht. Es gibt Kräuter, die helfen dem einen und schaden dem anderen. Ich weiß ja nicht, welche Kräuter Pasqualina aufgebrüht hat«, sagte Immaculata und versuchte, so überzeugend wie möglich zu klingen.

»Na gut«, meinte der Monsignore immer noch lächelnd, aber auch noch immer etwas erstaunt. »Ich verspreche Ihnen, dass ich mich nicht an dem Tee vergreifen werde.«

In diesem Moment hörten sie die brüchige Stimme des Papstes. »Ist der Tee schon da? Ich hätte so gerne eine Tasse.«

»Sofort, Eure Heiligkeit«, sagte Aquato und goss die Tasse voll. »Vielen Dank«, wandte er sich noch an Immaculata, die damit entlassen war. Sie ging hinaus und schloss die Doppeltüren. Ihr war schwindelig, und einen Moment lang schwankte sie.

›Jetzt ist es vorbei‹, dachte sie, ›jetzt werden sie herausfinden, was ich getan habe. Wenn der Papst stirbt, nachdem er den Tee getrunken hat, weil ich zu viel von dem Gift hineingegeben habe, dann weiß der Monsignore, wer dafür verantwortlich ist.‹

Ihr wurde übel. Mit zittrigen Knien ging sie die Treppe hinunter, an den Arbeitsräumen vorbei zur hinteren Haustür. Schwester Asunçion, die gerade mit einem Korb Gemüse aus dem Garten kam, hielt ihr die Tür auf.

»Immaculata«, sagte sie überrascht. Dann sah sie in das blasse Gesicht der Nonne. »Was ist denn?«, fragte sie besorgt.

»Mir ist nicht gut …«, keuchte Immaculata, hielt sich die Hand auf den Magen und ging schnell an ihr vorbei.

»Kann ich dir helfen?« Asunçion hatte den Korb abgestellt und schaute ihr nach.

Aber Immaculata wehrte sie mit der Hand ab und überquerte eilig den Hof. Sie verschwand im Seitenflügel und gelangte schließlich in ihr Zimmer.

Dort lehnte sie sich gegen die geschlossene Tür und atmete mehrmals tief ein und aus. Sie wusste nicht, wie lange es dauern würde, bis die ersten Vergiftungserscheinungen auftreten würden und wie schlimm sie dieses Mal sein würden. Sie wusste nur, dass die Dosis diesmal größer war als die Male zuvor. Würde er daran sterben? Sie begann, in ihrem Zimmer auf und ab zu laufen.

Was sollte sie tun? Ihre Sachen packen und verschwinden, oder geduldig darauf warten, bis man sie holen und wie ein Lamm zur Schlachtbank führen würde?

Dann blieb sie auf einmal stehen und lachte heiser auf. Man würde sie ja gar nicht unbedingt verdächtigen. Man würde Pasqualina verdächtigen. Sie hatte den Tee zubereitet und mit Kräutern verstärkt. Dass später etwas in den Tee geträufelt wurde, hatte niemand gesehen. Und selbst wenn sie den Tee analysieren lassen würden, die Tropfen in dem Fläschchen waren wie die Kräuter pflanzlicher Natur. Sie waren aus den Blättern des Roten Fingerhutes gewonnen worden, der in üppigen Stauden auch im Garten von Castel Gandolfo wuchs. Wer sollte also denken, dass sie etwas damit zu tun hatte?

JERUSALEM, TALPIOT

JOHN UND ELLEN SASSEN unter einem der Sonnensegel des Grabungsfeldes und machten eine Bestandsaufnahme ihrer bisherigen Arbeit. Es war zwar inzwischen deutlich kühler geworden, aber es war dennoch angenehmer, im Schatten zu arbeiten. Die meisten Studenten waren schon abgefahren, um Weihnachten bei ihren Familien zu verbringen. Nur Jacques und zwei weitere Assistenten waren noch da, um ihnen bei der Dokumentation der letzten Funde zu helfen und diese zu verpacken. In einigen Tagen würde auch Ellen in die USA zurückfliegen. Sie würde zwar nur für eine Woche fortbleiben, aber es war diese eine Woche, vor der sich John jedes Jahr am meisten fürchtete. Nicht dass ihm Weihnachten etwas bedeutet hätte, aber es war die Zeit, in der ihn seine Einsamkeit einholte, und er versuchte regelmäßig, sie in Whisky zu ertränken.

»Michael müsste jeden Moment hier sein«, sagte er zu Ellen, und wie aufs Stichwort erschien er.

»Guten Morgen. Ihr seid ja schon so fleißig«, sagte Michael, zog sich einen Stuhl heran und setzte sich zu ihnen. »Habt ihr gehört, dass ausgerechnet der Händler, von dem Frieda Hoffmann gesprochen hat, vor ein paar Tagen überfallen wurde? Ich bin heute Morgen über eine kleine Notiz im Lokalteil der *Jerusalem Post* gestolpert. Man hat ihn offenbar in seinem Büro niedergeschlagen. Aber es sei angeblich nichts gestohlen worden. Hat er jedenfalls der Polizei gesagt. Was haltet ihr davon?«

Ellen drehte sich zu Michael um. »Auch guten Morgen«, sagte sie gut gelaunt. »Du hast recht, das klingt sehr merkwürdig.«

»Das finde ich auch«, pflichtete ihr John bei. »Wer weiß, was da dahintersteckt.«

Michael zog einen der Stühle heran und setzte sich zu den beiden. »Es würde mich jedenfalls nicht wundern, wenn es mit den Schriftrollen zu tun hätte. Allerdings kann der Händler der Polizei ja schlecht sagen, dass sie ihm gestohlen wurden, schließlich würde er dann ja zugeben müssen, dass er sie in seinem Besitz hatte. Und das wiederum würde ein Menge Fragen aufwerfen.«

»Schon«, sagte John, »aber auch wenn wir das vermuten, es hilft uns nicht weiter. Wir tappen nach wie vor im Dunklen.«

Michael sah John an, dessen Blick irgendwo in der Ferne in den Hügeln hinter Jerusalem einen Punkt zum Festhalten gefunden hatte.

»Ich kann mir vorstellen, wie frustriert du sein musst. Aber immerhin haben wir ja noch die dritte Rolle, und du musst bald entscheiden, was damit geschehen soll. Bei Gershom kann sie nicht ewig bleiben.«

»Das stimmt. Ich möchte aber vorher auf jeden Fall noch mit Robert Fresson sprechen. Heute Morgen habe ich versucht, ihn zu erreichen, leider vergeblich. Er ist zurzeit nicht in Jerusalem, wird aber morgen Vormittag zurückerwartet. Würdest du mich zu Robert zu begleiten? Es ist mir sehr wichtig, dass du bei diesem Gespräch dabei bist.«

»Natürlich. Nur denk daran, dass er nicht so gut auf mich zu sprechen ist«, sagte Michael. »Ich fände es auch gut, wenn ihr beide mit mir nach Haifa fahren könntet, um die Schriftrolle zu holen. Ihr solltet Gershom unbedingt kennenlernen.«

»John kann dich begleiten, aber ich bleibe hier. Die Arbeit muss unbedingt weitergehen, denn wir sind eh schon im Rückstand. Bevor wir hier nicht fertig sind, kann ich nicht nach Hause fliegen«, wehrte Ellen ab. »Wie ist das eigentlich, bleibst du über Weihnachten hier?«

»Hm, sieht ganz so aus«, sagte Michael und dachte daran, wie er im letzten Jahr mit Claire über den Weihnachtsmarkt in Princeton geschlendert war, wo es Eggnog und Chocolate Chip Cookies gegeben hatte. Aber das alles war so weit weg.

»Das freut mich«, lächelte Ellen. »Dann muss ich kein schlechtes Gewissen haben, John alleine zurückzulassen, das bekommt ihm nämlich nicht.«

»Was soll denn das heißen?«, brummte John. »Aber ich bin froh, dass du bleibst, Michael.«

»Gut.« Michael stand auf. »Dann werde ich mich heute hier noch ein wenig nützlich machen.« Er ging an den großen Arbeitstisch, wo Jacques ihn freudig begrüßte.

Gerade als John am folgenden Abend in seinen Range Rover steigen wollte, erhielt er einen Anruf von Robert Fresson.

»Man sagte mir, du hättest mich sprechen wollen?«

»Gut, dass du zurückrufst. Ja, das möchte ich in der Tat, beziehungsweise wir ... Michael Torres und ich. Michael ist auch in Jerusalem. Wär doch nett, wenn wir uns mal treffen und uns ein bisschen austauschen. Schon um der alten Zeiten willen«, sagte John. Er hatte nicht die Absicht, Details preiszugeben. »Wann würde es dir denn passen?«

Robert schwieg einen Moment, während John ihn in seinem Kalender blättern hörte.

»Tut mir leid, vor Weihnachten wird das nicht mehr klappen«, sagte Robert. »Ich melde mich Anfang Januar, in Ordnung?«

»Wenn es vorher nicht geht, werden wir uns wohl bis dahin gedulden müssen.«

»Bis dann.« Es klickte, Robert hatte aufgelegt.

›Merkwürdig‹, dachte John. ›Er war gar nicht überrascht, dass Michael hier ist.‹

Er setzte sich in seinen Wagen und suchte im Handschuhfach nach einem Tuch, um seine Brille zu putzen, fand aber nur eine alte Kleenex-Schachtel. Nachdem er seine Gläser angehaucht und mit einem staubigen Papiertuch geputzt hatte, waren sie noch verschmierter als vorher. Er schüttelte den Kopf. Sein Leben war wie ein Blick durch diese Brille, alles war unklar, nichts hatte mehr Konturen. Er war jetzt Ende Vierzig und hatte schon zu viele Jahre hier draußen verbracht. War es wirklich das, was er wollte? Immer noch wollte? Nur unterwegs sein, niemals ankommen? Er ließ den Motor an. Wenn der Fund der Schriftrollen wirklich so bedeutend war, wie es sich abzeichnete, würde er eine Weile pausieren, vielleicht ein Buch schreiben, wieder Vorträge halten, auf jeden Fall zurückkehren in die Zivilisation.

Er setzte zurück aus der Parklücke und fuhr vom Parkplatz hinunter, durch Talpiot auf die Derech Hevron Richtung Jerusalem. Michael hatte sich mit einem Kollegen aus Princeton verabredet, der sich zufällig auch in Jerusalem aufhielt, und Ellen wollte früh ins Bett. Vielleicht sollte er auch mal früher schlafen gehen. Die Aufregungen der letzten Tage hatten ihm zugesetzt, er fühlte sich müde und kraftlos.

›Doch vorher noch einen Absacker‹, dachte er.

In der kleinen Bar gegenüber von seinem Hotel bestellte er sich einen Whisky. Die Beleuchtung war so schwach und er noch so geblendet vom hellen Tageslicht, dass er niemanden erkennen konnte. Schließlich sah er, woher die Jazzklänge kamen: In der hinteren Ecke stand ein Klavier, auf dem ein Pianist ziemlich lustlos herumklimperte. Außer ihm saßen nur zwei weitere Gäste an der Bar. Eine Frau in einem etwas zu engen grünen Kleid, deren fahrige Gesten verrieten, dass sie schon etwas angetrunken war, und ein Mann in einem dunklen, abgetragenen Anzug, der John den Rücken zuwandte und sich ganz auf die Frau zu konzentrieren schien. Die beiden unterhielten sich, nein, sie versuchten miteinander zu flirten.

Die Trostlosigkeit in der Bar erinnerte ihn an das Bild *Nighthawks* von Edward Hopper, eine Szene, in der er nun eine Rolle hatte.

Während er seinen Whisky trank, lauschte er ungeniert der Unterhaltung der beiden, was sie allerdings gar nicht zu bemerken schienen. Der Mann war offenbar Vertreter für ein Pharma-Unternehmen und hatte keinen erfolgreichen Tag hinter sich. Sie war unglücklich, weil sie von ihrem Freund versetzt worden war, und das, wie sie sagte, nicht zum ersten Mal. Während John seinen Whisky trank, konnte er beobachten, wie die beiden sich langsam näherkamen. Und als etwas später der Freund der Frau doch noch auftauchte, ignorierte sie ihn, bezahlte ihre Drinks und bedeutete dem Pharmavertreter, es ihr gleichzutun. Gemeinsam verließen sie die Bar. Der Freund war völlig verblüfft, ging den beiden aber nicht nach, sondern bestellte sich ebenfalls einen Whisky, den er geübt in einem Zug austrank.

John warf ein paar Shekel auf den Tresen und verließ die Bar, überquerte die Straße und ging in sein Hotel. Seine deprimierte Stimmung wurde nicht besser, als er sein Zimmer betrat. Die einzigen persönlichen Gegenstände waren ein alter Reisewecker und das Buch »The Pillars of Hercules« von Paul Theroux auf dem Nachttisch. Obwohl er schon seit drei Monaten hier lebte, gab es in diesem Zimmer nichts, an dem sein Herz hing, nichts, was ihm etwas bedeutete, was ihm auch nur den Hauch eines Gefühls von Zuhause gegeben hätte. Es war ein Platz zum Schlafen, nicht mehr. Nie zuvor war ihm so deutlich, dass er nirgendwo eine Bindung hatte. Er fühlte sich wie ein Astronaut, der verloren im Weltall schwebte.

Wie war es möglich, dass diese Frau in der Bar ohne zu zögern ihr altes Leben hinter sich ließ und sich einem anderen Menschen anschloss? Warum brachte er das nicht fertig? Erst seit Michael gekommen war, hatte er angefangen, seine Lebensweise infrage zu stellen. Nachdem sich Diane damals von ihm getrennt hatte und er sich für das Scheitern ihrer kurzen Ehe verantwortlich fühlte, hatte er nie wieder eine Beziehung angestrebt. Er war überzeugt, dass er nicht dafür geschaffen war. Doch jetzt hatte ihm Michael die Augen geöffnet, ihn auf Ellen, diese wunderbare Frau in seiner unmittelbaren Nähe, aufmerksam gemacht, die er schon gar nicht mehr wahrgenommen hatte. Sein Herz war in einem Käfig aus Selbstvorwürfen und Verzicht gefangen gewesen, in den er es selbst gesperrt hatte.

Er musste sein Verhältnis zu Ellen klären, bevor sie abflog. Am besten sofort. Sie waren nicht nur ein gutes Team, sondern ihm war klar geworden, dass er sie brauchte, mehr noch, dass er sie liebte. Er hatte nur nicht den Mut gehabt, es sich einzugestehen.

Er wählte die Nummer ihres Handys, erreichte aber nur ihre Mailbox. Einen Moment lang dachte er daran, sie in ihrem Hotel zu überraschen, doch dann verwarf er diese Idee und verschob es auf den nächsten Tag.

FLAVIGNY-SUR-OZERAIN

JENNIFER HATTE IN DER vergangenen Nacht kaum geschlafen. Nicht nur machte ihr die ungewohnte Umgebung zu schaffen, sie fühlte sich einfach komplett unwohl. Lag es daran, dass sie die einzige Frau in dieser klösterlichen Männerwelt war und sie niemanden hatte, dem sie vertrauen konnte?

Seit Wochen hatte sie mit Pater Adams Hilfe an der Übersetzung der alten Texte gearbeitet. Obwohl Adam sich ihr gegenüber inzwischen etwas freundlicher gebärdete, spürte sie sein Misstrauen, und ihr war klar, dass das an dem heiklen Inhalt der alten Texte lag. Er schien zutiefst beunruhigt, dass durch Jennifer etwas nach außen dringen und dass die Presse womöglich etwas erfahren könnte. Aber sie sprach ihn nicht darauf an. Sie fragte lieber nach Pater Fernando, den sie seit ihrer Ankunft nicht mehr zu Gesicht bekommen hatte. Adam sagte bloß, dass Fernando nicht weiter an ihrem Projekt beteiligt war, sondern neue Aufgaben übernommen hatte. Jennifer vermutete, dass Pater Adam auch aus diesem Grund etwas entspannter war als zuvor, denn seine Abneigung gegen Fernando war ihr nicht verborgen geblieben.

Jennifer konzentrierte sich völlig auf die Papyri. Sie hatte ein winziges Stück der Schriftrolle in ein Labor des Archäologischen Instituts der Sorbonne nach Paris geschickt, um das Alter zu verifizieren. Wenn sich herausstellen sollte, dass diese Texte von Jesus selbst geschrieben worden waren, und zwar nach der Kreuzigung auf seinen Wanderungen durch Indien, dann würde das die christliche Welt auf den Kopf stellen. Jesus wäre nicht mehr Gottes Sohn, sondern nur ein Mensch, ein besonderer Mensch zwar, ein Heiler und Prediger, aber mehr eben nicht. Und er hätte niemanden von seinen Sünden erlöst. Es gäbe auch keine Sühne und keine Vergebung zu Lebzeiten. Jesus hatte von der Liebe zu unseren Nächsten, von der Liebe zu Gott gepredigt und vom Jüngsten Tag, an dem alle zur Rechenschaft gezogen würden. Alles, was darüber hinausging, hatte man ihm angedichtet. Wenn das jetzt ans Tageslicht käme, noch dazu durch seine eigene Handschrift, könnte den Menschen klar werden, wie überflüssig die Kirche eigentlich war.

›Das werden sie niemals zulassen‹, dachte Jennifer erschrocken, als ihr die Tragweite dieser Erkenntnis bewusst wurde. Man wird die Schriften entweder vernichten oder sie unter Verschluss halten, keiner würde je davon erfahren. Aber sie wusste davon. Was würde mit ihr geschehen? War sie in Gefahr?

Es fiel ihr schwer, sich zu konzentrieren, in ihrem Kopf jagten die Gedanken hin und her. Sie bekam plötzlich panische Angst. Ihr Herz raste, und sie schaute sich nach Pater Adam um, der seelenruhig an seinem Computer arbeitete. Sie musste weg von hier. Sie musste so schnell wie möglich mit ihrer Arbeit fertig werden und ohne weitere Diskussion nach Los Angeles zurückkehren. Weihnachten stand vor der Tür, das war doch eine gute Begründung. Sie wollte nach Hause. Sie schloss die Augen und atmete tief ein. ›Mach dich nicht verrückt‹, sagte sie zu sich selbst und schüttelte den Kopf. ›Man wird mir nichts tun, das würde Robert niemals zulassen.‹ Sie hatte doch gar nichts in der Hand und würde sich nur lächerlich machen, wenn sie etwas darüber veröffentlichen wollte. Eigentlich konnte ihr doch egal sein, was mit den Dokumenten geschah, oder?

Sie stand auf, ging ans Fenster und schaute auf die Dächer der kleinen Stadt, auf deren Firsten hier und da ein paar Tauben friedlich gurrten. Ein kleiner Spaziergang zum Kirchplatz und dort eine Tasse Kaffee trinken, das wäre jetzt das Richtige. Sie zog sich Jeans, einen dicken Pullover und ihre Lammfelljacke an, verließ ihr Zimmer und lief die Treppe hinunter. Unterwegs begegneten ihr einige Seminaristen auf dem Weg zum Unterricht. Sie tuschelten und es schien, als wunderten sie sich, dass diese Frau noch immer im Kloster war.

Die schwere Eichentür fiel hinter ihr zu, und sie atmete tief ein, die frische Morgenluft belebte sie. Sie lief durch die noch stillen Gassen des Ortes, bis sie schließlich vor dem Restaurant *De l'Abbaye* stand.

»Peut-on déjà boire un café?«, fragte Jennifer einen dicken Mann, der gerade einige Stühle und Tische vor das Lokal gestellt hatte, obwohl es recht kühl war. Aber der Himmel war blau, und die Sonne würde bald auf den Platz scheinen.

»Mais oui, Mademoiselle«, antwortete er und verschwand.

Jennifer setzte sich an einen der Tische, zog den Lammfellkragen enger um ihren Hals und schaute sich um. Die engen Gassen mit den hübschen Haustüren waren im Sommer sicher mit Blumenranken und Topfpflanzen geschmückt, jetzt im Winter wirkten sie allerdings eher trist. Und trotzdem wollte sie lieber auf dem Platz in der Sonne sitzen als in der dunklen Gaststube. Der Wirt brachte ihr eine große Schale mit Milchkaffee und ein frisch gebackenes Croissant.

»Merci, c'est très gentil«, sagte Jennifer.

Der Wirt schaute sie an. »Vous-etes Américaine?«, fragte er, und ohne eine Antwort abzuwarten, fuhr er auf Englisch fort. »Ich spreche Ihre Sprache. Als Wirt bleibt mir gar nichts anderes übrig. Wir haben hier viele Touristen, und von denen sprechen die wenigsten Französisch. Machen Sie Urlaub hier?«

Jennifer nahm einen Schluck Kaffee. »So kann man das nicht gerade nennen …«

»Guten Morgen, Dr. Williams. Sie sind offenbar auch ein

Frühaufsteher«, sagte eine angenehme Stimme hinter ihr. Sie drehte sich um und blickte in das lächelnde Gesicht von Bischof Tormentière, doch seine blauen Augen blieben kalt.

»Und Sie offenbar auch«, erwiderte Jennifer.

Er setzte sich auf einen Stuhl neben sie und bestellte ebenfalls einen Kaffee.

»Sie erlauben doch?«

»Natürlich«, sagte sie, bemüht, ihre Verwunderung zu verbergen.

»Wie kommen Sie mit Ihrer Arbeit voran?«

»Es geht so«, antwortete sie vage.

Was wusste er von ihrer Arbeit? Es war doch angeblich ein geheimes Projekt. Hatte Erzbischof Motta ihn eingeweiht? Bestimmt hatte er das. Wollte Tormentière sie jetzt aushorchen? Sie wusste nicht genau, warum, aber sie hatte das Gefühl, mit dem, was sie sagte, vorsichtig sein zu müssen.

Doch er insistierte nicht weiter, sondern wechselte das Thema: »Jetzt lebe ich schon so viele Jahre hier, aber ich liebe es immer noch, am frühen Morgen durch das Dorf zu gehen. Die Stille, bevor der Tag anfängt, hat so etwas Friedliches, so etwas ... Unschuldiges.«

Sie wich seinem Blick aus und schaute sich um. »Ja, das finde ich auch.« ›Vertrauensbildung durch Findung von Gemeinsamkeiten‹, dachte sie. ›Er beherrscht sein Metier.‹

Als könne er ihre Gedanken lesen, fuhr er fort: »Wenn ich es mir recht überlege, dann sind wir wohl Kollegen. Sie lehren doch auch, nicht wahr?«

»Ja«, sagte sie, »an der University of Southern California in Los Angeles.«

»Ist das nicht ein wahrlich erfüllender Beruf, jungen Menschen etwas beizubringen und sie fürs Leben zu prägen?«

»Na ja, wenn sie zu mir kommen, dann sind sie schon ziemlich geprägt, zumindest wissen sie, was sie wollen. Wer alte

Sprachen studiert, tut dies nicht zufällig oder aus einer Laune heraus«, lächelte sie.

»Sie haben recht«, sagte er. »Auch meine Seminaristen sind schon erwachsene Menschen. Aber ich habe früher mit Schülern, die wesentlich jünger waren, gearbeitet, und ich denke sehr gerne an die Zeit zurück. Außerdem muss ich gestehen, dass ich heute kaum noch unterrichte, denn ich bin vornehmlich mit administrativer Arbeit beschäftigt.«

Jennifer trank ihren Kaffee aus, legte zwei Euro auf den Tisch und stand auf. Sie wollte sich lieber nicht auf eine längere Unterhaltung mit Tormentière einlassen.

Doch bevor sie sich verabschieden konnte, fragte Tormentière: »Was ich Sie fragen wollte, werden Sie Weihnachten hier bei uns im Kloster verbringen?«

›Als ob er nicht wüsste, dass man mich nicht weglassen wird‹, dachte sie.

»Ich weiß es noch nicht genau. Ich habe noch nicht mit dem Erzbischof darüber sprechen können. Aber dass ich lieber nach Hause möchte, können Sie sich sicher denken«, sagte sie etwas unwirsch.

»Ich möchte nur, dass Sie wissen, wenn Sie bleiben, sind Sie natürlich herzlich zu unserer Weihnachtsfeier eingeladen«, sagte Tormentière mit sanfter Stimme.

»Danke, nett von Ihnen. Aber jetzt muss ich zurück an die Arbeit«, erwiderte sie. »Ich wünsche Ihnen noch einen schönen Tag. Wir werden uns ja sicher noch sehen.« Jennifer drehte sich um und ging mit schnellen Schritten davon.

»Natürlich, meine Liebe«, nickte Bischof Tormentière. »Ich wünsche Ihnen ebenfalls einen erfolgreichen Tag.«

CASTEL GANDOLFO

IN DEN VERGANGENEN Stunden hatten sich die Ereignisse überstürzt. Es hatte damit begonnen, dass Immaculata, die auf ihrem Bett in einen tiefen, traumlosen Schlaf gefallen war, von einem lauten Stakkatogeräusch geweckt wurde. Es dauerte einen Moment, bevor sie erkannte, was es war. Sie stand auf, ging zum Fenster und sah, wie der Hubschrauber landete. Rote Lichter und gleißende Scheinwerfer beleuchteten den Platz, der vom Dunkel der Nacht umgeben war. Mehrere Gestalten in weißen Kitteln liefen hin und her. Dann wurde eine Bahre herangerollt und in den Hubschrauber geschoben. Die Tür wurde geschlossen, und der Hubschrauber hob wieder ab.

»Oh mein Gott«, stöhnte Immaculata, »es ist so weit.« Sie lehnte sich an die Wand neben dem Fenster, konnte das Schütteln ihres Körpers aber nicht unter Kontrolle bringen. Sie stützte sich erst auf den kleinen Tisch, der neben ihr stand, dann auf den Stuhl und auf den Nachttisch, dann setzte sie sich auf das Bett. Die Scheinwerfer draußen wurden wieder gelöscht, in ihrem Zimmer wurde es wieder dunkel.

Sie wusste nicht, wie lange sie so dagesessen hatte, als es klopfte.

»Immaculata?«, fragte eine leise Stimme. »Bist du wach?«

Sie war unfähig zu antworten.

Es klopfte wieder. »Immaculata? Immaculata, wach auf!«

Die Klinke wurde heruntergedrückt, und Schwester Asunçion erschien. Durch den Türrahmen fiel das Licht der Lampen aus dem Flur direkt auf Immaculata.

»Du bist ja angezogen!«, sagte Asunçion erstaunt. »Warum hast du denn nicht geantwortet?«

»Ich … ich muss vorhin eingeschlafen sein. Es ging mir nicht gut«, sagte sie leise und fror plötzlich. Sie schlang die Arme um ihren Körper. »Was ist denn los?«

»Der Heilige Vater … es geht ihm sehr schlecht … er hatte einen Rückfall. Man weiß nicht, ob er durchkommen wird«, sagte Asunçion aufgeregt. »Er wurde mit einem Hubschrauber abgeholt, und man bringt ihn nach Rom in die Klinik. Hast du das denn nicht gehört?«

»Ich weiß nicht … ich habe schon etwas gehört, aber ich wusste nicht, was es war«, sagte Immaculata mit zittriger Stimme.

Asunçion sah sie zweifelnd an, und Immaculata konnte verstehen, dass sie ihr kaum glauben konnte.

»Ich habe eine Tablette genommen, vielleicht bin ich deshalb nicht wach geworden«, versuchte sie es erneut.

»Gut, aber du sollst herunterkommen. Monsignore Aquato wünscht, mit dir zu sprechen«, sagte Asunçion gleichmütig.

»Jetzt? Mitten in der Nacht?« Immaculata sah auf die Uhr. »Ach, es ist erst elf? Ich dachte, es sei viel später.« Sie schüttelte ungläubig den Kopf. »Ich bin noch ganz durcheinander.« Sie stand auf. »Sag dem Monsignore, ich komme sofort.«

Asunçion knipste die Deckenlampe im Zimmer an und verschwand.

Immaculata kniff wegen der plötzlichen Helligkeit die Augen zusammen und ging zu dem kleinen Waschbecken an der gegenüberliegenden Wand. Sie stützte die Hände auf und sah ihr Gesicht im Spiegel, ihre fahle Haut und ihre tiefen Falten um den Mund, die ihr ein verhärmtes, freudloses Aussehen verliehen. Doch in ihren grauen Augen konnte sie das Aufflackern der Angst erkennen.

Noch gestern war sie sich völlig sicher gewesen, das Richtige zu tun und ihre Aufgabe mit klarem Verstand durchführen zu können. Aber sie hatte nicht damit gerechnet, wie schwer es ihr fallen würde, sich auch der letzten Konsequenz zu stellen. Sie hatte einfach nicht alles bis zum Ende durchdacht, hatte sich immer nur auf den nächsten Schritt konzentriert. Vielleicht, weil sie tief drinnen doch Zweifel gehabt hatte, denen sie aber keinen Raum geben wollte? Was sollte sie nun tun?

Sie wusch sich Gesicht und Hände, trocknete beides sorgfältig ab, strich ihren Habit glatt und verließ ihr Zimmer. Am Fuß der Treppe wartete Asunçion. »Wo bleibst du denn?«

Ohne eine Antwort abzuwarten, drehte sie sich um und ging voraus. Sie kamen in die Bibliothek, wo Monsignore Aquato auf sie wartete.

»Da sind Sie ja«, sagte er matt, aber nicht unfreundlich. »Kommen Sie, setzen Sie sich hier an den Tisch.« Dann wandte er sich an Schwester Asunçion. »Vielen Dank, Schwester, Sie können jetzt gehen.« Asunçion verließ den Raum.

Nachdem Immaculata Platz genommen hatte, schaute er sie einen Moment lang forschend an. »Wir hatten heute Abend einen Notfall. Der Heilige Vater hatte erneut eine schwere Herzattacke und wurde nach Rom in die Klinik geflogen, denn hier konnten wir nichts für ihn tun. Im Moment können wir nur beten, dass er es übersteht.«

»Oh mein Gott«, rief sie aus. »Kann ich irgendwie helfen?« Sie hatte Angst, dass er dem Klang ihrer Stimme entnehmen könnte, wie verlogen diese Worte waren.

Aber Monsignore Aquato schien nichts zu bemerken, er schüttelte nur den Kopf und schwieg eine Weile.

Dann sagte er: »Ich möchte Sie etwas fragen, Immaculata. Es fällt mir nicht leicht, aber ich muss es tun. Mir geht einfach nicht mehr aus dem Kopf, was Sie sagten, als Sie heute Nachmittag den Tee servierten.« Er schaute sie an. »Erinnern Sie sich?«

»Ich weiß nicht …«, flüsterte sie und sagte dann etwas lauter: »Ich weiß nicht, was Sie meinen.«

›Natürlich weiß ich das‹, dachte sie, ›er will wissen, warum ich ihn daran gehindert habe, von dem Tee zu trinken‹, und sie brauchte jetzt ihre ganze Kraft, um sich ihre Angst vor der Entdeckung nicht anmerken zu lassen.

»Sie sagten, Schwester Pasqualina habe Kräuter in den Tee gemischt. Wissen Sie, um welche Kräuter es sich da gehandelt hat?«

»Ach, das … ja. Nein, ich weiß nicht, welche Kräuter das waren. Da müssen Sie sie selber fragen.«

»Ja, das werde ich auch tun, aber ich wollte mich noch einmal vergewissern, ob ich Sie auch richtig verstanden habe. Außerdem möchte ich, dass Sie bei dem Gespräch dabei sind.«

»Gut«, sagte sie. »Wann?«

»Jetzt gleich«, erwiderte der Monsignore.

Im selben Moment klopfte es an die Tür und Schwester Pasqualina trat ein.

»Sie wollten mich sprechen?«, fragte sie.

»Setzen Sie sich zu uns, Schwester. Ich habe ein paar Fragen an Sie.«

Pasqualina schaute irritiert zu Immaculata. Ihre Anwesenheit schien ihr nicht recht zu sein.

Monsignore Aquato, dem ihr Blick nicht entgangen war, versuchte sie zu besänftigen. »Sie beide waren es, die sich um den Tee für den Heiligen Vater gekümmert haben. Deshalb wollte ich mit Ihnen beiden sprechen.«

»Und was soll mit dem Tee sein?«, fragte Pasqualina ungeduldig.

»Das wissen wir noch nicht«, antwortete der Monsignore ruhig. »Aber Dr. Sciafranetto vermutet, dass er etwas enthalten haben könnte, das seiner Heiligkeit geschadet hat.«

JERUSALEM

ALS MICHAEL AM TAG vor Ellens Abreise auf der Grabungsstätte erschien, fand er John unter dem Zeltdach vor, wo er gerade die letzten Keramikfunde sichtete. Er schaute sich um und sah Ellen und Jacques aus der Baracke kommen. Sie winkten ihm kurz zu und gingen zu den gestapelten Kisten, in denen schon viele Fundstücke verpackt waren. John legte das Vergrößerungsglas aus der Hand, nahm den Hut ab und wischte sich den Schweiß von der Stirn. Trotz der Jahreszeit war es unter dem Zeltdach an diesem Tag ziemlich warm geworden.

»Gut, dass du kommst«, sagte John. »Ich will dir schon seit Tagen das Tongefäß mit der Aufschrift zeigen. Bisher hatten wir nur ein Fragment, doch inzwischen haben wir die passenden Scherben gefunden, und Ellen hat es vorige Woche zusammengesetzt. Hier, schau dir das an.«

Die Scherben waren auf ein rundes Gefäß geklebt, das der Form des antiken Kruges entsprach. Jetzt konnte man den fortlaufenden Text wunderbar erkennen. Michael nahm den Tonkrug, dem immer noch einige Teile fehlten, in die Hand und hielt ihn ins Licht. Die aramäische Aufschrift war teilweise ausgeblichen, aber dennoch war der Text auf den Bruchstücken zu lesen. Er begann zu übersetzen:

... Vermächtnis des Meisters
... Kreuzigung
... Sindh
... dort lebenden Brüdern
... Botschaft des Herrn
... Thomas, sein treuer Gefährte

»Das ist ja großartig!«, sagte Michael. »Hier haben wir endlich einen konkreten Hinweis auf Thomas als Autor der Schriftrollen.«

»Einen Hinweis ja, aber keinen Beweis.« John seufzte. »Du kennst doch die Kollegen. Man wird sagen, ich war allein, als ich die Schriftrollen gefunden habe, ich hätte die Fundstelle ja auch manipuliert haben können. Mit anderen Worten, die Schriftrollen müssen nicht zwangsläufig aus demselben Tongefäß stammen.«

»Da hast du schon recht, aber im Moment ist es erst einmal nur für uns wichtig.«

Michael legte John ermutigend die Hand auf die Schulter.

»Ich bin sehr gespannt, ob wir ein Stück weiterkommen werden, wenn wir endlich mit Robert gesprochen haben.«

»Ich auch. Wir sollten versuchen, so viel wie möglich zu erfahren, und dabei so wenig wie nötig von dem preisgeben, was wir wissen.«

John nickte, aber er sagte Michael nicht, dass Robert wahrscheinlich schon viel zu viel wusste, und zwar von ihm selbst, seit dem unbedachten Moment in der Bar des *American Colony*. Doch er war nicht in der Stimmung, sich Michaels unvermeidlichen Kommentaren über seinen Alkoholkonsum zu stellen.

»Das wird nicht einfach werden. Wir wissen, Robert Fresson ist ein Fuchs«, fuhr Michael fort.

»Stimmt, er spielt immer mit verdeckten Karten«, sagte John. »Als ich ihm sagte, dass du hier in Jerusalem bist, war er nicht im Mindesten überrascht. Er wusste es offenbar schon. Außerdem hatte ich so ein Gefühl, als ob er auf meinen Anruf gewartet hat.«

»Wundern würde es mich nicht. Die Kirche hat große Ohren.«

»Sollte er wirklich im Besitz der beiden anderen Schriftrollen sein, hat er bestimmt einen Plan. Vielleicht sollten wir erst mal hören, was für einen Vorschlag er uns macht.«

Am späten Nachmittag parkten sie den Range Rover in der Nablus Road. Das schmiedeeiserne Tor der École Biblique öffnete sich sofort nachdem sie geläutet hatten. In der mit Büschen und Blumen bepflanzten Einfahrt erkannten sie im Hintergrund die byzantinische Basilika St. Etienne, in der sich die Gebeine des heiligen Stephan, des ersten christlichen Märtyrers, befinden sollen. Im kühlen, von einem Kreuzgang umgebenen Innenhof des Instituts kam ihnen ein Dominikanermönch entgegen und begrüßte sie.

»Sie möchten zu Robert Fresson?«, fragte er freundlich, und ohne ihre Antwort abzuwarten, fuhr er fort: »Ich darf Sie zu ihm führen?«

Er geleitete sie durch einen weiteren Innenhof, vorbei an der Photothek, entlang der Außenmauer der Basilika und schließlich durch den Park zum Hintereingang des Hauptgebäudes mit dem eckigen Turm, wo sich offenbar Roberts Büro befand. Sie traten in einen Raum mit hohen Fenstern, durch die man auf die Nablus Road blickte. John entdeckte seinen staubigen Range Rover, den er dort geparkt hatte.

Robert saß an einem Tisch aus hellem Holz. Die wenigen Möbel in diesem Raum waren funktional, aber ohne Stil. Er stand auf, um sie zu begrüßen. Als sie bemerkten, dass er noch immer schwarze Lederhandschuhe trug, wussten beide sofort, dass er es vermeiden würde, Ihnen die Hand zu geben. Sein blasses Gesicht hatte scharfe Züge bekommen, seine einst vollen dunklen Haare waren mittlerweile schütter und anthrazitfarben.

»Setzt euch bitte«, sagte er und wies auf die Stühle, die um den Tisch standen. »Kann ich euch etwas anbieten? Orangensaft vielleicht?«

»Gern«, sagte John und an Michael gewandt: »Du doch auch, oder?«

»Ja, bitte.«

»Würdest du uns bitte zwei Säfte und ein Wasser bringen?«, bat Robert den Dominikanermönch. Der nickte und entfernte sich.

Es entstand eine kleine Pause. Robert verschränkte die Arme, lehnte sich in seinem Sessel zurück, blickte John auffordernd an und fragte schließlich: »Also, worum geht's? Was kann ich für dich tun?«

»Nichts weiter. Wir dachten nur, es wäre doch schön, sich nach so langer Zeit mal wiederzusehen, wo wir uns doch gerade alle drei in Jerusalem aufhalten. Nur schade, dass Jennifer nicht auch hier ist.«

»Ja, schade«, nickte Robert. »Aber es wäre sicher besser, wir treffen uns mal abends und nicht gerade hier. Oder wollt ihr etwas Bestimmtes sehen oder wissen, was unsere Ausgrabungen betrifft?«

John sah ein, dass es keinen Sinn hatte, Robert etwas vorzumachen, und beschloss, ohne langes Herumreden die Karten auf den Tisch zu legen.

»Als wir uns zuletzt sahen, habe ich dir doch von einem Fund erzählt, den wir gemacht haben. Kannst du dich erinnern?«

Robert nickte. »Und?«

»Es handelt sich dabei um drei Schriftrollen.« Er machte eine Pause. »Deren Texte, soweit wir das bis jetzt beurteilen können, haben eine gewisse Brisanz.«

»Hättest du die Schriftrollen nicht der Antikenbehörde übergeben müssen?«, fragte Robert in einem schulmeisterlichen Ton, der Michael sofort ärgerte.

»Meldest du immer alles sofort der Antikenbehörde?«, warf er ein.

Doch Robert würdigte ihn keines Blickes und fuhr an John gewandt fort: »Du weißt, dass du richtigen Ärger bekommen kannst.«

›Es hat sich nichts geändert‹, dachte Michael. ›Er hat immer noch diese überhebliche Art, und mich kann er nicht ausstehen.‹ Deshalb beschloss er, sich zurückzuhalten und John die weitere Führung des Gesprächs zu überlassen.

»Ich weiß, ja. Aber das ist hier nicht das Thema. Es gab da einen Zwischenfall. Zwei der Schriftrollen wurden mir gestohlen, und nur eine ist noch in meinem Besitz.«

Es klopfte an der Tür. Der Dominikanermönch kam herein und stellte drei Gläser frisch gepressten Orangesaft in einem Krug und eine Flasche Wasser auf den Tisch.

»Danke, wir bedienen uns selbst«, sagte Robert, und der Mönch verschwand wieder. Dann fuhr er an John gewandt fort: »Und was genau ist nun das Thema? Bei einem Diebstahl kann ich dir sicher nicht weiterhelfen, da solltest du dich besser an die Polizei wenden. Aber das ist natürlich nicht ganz einfach, da du den Fund ja nicht gemeldet hast«, sagte Robert süffisant.

»Da hast du recht. Und die Rollen sind uns tatsächlich gestohlen worden. Aber eigentlich interessiert mich, was nach dem Diebstahl mit den Rollen geschah.« John räusperte sich. »Wir haben ein bisschen recherchiert, und uns wurde die Vermutung nahegebracht, dass sich diese Schriften jetzt hier in der École Biblique befinden … dass du sie dem Dieb abgekauft haben könntest.«

»Wer vermutet denn so was?« Robert schüttelte ironisch lächelnd den Kopf. »Die Kirche kauft natürlich gerne alle bibelrelevanten Funde auf, die ihr angeboten werden, besonders Schriften. Dafür haben wir eine besondere Vereinbarung mit der Antikenbehörde, die noch auf Robert de Vaux, den Gründer des Instituts, zurückgeht.«

Er lehnte sich vor, stützte sich mit den Unterarmen auf den Tisch und schaute die beiden an. »Aber wir machen keine Geschäfte mit Dieben.« Um seiner Aussage Geltung zu verschaffen, machte er eine Pause. »Orangensaft? Die Früchte stammen aus unserem Garten.« Als John und Michael nickten, füllte er die Gläser mit dem goldgelben Saft und sagte: »Andererseits können wir natürlich nicht immer wissen, woher der Verkäufer seine Ware hat.«

»Ich wollte nicht unterstellen, dass du wissentlich Hehlerware kaufst. Meine Frage ist: Hat man dir in den vergangenen Wochen Papyri angeboten? Und wenn ja, hast du sie gekauft?« Keine Reaktion. »Und wenn ja, würdest du sie mir zur Prüfung überlassen? Es könnte sich ja durchaus um meine Schriftrollen handeln.« Wieder wartete er auf eine Antwort von Robert, aber da kam nichts. »Ich habe Michael gebeten, sie zu übersetzen, und er ist aus diesem Grund aus den USA hergekommen.«

»Gegen eine Zusammenarbeit mit dir habe ich prinzipiell nichts einzuwenden. Aber um eventuelle Schriften zu prüfen, brauchen wir Michael nicht, wir haben unsere eigenen Experten«, sagte Robert schmallippig.

»Eines möchte ich von vornherein klarstellen: Ohne Michael geschieht gar nichts«, sagte John scharf. »Aber kann ich aus deiner Antwort schließen, dass du die Schriftrollen hast?« Er hatte nicht damit gerechnet, dass Robert so schnell Farbe bekennen würde.

»Das habe ich nicht gesagt, und genau genommen habe ich sie auch nicht … nicht mehr.« Robert atmete hörbar ein. »Vor einigen Tagen hat mir tatsächlich einer unserer Händler, der aus meiner Sicht absolut vertrauenswürdig ist, zwei Papyri angeboten, die ich gekauft habe, weil sie mir sehr interessant erschienen.«

»Und du hast sie nicht mehr? Was ist denn damit geschehen?«, wollte John wissen.

»Wir haben Vorschriften. Für einen Fund wie diesen gibt es ein gewisses Procedere, das eingehalten werden muss. Ich habe die Papyri gerade der Päpstlichen Kommission für Christliche Archäologie übergeben und bin gestern erst aus Rom zurückgekommen.«

Als John ratlos zu Michael schaute und fragte: »Und was machen wir jetzt?«, reagierte ausgerechnet Michael zu seiner Verblüffung so, wie Robert es sich besser nicht hätte wünschen können.

»Gibt es denn noch eine Möglichkeit für uns, die Schriften einzusehen? John könnte euch dann im Gegenzug auch seine Schriftrolle zur Begutachtung zur Verfügung stellen.«

Robert schwieg einen Moment, um den Eindruck zu erwecken, er müsse darüber nachdenken.

»Das klingt nach einer vernünftigen Lösung. Lasst mich das mit meinem Vorgesetzten im Vatikan besprechen«, sagte er freundlich, »aber ich muss euch gleich sagen, ich weiß nicht, wann ich einen Termin bekomme. Das kann sich wegen der Weihnachtsfeiertage durchaus noch einige Zeit hinziehen.«

ROM

ES WAR ANFANG FEBRUAR und es regnete, als Robert Fresson vor dem Gästehaus des Vatikans, dem Domo Santa Martha, aus dem Taxi stieg. Er nahm seine Reisetasche und ging durch die hohe dunkle Holztür mit den schmalen Glasfenstern. Die Lobby war ganz in Weiß, der Farbe der Reinheit, gehalten – weißer Marmorboden mit einem schmalen schwarzen Rahmen, weiße Säulen, weiße Wände. Durch das Oberlicht aus Milchglas, das ihn an die Glaskuppel des großbürgerlichen Jugendstilhauses erinnerte, in dem er als Kind in Paris gelebt hatte, fiel helles Tageslicht. Er ging geradeaus zur Rezeption, wo er auf eine Gruppe junger Priester traf, die sich aufgeregt unterhielten. Er verstand nicht, was sie sagten, denn sie kamen offenbar aus einem fernöstlichen Land. Es dauerte eine Weile, bis er seinen Zimmerschlüssel bekam und sich mit dem Fahrstuhl in den dritten Stock begeben konnte. Nachdem er sich frisch gemacht hatte, rief er den Kardinal an, der ziemlich kurz angebunden war. Ohne weitere Worte zu wechseln, verabredeten sie sich in einem Restaurant in der Innenstadt.

»Es tut mir leid, dass es solche Verzögerungen gegeben hat. Ich hoffe, Sie konnten Torres und McKenzie bei der Stange halten und sie davon überzeugen, dass wir es trotzdem ernst meinen mit unserer Zusammenarbeit«, sagte der Kardinal, noch bevor sich Robert an den abseits gelegenen Tisch setzen konnte.

»Begeistert waren sie nicht, dass ich den Termin immer wieder verschieben musste«, sagt er, nachdem er seinen Mantel ausgezogen und über einen freien Stuhl gelegt hatte, »aber es war ja von Anfang an klar gewesen, dass nur Sie die Entscheidung darüber treffen würden, und Sie waren eben leider sehr beschäftigt. McKenzie musste sich inzwischen wieder um seine Grabung kümmern, aber Torres will wieder zurück in die USA. Ich musste ihn von Woche zu Woche vertrösten. Er ist ziemlich verärgert.«

»Na ja, die beiden werden sich schon wieder beruhigen, wenn Sie jetzt mit der guten Nachricht kommen.« Der Kardinal zögerte einen Moment. »Ich vermute, Sie haben die Neuigkeiten gehört?«

»Was für Neuigkeiten? Ich habe nichts gehört.«

»Der Papst hat heute Mittag seinen Rücktritt angekündigt.«

Robert schaute den Kardinal fassungslos an. Einen so ungewöhnlichen Schritt hatte es seit vielen Jahrhunderten nicht gegeben.

»Wie ist das möglich? So plötzlich?«

»Nun, mein Lieber, nicht *so* plötzlich. Wie Sie wissen, haben wir schon seit Längerem beobachtet, dass der Heilige Vater die Aufgaben, die mit seinem schweren Amt einhergehen, nicht mehr richtig erfüllen kann. Und wie oft haben wir versucht, mit ihm zu verhandeln«, sagte der Kardinal mit einem bedauernden Tonfall. Doch dann fuhr er fast ärgerlich fort: »Nie konnte er sich zu den richtigen Entscheidungen durchringen. Immer wieder hat er sich von den radikalen Strömungen in der Kirche beeinflussen lassen. Er hatte weder die Stärke noch die Kompetenz, sich zu wiederzusetzen, geschweige denn die Kirche in eine Zukunft zu führen, in der sie wieder die Stellung einnehmen würde, die ihr gebührt.« Er schwieg einen Moment. »Erinnern Sie sich, damals, kurz nach seiner Wahl, hatte er sich noch zu Annäherungsgesprächen bereit erklärt, doch nach dem ersten Treffen hat er uns ein ganzes Jahr warten lassen. Wir haben den Papst immer wieder beschworen, die Ziele der Bruderschaft als die wahren Ziele der Kirche anzuerkennen und ihnen letztendlich zu folgen. Vergeblich. Uns blieb keine Wahl, wir mussten deutlicher werden, und mit Gottes Hilfe hat der Heilige Vater schließlich ein Einsehen gehabt.« Jetzt schaute Montillac Robert selbstzufrieden an. »Wie dem auch sei, wir sind sehr froh über seine Entscheidung.«

Die Worte des Kardinals verwirrten Robert nicht nur, sie verwunderten ihn auch.

»Wollen Sie damit sagen, *Sie* haben für seinen Rücktritt gesorgt?«

Das war unbedacht. Robert wusste sofort, dass er die Frage nie so hätte stellen dürfen.

Der Kardinal kniff die Augen zusammen und sagte: »Ich dachte, ich hätte Ihnen gerade klargemacht, dass Gott der Allmächtige dem Heiligen Vater zur Einsicht verholfen hat. Und auch wenn das ganz und gar in unserem Sinn ist, so beweist das nur, dass sich die Bruderschaft im Einklang mit dem Herrn befindet.« Er kräuselte die Lippen. »Sind Sie nun einer von uns, Robert, oder nicht?«

»Das bin ich. Das bin ich wirklich«, versicherte Robert dem Kardinal. »Ich bin nur so überrascht. Was wird denn nun geschehen?«

»Wir müssen handeln, und zwar sofort. Jetzt haben wir die Gelegenheit, die Geschicke der Kirche in unserem Sinne zu lenken. Das heißt, der neue Papst muss einer der unseren sein.«

Robert war klar, dass der Einzige, den der Kardinal für fähig hielt, dieses Amt ausüben zu können, nur er selbst war. »Sie, Eminenz, Sie sind der Einzige, der diese Aufgabe übernehmen kann«, beeilte er sich daher zu sagen, um seinen Fauxpas von eben wieder wettzumachen.

Der Kardinal lächelte wieder selbstgefällig. »Da mögen Sie recht haben, mein Sohn. Aber niemand soll mir persönliches Machtstreben vorwerfen können. Ich habe nicht die Absicht, mich wählen zu lassen, ich bleibe lieber im Hintergrund. Offen gesagt betrachte ich die Rolle des Papstes als die einer Galionsfigur, als jemanden, der nach außen hin die Kirche repräsentiert. Ich habe da jemanden im Auge, der dem Amt des Heiligen Vaters würdig ist und der vor allem unsere Sache kompromisslos vertritt. Aber nun lassen Sie uns etwas bestellen. Schauen Sie mal in die Karte, die Pastagerichte sind einfach köstlich hier.«

Als der Kellner kam, bestellte der Kardinal für beide mit Ricotta gefüllte Ravioli in Salbeibutter und anschließend Manzo brasato, dazu eine Flasche Brunello di Montalcino des hervorragenden Jahrgangs 1997. Robert bemerkte anerkennend, dass Montillac offenbar ein Weinkenner sei, was wiederum dem Kardinal sehr schmeichelte, und er meinte, dass ihm als Südfranzose das Weinverständnis ja geradezu mit in die Wiege gelegt worden sei.

Nachdem die Ravioli serviert worden waren, kam er wieder auf ihr eigentliches Gesprächsthema zurück. »Die Schriftrollen werden uns helfen, die Kirche wieder auf den richtigen Weg zu führen, Robert. Es ist mir gleich, wie Sie das anstellen, aber wir müssen dringend auch die dritte Schriftrolle bekommen. Nur alle drei sind der Schlüssel zum Pontifikalamt. Eines ist Ihnen doch sicher klar: Wenn diese Schriften jemals veröffentlicht werden, wird es einen unglaublichen Aufruhr in der christlichen Glaubenswelt geben. Vermutlich würde sich die Kirche nie wieder davon erholen. Das müssen wir auf jeden Fall verhindern, und dazu ist jedes Mittel erlaubt.«

Er trank einen Schluck Wein und widmete sich wieder seinen Ravioli. »Unserer Sache aber können die Schriften sehr nützlich sein, gerade weil sie eine so große Gefahr für die Kirche darstellen. Wer sie im Besitz hat, kann Forderungen stellen, und genau das werden wir tun. Wir werden fordern, dass das Konklave denjenigen zum Papst wählt, den ich vorschlage.

Schon aus Furcht vor dem Untergang wird das Konklave meinen Kandidaten wählen. Schließlich bin ich derjenige, der die Geschicke der Kirche in den Händen hält. Ich bin der Einzige, der die Katastrophe verhindern kann.«

Was für ein teuflisch genialer Plan, dachte Robert, aber er hütete sich, das laut auszusprechen. Ihm war klar, dass die Bruderschaft, deren heimliches Oberhaupt der Kardinal war, die Macht hatte, alles durchzusetzen, was ihr beliebte, solange sie die Schriftrollen besaß. Niemals würde ein Mensch etwas davon erfahren, denn die Kardinäle der Kurie würden, wie es üblich war, kein Wort darüber nach außen dringen lassen.

Wen Montillac für den Heiligen Stuhl im Auge hatte, war Robert auch klar. Es konnte niemand anderer sein als der handsame Erzbischof Motta. Montillac würde der Puppenspieler sein und Motta seine Marionette.

»Mein lieber Robert, lassen Sie mich Ihnen noch einmal für Ihren Einsatz danken«, der Kardinal legte ihm seine Hand auf den Arm. »Sie haben uns nicht nur viel Geld gespart, sondern uns auch einen unschätzbaren Dienst erwiesen. Dafür werden Sie belohnt werden, das verspreche ich Ihnen.«

Robert räusperte sich verlegen.

»Wir werden McKenzie und Torres jetzt nach Flavigny einladen müssen, davon wissen die beiden aber noch nichts. Sie glauben, die Schriftrollen befänden sich in Rom. Aber wenn ich ihnen sage, dass Jennifer Williams schon im Kloster der Confrérie du St. Paul ist, werden sie unserer Einladung mit Sicherheit folgen«, sagte Robert.

»Ja, es war sehr weitsichtig von Ihnen, Professor Williams für die Übersetzung zu gewinnen.« Der Kardinal schaute Robert wohlwollend an.

»Es war wohl mehr höhere Eingebung«, sagt Robert leise.

»Waren Sie schon einmal in unserem Seminar in Flavigny?« Robert schüttelt den Kopf. »Bisher nicht.«

»Dann ist das doch eine gute Gelegenheit, es kennenzulernen. Sie sollten gemeinsam mit Professor Williams und den beiden Wissenschaftlern an den Schriftrollen arbeiten.«

»Gerne. Beide werden mit Sicherheit zustimmen. Die Frage ist jedoch, ob es überhaupt notwendig ist, dass Torres mitkommt? Wir haben doch Jennifer Williams für die Auswertung der Schriften.«

Kardinal Montillac schaute ihn prüfend an. Es war offensichtlich, dass Robert nicht an der Mitarbeit von Michael Torres interessiert war. Aber darauf konnte er keine Rücksicht nehmen.

»Denken Sie nach, junger Freund. Es ist notwendig«, sagte er.

»Ja natürlich, er ist Mitwisser, aber ohne Beweise wird er kaum etwas unternehmen können.«

»Beweise werden wir ihm sicher nicht überlassen. Und wenn er oder einer der anderen beiden tatsächlich so unvernünftig sein sollte, sich an die Öffentlichkeit wenden zu wollen, dann gibt es Mittel und Wege, das zu verhindern. Trotzdem, im Moment möchte ich lieber alles unter Kontrolle haben.«

Daran hatte Robert keinen Zweifel.

ALBANO LAZIALE

ERZBISCHOF MOTTA ZOG seinen Mantel an, um auf einen seiner nachmittäglichen Spaziergänge zu gehen. Endlich hatte es aufgehört zu regnen, die Sonne kam wieder hervor. Er war guter Dinge, alles hatte sich bisher so entwickelt, wie sie es geplant hatten. Am Tag zuvor hatte der Papst seinen Rücktritt bekannt gegeben. Nun musste er sich über seine nächsten Schritte Gedanken machen.

Gerade als er das Seminar verlassen wollte, rief ihm ein junger Priester nach.

»Warten Sie bitte, Exzellenz, hier ist ein dringendes Telefonat für Sie!« Motta ging zu ihm und nahm den ihm gereichten Hörer. Sollte das schon Montillac sein?

»Ja, bitte?«, meldete er sich.

»Spreche ich mit Erzbischof Motta?«, flüsterte eine aufgeregte Stimme. Er wusste nicht sofort, wer es war. »Ja«, sagte er deshalb zögernd.

»Hier ist Schwester Immaculata, Eure Exzellenz. Ich muss Sie dringend sprechen.« Es klang gepresst.

Was wollte sie? Dass die Frau plötzlich Gewissensbisse bekam, war das Letzte, was jetzt passieren durfte. Er gab seiner Stimme einen beruhigenden Ton. »Was ist denn passiert, meine Liebe?«

»Ich muss mit Ihnen sprechen!«

»Aber warum denn? Es gibt doch gar nichts mehr zu besprechen. Es ist doch alles zu unserer Zufriedenheit gelaufen. Und es ist sicher besser, wenn wir keinen weiteren Kontakt haben. Warum besprechen Sie nicht alles Weitere mit Ihrem Cousin.«

»Nein, ich muss mit *Ihnen* sprechen!«, insistierte sie und klang ein wenig hysterisch.

»Das wird aber nicht mehr möglich sein, ich verlasse Albano Laziale morgen früh«, sagte er abweisend.

»Dann komme ich heute noch zu Ihnen.« Es klickte. Sie hatte das Gespräch beendet.

Motta war verärgert. Was wollte sie von ihm? Hatte sie den Verstand verloren? Sie hatte ihre Aufgabe erfüllt! Eine Aufgabe, von der er dachte, dass sie stolz darauf gewesen sei. Den Eindruck hatte er jedenfalls gehabt. Er ging mit festen Schritten hinaus in die kühle Luft und schlug den Weg zum See ein.

Als er eine Stunde später zurückkam, wartete sie schon in der Eingangshalle auf ihn und kam sofort auf ihn zu, sobald sie ihn erblickte.

»Nicht hier!«, sagte er scharf, bevor sie den Mund aufmachen konnte. »Kommen Sie mit.«

Er ging voraus in den kleinen Park hinter dem Seminargebäude.

»Also, was ist denn so dringend?«

Sie presste die Lippen aufeinander und verschränkte die Hände, sodass die Knöchel weiß hervortraten. »Monsignore Aquato ist seit gestern wieder aus Rom zurück. Aber bevor er nach Rom gefahren ist ... also kurz vor Weihnachten ... hat er mich noch ausgefragt. Ich ... ich befürchte ... dass Monsignore Aquato ... Verdacht geschöpft hat«, sagte sie in abgehackten Worten.

Motta antwortete nicht sofort, sondern schaute sie zweifelnd an. »Und wie kommen Sie darauf?«

Sie senkte den Kopf. »Er wollte alles über den Tee wissen, den ich dem Heiligen Vater gebracht habe. Und ich habe ihm gesagt, dass ...«, sie atmete keuchend, »dass dem Tee Kräuter beigemischt waren.«

Motta blieb stehen. »Sie haben was?«, fragte er fassungslos, und das Blut wich aus seinem Gesicht. »Was ist denn in Sie gefahren? Und was haben Sie ihm noch alles gesagt? Weiß er …«

»Nein, nein, Sie missverstehen mich! Schwester Pasqualina, die den Tee zubereitet hatte, hat tatsächlich Kräuter hineingetan, und ich dachte, wenn ich ihm das sage, würde das den Verdacht von mir ablenken.«

»Ja, und? Dann gibt es doch kein Problem.«

»Doch, denn Monsignore hat angeordnet, dass der Tee untersucht wird. Und dann … dann … hat man das Gift darin gefunden …«

›Also sind die Untersuchungen gründlich gemacht worden‹, dachte Motta. »Aber man wird doch nicht Sie verdächtigen«, sagte er laut. »Sie haben den Tee doch nur serviert und nicht zubereitet.«

»Aber ich hatte doch auch Gelegenheit, etwas in den Tee zu tun«, sie klang verzweifelt.

»Sie müssen sich jetzt nur zusammennehmen und die Ruhe bewahren. Das ist alles. Das werden Sie doch können, oder?«, fragte Motta jetzt wieder freundlicher und legte ihr die Hand auf die Schulter.

Sie nickte. »Aber ich habe Angst«, flüsterte sie.

»Sie brauchen keine Angst zu haben. Sie haben das Richtige getan«, versuchte er sie zu beschwichtigen. Dann nahm er ihren Arm. »Kommen Sie, gehen wir in die Kapelle und beten wir gemeinsam. Wir bitten den Herrn Jesus Christus, Ihnen Kraft zu geben, um standhaft zu bleiben, denn er ist auf *unserer* Seite.«

Etwa eine Stunde später, nachdem Schwester Immaculata einigermaßen beruhigt wieder nach Castel Gandolfo gefahren war, telefonierte Motta mit Bischof Tormentière.

»Wir haben hier ein Problem«, sagte er ohne Umschweife.

»Ich höre«, antwortete Tormentière.

»Ich möchte am Telefon nicht näher darauf eingehen«, sagte

Motta. Er wusste, dass Tormentière nicht nachfragen, sondern akzeptieren würde, um was er ihn bat. »Ich brauche Pater Fernando hier, und zwar so schnell wie möglich. Und wegen der neuen Situation werde ich erst in einigen Tagen wieder in Flavigny sein können.«

»Gut«, sagte Tormentière, »Pater Fernando wird sich sofort auf den Weg machen. Ich werde Sie noch wissen lassen, wann genau er in Rom ankommt.«

»Danke«, sagte Motta und legte auf.

JERUSALEM

»GUTEN MORGEN ALLERSEITS. Habt ihr es schon gehört? Der Papst ist zurückgetreten!«, sagte Michael, als er John und Ellen mit einigen ihrer Studenten unter dem Zeltdach vorfand.

Für einen kurzen Augenblick verharrten alle in ihren Bewegungen, und es sah aus, als wäre ein Film stehen geblieben. Entgeistert starrten sie Michael an.

»Was?«, fragte John, als ob er ihn nicht richtig verstanden hätte.

»Wann denn?« – »Wieso?« – »Gibt es eine Begründung?«, setzten die anderen nach.

»Ich habe es gerade erst im Radio gehört«, sagte Michael. »Es hieß, aus gesundheitlichen Gründen könne er die ihm gestellten Aufgaben nicht mehr wahrnehmen.«

»Aber mir kam er eigentlich immer ganz rüstig vor«, sagte John und nahm Michael beiseite, damit ihn die anderen nicht hörten. »Meinst du, das wird unsere Sache noch mehr verzögern?«

»Das glaube ich nicht. Es wird eher das Gegenteil der Fall sein. Die wollen doch sicher so bald wie möglich wissen, was in den Texten steht. Ich wette, Robert wird sich sehr bald melden.«

Und so war es. Schon am folgenden Tag rief Robert bei John an. »Es tut mir leid, dass es so lange gedauert hat, aber wegen des schlechten Gesundheitszustandes des Papstes gab es in Rom einfach wichtigere Dinge zu tun. Ich gehe davon aus, das ihr vom Rücktritt des Papstes gehört habt.«

»Allerdings«, sagte John. »Und was passiert nun?«

»Wir sollten uns so schnell wie möglich treffen. Geht es heute noch?«

»Wann?«

»Gegen 17 Uhr? Ich erwarte euch hier in meinem Büro.«

Als sie in der École Biblique ankamen, standen auf dem Tisch in Roberts Büro schon Wasser und Orangensaft bereit. Ohne Umschweife sagte Robert: »Bitte nehmt Platz. Ihr habt sicher die Nachrichten aus Rom gehört? Der Papst ist zurückgetreten. Für uns bedeutet das, dass wir schnell handeln müssen. Wie ich ja schon sagte, haben wir bereits einen Wissenschaftler engagiert, der sich allerdings mit einem anderen Fund beschäftigt. Also, ab wann seid ihr verfügbar?«

Michael runzelte die Stirn. Was für ein anderer Fund? Aber das würden sie sicher bald herausfinden. Er dachte daran, dass er vorher noch nach Haifa fahren musste, um die Schriftrolle zu holen, aber er sagte nichts, sondern überließ John die Antwort.

»In zwei Tagen, denke ich«, sagte John nach kurzem Überlegen.

»Gut, dann kann ich dem Kardinal mitteilen, dass ihr übermorgen fliegt?«, fragte Robert. Und als beide nickten, stand er auf und verließ den Raum, um ungestört zu telefonieren.

»Die haben es tatsächlich eilig«, flüsterte John.

Robert erreichte den Kardinal sofort und berichtete ihm vom Verlauf des Gesprächs. Er regte nochmals an, auf Michaels Teilnahme zu verzichten. »Eminenz, eigentlich brauchen wir ihn nicht, Jennifer Williams ist ebenfalls Expertin für alte Sprachen …«

»Die Frage ist bereits geklärt, Robert. Ich möchte alle Beteiligten unter Kontrolle haben. Außerdem eilt die Angelegenheit. Wir brauchen sie dort. Noch mal möchte ich das nicht wiederholen müssen«, unterbrach ihn der Kardinal ungeduldig, und Robert war klar, dass er sich dieser Anordnung nicht länger widersetzen konnte.

Zehn Minuten später war er zurück in seinem Büro.

»Der Leiter der Päpstlichen Kommission für Christliche Archäologie erwartet euch also in zwei Tagen«, sagte er etwas gestelzt und machte eine kleine Pause. »Allerdings sind die Dokumente schon in Frankreich. In Flavigny-sur-Ozerain. Im dortigen Klosterseminar haben wir alle Voraussetzungen und alle notwendigen Geräte für die wissenschaftliche Arbeit an alten Dokumenten.«

»Wieso denn das? Ich dachte, wir sollten nach Rom kommen?«, wunderte sich John.

»Wir haben die Schriftrollen aus Sicherheitsgründen nach Flavigny geschickt. Wenn der Inhalt der alten Texte wirklich so bedeutsam ist, wie wir befürchten, dann sind sie auch in Rom nicht unbedingt sicher. In wenigen Wochen wird ein neuer Papst gewählt, und in diesen turbulenten Zeiten ist es von großer Bedeutung, dass der richtige Mann auf den Heiligen Stuhl kommt. Kardinal Montillac befürchtet, dass die Texte im Vatikan eventuell in falsche Hände geraten könnten und man sie benutzen würde, um bestimmte Interessen durchzusetzen.«

Robert wusste, dass er sich mit dieser Äußerung auf einer Gratwanderung befand, aber er hoffte, durch seine Offenheit das Einsehen und Vertrauen der beiden Freunde zu gewinnen.

»Also finden bei euch die gleichen Ränkespiele statt wie in der Weltpolitik?«, bemerkte Michael leicht amüsiert. Robert reagierte nicht auf diesen Einwurf.

»Und wie gesagt, wir haben schon einen Experten, der in Flavigny auf die Schriften wartet. Ihr müsstet zusammenarbeiten«, sagte er stattdessen.

»Kenne ich ihn?«, fragte Michael. »Ich stehe mit den meisten meiner Kollegen in regem Austausch.«

Wieder reagierte Robert nicht auf Michaels Frage. »Es wäre gut, wenn ihr euch so bald wie möglich auf den Weg machen könntet. Kardinal Montillac wünscht, dass ihr euch sofort an die Arbeit macht. Wir müssen jetzt schnell handeln.«

Er machte eine kleine Pause. Sollte er ihnen sagen, dass Jennifer in Flavigny war? Warum eigentlich? Sie hatten schon zugestimmt, es war also gar nicht mehr nötig, Jennifer als Lockvogel zu erwähnen. Die persönlichen Gefühle der beiden und deren eventuelle Vorfreude, Jennifer wiederzusehen, interessierten ihn nicht. »Der Kirche stehen unruhige Zeiten bevor, und wir müssen uns wappnen. Das können wir aber nur, wenn wir wissen, welche Gefahren uns bedrohen.«

»Gut. Aber eines müssen wir noch klären. Ich möchte von deinem Kardinal die Zusicherung, dass ich, sobald der neue Papst gewählt ist, meinen Fund öffentlich vorstellen kann. Im April findet ein Symposium in Princeton statt, und bis dahin sollte ja wohl alles geklärt sein.«

›Wie naiv John doch manchmal ist!‹, dachte Robert, laut sagte er: »Dagegen hat der Kardinal sicher nichts einzuwenden. Ich werde eine schriftliche Zusage, in dem er dir die Veröffentlichung garantiert, vorbereiten lassen.« Nichts in seinem Gesicht verriet, dass es niemals eine solche Zusage, geschweige denn eine Veröffentlichung geben würde.

John blickte Michael erleichtert an. »Was meinst du? Wir können doch übermorgen fliegen, oder?«

»Meine Koffer sind schon gepackt«, sagte Michael.

»Ich brauche den morgigen Tag noch, um mit meinem Team zu reden. Schließlich können wir im Moment noch nicht absehen, wie lange ich abwesend sein werde.« John rieb sich die Nase. Jetzt ging ihm alles viel zu schnell.

»Also gut, übermorgen. Ihr fliegt am besten nach Paris und fahrt weiter mit dem TGV nach Dijon. Von dort wird euch dann ein Wagen des Klosters abholen.«

»Das wird nicht nötig sein«, sagte Michael sofort. »Wir werden uns in Paris einen Leihwagen nehmen.«

»Ja«, pflichtete John ihm bei. »Dann sind wir unabhängig.«

»Wie ihr wollt. Lasst mich aber bitte noch wissen, wann ihr in Flavigny ankommen werdet, damit dort alles vorbereitet ist.«

»Kommst du nicht mit?«, wandte sich John an Robert.

»Vermutlich komme ich ein paar Tage später, aber das ist noch nicht entschieden.«

»Gut. Wir melden uns morgen.«

Als sie das Anwesen der École Biblique verlassen hatten und wieder in den Range Rover gestiegen waren, blieb John einen Moment lang regungslos sitzen. »Weißt du, eigentlich darf ich gar nicht darüber nachdenken, was diese kirchlichen Verbrecher gemacht haben. Sie haben mir meinen Fund gestohlen, dafür offenbar einen Mord in Kauf genommen und zwingen mich jetzt auch noch dazu, mit ihnen zusammenzuarbeiten«, sagte er kopfschüttelnd. »Und es gibt nichts, was ich daran ändern könnte. Es ist mein Fund, verdammt noch mal.«

Michael legte ihm die Hand auf die Schulter. »Das stimmt, aber denk jetzt nicht darüber nach. Wir spielen ihr Spiel so lange mit, bis wir wissen, was in den anderen beiden Texten steht, und dann sehen wir weiter.«

Am Abend trafen sie sich mit Ellen in dem armenischen Restaurant in der Nähe des Jaffators, wo John und Michael schon am Tag seiner Ankunft gegessen hatten. Der Wirt stellte gleich einen großen Teller mit Mezze auf den Tisch, denn er kannte John und dessen Vorliebe, viele verschiedene kleine Gerichte zu probieren. Dann kam er mit einer Flasche armenischem Rotwein und erklärte, dass dieser der beste Wein der Welt sei, denn die Armenier hätten die Kelterei schließlich erfunden. »Im Ernst!«, betonte er.

Der Wein schmeckte allen dreien, er war alkoholreich

und fruchtig und verbreitete eine wohlige Wärme im Bauch. Nachdem sie ausgiebig gespeist hatten und sich über die Verwandtschaft der griechischen und türkischen Küche mit der armenischen ausgetauscht hatten, kamen sie zum Organisatorischen. John und Ellen besprachen die Abfolge der Arbeiten an der Grabungsstätte für die nächsten Wochen.

»Also gut, wenn du meinst, du schaffst das morgen auch allein, dann fahre ich mit Michael nach Haifa. Ich möchte Gershom kennenlernen und mich persönlich bei ihm für seine Hilfe bedanken«, sagte John.

»Wirklich kein Problem«, versicherte ihm Ellen. »Ich bin froh, dass jetzt alle Studenten wieder da sind und es endlich weitergeht. Unsere Forschungsgelder stehen uns nur noch bis Mitte des Jahres zur Verfügung, und wir wissen noch nicht, ob wir bis dahin die Grabung abschließen können. Außer deinem Fund haben wir nicht viel vorzuweisen. Allerdings wären die Schriftrollen eine Sensation – und dann sieht die Sache wieder ganz anders aus.«

Michael schien sich ganz und gar darauf zu konzentrieren, seine Serviette zu einem kleinen Papierschiffchen zu falten. Dann schob er es auf Ellen zu.

»Irgendwie kommt mir das Ganze doch sehr merkwürdig vor. Das geht mir alles einfach zu glatt. Ich bin sicher, dass Robert Fresson seine Finger im Spiel hatte und genau weiß, wie der Händler an die Schriftrollen gekommen ist. Es würde mich nicht einmal überraschen, wenn er den Auftrag dazu erteilt hätte. Nur ist mir schleierhaft, wie er überhaupt von deinem Fund wissen konnte, John.«

Den Zeitpunkt, Michael von seinem Gespräch mit Robert zu erzählen, hatte er schon lange verpasst, und so schwieg John und schaute nur nachdenklich in sein Glas.

»Das werden wir wohl nicht mehr herausfinden«, sagte Ellen, »aber es ist auch müßig, darüber nachzugrübeln. Es ist nicht mehr zu ändern. Ich finde es jedenfalls gut, dass ihr nach Frankreich fliegt und die Gelegenheit bekommt, alle Texte zu prüfen.«

Sie ahnte, wie Robert an diese Information gekommen war, denn sie kannte Johns Leutseligkeit, wenn er zu viel getrunken hatte. Vermutlich ahnte es Michael auch, deshalb wollte sie John zu Hilfe kommen.

»Etwas anderes wundert mich viel mehr«, fuhr sie fort. »Glaubst du wirklich, sie werden es zulassen, dass du die Schriftrollen veröffentlichst?«

»Warum nicht? Sie wollen es mir doch sogar schriftlich garantieren«, sagte John mit Nachdruck, als müsse er sich selbst davon überzeugen.

»Überleg doch mal! Das wäre doch so, als würde sich die Kirche ihr eigenes Grab schaufeln.«

»Ellen hat recht«, sagte Michael, »ich glaube auch keine Sekunde daran. Aber im Moment gibt es keine andere Möglichkeit, als sich auf alles einzulassen, wenn wir die anderen beiden Schriftrollen einsehen wollen.«

»Solange euch klar ist, dass ihr auf der Hut sein müsst, bin ich beruhigt«, sagte Ellen.

Am folgenden Morgen fuhren Michael und John nach Haifa und trafen Gershom im Forensischen Institut. Er begrüßte sie kurz und führte sie in sein Büro, wo der Papyrus schon verpackt auf seinem Schreibtisch lag.

»Leider habe ich heute gar keine Zeit, sonst hätte ich euch gerne zum Lunch eingeladen. Das müssen wir ein andermal nachholen. Auf jeden Fall bin ich froh, John kennengelernt zu haben. Dunkel erinnere ich mich daran, Sie … oder sagen wir doch einfach du …«, er schaute John fragend an, und als der nickte, fuhr er fort: »dich an der Uni hier und da mal im Seminar gesehen zu haben.«

John nickte noch immer. »Ja, kommt mir auch so vor.

Wenn wir aus Frankreich zurückkommen, müssen wir uns unbedingt sehen. Vielleicht hast du Lust, mal auf das Grabungsfeld zu kommen.«

»Bestimmt! Und du Michael, wann fliegst du zurück?«

»Mal sehen, wie viel Zeit wir in Frankreich verbringen müssen. Aber es wird höchste Zeit für mich, wieder an meinen Schreibtisch zu kommen, ich habe schließlich einen Buchauftrag zu erfüllen.«

»Das ist ja eine abenteuerliche Geschichte, die ihr mir da erzählt habt«, sagte Gershom im Hinausgehen und reichte Michael das Paket. »Glaubst du wirklich, dass der Diebstahl der Schriftrollen von der Kirche initiiert worden ist?«

»Wir haben keine Beweise, aber es scheint mir durchaus plausibel.« Michael gab Gershom die Hand. »Kommst du im April zu unserem Symposium nach Princeton? Ich würde mich sehr freuen. Wohnen kannst du selbstverständlich bei mir.«

»Ich habe es auf jeden Fall vor. Aber du weißt, als alleinerziehender Vater muss ich zuerst an die Kinder denken.«

Die beiden Männer stiegen ins Auto und fuhren, Gershom noch einmal zuwinkend, vom Parkplatz.

ALBANO LAZIALE

»DA SIND SIE JA, mein Sohn«, sagte Erzbischof Motta erfreut, als er Pater Fernando in der Eingangshalle begrüßte. Er mochte den jungen Mann. Er war unkompliziert, zuverlässig und ihm ergeben. Nichts schien ihm besser zu gefallen, als die ihm gestellten Aufträge auszuführen.

»Buenas tardes, Exzellenz. Ich bin froh, wieder in Albano Laziale zu sein.«

»Das ist schön. Man hat Ihnen wieder Ihr altes Zimmer gegeben. Machen Sie sich frisch, und dann machen wir einen kleinen Spaziergang. Ich habe etwas sehr Wichtiges mit Ihnen zu besprechen«, sagte Motta. »So in einer halben Stunde hier in der Halle?«

»De acuerdo! Hasta más tarde«, antwortete Fernando und verschwand durch die Glastür, die zum Gästehaus führte.

Kurze Zeit später gingen sie am Seeufer entlang. Von Westen her wehte ein heftiger, feuchtkalter Wind und Erzbischof Motta beschloss, nicht länger als nötig hier draußen zu verweilen. Ohne ihm die Gründe näher zu erläutern, erklärte er dem jungen Pater nur in groben Zügen, was er von ihm erwartete. Die Kirche musste geschützt werden vor Feinden von außen *und* von innen. Mit allen Mitteln. Fernando verstand sofort. Welche Mittel? Das blieb ihm vorbehalten. Erzbischof Motta legte keinen Wert auf diese Details. Und natürlich hatte dieses Gespräch nie stattgefunden.

Um sich mit dem ihm bisher unbekannten Terrain vertraut zu machen, schloss sich Fernando am folgenden Tag, diesmal in weltlicher Kleidung, einer Gruppe spanischer Touristen an, die nach Castel Gandolfo gekommen waren, um sich den Park des Palazzo Pontificio und die Sternwarte anzusehen. Doch die schöne Gartenarchitektur interessierte ihn wenig, er erkundete ganz andere Gegebenheiten. Auch dem Observatorium selbst schenkte er keine große Beachtung. Dessen Lage und dem besten Zugang zum Gebäude allerdings schon. Zur Kuppel, unter der sich das Teleskop befand, führten ein Fahrstuhl und anschließend eine Eisentreppe. Mittlerweile war das Teleskop nicht mehr in Betrieb, weil die Lichtverschmutzung der nahe gelegenen Großstadt Rom mit ihren Vororten, die fast bis zum See reichten, eine ungetrübte Beobachtung der Sterne unmöglich gemacht hatte. Nun war es nur noch ein Ausstellungsstück, das niemand mehr nutzte.

Gegenüber dem Fahrstuhl gab es eine Tür hinaus auf eine etwa fünfzig Quadratmeter große Terrasse, die von einer hüfthohen Mauer umgeben war. Von hier oben hatte man einen herrlichen Blick auf den See, der an Sonnentagen mit dunkelblau- bis türkisfarbenem Wasser seine Betrachter bezauberte. Wer dafür empfänglich war, konnte durchaus das Magische dieses Ortes entdecken, aber Pater Fernando gehörte nicht zu den Menschen, die mit Feinfühligkeit ausgestattet waren. Von der gegenüberliegenden Seite der Terrasse blickte man auf den rechteckigen Innenhof hinunter. Er hatte die Möglichkeiten, die dieser Platz bot, sofort erkannt, und damit war seine Planung abgeschlossen.

Wieder auf dem Parkplatz des Kastells angekommen, entfernte er sich von der Gruppe und fuhr zurück nach Albano Laziale.

Am späten Nachmittag des folgenden Tages erschien er wieder in Castel Gandolfo, diesmal ganz offiziell. Er hatte sich angekündigt, weil er eine Nachricht von Bischof Bertone, der zurzeit auf Reisen war, für Schwester Immaculata hatte.

»Das ist im Moment sehr ungünstig«, versuchte der Sekretär des Papstes abzuwehren, den er nach einigem Hin und Her schließlich persönlich ans Telefon bekam. »Die Schwester befindet sich in Klausur.«

»Es ist aber sehr wichtig, die Nachricht kommt schließlich von ihrem Cousin«, insistierte Fernando.

»Warum sagen Sie nicht mir, was Sie zu sagen haben, und ich leite es weiter?«, meinte Monsignore Aquato. Beim derzeitigen Stand der Befragungen wollte er unbedingt verhindern, dass eine der Schwestern mit Personen außerhalb des Palazzo Pontificio Kontakt hatte.

»Es geht um eine familiäre Angelegenheit. Und ich bin beauftragt worden, nur mit ihr persönlich zu sprechen«, sagte Fernando mit bedauerndem Tonfall.

Aquato dachte nach. Die Untersuchung war noch geheim und sollte es auch bleiben. Wenn er aber weiter darauf bestehen würde, dass dieser Gesandte des Bischofs Immaculata nicht sprechen durfte, könnte das Misstrauen erregen, und das musste er vermeiden.

»Lassen Sie mich sehen, was ich tun kann«, sagte er schließlich.

»Wo können wir uns ungestört unterhalten?«, fragte Fernando, nachdem er Immaculata begrüßt hatte und Monsignore Aquato gegangen war.

»Ich weiß nicht«, sagte sie matt, »ich darf das Gebäude nicht verlassen.«

Wer war dieser fremde Pater? Kam er wirklich von ihrem Cousin? Oder hatte ihn der Erzbischof geschickt? Sie konnte diese neue Situation nicht einschätzen.

»Wie wäre es mit der Terrasse vor dem Observatorium?«, fragte er sie. »Ich war schon einmal hier und habe an einer Führung teilgenommen. Da oben hat man einen wunderschönen Blick.«

»Ich denke, dagegen wird Monsignore Aquato nichts einzuwenden haben«, meinte sie und führte ihn durch einen langen, ebenerdigen Gang zum Fahrstuhl, der hinauf zur Terrasse führte.

Als sie hinaustrat, atmete sie die frische Luft tief ein und seufzte leise. Die Sonne war hinter den dunklen Wolken hervorgetreten und stand tief am westlichen Horizont. Sie blendete Immaculata ein wenig, sodass sie ihre Augen abschirmte. Dann ging sie zur Brüstung und schaute über den See.

Der junge Pater hatte recht, hier oben war alles so friedlich, und der Blick war wirklich überwältigend. Warum war sie nicht schon früher hier heraufgekommen? Doch jetzt war es zu spät, um sich darüber Gedanken zu machen. Sie schaute Fernando an. »Also, was ist es, das Sie mir mitteilen sollen?«

»Es ist der Erzbischof, der mich schickt, nicht ihr Cousin«, sagte Fernando und ging ein paar Schritte auf sie zu.

»Das habe ich mit schon gedacht«, sagte sie leise. »Sie können ihm von mir ausrichten, dass er sich keine Sorgen machen muss. Ich halte mich an unsere Vereinbarung. Von mir erfährt niemand etwas.«

»Oh, ich glaube nicht, dass er daran zweifelt«, sagte Fernando. »Nein, er macht sich Sorgen um Ihre Seele.«

»Um meine Seele? Wieso um ...?« Sie schüttelte verständnislos den Kopf.

Fernando bewegte sich auf sie zu, trat hinter sie und fasste mit seiner rechten Hand ihren linken Oberarm.

»Weil Sie schwere Schuld auf sich geladen haben ...«, flüsterte er in ihr Ohr.

»Ich verstehe nicht ... er war es doch ...« Sie versuchte, ihren Arm aus der festen Umklammerung zu befreien.

Doch Fernando zog sie noch näher und umfasste ihre Schultern. Dann griff er nach ihrem Kinn, drehte ihren Kopf mit einem schnellen Ruck nach rechts und brach ihr das Genick. Ihr schlaffer Körper fiel nach vorn und sank auf den Boden. Ihr erstaunter Gesichtsausdruck verriet, dass sie ihr Ende nicht hatte kommen sehen.

Fernando schleifte ihren Körper zur Brüstung, zerrte ihn über die Mauer und ließ ihn fallen. Er sah, wie die Leiche auf einem kurzen Vordach aufschlug, hinunterrollte, weiter in das darunter wachsende Gebüsch aus Ficus und Wacholder fiel und verschwand. So bald würde man sie dort wahrscheinlich nicht finden. Und wenn, dann würde man es wahrscheinlich als Eingeständnis ihrer Schuld werten und davon ausgehen, dass sie sich aus Verzweiflung über ihre Tat hinuntergestürzt hatte.

Er fuhr mit dem Fahrstuhl nach unten, ging mit großen Schritten durch den Innenhof und verließ das Kastell, ohne jemandem zu begegnen.

FLAVIGNY-SUR-OZERAIN

DER FLUG VON TEL AVIV nach Paris-Charles-de-Gaulle dauerte bei klarem Wetter knapp fünf Stunden. Nachdem John und Michael ihr Gepäck vom Kofferband geholt hatten, gingen sie zum Schalter der Hertz-Autovermietung. Die Abwicklung ging ausnahmsweise zügig. Das Auto, ein Peugeot 308, war fabrikneu, was der geringe Kilometerstand und der typische Neuwagengeruch im Inneren bestätigten. Durch den nachmittäglichen Stadtverkehr von Paris brauchten sie mehr als eine Stunde, bevor sie sich endlich in die Autoroute du Soleil Richtung Lyon einfädeln konnten. Dann ging es auf einer breiten Schneise durch die sagenumwobenen, jetzt kahlen Wälder von Fontainebleau, bis die sechsspurige Autobahn schließlich durch die malerischen Bauernlandschaften Burgunds schnitt. Abgeerntete Getreidefelder, von Hecken umgebene Wiesen und knorrige Rebstöcke in Reih und Glied auf den weiter entfernten Hügeln. Hier und da gab es trutzige romanische Burgen, gotische Kirchen mit bunten Dachkacheln in geometrischen Mustern und kleine Renaissanceschlösschen umgeben von hohen Bäumen.

»Wie im Bilderbuch«, meinte Michael, der am Steuer saß. »Selbst im Winter eine Landschaft für Romantiker.«

John hob den Kopf von der Straßenkarte, in die er sich gerade vertieft hatte, und schaute sich um.

»Ja, wirklich sehr schön.« Es klang desinteressiert.

»Du gräbst einfach zu viel unter der Erde und hast den Blick für die oberirdischen Schönheiten verloren.«

»Mag sein. Trotzdem könnte ich dir aus dem Stegreif einen Vortrag über die Geschichte Burgunds halten, aber da du genauso viel weißt wie ich, erspare ich dir das. Unsere Ausfahrt kommt bald. Ausfahrt 23, Bièrre-lès-Semur, dann Richtung Semur, das sind ungefähr neun Kilometer, und dann noch mal zwölf nach Flavigny-sur-Ozerain. Also ich denke, dass wir in etwa einer halben Stunde da sind.«

Die Dunkelheit hatte bereits eingesetzt, als Michael und John ihre Reisetaschen aus dem Kofferraum nahmen und vom Parkplatz durch das alte Stadttor zum Eingang des Klosters der Confrérie du Saint Paul gingen. Ein blonder Priesteranwärter öffnete ihnen die Tür und hieß sie im Namen des Bischofs willkommen. Er geleitete sie zu zwei nebeneinanderliegenden Gästezimmern im ersten Stock.

»Leider haben wir nur zwei Gästezimmer mit eigenem Bad, und die sind schon belegt. Wenn Sie sich frisch gemacht haben – die Gemeinschaftsduschen befinden sich am Ende des Flurs«, er deutete mit dem Finger in die entsprechende Richtung, »kommen Sie bitte in das Büro von Bischof Tormentière im ersten Stock. Er erwartet Sie bereits. Erzbischof Motta, der heute Morgen angekommen ist, wird auch da sein.«

Nach einer langen heißen Dusche fühlte sich Michael erfrischt, nahm ein Paar Jeans und ein weißes Hemd aus seiner Reistasche und zog sich an. Dann trat er an eines der beiden schmalen Fenster und schaute hinaus auf die grauen Schieferdächer der kleinen mittelalterlichen Stadt. ›Fast wie eine Zeitreise in die Vergangenheit‹, dachte er, nahm eines der beiden mitgebrachten Jacketts vom Bügel und ging hinaus auf den Flur.

Er erblickte eine schlanke Gestalt mit kurzen roten Haaren, die vor ihm den Gang hinunterlief und die er eindeutig kannte. Das war unverkennbar Jennifer! Aber wie war das möglich? Er ging ein paar Schritte hinter ihr her. Und dann wurde es ihm klar. Natürlich! Sie war der Experte, von dem Robert gesprochen hatte. Aber warum hatte Robert nicht erwähnt, dass sie die Schriftrollen übersetzte? War das wieder eines seiner

Spielchen? Michael spürte seinen Herzschlag bis in die Kehle, und seine Stimme klang heiser, als er fragte:
»Jen? Bist du das?«
Die Frau blieb stehen. Es vergingen einige Sekunden, bevor sie sich umdrehte. Dann schüttelte sie den Kopf.
»Michael …? Was machst du denn hier?« Ihr Herz schlug heftig.
Sie ging ein paar Schritte auf ihn zu. Als sie sich direkt gegenüberstanden, umarmten sie sich. Er roch ihren Duft und spürte ihren Körper, und beides war ihm so vertraut.
Im selben Moment ging hinter Ihnen eine Tür auf. John kam aus seinem Zimmer und verharrte für einen Moment in seiner Bewegung.
»Ich glaub es nicht! Jennifer! Ist das eine Freude!« Und auch John umarmte sie.
»Was für ein Bastard! Kein Wort hat er uns davon gesagt, dass du hier bist!«, sagte er lachend.
»Wer? Robert? Ich wusste auch nichts von eurem Kommen. Aber die Überraschung ist ihm gelungen!« Sie schaute von einem zum anderen und lächelte. »Wie schön, euch wiederzusehen. Ist Robert mit euch gekommen?«
»Nein, ist er nicht.«
»Aber er kommt noch?«
»Das wissen wir nicht so genau, aber möglich ist es wohl«, sagte Michael.
»Erzählt mal, was macht ihr hier? Ich dachte, du bist in Princeton, Michael. Und du, John, arbeitest du immer noch in Israel? Ich bin so froh, dass ihr hier seid!« Ihre Sätze überschlugen sich, und beide Freunde konnten große Erleichterung in ihrer Stimme hören.

Die beiden Bischöfe in schwarzen Soutanen, die um die Taille mit einem violetten Zingulum gegürtet waren, eins etwas heller als das andere, standen am Fenster des rechteckigen, dunkel getäfelten Raumes. Sie schienen in ein ernstes Gespräch vertieft, wandten sich aber gleichzeitig um, als Jennifer, Michael und John den Raum betraten.

»Ah, da sind Sie ja«, sagte Erzbischof Motta. »Ich hoffe, Sie hatten eine angenehme Reise«, und ohne auf eine Antwort zu warten, fuhr er fort: »Wir werden Sie heute Abend nicht lange beanspruchen. Ab morgen werden Sie dann viel zu tun haben.«

Die beiden Kirchenmänner kamen auf die drei zu. Ihre Hände wurden geschüttelt, und sie wurden aufgefordert, an dem schmalen langen Besprechungstisch Platz zu nehmen.

»Ich bin Erzbischof Motta«, sagte der Beleibtere mit einem leichten Schweizer Akzent. »Und das ist Bischof Tormentière, der Leiter unseres Seminars hier in Flavigny-sur-Ozerain.« Er wies auf den hageren Mann neben sich, dem Jennifer schon einige Male begegnet war.

»Wir schätzen uns glücklich, drei so kompetente Wissenschaftler für unser Projekt gewonnen zu haben. Bitte nehmen Sie Platz.«

»Robert Fresson hat uns schon in Jerusalem gesagt, dass die Übersetzung der Dokumente Eile hat. Wollte er nicht auch hier sein?«, fragte John.

Michael entging der prüfende Blick nicht, den Tormentière Motta zuwarf. Der große Mann wirkte sehr ernst und hatte bis jetzt noch kein Wort gesagt.

»Wenn er abkömmlich ist, wird er sich in den nächsten Tagen hier einfinden, aber Sie sollten auf jeden Fall morgen mit der Arbeit anfangen. Ich gehe davon aus, dass Sie die noch fehlende Schriftrolle mitgebracht haben.«

John nickte.

»Die anderen beiden befinden sich inzwischen hier, und ich möchte vorschlagen, dass Sie uns auch Ihre Schriftrolle gleich übergeben, damit wir sie in den klimatisierten Safe zu den anderen legen können«, fuhr er fort. Er schaute erst John und dann Michael an. »Mit anderen Worten, ab morgen werden Sie sich intensiv mit den Texten befassen müssen. Wie gesagt, wir sind ziemlich unter Zeitdruck. Robert Fresson hat Ihnen ja sicher erklärt, warum.«

»Das hat er«, gab John lapidar zur Antwort.

»Und sicher hat er Ihnen auch gesagt, dass diese Arbeit unter strengster Verschwiegenheit zu erfolgen hat, dass kein Wort davon nach außen dringen darf. Zumindest nicht in den kommenden Wochen.«

John nickte, auch wenn ihm immer unbehaglicher zumute wurde.

»Und Sie sind einverstanden?«

»Sonst wären wir nicht hier«, sagte John. »Allerdings sollten wir darüber sprechen, wann ich unsere Erkenntnisse veröffentlichen kann. Darum geht es mir schließlich, das war meine Bedingung für die Kooperation.«

»Lassen Sie uns abwarten, was Sie finden. Sie werden doch sicher verstehen, dass eine Veröffentlichung zu diesem Zeitpunkt nur große Verwirrung stiften und niemandem dienen würde. Nach der Papstwahl, wenn sich alles wieder beruhigt hat – ich vermute in ein, zwei Monaten –, werden wir die Gläubigen auf Ihre Erkenntnisse, sofern Sie denn überhaupt welche haben, vorbereiten. Ich darf Sie daran erinnern, dass alle Schriften bis auf eine in kirchlichem Besitz sind.«

John warf ihm einen finsteren Blick zu. ›Weil Sie sie gestohlen haben‹, dachte er, hielt es aber für klüger, das jetzt nicht anzusprechen.

Jennifer schaute fragend zu Erzbischof Motta. »Ich bin ein wenig irritiert. Worum geht es hier eigentlich?«

»Verzeihen Sie, meine Liebe, dass wir Sie noch nicht eingeweiht haben. Sie werden selbstverständlich weiter an Ihrer

Übersetzung arbeiten. Es geht hier um Schriften, die in Israel gefunden wurden und in engem Zusammenhang mit denen stehen, die Sie aus Indien mitgebracht haben.«

»Du warst in Indien?« John schaute Jennifer erstaunt an. »Was hast du denn …«

Jennifer wollte gerade anfangen zu erzählen, als sie unterbrochen wurde.

»Wie wäre es, wenn Sie Ihre Unterhaltung bei einem Glas Burgunder in einem der Lokale unseres hübschen Dorfes fortsetzen«, unterbrach Motta ungehalten. »Wie ich von Robert hörte, kennen Sie sich ja alle aus München. Da haben Sie sich vermutlich eine Menge zu erzählen.« Er schaute zu Tormentière, der fast unmerklich nickte.

»Selbstverständlich werden Sie Ihre Mahlzeiten im Refektorium einnehmen können, aber es wäre Bischof Tormentière lieber, Sie würden während ihres Aufenthaltes in unserem Kloster die Mahlzeiten zu anderen Zeiten einnehmen als unsere Seminaristen. Wann, wird Ihnen noch genau mitgeteilt werden.«

»Ich hoffe, Sie empfinden es nicht als unhöflich«, übernahm Tormentière, »aber das Kloster ist in erster Linie ein Priesterseminar mit jungen Anwärtern aus der ganzen Welt. Wir haben einen streng geregelten Ablauf in diesem Haus, und der muss beibehalten werden, damit die Konzentration der Seminaristen nicht gestört wird. Ihre Teilnahme an unseren gemeinsamen Mahlzeiten würde einfach zu viel Unruhe in die Gruppe bringen.«

»Kein Problem«, sagte John. »Wir werden sicher auch im Dorf essen können, oder?«

»Ja, das kann man«, sagte Jennifer. »Ich war schon ein paarmal allein in einem der Restaurants.«

Sie standen auf, verabschiedeten sich und verließen das Büro des Seminarleiters. John ging voraus und brachte dem

Bischof die Schriftrolle, damit er sie in den klimatisierten Schrank legen konnte. Anschließend führte Jennifer die beiden Freunde die Treppe hinunter und durch die Eichentür auf die schmale Gasse, die nur spärlich von den wenigen Straßenlampen beleuchtet wurde.

»Jetzt erzählt mal«, sagte Jennifer zu John, »warum seid ihr hier? Was sind das für Schriften, von denen Motta da vorhin gesprochen hat?«

John schaute zu Michael, »Willst du?« Michael schüttelte den Kopf. Und so erzählte John ihr in knappen Worten, ganz entgegen seiner Art, was in Jerusalem passiert war. »Nun sind wir hier, um alle drei Schriften zu untersuchen, von denen zwei auf so wundersame Weise in die Hände der Kirche gelangt sind.« Die Worte »wundersame Weise« betonte er ein wenig.

Jennifer schaute ihn nachdenklich an. »Ich arbeite an Schriften mit ganz ähnlichem Inhalt«, sagte sie dann. »Schriften, die in Indien gefunden wurden.« Und dann begann sie aufgeregt von den abenteuerlichen Umständen ihrer Reise zu erzählen.

Michael lächelte. Sie hatte sich nicht verändert. Immer wenn sie verunsichert war, redete sie wie ein Wasserfall.

»Aber jetzt wollen wir erst einmal was essen gehen. Das Restaurant, das ich vorhin erwähnte, ist in der Nähe der Kirche. Dort kann man auch sehr guten Wein trinken. Euch ist doch klar, dass wir uns hier im Weingebiet der Côte-d'Or befinden. Morgen, wenn es wieder hell ist, werdet ihr es sehen, nichts als Weinberge drum herum.«

Jennifer hakte sich spontan bei John unter, und die beiden marschierten los.

»Ich wusste doch, dass es auch etwas Gutes haben würde hierherzukommen«, sagte John. Dann drehte er sich zu Michael um: »Na los, komm schon, ich habe Hunger.«

Nun setzte sich auch Michael langsam in Bewegung. ›Warum ist sie so scheu mir gegenüber‹, fragte er sich und schüttelte den Kopf. Alles war doch schon so lange her, aber es war wohl noch nicht vorbei. Ob sie sich davor fürchtete, dass die alten Gefühle wieder hochkamen? Und wie sah es bei ihm aus? Er atmete tief durch, und eine heiße Woge durchströmte ihn. ›Ich liebe sie immer noch‹, gestand er sich ein. Keine der Frauen, die er nach Jennifer getroffen hatte, war ihm so nahegekommen wie sie.

Während John und Jennifer schwatzend vor ihm herliefen, tauchten in seinem Kopf längst vergessene Bilder auf. Der letzte Sommer in München. Wie Jennifer und er durch den Englischen Garten radeln, in den nördlichen, weniger frequentierten Teil des Parks, auf der mitgebrachten karierten Decke im Gras liegen, den mitgebrachten Käse essen, Wein trinken. Sie schauen in den Himmel, halten sich an den Händen, ein sanfter Wind fächelt warme Luft über ihre Gesichter, und sie hören nur das Summen der Bienen im blühenden Klee. Und dann bemerkt er plötzlich, dass sie weint. Er ist irritiert, will aber lieber nicht fragen warum, will es eigentlich gar nicht wissen. Tut so, als sehe er es nicht.

Und dann ist ihre Traurigkeit wieder verflogen.

Er hatte sie nie nach dem Grund für ihre Tränen gefragt. Damals nicht und später auch nicht, wenn sie, was zwar nur sehr selten, aber hin und wieder vorkam, still weinte und er es einfach ignorierte. Warum musste er ausgerechnet jetzt an diese Begebenheit denken? »Komm schon, Michael, trödel nicht so rum«, rief sie jetzt, »hier um die Ecke ist das Lokal.«

Sie gingen ein paar Steinstufen hinauf und öffneten die quietschende Tür zu einem kleinen Gastraum. An der Theke standen drei ältere Männer, denen man ansah, dass sie ihr Leben mit harter Arbeit verbracht hatten.

»Bon soir, Jennifer«, sagte der Wirt, der gerade eine Flasche Wein öffnete. Er kam zu ihr, nahm sie in den Arm und küsste ihre Wange. »Êtes-vous ce soir en accompagnement?«

»Oui. Les messieurs sont mes amis des États Units«, sagte Ellen und stellte die beiden vor. »Und das ist Serge, mein Weihnachtsengel«, sagte sie lachend. »Wenn er nicht gewesen wäre, hätte ich sehr traurige Feiertage hier verbringen müssen.«

»Möchten Sie heute Abend noch essen? Ich habe nicht mehr mit Gästen gerechnet, die Touristen sind fort, und deshalb gibt es warme Küche nur noch am Wochenende. Aber ich kann Ihnen sicher etwas Kaltes servieren«, fuhr der Wirt in tadellosem Englisch mit einem charmanten französischen Akzent fort.

Jennifer, John und Michael erklärten sich damit einverstanden und nahmen Platz. Kurz darauf kam der Wirt mit zwei frischen Baguettes, verschiedenen Pasteten, Schinken, einem wunderbar cremigen Délice de Bourgogne und einer Flasche Montrachet zurück.

»Wow«, sagte Michael, »da holen Sie für uns gleich den besten Wein aus Ihrem Keller?«

»Wir haben nur beste Weine. Aber für meine schöne Freundin hier ist nur der allerbeste gerade gut genug«, sagte der Wirt.

Jennifer lächelte. »Danke für das Kompliment.«

Der Wirt verschwand in der Küche, und sie hörten, wie Geschirr und Besteck klirrten.

»Wenn Serge mich nicht eingeladen hätte, wäre mein Weihnachtsfest sicher sehr trübsinnig verlaufen«, sagte Jennifer. »Aber so war es sehr schön. Seine wunderbare Familie hat mich sehr herzlich aufgenommen.«

»Wie lange bist du denn schon hier?«, fragte John.

»Schon viel zu lange. Seit Anfang November«, antwortete Jennifer. »Nicht dass ihr mich missversteht«, Jennifer wollte ihren beiden Freunden nicht gleich von ihren Befürchtungen erzählen, »alle waren immer sehr höflich zu mir, aber manchmal fühle ich mich wie eingesperrt.«

»Wahrscheinlich trügt dich dein Gefühl nicht. Sie werden uns kaum wieder gehen lassen, bevor sie nicht den genauen Inhalt der Texte kennen.«

»Eins ist mir klar«, sagte Michael, »auch wenn die Kirchenmänner uns mit ihrer Freundlichkeit einzulullen versuchen, können wir ihnen nicht trauen. Ich glaube nicht, dass wir hier am Ende mit den Schriftrollen hinausmarschieren und du sie veröffentlichen kannst. Die schriftliche Zusicherung können wir vergessen. Das wird der Vatikan nie und nimmer zulassen.«

»Sie wollen dir schriftlich geben, dass du deinen Fund veröffentlichen kannst? Das soll wohl ein Witz sein? Damit würden sie sich doch ihr eigenes Grab schaufeln«, sagte Jennifer. »Ich habe mir auch schon Sorgen gemacht, was geschehen könnte, wenn ich mit meiner Arbeit fertig bin. Aber ich glaube nicht, dass wir im Moment in ernsthafter Gefahr sind, denn Sie brauchen uns. Doch wir sollten auf der Hut sein.«

»Wir müssen irgendeinen Weg finden, ihnen die Schriftrollen wieder zu entwenden. Die Vorstellung, das Kloster ohne den wichtigsten Fund meines Lebens zu verlassen, ist mir unerträglich. Ich kann nicht zulassen, dass man ihn mir wegnimmt und möglicherweise vernichtet! Koste es, was es wolle!« Johns Zorn steigerte sich immer mehr, und schließlich schlug er mit der flachen Hand auf den Tisch. Die Männer an der Bar schauten sich erstaunt um, aber da es nichts weiter zu sehen gab, wandten sie sich wieder ihrem Wein zu.

»Wir werden uns etwas einfallen lassen. Nur jetzt sollten wir zuerst einmal mitspielen und die Texte entziffern«, sagte Michael beruhigend.

»Michael hat recht, John, wir spielen erst mal mit und machen uns sofort an die Arbeit, damit sie keinen Verdacht schöpfen. Sie dürfen keinesfalls herausfinden, dass wir sie durchschaut haben.« Jennifer nahm ihr Weinglas in die Hand und prostete John aufmunternd zu.

»Was meinen Sie, Albert, wird unser Plan aufgehen?«, fragte Erzbischof Motta den Leiter des Seminars.

»Warum sollte er nicht?«

»Es ist vielleicht von Vorteil, dass es sich bei unseren Forschern um Freunde handelt. Es gibt keine Eifersüchteleien und keinen Konkurrenzneid, der die Zusammenarbeit erschweren würde. Solche Komplikationen können wir uns jetzt nicht leisten.«

»Das bleibt noch abzuwarten, aber gehen wir mal davon aus, dass sie sich vertragen. Auf jeden Fall müssen sie sich in absoluter Sicherheit wähnen. Es steht ihnen alles Notwendige für ihre Arbeit zur Verfügung, außer einem direkten Internetzugang. Alles, was rausgeht beziehungsweise hereinkommt, geht über den Server des Instituts. So behalten wir die Kontrolle. Und es gibt auch keinen Kopierer, damit sie keine Möglichkeit haben, ihre Arbeit zu vervielfältigen«, sagte Tormentière.

»Wir haben ihnen zudem gerade nochmals versichert, dass sie nach der Papstwahl über alle Ergebnisse verfügen können. Ich glaube, dass sie uns das auch abnehmen«, meinte Erzbischof Motta zuversichtlich.

»Sollten sie tatsächlich Ärger machen, sind wir bereit zu handeln. Ich habe schon die notwendigen Vorkehrungen getroffen. Es könnte beispielsweise einen Autounfall auf dem Weg zum Flughafen geben«, Tormentière machte eine kleine Pause. »In diesem Zusammenhang wäre es gut, wenn wir Pater Fernando wieder in der Nähe hätten. Konnte er Ihnen denn bei der Lösung Ihres Problems in Albano helfen?«

Motta nickte. »Ja, er hat sich wieder einmal als äußerst zuverlässig und effizient erwiesen.« Der Erzbischof war jedoch nicht gewillt nähere Einzelheiten preiszugeben. »Und Sie haben recht, er könnte sich hier als sehr nützlich erweisen. Eines dürfen wir dabei aber niemals aus dem Auge verlieren: Nichts darf auf die Kirche hinweisen.« Er überlegte kurz. »Aber ich denke, im Moment sollten wir auf den gesunden Menschenverstand unserer drei Freunde vertrauen. Ohne Beweise werden sie sich hüten, die abstruse These, Jesus habe die Kreuzigung überlebt, in die Welt zu tragen. Und Beweise dafür werden sie einfach keine haben.«

»Warum müssen wir eigentlich darauf warten, bis alles übersetzt ist? Können wir die alten Schriften nicht einfach vernichten?«, hakte Tormentière nach.

»Nein, das können wir nicht. Der Kardinal braucht die Originale und die Übersetzungen der Experten«, sagte Erzbischof Motta mit Nachdruck.

Bischof Tormentière blickte ihn prüfend an, und langsam wurde ihm klar, was der Aufwand, der hier betrieben wurde, zu bedeuten hatte.

Als Jennifer, John und Michael am nächsten Morgen die Arbeitsräume etwas verspätet betraten – sie hatten am Abend zuvor noch einige Flaschen Wein mit dem Wirt geleert –, brachte ihnen einer der Seminaristen einen Brief.

»Hier ist ein Eilbrief für Sie, Madame. Er wurde heute Morgen hier abgegeben und …«

»Danke.« Jennifer nahm den Brief und riss den Umschlag auf. »Der kommt vom Anthropologischen Institut aus Paris.« Sie überflog die Zeilen des Anschreibens, dem ein zweiter Bogen mit Zahlenkolumnen angehängt war, und begann sie zu studieren. »Das hat aber lange gedauert«, murmelte sie, hob den Kopf und schaute die beiden an. »Also, die indischen Schriften stammen aus dem Jahr 60 nach Christus plus minus 40 Jahre. Welches Alter haben eure?«

»Der Papyrus, den ich in Haifa habe testen lassen, ist etwas älter. Und wir können davon ausgehen, dass die anderen beiden Papyri zur gleichen Zeit geschrieben worden sind. John hat sie ja in demselben Behältnis gefunden. Außerdem stammen sie sehr wahrscheinlich vom selben Verfasser.«

»Also gut, dann machen wir uns mal an, die Arbeit«, forderte Jennifer die beiden auf.

Kurz darauf erschienen Erzbischof Motta und Pater Adam.

»Guten Morgen. Ich hoffe, Sie haben lange genug geschlafen und sind jetzt ausgeruht genug, um ans Werk zu gehen«, sagte Motta in leicht missbilligendem Ton.

›Ihm entgeht wohl gar nichts‹, dachte Michael amüsiert.

Die antiken Schriften lagen schon auf den beiden Leuchttischen.

»Ich habe heute Morgen mit Robert Fresson gesprochen. Er wird erst in einigen Tagen hier sein können und Sie dann unterstützen. Außerdem steht Ihnen ja auch noch Pater Adam zur Verfügung. Ich kann es leider nicht oft genug wiederholen, die Sache drängt! Der Vatikan möchte noch vor der Papstwahl wissen, zu welchen Ergebnissen Sie kommen.« Er räusperte sich. »Ich werde übrigens morgen wieder nach Rom zurückkehren. Wegen der gegebenen Umstände werde ich dort gebraucht. Bischof Tormentière wird mich auf dem Laufenden halten.«

Während der folgenden Tage übersetzten Jennifer und Michael die Texte, während John und Pater Adam mit der genauen Dokumentation ihrer Funde beschäftigt waren. Sie arbeiteten so konzentriert, dass kaum Zeit blieb, die Gedanken mal abschweifen zu lassen. Doch hin und wieder beobachtete Michael, wie vertieft Jennifer in ihre Arbeit war. Er hatte sie schon früher darum beneidet, dass sie die Welt um sich herum ausblenden konnte, wenn sie sich auf eine Prüfung vorbereitete oder an einer Seminararbeit schrieb. Sie hatte diese totale

Konzentrationsfähigkeit offenbar noch nicht verloren. Doch wenn sie abends allein in ihrem Bett lag, dachte sie dann manchmal an ihn und an früher, an ihre gemeinsame Zeit?

Sosehr er sich auch bemühte, er konnte sich einfach nicht daran erinnern, warum sie sich damals getrennt hatten. Weder in seinem noch in ihrem Leben – zumindest soweit er das wusste – hatte es jemand anderen gegeben. Sie hatten keinen Streit gehabt, der zu ihrer Trennung geführt hatte. Sie hatten sich einfach verloren. Ihm war erst später klar geworden, wie sehr er sie vermisste, doch da war er schon in Princeton und sie in Austin. Er musste versuchen, während ihres gemeinsamen Aufenthaltes hier mit ihr darüber zu reden. Vielleicht könnten sie es klären, vielleicht würden sie wieder zueinanderfinden.

Doch im Moment war ihre Arbeit das Wichtigste.

Pater Adam kam jeden Morgen mit den Schriftrollen, die ihm Bischof Tormentière ausgehändigt hatte, in das Arbeitszimmer. Er scannte die einzelnen Abschnitte der Texte und deponierte sie danach wieder in dem klimatisierten Safe. Die Scans erschienen anschließend auf Michaels und Jennifers Computern, und nur wenn es Unklarheiten gab, wurden die Originale eingesehen. Alles mit der Begründung, dass man die alten Dokumente schonen und sie so wenig wie möglich dem Tageslicht aussetzen wolle. Michael fotografierte zwar heimlich alle Scans und auch die übersetzten Texte mit seinem iPhone, aber er wusste, dass das niemals für eine Präsentation genügen würde. Sie würden die Originale brauchen.

Inzwischen hatte sich herausgestellt, dass es sich bei den Papyri, die John gefunden hatte, tatsächlich um drei Teile einer Niederschrift des Jüngers Thomas handelte. Der erste begann damit, dass er, Thomas, Jesus schon seit seiner Kindheit kannte und dass Jesus ein sehr intelligenter, aber auch immer wieder aufbegehrender Junge war. Viele bewunderten ihn wegen seiner Klugheit und seiner besonderen Fähigkeiten. Aber es gab auch solche, die sie ihm neideten, und er geriet deswegen häufig in Streit mit ihnen. Eines Tages, kurz nachdem die Familie von einem Besuch in Jerusalem zurückgekehrt war, verschwand Jesus plötzlich, so als habe ihn die Erde verschluckt. Erst viele Jahre später tauchte er wieder auf.

Der Inhalt der zweiten Papyrus-Rolle war ihnen bekannt. In der dritten Rolle berichtete Thomas über sein eigenes Wirken in Indien, jedoch wiesen große Abschnitte des dritten Teils wider Erwarten Beschädigungen auf und waren ohne aufwendige Restaurierung nicht zu entziffern, sosehr sich Michael auch bemühte. Der Name Jesus tauchte in den lesbaren Sätzen nicht mehr auf. Jennifer wiederum hatte inzwischen keinen Zweifel mehr daran, dass ihre Schriften die originalen Aufzeichnungen des Issas selbst waren, der vor knapp zweitausend Jahren nach Indien gekommen war, um dort das Wort Gottes zu verbreiten. Aber waren dieser Issa und Jesus dieselbe Person? Das war der springende Punkt. Jedes Dokument für sich würde nur zu einer Hypothese reichen, aber wenn beide Schriftfunde von denselben nachprüfbaren Ereignissen in Jesu Leben sprachen, könnte man das als Beweis dafür werten, dass er die Kreuzigung überlebt hatte und nach Indien gegangen war. Dieses letzte Puzzleteilchen fehlte allerdings noch. Sie mussten Textstellen in beiden Dokumenten finden, die sich aufeinander bezogen, die sich eventuell sogar ergänzten.

Und was das für eine Sprengkraft haben würde, wussten alle drei. Was es aber für sie bedeuten würde, war die große Frage.

ROM

ES HERRSCHTE EINE starre Kälte an diesem Februarmorgen, und obwohl Erzbischof Motta nur ein paar Schritte zu gehen hatte, fror er erbärmlich. Seine Leibesfülle schützte ihn nicht vor diesen Temperaturen. Auch im Innern des Governatoratspalastes war es noch kalt und feucht. Am Anfang der Heizperiode dauerte es immer Wochen, bis es in den alten Gemäuern richtig warm wurde. Und während der kommenden Wochen würde man ordentlich Öl verbrennen müssen, denn den siebenundachtzig Kardinälen aus aller Welt, die gemeinsam mit den dreißig Kardinälen der Kurie den neuen Papst wählen würden, wollte man nicht frieren lassen.

Bald würden sie sich zum Konklave in die angrenzende Sixtinische Kapelle zurückziehen. Es würde sicher einige Tage, wenn nicht sogar Wochen dauern, bis man den *papabili* gewählt hatte. Aber noch waren die Präliminarien in vollem Gange. Solange nichts entschieden war, wurden Fronten gebildet, die Kardinäle der Kurie gegen die aus aller Welt, Europäer gegen Nichteuropäer, Reformer gegen Traditionalisten. Konservative gegen Aufgeschlossene. Man traf sich in intimen Zirkeln, um angeblich lange anstehende Probleme zu besprechen, tatsächlich wurden aber Koalitionen gebildet, um die Wahl bestimmter Kandidaten zu verhindern oder zu fördern.

»Ich kann nicht verhehlen, wie viel Vergnügen es mir bereitet, diesem Geplänkel der Eitelkeiten und Intrigen zuzusehen«, sagte Kardinal Montillac lächelnd zu Motta, als dieser in seinem Büro Platz genommen und davon berichtet hatte, wie viele aufgeregt debattierende Grüppchen er auf den Fluren gesehen hatte.

»Lassen Sie sie reden und sich wichtig fühlen, letztendlich werden sie alle unserem Kandidaten zustimmen müssen, auch wenn er nicht aus ihren Reihen kommt.« Montillac schenkte Motta einen bedeutungsvollen Blick. Der schaute ihn nur mit offenem Mund an.

›Oh Gott! Er denkt dabei doch hoffentlich nicht an mich! Will er, dass ich der neue Papst werde?‹ In Mottas Kopf drehte sich alles, seine Gedanken überschlugen sich. ›Wieso denn ich? Dieses Amt will ich nicht! Es war doch Montillac, der Papst werden wollte!‹

Er hörte nicht, was der Kardinal als Nächstes sagte, in seinen Ohren rauschte es zu laut. Erst langsam legte sich seine Aufregung. »... an wen ich dabei denke? Motta? Motta? Was ist denn mit Ihnen?«

»Eure Eminenz, ich ... Ihr Vertrauen ehrt mich zutiefst und ich will alles tun, um Ihre Erwartungen ... aber ...«, stotterte der Erzbischof.

»Motta, wovon reden Sie? Dachten Sie etwa, ich hätte Sie für das höchste Amt vorgesehen?« Kardinal Montillac lächelte amüsiert. »Nein, nein, Sie sind es nicht. Sie erfüllen Ihre Aufgabe sehr gut an dem Platz, an dem Sie sich befinden.«

Im ersten Moment fühlte sich Motta wie betäubt. Er brauchte weitere fünf Sekunden, um seine aufwallende Wut in den Griff zu bekommen. ›Dieser arrogante Mistkerl!‹, dachte er und schaute den Kardinal mit verzerrtem Gesicht an.

»Verzeihen Sie ...«, flüsterte er dann mühsam. Er fühlte sich, als hätte er einen Schlag in den Magen erhalten.

»Ist schon gut«, sagte Montillac väterlich, der von dem Aufruhr, der in Motta vorging, nichts zu bemerken schien oder ihn falsch gedeutet hatte. »Aber Sie möchten sicher gerne wissen, auf wen meine Wahl gefallen ist.«

Seine Wahl? Die Vermessenheit des Kardinals raubte ihm abermals die Luft. Was glaubte er eigentlich ...? Dachte er wirklich, er könne ihn nun einfach beiseiteschieben? Ihn? Der alles überhaupt erst möglich gemacht hatte?

»Wie bitte? Ja … ja, natürlich«, stotterte er, immer noch bemüht, seine Gefühle zu unterdrücken.

»Lassen Sie mich doch zunächst wissen, wie die Dinge in Flavigny stehen. Wie weit sind denn die drei Experten mit der Übersetzung, und haben wir schon eine Einschätzung der Schriften? Handelt es sich wirklich um die Aufzeichnungen unseres Herrn Jesus Christus und seines Jüngers Thomas? Sie wissen, davon hängt jetzt alles ab.«

Motta kämpfte immer noch mit sich und atmete schwer. »Alle drei sind davon überzeugt, dass die Schriften echt sind, auch die Altersbestimmung hat das bestätigt«, sagte er schließlich tonlos. »Die Schriften ergänzen sich nahtlos, aber sie haben noch immer keinen hundertprozentigen Beweis, dass …«

»Wie meinen Sie das? Was wäre denn ein hundertprozentiger Beweis?«, fragte der Kardinal, und seine Ungeduld war nicht zu überhören.

»Wenn sie biografische Übereinstimmungen zwischen Jesus und Issa finden würden, wenn es also eindeutig wäre, dass es sich bei Issa, dem Wanderprediger, der im ersten Jahrhundert durch Indien zog, um Jesus Christus handelte«, antwortete Motta, seine Stimme klang immer noch matt.

»Und wie wollen sie das beweisen? Ich denke mal, dass sich DNA-Tests ausschließen.«

»Die kann man natürlich nicht mehr vornehmen. Selbst wenn sie das Grab des Herrn in Indien finden würden, es gäbe ja keine Vergleichs-DNA aus Israel. Wir werden sie wohl kaum mit der DNA des Turiner Grabtuchs oder der an der Heiligen Lanze vergleichen. Abgesehen davon wird man die Genehmigung, Proben zu entnehmen, nicht bekommen. Die Wahrscheinlichkeit, dass sie nicht übereinstimmen und damit sowohl die Reliquien als auch die indischen Schriften entwertet wären, ist viel zu groß. Aber das alles ist sowieso nur rein hypothetisch.« Endlich hatte er sich wieder unter Kontrolle.

Der Kardinal schwieg eine Weile. Dann schüttelte er den Kopf.

»Sie brauchen gar keine DNA-Tests. Um Unruhe zu stiften, würde es vollkommen ausreichen, in den indischen Schriften eine Referenz auf das Leben Jesu in Israel zu finden. Sollte das wirklich geschehen, müssen Sie auf jeden Fall, und das meine ich wörtlich, auf jeden Fall verhindern, dass die drei die Schriften in die Hände bekommen. Können Sie mir das garantieren?«

»Ja. Darauf können Sie sich verlassen«, sagte Motta, aber er biss die Zähne zusammen. Wieder erachtete der Kardinal es als selbstverständlich, dass sich Motta um alles kümmerte, dass er den Weg ebnete, über den Montillac zu seinem Ziel gelangte. Und was war sein Lohn?

»Tormentière und ich haben gewisse Vorkehrungen getroffen«, fuhr Motta fort. »Pater Fernando ist schon wieder auf dem Weg nach Flavigny und könnte die Durchführung jederzeit übernehmen. Das Problem in Castel Gandolfo hat er ja auch gelöst.«

»Ja, das ist wahr. Er ist wirklich ein besonders talentierter junger Mann. Aber ich glaube, ich werde Robert Fresson doch nach Flavigny schicken, damit er die drei Wissenschaftler ständig beobachten und notfalls sofort eingreifen kann. Sie brauche ich hier, Erzbischof.«

»Wie Sie wünschen«, sagte Motta, und die Wut über die Ohnmacht, nichts gegen Montillac unternehmen zu können, erfasste ihn erneut.

Es entstand eine kleine Pause, bevor er den Kardinal fragend anschaute. Seine Neugier hatte über seinen erregten Gemütszustand gesiegt. »Und wer ist nun der Auserwählte?«

Montillac überlegte kurz, ob er den Namen jetzt schon preisgeben sollte. »Es ist Bischof Tormentière«, sagte er dann.

Diesmal entging ihm nicht, dass Motta bleich wurde und ihn für einige Sekunden lang fassungslos ansah.

»Aber, das ist … er ist doch nur ein Bischof? Wie kann er dann …?«

»Mein lieber Motta, Sie wissen doch, kirchenrechtlich kann jeder getaufte Katholik Papst werden.«

»Ich weiß, aber es ist mehr als sechshundert Jahre her, dass ein Papst gewählt wurde, der nicht vorher Kardinal war, und der war zumindest Erzbischof.«

»Papst Urban der VI., ich weiß. Auch damals herrschten unruhige Zeiten.« Montillac verzichtete darauf zu erwähnen, dass Urban zu den grausamsten Päpsten der Kirchgeschichte gehörte, ein Despot, der jeden seiner Gegner brutal ermorden ließ. Vergleiche taten hier nichts zur Sache.

»Doch die Gesetze haben sich nicht geändert, und warum sollte nicht ein Bischof die gleiche Befähigung für dieses Amt mitbringen wie ein Kardinal? Auch Sie sind kein Kardinal und dachten bis eben noch, meine Wahl wäre auf Sie gefallen. Nein, nein, glauben Sie mir, Tormentière ist der Richtige. Ich beobachte ihn schon seit einigen Jahren, er ist geradlinig, konsequent und unerschütterlich. Von allen, die ich ins Auge gefasst hatte, hat er am ehesten die Kraft, die heilige Kirche wieder auf den Weg zu Gott zu führen, davon bin ich zutiefst überzeugt. Und er wird mich an seiner Seite haben.« Er schwieg einen Moment und spielte mit seinem Brieföffner. »Ich werde ihn bitten, nach Rom zu kommen, damit ich ihn darauf vorbereiten kann, denn er weiß bisher noch nichts davon. Und von Ihnen erwarte ich, es so lange für sich zu behalten. Es ist keinem von uns damit gedient, wenn die Kurie zu früh davon erfahren sollte. Sie wissen, die Kardinäle haben überall ihre Zuträger.«

»Aber Sie gehören doch auch zur Kurie«, sagte Erzbischof Motta mit einem mühsamen Lächeln.

»Genau, daher weiß ich das ja auch.«

FLAVIGNY-SUR-OZERAIN

ES WAR PUNKT DREI UHR nachmittags, als der Airbus der Air France von Rom in Paris landete. Sobald die Anschnallzeichen erloschen, löste Robert Fresson seinen Sicherheitsgurt, stand auf, nahm sein Handgepäck aus dem Fach über ihm und ging zum Ausgang. Es waren nur wenige Passagiere in der Businessclass, sodass er ungehindert in die Ankunftshalle des Terminal 2F kam. Er wusste, dass sich im darüberliegenden Level, im Abflugbereich, eine Apotheke befand, und dahin bewegte er sich nun zielstrebig. Seine Augen brannten von der trockenen Luft im Flugzeug und er wollte sich Augentropfen besorgen, bevor er weiter nach Flavigny fuhr.

Als er aus der Apotheke gleich neben dem Flughafenrestaurant des Maxim's auf die Shoppingstraße mit den eleganten Geschäften von Chanel, Celine, Armani und Co. trat, blieb er abrupt stehen und erstarrte. Nicht weit von ihm entfernt stand ein hochgewachsener Mann in einer einfachen schwarzen Soutane ohne Zingulum und sah sich in einem geräumigen Kiosk die Ausgaben der neuesten Bücher an. Seine eisgrauen Haare waren unter einer violetten Scheitelkappe glatt zurückgekämmt, und sein Gesicht hatte scharfe Züge. Auch wenn dreißig Jahre vergangen waren, seit er ihn das letzte Mal gesehen hatte, diesen Mann hätte Robert immer und überall wiedererkannt. Damals war er zu jung gewesen, zu verwirrt und zutiefst verletzt, um das Handeln dieses Mannes richtig einschätzen zu können. Trotz allem, was er ihm angetan hatte, solange er noch in Montreux war, hatte Robert um dessen Liebe und Anerkennung gekämpft. Erst viel später, als erwachsener Mann, hatte er alles in die richtige Perspektive setzen können. Dieser Mann war sein Peiniger gewesen, er hatte die Träume und Hoffnungen des kleinen Jungen, der ihm anvertraut worden war, auf brutalste Weise vernichtet. Niemals würde er ihm das verzeihen.

Sein Atem stockte, und er zitterte am ganzen Körper. Unfähig, sich zu bewegen, schloss er die Augen für einen Moment. Eine Gruppe junger Männer verließ die Apotheke, und da er ihnen im Weg stand, wurde er angerempelt. »Pardon, Monsieur«, und schon gingen sie weiter.

Der Geistliche, der eben noch gegenüber bei dem Stapel Bücher gestanden hatte, war verschwunden. Hatte er nur eine Vision gehabt? Hatte ihm sein Unterbewusstsein einen Streich gespielt? Er suchte nach ihm, konnte ihn aber nirgends mehr entdecken. Mit weichen Knien ging er zu den Waschräumen. Seine Hand zitterte immer noch, als er sich die Augentropfen in die Unterlider träufelte.

John, Michael und Jennifer besprachen gerade die Fortschritte des Tages, als die Tür aufging und Robert hereinkam. Er nickte John und Michael zu und umarmte Jennifer kurz, die sofort aufgestanden war, um ihm entgegenzugehen.

»Es tut mir leid, dass ich nicht früher kommen konnte. Wie weit seid ihr gekommen?« Er wirkte gehetzt und alles andere als froh darüber, hierher beordert worden zu sein.

›Kein Wunder‹, dachte Michael, ›wir befinden uns wieder in der gleichen Konstellation wie damals. Das kann ihm nicht gefallen. Seine Eifersucht auf mich ist trotz der vielen Jahre nicht vergangen. Mal sehen, wie lange das gut geht.‹

John gab Robert die ausgedruckten Texte der Übersetzung, die er gerade erst von Michael und Jennifer erhalten hatte.

»Hauptsache, du bist jetzt da. Ich bin so froh, dass du dich frei machen konntest.« Jennifer hatte ihre Hand auf Roberts Arm gelegt und lächelte ihn an.

Er lächelte flüchtig zurück, während er die einzelnen Blätter überflog. »Ich auch.« An John gewandt sagte er: »Das sind ungefähr zwei Drittel, richtig?« John nickte. Michael hatte eine der beiden Schriftrollen als das sogenannte Kindheitsevangelium identifiziert und arbeitete an der dritten Rolle, in der es um die Wanderungen des Thomas in Indien ging.

»Mehr habt ihr noch nicht?« Robert schien enttäuscht. Doch nach kurzem Überlegen sagte er: »Ich denke, wir müssen nicht jeden Satz der Texte übersetzen, um zu einer Einschätzung zu kommen, ob diese Texte authentisch sind oder nicht. Was wir suchen, ist ein Beweis dafür, dass dieser Issa wirklich Jesus war. Und wenn es ihn geben sollte, dann werden wir ihn am ehesten in den indischen Schriften finden. Deshalb werde ich ab morgen Jennifer bei ihrer Übersetzung zuarbeiten, und du, Michael, kannst dich ja weiterhin mit den Papyri aus Talpiot beschäftigen.«

»Kein Problem.« Michael stand auf. »Aber für heute sind wir fertig. Wir wollen später noch ins Dorf, einen Wein trinken gehen. Kommst du mit?« Ein Friedensangebot.

»Nein, ich werde mich erst Bischof Tormentière vorstellen müssen. Ich kenne ihn noch nicht.«

»Oh, der Bischof ist nicht da. Er musste nach Rom und wird erst übermorgen zurückerwartet«, sagte Jennifer. »Dort scheint im Moment allerhand los zu sein. Den Umständen entsprechend eben.«

»Ja. Die Kardinäle des Konklaves treten in vierzehn Tagen zusammen, und wir sind alle sehr gespannt darauf, wer der neue Papst werden wird«, sagte Robert, schien aber mit seinen Gedanken ganz woanders zu sein.

Sie standen auf und machten sich auf den Weg in ihre Zimmer.

»Und, kommst du nun mit?«, fragte John.

Robert schüttelte den Kopf. »Ich bin ziemlich erledigt. Wir sehen uns morgen.«

Am folgenden Tag war Pater Adam verhindert, weil er Prüfungen abzunehmen hatte. Vorher hatte er noch Texte gescannt, war aber schon gegangen, bevor die vier mit der Arbeit begannen. Trotz Michaels Befürchtungen verliefen die nächsten Stunden geradezu harmonisch. Robert fragte sehr höflich, wenn er etwas wissen wollte, und Michael fühlte sich nicht herausgefordert, flapsig zu antworten.

Am späten Nachmittag kam Michael in den Schriften des Thomas an eine Textstelle, die sie ihrem Ziel ein bedeutendes Stück näher brachte. Im dritten Papyrus berichtete Thomas von seinen Wanderungen durch Westindien, bis er schließlich im Jahr 52 nach Kerala kam, um dort zu missionieren. Offenbar war er mit Jesus in Verbindung geblieben, denn dieser war nach Kerala gekommen, um ihn zu unterstützen.

Thomas hatte eine der Predigten, die Issa im Jahr 53 in der Stadt Muziris gehalten hatte, wörtlich niedergeschrieben. Hier hatte Issa von seiner Kindheit in Nazareth gesprochen. Es war zwar nur ein Nebensatz, aber der erste klare Hinweis darauf, dass es sich bei Issa um einen Mann handelte, der wie Jesus aus Palästina stammte. In dieser Predigt hatte er auch darüber berichtet, dass er und Thomas, nachdem sie in Indien angekommen waren, viele Jahre getrennte Wege gegangen waren.

Aus Issas eigener Niederschrift, die von Jennifer bearbeitet wurde, ging wiederum hervor, dass er sich nach seiner Rückkehr vorwiegend im Norden des Sindh aufgehalten hatte – in den Gegenden, in denen er schon als junger Mann gewesen war, bevor er nach Galiläa zurückkehrte. Erst zwanzig Jahre später hatte er sich in den Süden des riesigen Landes begeben.

Beide Texte fügten sich nahtlos aneinander.

John, Michael und Jennifer waren begeistert, doch Robert reagierte fassungslos.

»Das kann einfach nicht sein. Das ist Zufall. Jesus Christus ist in Jerusalem gekreuzigt worden. Er hat das Land nie verlassen. Das hier ist pure Spekulation. Jesus hat die Menschheit durch seinen Tod von ihren Sünden erlöst, darauf baut unser Glaube auf, das ist das Herzstück unserer Kirche. Entweder ist das hier eine Fälschung oder es handelt sich um einen Zeitgenossen aus seinem Umfeld, einen … einen Hochstapler!« Seine Stimme wurde immer lauter, sein Gesicht war bleich, und sein Mund verzog sich. »Ich weiß, dass ihr weder mit der Kirche noch mit Gott etwas zu tun haben wollt.« Erregt war er aufgesprungen und lief hin und her. »Schaut mich also nicht so erstaunt an. Was wisst ihr denn schon? Euch ist doch völlig egal, was es bedeuten würde, wenn das wirklich die Wahrheit wäre. Und deshalb sage ich euch nochmals, es kann nicht stimmen!« Erschöpft ließ er sich auf einen Stuhl sinken. »Ich bin Archäologe geworden, weil ich Beweise für die Evangelien finden will, nicht, um sie infrage zu stellen.«

Michael und John sahen sich ratlos an.

»Beruhige dich doch …«, begann John.

»Ich kann mich nicht beruhigen! Wenn es wahr ist, was ihr sagt, bricht doch alles zusammen, seht ihr das denn nicht? Jesus *ist* Gottes Sohn. Mit seinem Tod hat er uns von unseren Sünden erlöst, ist auferstanden und in den Himmel gefahren. Wenn das nicht wahr ist, dann sind wir verdammt, verdammt bis in alle Ewigkeit.« Robert war wieder aufgesprungen und rannte hinaus.

Die drei schauten sich betroffen an.

»Was ist denn in den gefahren?«, grinste Michael. »Hat er denn im Ernst geglaubt, dass wir nichts finden? Und jetzt, wo wir etwas gefunden haben, rastet er dermaßen aus?«

Jennifer schaute Michael erbost an.

»Robert ist ein zutiefst gläubiger Mensch. Kannst du dir nicht vorstellen, dass ihm das den Boden unter den Füßen wegzieht?«

»Schon, aber er ist doch auch Wissenschaftler. Er kann sich doch neuen Erkenntnissen nicht verschließen«, meinte Michael. »Ich sollte ihm vielleicht nachgehen und ihm ...«

»Nein, lass nur, ich spreche mit ihm«, unterbrach ihn Jennifer und verließ den Raum.

»Er kam mir gestern schon so merkwürdig vor«, murmelte John. »Keine Spur von seiner sonst zur Schau gestellten Arroganz. Er wirkte doch eher nervös und unkonzentriert, meinst du nicht auch?«

»Das hat sicher mit meiner Anwesenheit zu tun. Du weißt doch, er hat sich in meiner Gegenwart noch nie besonders wohlgefühlt.«

»Das mag ja sein, aber das eben ... da steckt mehr dahinter. Er ist ja völlig außer sich. Hoffentlich kann Jenny ihn beruhigen.«

Jennifer holte Robert erst draußen auf der Gasse ein. Kreidebleich lehnte er an der Mauer und atmete schwer. Sie stellte sich neben ihn und berührte seinen Arm. »Lass uns ein Stück gehen, ja?«

Robert antwortete nicht, seufzte nur leise und ließ sich von ihr untergehakt durch das alte Stadttor geleiten. Sie gingen ein Stück auf dem Weg, der entlang der Stadtmauer verlief. Jennifer fror schon nach wenigen Schritten, aber sie wollte ihren Freund nicht im Stich lassen. Der schien den kalten Wind, der trockenes Laub vor sich hertrug, nicht zu spüren.

Sie kamen zu einer Holzbank. Er setzte sich und zog sie neben sich. »Schau nur, ist der Blick nicht schön?« Seine Augen streiften über die umliegenden Hügel. Dann schaute er sie an und sagte: »Es tut mir leid, dass ich eben so heftig reagiert habe. Ich kann dir das jetzt nicht erklären. Später vielleicht, ja?« Er legte den Arm um sie und spürte, wie sie zitterte. »Komm, lass uns wieder reingehen, du frierst.«

Als die schwere Eichentür des Klosters hinter ihnen ins Schloss gefallen war, sagte Robert: »Ich möchte nicht zurück zu den anderen. Ich muss jetzt allein sein.«

»Gut. Wenn du mich brauchst, klopf an meine Tür, okay?« Sie schaute ihm nach, wie er den Gang in Richtung Kapelle hinunterging.

Als sie zurückkam, waren John und Michael wieder über ihre Arbeiten gebeugt.

»Na, hat er sich wieder beruhigt?«, fragte Michael flapsig.

»Du tust ja gerade so, als hätte ihn nur eine Mücke gestochen. Er ist bis ins Tiefste seiner Seele aufgewühlt, sein Glaube ist ins Wanken geraten. Dir mag das nichts bedeuten, aber der Glaube und die Kirche sind sein Leben. Die Archäologie kommt erst an zweiter Stelle. Und darüber hinaus gibt es für ihn nichts anderes.«

»Dramatisierst du das nicht ein bisschen? Er ist trotzdem auch Wissenschaftler, und wenn ihm da sein Glaube in die Quere kommt, ist das schließlich sein Problem«, sagte Michael herablassend.

Jennifers Stimme bekam einen zornigen Unterton: »Du hast dich nicht verändert, Michael Torres! Weißt du, deine Selbstgefälligkeit geht mir ganz schön auf die Nerven!«

»Ja, ja, ich weiß. Robert ist ja so sensibel. Vermutlich wurde er als Kind mal zu heiß gebadet.« Michael konnte sich diese zugegebenermaßen dumme Bemerkung nicht verkneifen, denn es ärgerte ihn, dass sie wie schon früher so oft Roberts Partei ergriff.

»Du hattest schon immer etwas gegen Robert, obwohl er dir nie etwas getan hat«, sagte Jennifer erregt.

»Umgekehrt wird ein Schuh draus, er kann mich nicht ausstehen. Das konnte er noch nie, weil er maßlos eifersüchtig auf mich war. Deinetwegen.«

»Meinetwegen? Mach dich nicht lächerlich. Robert ist Priester!«

»Was ihn aber nicht davon abgehalten hat, sich in dich zu verlieben.«

»So ein Quatsch! Wir sind Freunde, nichts weiter.«

»Bist du wirklich so naiv? Glaubst du, nur weil ein Mann eine Soutane trägt, ist er gefeit gegen erotische Gefühle?« Michaels Stimme klang mitleidsvoll, was Jennifer noch mehr aufbrachte.

»Jetzt komm mal runter von deinem hohen Ross. Meine Naivität und Roberts Gefühle, welcher Art sie auch sein mögen, sind mir jedenfalls lieber als deine Arroganz, deine selbstgerechte Art und deine … deine Herzlosigkeit!«

John blickte sprachlos von einem zum anderen. So kannte er weder Michael noch Jennifer. »Kommt, bitte, es reicht jetzt. Wir sind doch hier, um zu arbeiten«, sagte er hilflos. Aber die beiden schienen ihn gar nicht zu hören. Er zuckte mit den Schultern und verließ ohne ein weiteres Wort den Raum.

Michael sah Jennifer verständnislos an.

»Herzlosigkeit? Was meinst du damit?«

»Herzlosigkeit eben. Du hast kein Herz für andere Menschen. Bloß nicht zu viel Interesse an anderen zeigen, die könnten ja dann vielleicht auf die Idee kommen, etwas von dir zu wollen. Das meine ich damit.«

Michael schwieg betroffen. Dann fragte er leise: »Sprichst du von uns?«

Jennifer antwortete nicht.

»Mir ist schon am Tag, als wir hier ankamen, aufgefallen, dass du mir ausweichst«, fuhr er fort. »Warum nur? Warum tust du das?«

Jennifer schwieg noch immer. Sie war von der Heftigkeit

ihrer Reaktion selbst überrascht. Fühlte sie sich denn immer noch verletzt, nach so langer Zeit? Nein, all das spielte heute wirklich keine Rolle mehr. Es war nur, dass Michael durch die Art, wie er auf Robert reagierte, die Erinnerung an den alten Schmerz wieder hochkommen ließ.

»Ich muss dich ja, ohne dass es mir bewusst gewesen ist, ziemlich verletzt haben. Willst du mir nicht sagen, was ...«

»Deine Art eben. Wie ich sie gerade beschrieben habe. Du warst damals vielleicht in mich verliebt, aber wirklich geliebt hast du mich nicht, wirklich lieben kannst du nur dich selbst.«

»Wie kommst du nur darauf?«

»Wie ich darauf komme?« Ihre Stimme überschlug sich. »Weil ich auf schmerzliche Art erfahren musste, dass du zu einer echten Bindung gar nicht fähig bist, weil du deine eigenen Interessen immer über meine gestellt hast, weil du kompromisslos und selbstgerecht bist, wenn es um dich selber geht. Weil es dir nie um uns ging ...« Erschöpft brach sie ab.

»Mein Gott, das ist über zwanzig Jahre her«, sagte Michael kraftlos.

»Aber es ist trotzdem wahr. Ich war damals bereit, mit dir überallhin zu gehen, aber du hast mich ja nicht einmal gefragt, ob ich mitkommen möchte, als du das Angebot aus Princeton bekamst.« Auch Jennifer schien erschöpft. Sie setzte sich in den kleinen Sessel am Fenster, schaute hinaus und schwieg eine Weile.

Michael stand hilflos in der Mitte des Raumes und wusste nicht, wohin mit sich.

Jennifer fuhr fort: »Kannst du dich an den Nachmittag im Englischen Garten erinnern? Ich war so verliebt in dich, so glücklich, und trotzdem musste ich weinen. Und du hast mich nie gefragt, warum. Ich spürte, dass du es gar nicht wissen wolltest«, fuhr sie leise fort. »Deshalb konnte ich es dir auch nicht einfach so sagen. Dabei hätte ich es dir so gerne erzählt, vielleicht hättest du Robert dann besser verstanden. Glaub nicht, dass mir euer angespanntes Verhältnis entgangen wäre.« Sie verstummte für einen Moment. »An dem Morgen hatte er mir nämlich erzählt, warum er immer Handschuhe trägt, und das ist eine sehr, sehr traurige Geschichte.« Wieder schwieg sie für einen Moment. »Aber du hast recht, es spielt heute keine Rolle mehr, was damals war. Das Leben ist weitergegangen.« Sie holte tief Luft. »Um eines möchte ich dich jedoch von Herzen bitten: Begegne Robert mit etwas mehr Respekt.«

Michael hockte sich neben sie und griff nach ihrer Hand, doch sie entzog sie ihm gleich wieder.

»Kannst du es mir jetzt sagen?«

»Nein, jetzt müsste er es dir schon selber sagen.«

Jennifer stand auf und verließ den Raum.

Michael setzte sich wieder an seinen Arbeitstisch, aber es war ihm unmöglich, sich zu konzentrieren. Seine Gedanken schweiften immer wieder ab.

»Herzlos«, »selbstgerecht« und »arrogant« hatte Jennifer ihn genannt, und das hatte ihn tief getroffen. Offenbar hatte sie sein Verhalten falsch gedeutet. Er war nicht herzlos, sondern nur zurückhaltend, wenn er sich seinen Mitmenschen nicht mit bedauernden Äußerungen und guten Ratschlägen aufdrängte. Man konnte es doch nicht selbstgerecht nennen, wenn er Sachverhalte aus seiner Sicht darstellte, und nur weil er ein gesundes Selbstbewusstsein hatte, war er doch noch lange nicht arrogant. Wie konnte sie ihn nur so missverstehen?

Ihm fiel der Besuch bei seiner Mutter wieder ein, als sie schon sehr krank gewesen war. Hatte Jennifer ihn nicht damals schon beschuldigt, herzlos zu sein? Worum war es damals gegangen? Er wusste es nicht mehr, aber Jennifer hatte ihn beschimpft, seine Mutter mit abschätzigen Bemerkungen verletzt und keine Rücksicht auf ihre Krankheit genommen zu haben. Doch sie hatte ja auch nicht wissen können, dass er mit seiner Mutter schon immer einen eher sarkastischen, auf jeden Fall unsentimentalen Umgangston gepflegt hatte. Und dass seine Mutter ihn sicher richtig verstanden hatte.

Er wusste, dass Jennifer schon immer sehr empfindlich, oder besser gesagt empfindsam gewesen war. Sie hatte die Situation damals auch nicht richtig beurteilen können. Doch diesmal ging es um Robert, und da lag die Sache etwas anders. Es mochte ja ein schlimmer Unfall oder etwas Ähnliches gewesen sein, das ihm als Kind widerfahren war, doch das erklärte Roberts heutiges Verhalten nicht. Abgesehen davon bestand für Michael kein Zweifel daran, dass Robert in kriminelle Machenschaften verwickelt war. Vermutlich hatte er sogar selbst den Diebstahl der Schriftrollen, wenn nicht sogar den Mord an Matthew in Auftrag gegeben. Und das war durch gar nichts zu entschuldigen.

Robert war Michael von Anfang an gründlich unsympathisch gewesen, und er hatte ihm nie ganz über den Weg getraut. Jetzt hatte er sich durch Roberts Winkelzüge bestätigt gefühlt. Konnte Jenny das denn nicht verstehen?

Gut, vielleicht hatte Roberts tiefste Überzeugung wirklich eine Erschütterung erlitten, und natürlich war auch Michael der Meinung, dass man nicht nachtritt, wenn einer schon am Boden liegt, aber ihm war seine Reaktion auf die Entdeckung in den Schriften total überzogen vorgekommen. Und Jennys Reaktion auf ihn ebenfalls.

ROM

ES WAR JAHRE HER, seit Albert Tormentière in der heiligen Stadt gewesen war. Sie hatte sich nur wenig verändert, doch der Verkehr kam ihm lärmender und dichter vor als damals, und es schien, als würden noch mehr Touristen durch die Straßen strömen. Damals waren er und ein weiterer Pater Begleiter der Abschlussklasse gewesen, die in jenem Jahr nach Rom fuhr. Der Höhepunkt der Klassenfahrt war der Ostersegen des Papstes gewesen. Mit Tausenden von Menschen aus aller Welt hatten sie auf dem Petersplatz gewartet und schließlich gesehen, wie die winzige Figur von Johannes Paul II. die Benediktionsloggia des Petersdomes betrat. »*Urbi et orbi*« – der Stadt und dem Erdenkreis – schallte es aus den Lautsprechern, dann folgte der Ostersegen in 64 Sprachen.

In den Jahren danach hatte er sich immer mehr der Bruderschaft zugewandt und war bald darauf an das Seminar nach Flavigny-sur-Ozerain berufen worden. Er hatte kein Interesse mehr daran gehabt, den Vatikan zu besuchen. Doch jetzt war alles anders. Auch wenn er nicht wusste, warum Kardinal Montillac ihn nach Rom gerufen hatte, so war ihm doch klar, dass es sehr wichtig sein musste. Man hatte ihm ein Hotel in der Nähe des Petersdoms genannt, denn das Gästehaus des Vatikans war belegt. Sofort nachdem er eingecheckt hatte, ließ er sich von einem Taxi in den Governatoratspalast bringen. Kurz darauf betrat er das Büro des Kardinals.

»Setzen Sie sich, mein Lieber. Ich freue mich, dass Sie gleich gekommen sind. Es gibt Wichtiges zu besprechen«, sagte Montillac, nachdem sie sich begrüßt hatten.

Er schaute Tormentière wohlwollend an. »Ich verfolge Ihr

Leben und Ihr Wirken am Seminar schon seit Langem. Die Zucht und Ordnung, mit der Sie Ihr Leben führen, die unbeirrte Ausrichtung auf ein Ziel, habe ich immer bewundert. Sie haben sich nie vor konsequenten Maßnahmen gescheut, wenn es darum ging, die Ihnen anvertrauten Schüler auf den Weg Gottes zu führen und jeden drakonisch zu bestrafen, der sich nicht an die Zehn Gebote und die Gesetze der Kirche hielt.« Der Kardinal beobachtete Tormentière, während er sprach, doch dessen Miene war undurchdringlich.

»Ich kenne niemanden, der so mutig und so geradlinig ist wie Sie«, fuhr er fort und neigte seinen Kopf. »Könnten Sie sich vorstellen, eine wesentlich bedeutendere Aufgabe zu übernehmen?«

Tormentière schwieg für eine Weile, und der Kardinal dachte schon daran, seine Frage zu wiederholen.

»Ich fühle mich eigentlich sehr wohl an dem Platz, an dem ich jetzt bin. Ein höheres Amt ist mir nie in den Sinn gekommen. Ich würde sagen, es hängt von der Aufgabe ab, die Sie mir übertragen wollen.«

»Ich bin sicher, dass Sie dieses Amt nicht ablehnen werden ... nicht ablehnen können.«

»Wie gesagt, ich fühle mich sehr wohl dort, wo ich bin ...« Tormentière brach ab und schaute den Kardinal selbstsicher an. Es lag fast so etwas wie Herausforderung in seinem Blick.

Jetzt war es der Kardinal, der länger schwieg. Er war sich sicher gewesen, dass Tormentière sein Angebot annehmen würde, aber nun kamen ihm zum ersten Mal Zweifel daran, ob dieser Mann wirklich der Richtige für das Amt war, für das er ihn auserkoren hatte war. Nie zuvor war ihm diese ... wie sollte er es nennen ... diese Arroganz an Tormentière aufgefallen. Sollte er sich in ihm getäuscht haben? Würde er ihn unter seiner Kontrolle halten können, wenn Tormentière erst einmal zum Papst gewählt worden war?

Es war viel zu spät, jetzt noch etwas an seinen Plänen zu ändern. Tormentière war der beste Kandidat aus ihren Reihen, und sie würden in Zukunft eben immer einen Konsens finden müssen, beschwichtigte er sich selbst.

»Mein lieber Albert, ich darf Sie doch so nennen? Wir, und damit meine ich die Bruderschaft, der Sie angehören, und deren Freunde hier in der Kurie, haben Sie für das höchste Amt unserer Kirche ausgewählt. Wir möchten Sie auf dem Stuhl Petri sehen.«

Tormentière zog erstaunt die Brauen hoch, beugte sich etwas vor und fragte flüsternd: »Ich soll Papst werden?« Dann lehnte er sich wieder zurück und sprach in normaler Lautstärke weiter. »Wie soll das gehen? Ich bin nur Bischof. Auch wenn das keinen Hinderungsgrund darstellt, so wäre es doch höchst unwahrscheinlich, dass mich das Konklave wählt. Ich habe keine Lobby in Rom, so wie andere Kandidaten, ich habe eher Feinde. Wer würde für einen Papst stimmen, der Mitglied unserer Bruderschaft ist?«

»Darüber sollten Sie sich keine Gedanken machen.« Montillac holte tief Luft. »Ich kann Ihnen versichern, dass Sie gewählt werden. Heute möchte ich nur wissen, ob Sie dazu bereit sind.«

Wieder schwieg Tormentière, verschränkte die Arme und schaute nachdenklich aus dem Fenster. »Gut, darüber muss ich nachdenken. Aber eines möchte ich noch wissen: Wie wollen Sie die Kardinäle dazu bringen, für mich zu stimmen?«

»Machen Sie sich darüber keine Gedanken. Die werden Sie wählen.« Kardinal Montillac konnte an Bischof Tormentières Gesichtsausdruck erkennen, dass ihm diese Antwort nicht genügte. Nochmals fragte er sich, ob es richtig war, diesen Mann zum Papst machen zu wollen. Von Fügsamkeit war da keine Spur.

Er holte weit aus: »Wir hatten große Hoffnungen in

Benedikt XVI. gesetzt, und anfangs sah es auch so aus, als wolle er sich mit der Bruderschaft versöhnen. Doch schon vor Jahren ist mir und einigen anderen Mitgliedern der Kurie klar geworden, dass dieser Papst im Grunde kein Interesse an der Wiedereinführung der alten Ordnung hat, in der die Gewalt in Staat und Gesellschaft einzig und allein Gott vorbehalten ist.«

Er fühlte sich plötzlich sehr müde. Was tat er hier eigentlich? Warum musste er so viel Kraft aufbringen, diesen Mann zu überzeugen? Er sollte das Amt doch selbst übernehmen, dann war wenigstens gewährleistet, dass der große Plan, den er und seine Gleichgesinnten erarbeitet hatten, auch umgesetzt wurde. Er wusste aber auch, dass er es als Papst ungleich schwerer haben würde als Tormentière. Man würde ihn hassen, weil er den Stuhl Petri erpresst hatte, ihn der Machtbesessenheit bezichtigen und ihn in seiner Arbeit isolieren, ihm Informationen vorenthalten oder ihm falsche weitergeben, denn der gut geölte Apparat des Vatikans würde laufen wie in all den Jahrhunderten zuvor. Nein, er musste im Hintergrund bleiben und von da aus alles steuern. Aber würde dieser Mann, der nun vor ihm saß, sich steuern lassen?

»Die Kirche ist nur dann zu retten, wenn sie sich wieder auf den Auftrag besinnt, der ihr von unserem Herrn Jesus Christus gegeben wurde, wenn sie wieder die Position einnimmt, die er bestimmt hat. Nur das wird sie im Inneren stärken und gegen alle Anfechtungen von außen feien. Das ist unsere Aufgabe, und deshalb brauchen wir Sie.«

Tormentière räusperte sich. »Das habe ich verstanden, aber Sie haben meine Frage noch nicht beantwortet.«

Wieder schaute der Kardinal Tormentière prüfend an. »Wie Sie wissen, glauben die drei Wissenschaftler, die in Ihrem Kloster an der Übersetzung der alten Schriftstücke arbeiten, dass der Herr die Kreuzigung überlebt und noch viele Jahre in Indien gewirkt hat«, sagte er schließlich. »Ich muss Ihnen nicht verdeutlichen, was es bedeuten würde, wenn es dafür wirklich Beweise gibt – wovon ich allerdings inzwischen sogar ausgehe. Und das wäre unser Untergang.« Der Kardinal reckte seinen Kopf vor. »Es sei denn, wir würden diese Beweise für unsere Zwecke nutzen. Mit diesen authentischen Dokumenten in unseren Händen werden wir die Kardinäle des Konklaves davon überzeugen, *Sie* zu wählen. Unseren Kandidaten. Denn wir haben die Entscheidungsgewalt darüber, ob diese Dokumente der ganzen Welt zugänglich gemacht oder vernichtet werden. Das bedeutet also, entweder Sie werden gewählt oder wir gehen alle unter.«

»Sie reden von Erpressung ...?«

»Das ist ein sehr hässliches Wort.« Montillac sah ihn missbilligend an. »Ich spreche von Überzeugung.«

Tormentière nickte. »Ich verstehe.« Schließlich sagte er: »Unter diesen Umständen habe ich gar keine andere Wahl, als die Kandidatur anzunehmen.« Doch dann schwieg er erneut, bevor er sagte: »Verzeihen Sie, aber ich wollte erst alle Umstände kennen. Ich kann Ihnen versichern, dass wir uns in der Sache immer einig sein werden und dass ich das Amt, wenn ich tatsächlich gewählt werden sollte, nach bestem Wissen und Gewissen in unserem Sinne ausüben werde.« Beide Männer erhoben sich.

»Es ist sicher das Beste, wenn ich morgen früh nach Flavigny zurückkehre und dort auf Ihre Weisungen warte.«

Montillac nickte bedächtig. »Es wird sicher noch ein paar Tage dauern, bis es ernst wird, aber ich möchte Sie so bald wie möglich hier in Rom haben. Und bringen Sie dann unbedingt die Schriftrollen aus Israel und Indien mit. Pater Adam soll mir schon mal die Übersetzungen per E-Mail schicken, auch wenn sie noch nicht ganz fertig sind. Man wird sich hier sicher davon überzeugen wollen, dass ich die Wahrheit sage.«

»Eine Frage noch: Was soll mit den drei Wissenschaftlern

geschehen? Im Moment werden sie sicher noch keine Schwierigkeiten machen, denn sie sind viel zu sehr mit ihrer Forschung beschäftigt. Aber dann? Wir können sie doch nicht einfach so gehen lassen.«

»Keinesfalls. Wenn überhaupt, dürfen sie das Kloster erst nach der Papstwahl verlassen. Wie Sie dabei vorgehen wollen, ist ganz und gar Ihre Entscheidung.«

Tormentière lächelte maliziös. »Das hatte ich schon vermutet.«

FLAVIGNY-SUR-OZERAIN

JOHN HATTE SCHLECHT geschlafen. Er war während der Nacht häufig aufgewacht und hatte auf die immer wieder auftauchende Frage, wie sie weiter vorgehen sollten, keine Antwort gefunden.

Am Abend zuvor hatte er mit Michael bei Patron Serge zwei Flaschen Wein geleert. Obwohl sie erneut einen Hinweis darauf gefunden hatten, dass ihre These stimmte und dass Anlass zur Freude hätte sein müssen, war ihre Stimmung getrübt. Nicht nur wegen des Streits mit Jennifer, die sich danach in ihr Zimmer zurückgezogen hatte und nicht dazu zu bewegen gewesen war, mitzukommen.

Es war an der Zeit, die Fakten auf den Tisch zu legen und der Realität ins Auge zu schauen. Besessen von der Idee, die Wahrheit über das Leben von Jesus Christus herauszufinden, hatten Michael und er bereitwillig zugestimmt, nach Flavigny zu reisen. Sie kamen der Wahrheit zwar immer näher, gleichzeitig aber wurden ihre Zweifel immer größer, ob die Welt davon jemals etwas erfahren würde. Roberts emotionale Reaktion am Vortag hatte ihnen vor Augen geführt, was eine Veröffentlichung unter den Gläubigen auslösen könnte. Deshalb war völlig klar, dass die Kirche der Veröffentlichung niemals zustimmen konnte. Natürlich würden sie alle Schriftrollen und die Übersetzungen, die Michael fotografiert hatte, der Presse übergeben können, um das kriminelle Vorgehen der Kirche publik zu machen, aber ohne in der Lage zu sein, die Originale zu präsentieren, würden sie am Ende nur Spott und Häme ernten.

»Wir müssen etwas unternehmen. Es muss doch einen Weg

geben, die Schriftrollen aus dem Kloster zu bringen«, hatte John noch mit schwerer Zunge gesagt, bevor er in sein Zimmer ging.

Am nächsten Morgen, nachdem er geduscht hatte, fühlte sich John etwas besser. Er ging hinunter in das ein Stockwerk tiefer liegende Büro, das ihnen als Arbeitszimmer diente. Dort saß Jennifer am Konferenztisch, auf dem sich eine Kanne Kaffee und eine aufgerissene Tüte mit frischen Croissants befanden.

»Komm, setz dich«, sagte sie mit vollem Mund. »Ich bin heute schon bei Patron Serge gewesen und habe das Frühstück mitgebracht. Da drüben stehen Tassen. Ich musste einfach mal was anderes haben als täglich das trockene Brot und den Tee im Refektorium.«

»Danke, Jen, das ist genau das, was ich jetzt brauche.« John nahm sich eine Tasse, goss Kaffee hinein und setzte sich zu ihr. »Alles okay?«

»Alles okay«, sagte sie, und als sie Johns zweifelnden Blick sah: »Wirklich!«

John erzählte ihr in groben Zügen, worüber er mit Michael am Abend zuvor gesprochen hatte.

»Nun sind wir fast durch. Noch ein, zwei Tage und wir können unsere Sachen packen. Ich habe aber immer noch keinen Plan, wie wir mit den Schriftrollen von hier verschwinden können. Meinst du, Robert würde uns dabei helfen?«

»Ich weiß es nicht. Ich habe ihn seit gestern nicht mehr gesehen, aber ich will sowieso heute mit ihm sprechen. Ich will auch nach Hause und die Sache hier so bald wie möglich beenden.« Sie sah John ernst an. »Auch wenn ich keinen Verdienst an der Entdeckung der indischen Schriften habe – ich habe sie immerhin übersetzt und finde es wichtig, dass auch sie der Wissenschaft zugänglich gemacht werden. Nur ist mir natürlich klar, dass das Diebstahl wäre ...«

»Sicher ist das Diebstahl«, unterbrach John sie erregt. »Doch haben die sich darüber Gedanken gemacht, als sie meine Schriftrollen haben stehlen lassen? Die haben nicht mal vor Mord zurückgeschreckt. Die Entwendung der indischen Schriften könnte ich gut mit meinem Gewissen vereinbaren. Die Grenzen des Fairplays sind doch wirklich längst überschritten. Oder hoffst du immer noch, dass die uns hier morgen oder übermorgen unbehelligt hinausmarschieren lassen?«

Jennifer schüttelte den Kopf. »Natürlich nicht.«

»Und das bedeutet, dass uns nichts anderes übrig bleibt, als so schnell wie möglich heimlich von hier zu verschwinden.« John nahm einen großen Schluck Kaffee.

Kurz darauf kam Pater Adam mit den Schriftrollen herein, blieb einen Moment an der Tür stehen und schaute verdutzt auf den Konferenztisch.

›Aha, der Aufpasser ist auch schon da. Ob er uns belauscht hat?‹, fuhr es Jennifer durch den Kopf. Laut sagte sie: »Setzen Sie sich doch zu uns. Möchten Sie eine Tasse Kaffee?«

»Nein danke, ich habe schon gefrühstückt.« Es klang missbilligend. »Ich werde die letzten Abschnitte der Texte scannen. Dann brauche ich sofort die Übersetzungen aller Texte, die bisher fertig sind. Kardinal Montillac will sie einsehen, und ich muss sie ihm spätestens morgen schicken. Leider muss ich anschließend gleich wieder weg, weil die Prüfungen noch nicht vorüber sind.«

Jennifer hielt die Luft an. Es schien, als hätte er nichts von ihrer Unterhaltung gehört. »In Ordnung«, sagte sie. »Ich maile ihnen meinen Text von gestern sofort.« Sie wollte ihm gerade folgen, als die Tür aufging und Michael den Raum betrat. John bemerkte, wie Jennifers Rücken sich versteifte, und bevor Michael etwas sagen konnte, ergriff er das Wort.

»Na, auch so schlecht geschlafen wie ich?«

Michael schaute Jennifer unsicher an, aber sie lächelte

freundlich zurück und schien über den Streit vom vergangenen Tag hinweg zu sein. Erleichtert sagte er: »Eigentlich habe ich gut geschlafen, ich bin nur sehr früh wach geworden und habe mir unsere Situation noch mal durch den Kopf gehen lassen. Ich glaube, ich …«

John deutete mit dem Kopf zur offenen Tür, die in den benachbarten Raum führte, und Michael verstummte augenblicklich.

»… wir sollten uns etwas beeilen«, sagte er dann.

Jennifer beschloss, ihren Streit nicht mehr zu erwähnen. »Ja, du hast recht. Möchtest du einen Kaffee?«, fragte sie stattdessen.

»Gerne«, sagte Michael und lächelte zaghaft. »Habt ihr Robert heute Morgen schon gesehen?«

»Er wird sicher gleich kommen«, sagte Jennifer und fügte etwas lauter hinzu: »Pater Adam ist schon da. Er wartet darauf, dass du ihm deine Übersetzungen von gestern gibst. Die fertigen Texte werden in Rom dringend gebraucht.«

Michael und John grinsten sich an.

»Okay, kein Problem«, sagte Michael und begab sich an seinen Computer.

Einige Minuten später kam Robert. Er trug noch immer dieselbe Kleidung wie am Vortag, und der dunkle Schatten auf Kinn und Wangen verriet, dass er unrasiert war.

›Er sieht aus, als hätte er die ganze Nacht in der Kapelle verbracht‹, dachte Jennifer.

»Entschuldigt bitte«, sagte Robert mit belegter Stimme. »Ich muss erst mal duschen. In einer halben Stunde bin ich wieder da.« Er gab keine weitere Erklärung ab und verschwand wieder.

Pater Adam formatierte die Texte, die Michael und Jennifer ihm gesendet hatten, und mailte sie an den Kardinal.

Nachdem er gegangen war, wandte sich Michael an die anderen beiden. »Was ich vorhin sagen wollte: Ich habe eine Idee, wie wir das Kloster mit den Schriftrollen verlassen können.«

Jennifer und John schauten ihn gespannt an.

»Mein Plan ist zwar noch nicht ganz ausgereift, aber ich denke, es könnte klappen.«

»Nun sag schon!«, drängte John.

»Also, ihr beide packt nacheinander eure Koffer und bringt sie nach Möglichkeit, ohne dass man euch sieht, schon mal ins Auto. Meine Sachen sind schon dort verstaut. Wir arbeiten hier ganz normal weiter, verlangen aber heute Nachmittag Einsicht in die Originale, weil wir auf ein paar Unklarheiten gestoßen sind. Pater Adam muss sie dann herausrücken, und wir lassen uns ein bisschen Zeit mit der Überprüfung. Pater Adam wird sicher sofort wieder zurück zu seinen Prüflingen müssen. Sobald sich alle zur abendlichen Andacht versammelt haben, verschwinden wir mit den Rollen.« Michael schaute die beiden erwartungsvoll an, aber es kam keine Reaktion. »Wenn er aber bleiben sollte, um uns bei unserer Arbeit zu überwachen, werden wir ihn überwältigen, fesseln und knebeln müssen. Zusammen sollten wir das doch schaffen!«

»Und Robert?«, fragte John.

»Ich weiß, Robert ist das Problem«, sagte Michael. »Entweder wir müssen ihn einweihen und er muss sich entscheiden ...« John zog zweifelnd die Augenbrauen hoch, »oder wir müssen ihn ablenken. Ich dachte, dass Jenny mit ihm in der entscheidenden Phase des Plans, also wenn wir Adam tatsächlich ausschalten müssen, einen Spaziergang machen könnte. Was meint ihr?«

Jennifer sah sehr nachdenklich aus, sie schien nicht überzeugt.

John schürzte die Lippen. »Ich halte nichts davon, Robert einzuweihen. Er ist ein zu großer Unsicherheitsfaktor. Aber ansonsten könnte das klappen. Einen Versuch ist es jedenfalls wert. Wir haben nichts zu verlieren.«

»Gut«, sagte Jennifer schließlich, »ich bin dabei. Aber wir müssen Robert außen vor lassen. In seinem labilen Zustand wäre er der Situation bestimmt nicht gewachsen. Ich werde mich im kritischen Moment um ihn kümmern. Anschließend treffe ich euch auf dem Parkplatz.«

»Okay, dann sind wir also einer Meinung«, sagte Michael. »Warum packst du nicht schon mal deinen Koffer, John, und bringst ihn zum Wagen?«

Kurz darauf kam Robert in das Arbeitszimmer, setzte sich zu Jennifer, und beide vertieften sich wieder in den Text. Im Laufe des Vormittags entdeckten Jennifer und er weitere Predigten Issas, die er in Muziris gehalten und in denen er über seine Kindheit in Israel gesprochen hatte. Schließlich fanden sie den entscheidenden Satz:

> Ich wurde gefangen genommen, gefoltert und zum Tod am Kreuz verurteilt. Aber Gott, der Herr, hat mich vom Tode errettet. Ich überlebte die Kreuzigung und konnte mit der Hilfe meiner Freunde gesunden.

Jennifer wies auf ihren Bildschirm und sagte ruhig: »Hier steht es.«

Michael schaute gerade auf den Bildschirm, als John wieder zurückkam und sich zu ihnen gesellte. Laut las er noch einmal die Sätze in den Aufzeichnungen des Issa vor.

»Das ist es! Wir haben es gefunden!«, rief er aus und klopfte John, der neben ihm stand, auf die Schulter.

»Kein Zweifel, das ist es. Jesus hat im Jahr 53 noch gelebt. Und er war in Indien. Was sagst du dazu, Robert?«

Roberts blasses Gesicht war noch weißer geworden, sein Kopf war nach vorn gekippt, und jetzt sank sein Körper völlig in sich zusammen. Er flüsterte: »Was auch immer da steht, dieser Issa kann niemals Jesus Christus gewesen sein. Wenn das so wäre ... mein Leben wäre zum zweiten Mal zerstört.«

Jetzt fiel den anderen auf, dass er seine Handschuhe ausgezogen hatte. Sie sahen die gekrümmten, klauenartigen Finger und die vernarbten Handflächen, wo sich die blassrosafarbene Haut zusammengezogen hatte und es ihm unmöglich machte, seine Finger zu strecken.

Keiner von ihnen wusste, was er sagen sollte.

Schließlich begann Robert leise zu sprechen. »Als Kind wollte ich Pianist werden. Man hatte meinen Eltern gesagt, ich wäre ein großes Talent. Ich liebte das Klavier ... ich war so allein als Kind ... doch das Klavier war mein Freund. Wann immer ich konnte, habe ich gespielt.« Er schwieg für einen Moment und schaute aus dem Fenster. »Die Musik hat mich über die Einsamkeit meiner Kindheit hinweggetröstet. Die Musik hätte mich retten können. Aber dann wurde dieser Traum zerstört. Meine Hände wurden verbrannt. Und jetzt ...« Er brach ab, zog die Schultern nach hinten und richtete sich auf.

»Wie meinst du das, ›meine Hände wurden verbrannt‹? War das ein Unfall oder hat dir das jemand angetan?«, fragte John mitleidig.

»Das hat mir jemand angetan«, sagte Robert und begann mühevoll, die Handschuhe wieder anzuziehen. »Aber das spielt heute keine Rolle mehr, es ändert nichts an der Tatsache, dass ich nutzlose, verkrüppelte Hände habe.«

Jennifer wollte ihm helfen, wagte es aber nicht. Es entstand wieder ein Pause.

»Ich werde nach Jerusalem zurückkehren und dort abwarten, was geschehen wird«, fuhr er mit tonloser Stimme fort. Sein leerer Blick schweifte über die drei Freunde. »Was werdet ihr nun tun?«

Jennifer, die noch immer neben ihm saß, legte ihm die Hand auf den Arm.

»Ich möchte auch so schnell wie mögliche weg von hier, zurück nach Los Angeles. Das verstehst du doch, oder?«

Robert nickte.

»John wird nach Tel Aviv fliegen, und ich muss wieder zurück nach Princeton.« Michaels Stimme klang weich und war zum ersten Mal ohne den leicht genervten Unterton, der sonst immer mitschwang, wenn er mit Robert sprach.

»Vielleicht sehen wir uns noch. Ich muss später zu Bischof Tormentière. Man hat mir ausgerichtet, er möchte mich treffen, bevor ich abreise.« Robert stand auf und ging zur Tür. Dann drehte er sich noch einmal um. »An eurer Stelle würde ich nicht warten, sondern das Kloster so schnell wie möglich verlassen. Schaut zu, dass ihr an die Schriften kommt und haut ab. Sollte es Probleme geben, werde ich bestätigen, dass sie unrechtmäßig in den Besitz des Vatikans gekommen sind.«

Er seufzte tief, bevor er aufstand. »Entschuldigt mich bitte«, sagte er und verließ den Raum.

John, Michael und Jennifer sahen sich betroffen an.

»Also seinen Sinneswandel finde ich schon bemerkenswert«, meinte Michael, »das kann ihm nicht leichtgefallen sein.«

»Er kann einem wirklich leidtun«, sagte John und schwieg eine Weile. »Aber nun haben wir ein Problem weniger. Um Robert müssen wir uns nicht mehr kümmern.«

»Ich wusste gar nicht, wie pragmatisch du sein kannst, aber du hast recht«, sagte Michael. »Es wäre sicher das Klügste, unseren Plan noch mal durchzusprechen«, fuhr er an Jennifer gewandt fort, »oder willst du ihm erst mal nachgehen, Jenny?«

Jennifer schaute ihn prüfend an, konnte aber keine Ironie in seinem Gesicht entdecken. »Nein, ist schon gut. Er will sicher allein sein.«

Sie besprachen die Einzelheiten ihres geplanten Vorgehens.

Dann musste sich Jennifer um ihr Gepäck kümmern. Als sie etwa eine Stunde später zurückkam, ließen sie Pater Adam holen, damit er ihnen die Originale brachte.

Ziemlich ungehalten erschien er mit den Papyri und legte sie auf den Glastisch.

»Hätte das nicht Zeit bis morgen früh gehabt?«, schimpfte er.

»Nein, das hätte es nicht«, sagte John. »Werden wir nicht ständig von Ihnen darauf hingewiesen, dass die Zeit drängt?«

»Haben Sie denn wenigstens Fortschritte gemacht?«, fragte Adam immer noch mürrisch.

»Allerdings! Wir haben den Beweis für unsere These gefunden. Hier steht es.« Jennifer wies mit dem Finger auf den Bildschirm und las die entsprechende Stelle laut vor. »Das stammt aus einer Predigt, die Jesus in Muziris gehalten hat. Wir wollen nur ganz sicher sein, deshalb müssen wir noch mal jedes Wort mit der Originalschrift vergleichen.«

Pater Adam zog eine Augenbraue in die Höhe. »Meinetwegen«, sagte er, »obwohl ich diesen ganzen Aufwand von Anfang an für übertrieben hielt. Ich bin davon überzeugt, dass die Schriften eine geschickte Fälschung sind, egal, was die zeitliche Bestimmung in Paris ergeben hat. Für mich war immer nur wichtig, diese Dokumente zu sichern.« Er seufzte. »Ich möchte Sie bitten, sich etwas zu beeilen, denn ich muss zurück.«

Er setzte sich in den Sessel am Fenster und schien warten zu wollen, bis Jennifer mit ihren Vergleichen fertig war.

»So schnell geht das nicht. Sie sind doch auch Wissenschaftler und wissen, wie sorgfältig wir arbeiten müssen. Warum lassen Sie uns nicht ein, zwei Stunden Zeit und kommen später wieder?«, fragte Jennifer freundlich.

»Und Sie wissen, dass das nicht geht. Ich darf die Schriften nicht aus den Augen lassen.« Pater Adam hatte nicht die Absicht, den Raum zu verlassen. »Verstehen Sie doch bitte, ich bin dafür verantwortlich, dass alle Dokumente wieder in den Klimaschrank gelegt werden.«

»Moment!« Johns Geduldsfaden war gerissen. »Wie Sie sehr wohl wissen, haben wir eine Vereinbarung mit Ihrem Bischof darüber, dass ich meine mitgebrachte Schriftrolle zurückbekomme. Abgesehen davon wissen Sie sicher auch, dass ich alle drei Schriftrollen gefunden habe. Sie brauchen sie gar nicht wieder zurückzubringen. Wir werden das Kloster noch heute verlassen und die Schriften mitnehmen.«

›Mit John gehen wieder mal die Pferde durch‹, dachte Michael. ›Verdammt! Es ist noch zu früh. Man würde Adam vermissen, und es war noch fast ein Stunde bis zur Abendandacht.‹ Er schaute verzweifelt zu Jennifer, die ebenfalls erschrocken darüber war, dass John sich nicht an ihren Plan hielt.

»Sie irren sich, davon weiß ich nichts. Das werden Sie schon mit den Bischöfen persönlich klären müssen«, sagte Pater Adam kühl.

John stürzte auf den Leuchttisch zu und griff nach den Schriftrollen.

»Wir werden abreisen. Jetzt. Sofort. Und Sie werden mich nicht daran hindern, die Rollen mitzunehmen!«

Im selben Moment stand Pater Fernando mit vier kräftig aussehenden Mönchen in der Tür und hielt eine Pistole in der Hand.

»Das würde ich lassen«, sagte er kühl zu John. »Wir sollten uns erst einmal ein bisschen unterhalten. Por favor! Setzen Sie sich, meine Herren und meine Dame.«

Jennifer wusste, dass er keine Sekunde zögern würde, sie alle drei zu erschießen, wenn es nötig sein sollte. »Bitte, John, tu was er sagt …«

Doch John ließ sich nicht zurückhalten. »Ich denke ja gar nicht daran, mich einschüchtern zu lassen!«, rief er und griff wieder nach den Schriftrollen.

Der Schuss hörte sich an, als sei ein Sektkorken geknallt. John schrie auf, zog seine Hand zurück und hielt sie gegen die Brust gepresst. Blut färbte sein Hemd rot. »Er hat mich getroffen!«, sagte er fast verwundert.

Die Kugel hatte Johns Hand durchschlagen und war in die Wand hinter dem Leuchttisch eingedrungen. Michael machte zwei Schritte auf ihn zu. »Bleiben Sie, wo Sie sind!«, herrschte Fernando ihn an und sagte an Jennifer gewandt: »Und Sie auch!«

»Die Hand muss versorgt werden«, sagte Michael.

»Alles zu seiner Zeit«, erwiderte Fernando. Dann drehte er sich zu Pater Adam um und wies mit dem Kopf zu den Schriften. Pater Adam trat an den Tisch, sammelte alle Dokumente ein und ging hinaus.

»So, haben wir uns jetzt verstanden? Setzen Sie sich bitte«, sagte Fernando. Nachdem sich Jennifer, Michael und John gesetzt hatten, nahm auch Fernando Platz, während sich die vier Mönche in der Nähe der Tür postierten. Seine Pistole war nach wie vor auf sie gerichtet.

»Sehen Sie«, sagte er, »Adam hatte gehofft, sie würden vernünftig sein. Aber ich wusste von vorneherein, dass Sie versuchen würden, die Schriftrollen an sich zu bringen. Erzbischof Motta wusste es natürlich auch, deshalb hat er mich darum gebeten, ein bisschen auf Sie aufzupassen.« Er lächelte spöttisch.

Jennifers Herz schlug heftig. Das war genau die Situation, die sie befürchtet hatte, seit sie Pater Fernando das erste Mal begegnet war.

»Sie werden verstehen, dass es unter den gegebenen Umständen unvermeidlich ist, dass Sie noch ein Weilchen länger unsere Gäste sind«, fuhr er fort und gab den vier Mönchen ein Zeichen.

ROM

ALLE BEREITS IN DER Stadt anwesenden Kurienmitglieder hatten sich im kleinen Sitzungsraum des Governatoratspalast eingefunden, weil Kardinal Montillac um eine außerordentliche Zusammenkunft gebeten hatte. Keiner ahnte, worum es ging, nur der Camerlengo erschien mit der Attitüde *Ich weiß immer, worum es geht,* obwohl er nicht im Geringsten ahnte, was ihn erwartete.

Das Raunen nahm kein Ende, auch nicht, als alle schon ihre Plätze eingenommen hatten.

»Meine Herren, ich möchte doch bitten«, mahnte Kardinal Fratonelli. »Kardinal Montillac hat uns etwas sehr Wichtiges mitzuteilen.«

Kardinal Montillac war aufgestanden, aber es dauerte noch ein paar Sekunden, bis endlich Ruhe einkehrte. Erst als alle still waren, begann er mit seiner Rede.

»Meine Brüder, ich habe euch hierher gebeten, weil ich mir die allergrößten Sorgen um die Zukunft unserer Kirche mache.« Er hatte bewusst diese familiäre Anrede gebraucht, doch das schien auf die Versammlung keinen Eindruck zu machen. »Wisst ihr, manchmal komme ich mir vor wie beim letzten Galadinner auf der Titanic, kurz vor dem Zusammenstoß mit dem Eisberg. Es ist geradezu grotesk, wie man hier im Vatikan frisch und fröhlich seinen Geschäften nachgeht und so tut, als laufe in der gottlosen Welt alles bestens.«

Montillac sah, wie Kardinal Fratonelli die Augen verdrehte. ›Wartet nur ab, euch wird eure Arroganz noch vergehen‹, dachte er.

Laut fuhr er fort: »Ich kann mir nur an den Kopf greifen

und mich fragen, wie so viel Blauäugigkeit möglich sein kann. Überall stehen die Zeichen auf Zusammenbruch: Das Währungssystem steht vor der Implosion, nicht zuletzt wegen des Zinssystems, welches die Kirche zwar immer verurteilt hat, inzwischen aber auch kräftig damit verdient. Das ist eine Schande. Armut und Ausbeutung in den Dritte-Welt-Ländern nehmen stündlich zu, die Waffen- und Rüstungsindustrie treibt weltweit gezielt ihr blutiges Geschäft mit Kriegen, bei denen nicht nur Amerika, sondern alle Industriestaaten ihre Geschäfte machen. Die Pharma-Lobby, Saatgut- und Gentechnikfirmen sind längst Global Players, die die Welt in einer Art und Weise ausbeuten, die zu einem Super-GAU führen wird. Die Sexindustrie und Pornografisierung der Jugend und der ganzen Gesellschaft hat durch die digitale Kommunikation, Kino und Fernsehen ein unvorstellbares Ausmaß erreicht. Die Perversion der Geschlechtlichkeit zieht durch die Straßen des übersättigt-materialistischen Europas und Amerikas. Sogar in der Kunst breitet sich der Geist der Gotteslästerung aus.

Meine Brüder, ich warne euch, die Zerstörung der Kirche schreitet mit Riesenschritten voran. Und nur der richtige Nachfolger Petri kann die Kirche retten.

Möge sich der zukünftige Heilige Vater mit kraftvollen Verteidigern des Glaubens umgeben, möge er solche in den wichtigen Diözesen ernennen. Möge er wieder die Wahrheit verkünden, den Irrtum berichten und ohne Furcht davor sein, die pastoralen Verfügungen des Zweiten Konzils zu revidieren. Denn dort, wo das Konzil Neuerungen eingeführt hat, hat es fast durchwegs die Gewissheit unserer Dogmen erschüttert.

Seither sind Zweifel an der Notwendigkeit der Kirche als der einzigen Quelle des Heils erlaubt, Zweifel am Katholizismus als dem einzig wahren Glauben.

Zweifel an der Rechtmäßigkeit der Autorität und an der Notwendigkeit des bedingungslosen Gehorsams. Und begründet wird das alles mit der übertriebenen Betonung der menschlichen Würde, der überbewerteten Autonomie des Gewissens und der Freiheit. Das muss jede Gemeinschaft erschüttern, angefangen von der Kirche, den Ordensgemeinschaften, den Diözesen, bis zur bürgerlichen Gesellschaft und der Familie.

Des Weiteren hat das Konzil unsere Kirche der Ökumene und der Religionsfreiheit geöffnet, und sie erkennt sogar das Judentum als Heilsweg an. Sie akzeptiert die Neutralität der Staaten in religiösen Dingen. Das alles ist für unseren Herrn und seine Kirche beleidigend.«

Obwohl er sich auf seinen Text konzentrierte, nahm er wahr, wie sie die Köpfe zusammensteckten und flüsterten.

»Und deswegen, meine Brüder, beschwöre ich euch: Folgt nicht länger den neomodernistischen und neoprotestantischen Tendenzen, die im Zweiten Vatikanischen Konzil zum Durchbruch kamen. Sie sind verantwortlich für die Zerstörung der Kirche, den Ruin des Priestertums, für die Vernichtung des heiligen Messopfers und der Sakramente, für das Erlöschen des religiösen Lebens, für den naturalistischen und teilhardistischen Unterricht an den Universitäten und Priesterseminaren und in der Katechese, einem Unterricht, der aus dem Liberalismus und dem Protestantismus hervorgegangen ist.«

Immer lauter werdendes Gemurmel unterbrach seine Rede. Er schaute in die empörten Gesichter der Kardinäle, manche waren aufgestanden und wollten den Raum verlassen, andere forderten ihn auf, seine Rede zu beenden. Montillac ließ sich nicht beirren. »Meine Brüder ...«

Kardinal Fratonelli stand ebenfalls auf. Er hatte einen hochroten Kopf, war aber bemüht, Ruhe zu bewahren, und sagte in beschwichtigendem Ton: »Lassen Sie ihn aussprechen. Anschließend können wir dann diskutieren.«

Montillac fuhr fort. »Ohne Zweifel ist es sehr verwegen von mir, euch die Folgen des unseligen Zweiten Konzils so deutlich vor Augen zu führen. Aber ich spreche zu euch aus brennender Liebe, aus Liebe zur Ehre Gottes, zu unserem Herrn Jesus Christus, zu seiner Kirche, zum Nachfolger Petri, dem Bischof von Rom und Statthalter Jesu Christi. Ich hänge mit ganzem Herzen und mit ganzer Seele am katholischen Rom, der Hüterin des katholischen Glaubens und der für die Erhaltung dieses Glaubens notwendigen Traditionen, am Ewigen Rom, der Lehrerin der Weisheit und Wahrheit.

Lassen wir uns durch die Dauer dieser schrecklichen Krise nicht verwirren, fahren wir fort, laut hinauszurufen, dass die Kirche weder ihre Dogmen noch ihre Moral ändern kann. Man legt nämlich nicht Hand an diese ehrwürdige Einrichtung, ohne eine schreckliche Katastrophe heraufzubeschwören.«

Wieder erhoben sich viele protestierende Stimmen, und Montillac wartete einen Moment. Dann schlug er einen schärferen Ton an.

»Die Katastrophe steht vor der Tür. Wie Sie wissen, ist mein Ressort das der Christlichen Archäologie. Heute habe ich die Pflicht, Sie davon in Kenntnis zu setzen, dass wir in Indien sowie in Jerusalem antike Schriftrollen gefunden haben, die nicht nur nahelegen, sondern sogar beweisen, dass unser Herr Jesus Christus die Kreuzigung überlebt hat.«

Für mehrere Sekunden herrschte totale Stille.

Dann redeten alle durcheinander.

»Ich bitte Sie, meine Herren ... beruhigen Sie sich ...«, versuchte der Camerlengo die Versammlung zu beschwichtigen. »Kardinal Montillac ist noch nicht fertig mit seinen Ausführungen.«

Trotzdem dauerte es eine Weile, bis es wieder still wurde.

Dann sprach Montillac weiter: »Sie müssen sich keine Sorgen machen. Alle Dokumente, die der Kirche gefährlich werden könnten, sind in unseren Händen und damit sicher vor jeglichem Missbrauch. Aber Sie sollten sich darüber im Klaren sein, dass nur wir, beziehungsweise nur ich, sie vor dem Untergang bewahren kann.«

»Was soll das heißen?« – »Wo sind die Dokumente?« – »Das müssen doch Fälschungen sein!«, riefen einige der Anwesenden.

Kardinal Fratonelli stand auf und ging zu Montillac, der noch immer am Kopfende des langen Tisches stand.

»Es würde uns alle sehr interessieren, was Sie nun vorhaben. Zunächst einmal, wo befinden sich die Dokumente genau, und wann werden Sie sie uns präsentieren?« Er ahnte plötzlich, dass Montillac etwas Bestimmtes vorhatte. ›Ich hätte ihn besser im Auge behalten müssen‹, dachte der Camerlengo und bedauerte seine Nachlässigkeit.

»Für mich zählt einzig und allein das Wohl der Kirche«, erwiderte Montillac. »Ich kann nicht länger zusehen, wie sie zugrunde gerichtet wird von Inkompetenz, Inkonsequenz und Ignoranz. Wir brauchen jetzt einen mutigen Papst, der die Kirche verteidigt, der sie stärkt und ihr wieder zu der Macht verhilft, die der Allmächtige ihr zugewiesen hat. Gerne werde ich Ihnen die originalen Dokumente übergeben, aber erst nachdem das Konklave den Mann zum Papst gewählt hat, den ich auserkoren habe.«

Die Kardinäle sprangen auf, Stühle schlitterten über den Parkettfußboden. »Unverschämtheit!« – »Anmaßung!« – »Das Konklave war immer frei in seiner Wahl!« – »Wir lassen uns nicht erpressen!« Die Stimmen überschlugen sich.

Unbeeindruckt, fast gelangweilt wartete Montillac darauf, dass es wieder ruhig wurde.

Fratonelli, der noch immer neben ihm stand, kam sich zum ersten Mal, seit er Camerlengo war, völlig hilflos vor. ›Obwohl er in der Sache wahrscheinlich recht hat, können wir nicht zulassen, dass er uns auf diese Weise zwingt, seinen Kandidaten zu wählen‹, dachte er verärgert. ›Er hat mich hereingelegt.‹

Schließlich ebbte der Lärm ab.

»Ich habe Kopien der Übersetzung vorbereitet. Pater Adam, einer der Wissenschaftler, die sich damit befassen, hat sie mir heute Morgen per E-Mail geschickt. Ich schlage vor, Sie lesen die Texte, und dann sehen wir weiter.« Montillacs Stimme war nun gedämpfter. Er nahm den Stapel Papiere, der vor ihm lag, stauchte ihn kurz zusammen und verteilte die Blätter.

Am späten Nachmittag, als Montillac den Konferenzraum schon lange verlassen hatte, debattierten die Kardinäle der Kurie immer noch, wie sie nun weiter vorgehen wollten. Er hatte seine Forderungen gestellt und überließ sie ihren Diskussionen. In drei Tagen würde das Konklave beginnen, Zeit genug, die angereisten Kardinäle über die Situation zu informieren. Man hatte ihm zugetragen, dass sich die europäischen und die lateinamerikanischen Kardinäle schon auf einen Kandidaten, und zwar für den Kardinal aus Buenos Aires, geeinigt hatten. Doch das spielte keine Rolle, denn noch wussten sie nicht, um was es hier wirklich ging. Die Kirche musste vor dem Untergang bewahrt werden, und er, Kardinal Montillac, war ihr Retter. Er hatte keinen Zweifel daran, dass unter den von ihm geschaffenen Umständen vielleicht nicht alle, aber doch eine Mehrheit für seinen Kandidaten stimmen würde. Es gab gar keine Alternative.

Er würde Tormentière bitten, nach Rom zu kommen, sobald das Konklave begonnen hatte, und es würde nicht sehr lange dauern, da war er sich sicher. Tormentière würde die Schriftrollen mit nach Rom bringen, und er würde sie nach der Wahl der Kurie übergeben. Sollten sie sie doch vernichten oder in den Archiven des Vatikans verschwinden lassen, ihm war das gleichgültig. Sie hätten dann ihren Zweck längst erfüllt.

Zufrieden mit sich und mit der geglückten Umsetzung seiner Pläne, lehnte er sich in seinem Ledersessel zurück. Jetzt machte er sich auch keine Sorgen mehr darum, ob er Tormentière unter seiner Kontrolle bringen könnte. Er, Montillac, würde der Kardinalsstaatssekretär und Camerlengo sein, und wie alle seine Vorgänger würde er die Fäden im Vatikan in der Hand halten. Er hatte sich gut vorbereitet auf diese Rolle und in den vergangenen Jahren starke Seilschaften unter den konservativen Kardinälen der Kurie geknüpft. Gemeinsam würden sie die Fundamente der Kirche wieder festigen und die alten Traditionen neu beleben.

Er war offenbar eingenickt, denn als sich die Tür plötzlich öffnete und ein aufgebrachter Kardinal Fratonelli hereinstürmte, fuhr er erschrocken zusammen.

»Was für ein übles Spiel treiben Sie da? Wollen Sie die Einheit der Kirche zugrunde richten? Die Kardinäle sind völlig zerstritten, nur in ihrer Empörung über Ihre Forderung sind sie sich noch einig!«, schrie er ihn an.

Montillac hatte sich schnell wieder gefangen.

»Im Gegenteil, Herr Kardinalssekretär. Ich will die gesamte Einheit wiederherstellen.«

»Und wie stellen Sie sich das vor? Wer ist Ihr neuer Kandidat?«

»Sie können mir vertrauen …«

»Ihnen vertrauen? Dass ich nicht lache!«

»Sie können mir vertrauen, dass ich den besten Mann ausgewählt habe. Und ich denke, dass Sie sich da wohl auf mich verlassen müssen.«

»Aber wer ist es?«

»Sie werden ihn in den nächsten Tagen kennenlernen, und er wird auch die Originale der Schriften mitbringen.«

»Ich will wissen, wer es ist!«, schrie Fratonelli wieder.

»Es tut mir leid, aber das kann ich Ihnen nicht sagen. Er wäre schließlich nicht der Erste, der plötzlich auf geheimnisvolle Weise verschwindet.«

»Was wollen Sie damit sagen …?«

»Mein lieber Fratonelli, das muss ich Ihnen doch nicht erklären.« Montillac lächelte ihn mit gespielter Freundlichkeit an. ›Am liebsten würde ich ihm jetzt gleich sagen, dass seine Tage als Kardinalssekretär und Camerlengo gezählt sind, aber Rache will wohldosiert sein‹, dachte Montillac.

Fratonelli hielt kurz den Atem an, so als wolle er etwas sagen, verzichtete aber auf eine Antwort und ging hinaus.

FLAVIGNY-SUR-OZERAIN

JENNIFER KAM ALS ERSTE wieder zu sich. Sie lag auf einer rauen, muffig riechenden Decke. Angeekelt drehte sie den Kopf weg, ihr war kalt und ihre Glieder schmerzten. Ihre Handgelenke waren mit einer Plastikfessel auf ihrem Rücken zusammengebunden. Wenigstens konnte sie ihre Beine bewegen. Es dauerte einen Moment, bis sie schemenhaft etwas erkennen konnte. Ein Stückchen weiter neben sich sah sie John und Michael auf der Seite liegen, konnte in dem dämmrigen Licht aber nicht sehen, wie groß der Raum war, in den man sie verfrachtet hatte. Sie vermutete, dass sie sich in einem Keller unter dem Klostergebäude befanden. Jennifer versuchte, sich in eine bequemere Lage zu bringen, und stemmte sich mit den Füßen gegen eine in der Nähe stehende Holzkiste. Sie erreichte die Wand und brachte es tatsächlich fertig, in eine sitzende Position zu kommen. Schließlich konnte sie oben an der gegenüberliegenden Wand in drei, vier Metern Höhe zwei Luken ausmachen, durch die schwaches Laternenlicht von draußen hereinfiel.

»Oh, mein Kopf«, stöhnte jemand neben ihr. Es war John, der ebenfalls wieder zu sich kam. »Was ist denn passiert?« Er versuchte sich zu bewegen und realisierte, dass seine Hände gefesselt waren. Seine angeschossene Hand schmerzte heftig, aber man hatte sie wenigstens notdürftig verbunden. »Scheiße! Diese Schweine haben uns gefesselt.«

Dann sah er Jennifer an der Wand sitzen. »Alles in Ordnung, Jen?«

»Das ist wohl leicht übertrieben. Wie geht es deiner Hand?«

»Tut weh«, stöhnte er. »Aber ich bin ja selber schuld. Wenn

ich mich nicht so idiotisch benommen hätte ... aber ich konnte einfach nicht mehr an mich halten.«

Jennifer schüttelte den Kopf. »Ich hätte damit rechnen müssen. Ich kannte diesen Pater Fernando ja schon. In dem Moment, als er hereinkam, hätte ich ... aber alles geschah so schnell ...«, sagte sie.

»Ach, Jen, womit hättest du denn rechnen sollen?«

»Dass er die Kerle nur mitgebracht hatte, damit sie uns überwältigen. Aber ich konnte nichts mehr tun. Ich sah noch, wie einer von denen dir einen Gummiknüppel auf den Kopf schlug, doch dann habe ich das Bewusstsein verloren, weil man mir einen Lappen mit Äther ins Gesicht presste. Was sie mit Michael gemacht haben, weiß ich nicht.«

Als hätte er sie gehört, wachte auch Michael auf. Er verzog das Gesicht, denn sein Kopf dröhnte.

»Das hab ich nun davon, dass ich dir zu Hilfe kommen wollte«, sagte er mit einem schiefen Grinsen. »Mir haben Sie auch eins über den Schädel gegeben.«

Dann versuchten beide, über den Boden rutschend und sich mit den Füßen abstemmend, in die gleiche sitzende Position zu kommen, in der Jennifer war, was ihnen schließlich auch gelang.

»Und was machen wir jetzt?«, fragte John.

»Die Frage muss wohl lauten, was haben die jetzt mit uns vor?«, sagte Jennifer.

»Diese Entscheidung wird sicher Tormentière treffen.« Michael stöhnte leicht, als er sich zu Jennifer umwandte. »Mein Kopf ... verdammt, das war ein harter Schlag.«

»Meinst du, sie werden uns ... umbringen?« Jennifers Stimme war voller Angst.

»Hoffentlich nicht, ich habe noch einiges vor in meinem Leben«, meinte Michael, doch sein Galgenhumor kam bei Jennifer nicht an. »Bitte, Michael ... hör auf damit.«

»Entschuldige, du hast recht. Nein, ich glaube nicht. Als Leichen machen wir nur Scherereien. Ich vermute, sie werden uns hier noch ein paar Tage festhalten und uns nach der Papstwahl wieder freilassen. Selbst wenn wir zur Polizei gehen und sie anzeigen, wird uns keiner glauben, und das wissen sie. Verbrechen im Kloster? Das gab's doch nur im Mittelalter.«

Währenddessen saß Robert, der von all dem nichts mitbekommen hatte, auf einer schmalen Holzbank in der kleinen Kapelle. Aus dunkel umschatteten Augen starrte er auf das große Holzkreuz mit dem gekreuzigten Jesus, das hinter dem Altar hing. ›Was für einen ungeheuren Betrug hat man mit dir angestellt?‹, dachte er. ›Kein Wunder, dass du niemals da warst, wenn ich dich brauchte.‹

Robert hatte zwar von Anfang an gewusst, dass die Schriftrollen kontroverse Stellen enthalten könnten, aber dass es sich um so konkrete Aussagen handeln würde, hatte er nicht erwartet. Was würde jetzt damit geschehen? Würde man die Papyri verbrennen? Oder würden sie in den Archiven des Vatikans verschwinden? Keinesfalls würde man sie John freiwillig überlassen, das stand fest. Aber was kümmerte es ihn noch? Sein Lebensinhalt war zerstört, wie eine Seifenblase zerplatzt. Man hatte ihn sein Leben lang manipuliert, und er hatte die Lügen geglaubt, die man ihm erzählt hatte.

Jetzt kannte er die Wahrheit, er hatte die Texte gelesen, die Jesus selbst verfasst hatte. Das konnte niemand ungeschehen machen.

Er fühlte sich wie im freien Fall, und nirgendwo war eine Möglichkeit sich festzuhalten. Er schaute auf seine nutzlosen Hände. Er war verloren.

Robert verließ die Kapelle und ging in sein Zimmer. Dort legte er sich kurz auf sein Bett und versuchte, etwas Ruhe zu finden. Aber er konnte keinen klaren Gedanken fassen. Die

Kirche, der Glaube an Jesus Christus war seine Heimat gewesen. Und jetzt stellte sich heraus, dass alles nur ein Hirngespinst war. Ein Hirngespinst, an das Milliarden Menschen glaubten! Nur er wusste es jetzt besser. Die Erlösung des Menschen durch Jesus Christus, seine Auferstehung, ganz zu schweigen von seiner Himmelfahrt, alles Lügen. Auch all die Geschichten von der Jungfrau Maria erledigten sich damit von selbst. Er lachte bitter. Das Christentum – erfunden von einem ehrgeizigen Mann, der Jesus nicht einmal gekannt hatte. Alles beruhte auf der Vision von Paulus, dem Epileptiker, eine Vision, die er wahrscheinlich während eines Anfalls gehabt hatte.

Jesus, Gottes Sohn? Alles Unsinn! Vermutlich hatten diejenigen recht, die dem Philosophen Celsius glaubten, der noch im zweiten Jahrhundert geschrieben hatte, Jesus sei der Sohn eines römischen Legionärs gewesen, eines Vergewaltigers. Und um das zu vertuschen, hatte die Kirche später die Geschichte von der jungfräulichen Geburt und Jesus als dem Sohn Gottes erfunden und die Märchen um ihn immer weitergesponnen.

Vor mehr als zwanzig Jahren hatte sich Robert deswegen auf einer Exkursion mit seinen Freunden überworfen, als sie am Grab des römischen Legionärs Panthera standen, von dem manche annahmen, er sei der Vater von Jesus gewesen. Es war, als sähe er jetzt zum ersten Mal in seinem Leben wirklich klar. Aber da war nichts, nichts weiter als tiefe Hoffnungslosigkeit.

Er stand auf und wusch sich das Gesicht mit kaltem Wasser. Im Spiegel über dem Waschbecken erkannte er sich kaum wieder, bleich und aufgedunsen, dunkle Schatten unter den Augen, so als hätte er nächtelang getrunken. ›Reiß dich zusammen‹, dachte er. ›Ab morgen hast du Zeit genug, über deine Zukunft nachzudenken.‹

Eine Stunde später, nach einer Dusche und in frischen Kleidern, machte sich Robert auf den Weg durch den Garten des

Seminars, auf den mit kniehohen Hecken gesäumten Wegen, vorbei an der Statue der Maria, zum Haus des Bischofs. Er kam zum Eingang des alten Fachwerkhauses und klopfte an. Die Holztür öffnete sich, und ein großer hagerer Mann stand vor ihm.

»Guten Abend, Robert, komm herein.«

Robert erstarrte. Er konnte das Gesicht nicht erkennen, weil das Licht des hell erleuchteten Raumes auf den Rücken des Mannes fiel, aber die Stimme erkannte er sofort. Es war, als hätte er einen Schlag in den Magen bekommen.

»Guten Abend, Pater Albert«, sagte er mit fast versagender Stimme, während er wie hypnotisiert eintrat.

»Nun, inzwischen bin ich Bischof, aber das tut unserer Freundschaft keinen Abbruch, nicht wahr. Setz dich. Kann ich dir ein Glas Rotwein anbieten?«

Unfähig, ein weiteres Wort zu sagen, nickte Robert nur und setzte sich in einen der beiden Sessel, die rechts und links neben dem Kamin standen. Ein kleines Feuer loderte und verbreitete Wärme in dem gemütlich eingerichteten Raum. Bischof Albert Tormentière nahm das bereitgestellte Glas und goss tiefroten Burgunder ein. Dann stellte er es auf einen kleinen Beistelltisch neben Roberts Sessel.

»Erzähl mir, wie geht es dir? Seid ihr fertig mit der Übertragung. Pater Adam sagte mir vorhin, dass deine Freunde abreisen wollen. Nun, dem steht nichts mehr im Weg. Die Schriftrollen müssen natürlich hierbleiben.« Er deutete mit dem Kopf auf seinen Schreibtisch.

Robert sah die Dokumente dort liegen. In seinem Kopf rauschte ein wilder Wasserfall, und er konnte kaum verstehen, was der Bischof sagte. ›Was für ein grausames Spiel wird hier gespielt? Wie kann dieser Mann, dem ich nie wieder begegnen wollte, ein drittes Mal meinen Weg kreuzen?‹ Er spürte ungeheuren Zorn in sich aufsteigen und wunderte sich gleichzeitig, dass er dazu überhaupt noch fähig war. Er atmete flach, versuchte sich zu beruhigen und brachte nur ein gepresstes »Ja, natürlich« heraus.

Der Bischof gab vor, nichts von seiner Erregung zu bemerken, und fuhr fort.

»Ich werde in den nächsten Tagen wieder nach Rom zurückkehren müssen, denn mir stehen große Aufgaben bevor. Pater Adam wird dann dieses Haus als Leiter übernehmen. Ich glaube, er hat es sich verdient.« Tormentière pausierte kurz, als wartete er auf Roberts Zustimmung. Aber Robert sagte nichts.

»Mein lieber Robert, soweit es mir möglich war, habe ich deinen Weg während der vergangenen Jahre immer verfolgt und mich darüber gefreut, wie geradlinig und erfolgreich du ihn beschritten hast. Du hast sicher längst erkannt, dass meine Bestrafung damals gerecht war. Und siehst du, du bist deiner wahren Berufung gefolgt. Das hat mich mit Stolz erfüllt, denn daran war ich ja nicht ganz unbeteiligt. Heute kann ich dir sagen, dass ich dich für höhere Aufgaben ausgewählt habe.«

Robert sah das selbstgefällige Lächeln und konnte es nicht mehr ertragen. Kalte Wut packte ihn. Er musste raus aus diesem Raum oder er würde seinen Peiniger umbringen. Er stützte sich mit seinen Händen auf die Lehnen des Sessels und stemmte sich hoch.

Tormentière stand sofort auf und drückte ihn sanft in den Sessel zurück.

»Ich sehe, du hast mir noch immer nicht vergeben, aber hör zu, was ich dir zu sagen habe.«

Robert versuchte das krampfhafte Zittern, das seinen Körper schüttelte, zu beherrschen.

»Nimm einen Schluck Wein und beruhige dich erst mal.«

Tormentière reichte ihm das Glas, und Robert trank es in

einem Zug aus. Für einen Moment schloss er die Augen. Er hatte seit gestern nichts mehr gegessen und der alkoholreiche Wein entfaltete seine Wirkung sofort, wärmte ihn wohlig von innen, und plötzlich fühlte es sich an, als würde er schweben.

»Geht es dir besser? Bitte hör mir zu. In den vergangenen Monaten hat sich viel ereignet, was mein Leben völlig verändert hat und auch weiterhin wird, und wenn du willst, kannst du daran teilhaben.«

»Ich will an nichts teilhaben, was Sie betrifft. Das Einzige, was ich will, ist Ihnen nie wieder zu begegnen«, sagte Robert mit heiserer Stimme. Er wollte wieder aufstehen, fiel dann aber kraftlos in seinen Sessel zurück.

»Gib mir nur ein paar Minuten und lass mich dir etwas erklären.« Tormentière schaute ihn kurz erwartungsvoll an, aber Robert reagierte nicht. Er hatte seinen Kopf zurückgelegt und seine Augen geschlossen, was der Bischof als Zustimmung deutete.

Tormentière erzählte Robert ganz sachlich von seiner Reise nach Rom und den Plänen des Kardinals, ein Mitglied der Bruderschaft zum Papst wählen zu lassen.

»Ich bin darüber schon informiert«, unterbrach ihn Robert. »Und mir ist auch klar, dass Erzbischof Motta der nächste Papst werden soll.«

Tormentière schaute ihn erstaunt an. »Wie kommst du denn darauf?«

»Daran ist ja wohl kaum zu zweifeln, schließlich ist er der Ranghöchste der Bruderschaft.«

»Wer sagt denn, dass man einen bestimmten Rang haben muss, um Papst zu werden? Auch ein Bischof kann Papst werden. Sogar du könntest Papst werden.«

»Danke. Kein Interesse.«

»Du musst dich auch nicht darum bemühen«, sagte Tormentière spöttisch, und nach einer kleinen Pause fügte er hinzu: »Es ist alles längst entschieden. Der Kardinal hat mich dazu bestimmt, der neue Papst zu werden.«

Fassungslos starrte Robert ihn an. »Sagen Sie das noch mal ...«

»Natürlich muss ich erst gewählt werden, aber das ist nur noch eine Formsache. Wir haben die Mittel dazu in der Hand. Dort auf dem Tisch, siehst du?«

Robert musste an das letzte Gespräch mit Kardinal Montillac denken, in dem er ganz klar formuliert hatte, dass er das Konklave mit den inkriminierenden Schriften erpressen würde, sollte es nötig sein. Und das wäre es, wenn er Tormentière durchsetzen wollte. Aber dieser Mann als Papst? Dieser Mann, der sein Leben zerstört hatte? Dieser Teufel in Menschgestalt? Wie konnte er das verhindern? Was sollte er tun? Er schaute wild um sich. Als er die Schriftrollen auf dem Schreibtisch des Bischofs erblickte, wusste er es. Er machte einen riesigen Satz, griff danach und warf die Papyri ins Feuer.

Bischof Tormentière sprang auf und schrie. »Du Wahnsinniger!« Er nahm einen Schürhaken und versuchte die Rollen, die sofort anfingen zu brennen, aus dem Feuer zu ziehen. Doch da traf ihn ein heftiger Stoß in den Rücken, und er fiel selbst in den Kamin. Gellende Schreie hallten durch das Haus, aber es war zu weit vom Kloster der Confrérie du Saint Paul entfernt, als dass sie dort gehört werden konnten. Robert schien wie gelähmt und starrte gebannt auf den Bischof, der sich stöhnend wieder aufgerichtet hatte. Sein Gesicht war schwarz von Ruß und verbranntem Fleisch. In ohnmächtiger Wut stürzte er sich auf Robert, der gerade noch einen Brieföffner, einen Dolch aus Messing, ergreifen konnte und ihn vor sich hielt. Der Stich traf den Bischof in die Brust, und Robert erkannte an dessen erstarrendem Blick, dass er tödlich gewesen war. Tormentière glitt langsam an Roberts Körper herunter auf die dunklen Sandsteinfliesen vor dem Kamin.

Noch immer war Robert unfähig, sich zu bewegen. Entsetzt sah er, wie die aus dem Feuer gerollten Holzstücke den Teppich versenkten und ihn schließlich entzündeten. Robert war unfähig, sich zu bewegen. Das Feuer erreichte den Sessel, auf dem er vor wenigen Augenblicken noch gesessen hatte, und die Flammen züngelten bereits an den schweren Samtvorhängen vor dem Fenster empor. Roberts Erstarrung löste sich. Mit großen Schritten ging er zur Tür, drehte sich noch einmal um und verließ das Fachwerkhaus.

Bevor das Feuer von den Seminaristen bemerkt wurde, war das Kaminzimmer des Bischofs schon ausgebrannt. Die Feuerwehr, die von Pouillenay kommen musste, brauchte etwa zwanzig Minuten. Als sie endlich ankam, konnte der Löschwagen durch das niedrige Tore nicht in den Garten fahren, und die Feuerwehrmänner mussten die Wasserschläuche über die Außenmauer führen. Daher wurde es sehr schwierig, das Wasser zielgerecht zu leiten.

Etwa zwanzig Seminaristen hatten eine Kette gebildet und reichten Eimer voll Wasser von einem zu andern, um die Löscharbeiten zu unterstützen.

Die Sirenen hatten das ganze Dorf aufgescheucht, und alle Einwohner liefen zum Kloster der Confrérie du Saint Paul. In ihrem Verlies hörten Jennifer, Michael und John laute Stimmen und das Getrappel von Schuhen auf dem Kopfsteinpflaster der Gasse, die offenbar an den Luken vorbeiführte. »Hier unten! Wir sind hier unten! Hören Sie uns?«, rief Michael so laut er konnte, doch draußen bemerkte sie keiner.

»Verdammt, was ist da los.«

»Soviel ich verstanden habe, brennt es im Kloster«, sagte Jennifer. »Oh Gott, die werden uns doch hoffentlich hier unten nicht vergessen!«

Die Stimmen entfernten sich immer weiter. Die Menschen

waren durch das alte Stadttor um die Klostermauer herum zu den Löschfahrzeugen gelaufen.

»Est quelqu'un là en bas?«, hörten sie plötzlich eine Kinderstimme durch die Luke rufen.

Jennifer reagierte sofort. »Oui, oui!«, schrie sie. »S'il vous plaît, aide-nous. Hilf uns! Wir sind hier unten!«

»Qu'est-ce que je dois faire? Was soll ich machen?« Der Junge da oben konnte nicht älter als zehn sein, aber er war sofort bereit zu helfen.

»Va chercher le patron Serge! Si vite tu sais. Hol Patron Serge! So schnell du kannst!«

Patron Serge war der Einzige, dem sie vertrauen konnten.

»Okay!«, rief der Junge, und sie hörten ihn davonrennen.

Trotz ihrer Angst musste Jennifer lächeln. Dieses Wort war offenbar international.

Es dauerte nicht lange, bis sie Serges tiefen Bass vernahmen. »Qui est là en bas? Wer ist da unten?«

»Wir sind es, Serge! Jennifer, John und Michael. Wir sind gefesselt. Bitte helfen Sie uns hier herauszukommen«, schrie Jennifer.

Für einen Moment war es still, dann hörten sie, wie sich Schritte entfernten.

»Hat er uns nicht gehört? Wo geht er hin?« Jennifer war außer sich. »Hilfe! Hilfe!«, schrie sie wieder.

Am liebsten hätte Michael sie in den Arm genommen, um sie zu beruhigen.

»Bitte, Jenny, hab keine Angst. Er hat dich bestimmt gehört und wird uns gleich befreien«, sagte er stattdessen.

Jennifer schluchzte weiter leise vor sich hin.

Sie warteten. Keiner sagte ein Wort.

Es dauerte fast eine Viertelstunde, bis sie hörten, wie sich Schritte der Tür zu ihrem Gefängnis näherten. Ein Schlüsselbund klimperte, schließlich wurde die Tür aufgestoßen und

Patron Serge tauchte aus der Dunkelheit vor ihnen auf. Hinter ihm stand Pater Adam.

»Was ist da draußen los? Brennt es?«, fragte John als Erster.

»Das Haus des Bischofs brennt. Ihr seid hier nicht in Gefahr«, sagte Serge. »Aber ich denke, dass ihr hier so schnell wie möglich rauswollt.«

»Es tut mir leid, ich hatte keine Ahnung, dass Fernando so weit gehen und Sie hier unten einsperren würde«, stammelte Adam.

»Lügner«, sagte Jennifer. »Sie hätten es ahnen müssen. Sie wissen genau, zu was er fähig ist!«

Patron Serge half ihnen wieder auf die Füße. »Haben Sie eine Schere oder ein Messer?«, wandte er sich an Pater Adam.

»Nein ... nicht hier«, stotterte der.

Serge griff in seine Hosentasche und zog ein Schweizer Taschenmesser hervor. Zuerst durchschnitt er Jennifers Fesseln, dann befreite er Michael und John. Alle rieben sich die Handgelenke und streckten ihre Glieder. Die unbequeme Position, in der sie sich seit Stunden befunden hatten, forderte ihren Tribut, ihre Gelenke schmerzten. John starrte nur ungläubig auf seine linke Hand. Blut war inzwischen durch den schmutzigen Verband gesickert. »Ich glaube, das muss neu verbunden werden«, sagte er.

Pater Adam führte sie durch einen Kellergang zu einer engen steinernen Treppe, auf der sie ins Freie gelangten. Und da sahen sie das Feuer – hohe Flammen schlugen aus dem Haus des Bischofs gen Himmel. ›So muss das Fegefeuer aussehen‹, dachte Michael grimmig.

Adam bat John, ihm zu folgen, damit seine Hand versorgt werden konnte. »Einer unserer Brüder kennt sich damit aus«, sagte er und geleitete ihn ins Haus zurück.

»Oh Gott! Robert wollte doch zu Bischof Tormentière!«, schrie Jennifer plötzlich auf. »Was, wenn er noch da drin ist?«

Sie rannte zu einem der Feuerwehrmänner und ergriff seinen Arm. »Bitte, ein Freund von uns ist noch da drin! Bitte holen Sie ihn da raus!«

»S'il vous plaît, Madame, gehen Sie wieder zurück, sonst passiert Ihnen noch was. Wir tun, was wir können.«

Michael nahm sie in den Arm, auch er war fassungslos.

»Er war vielleicht schon wieder gegangen, bevor das Feuer ausbrach. Komm, wir schauen mal in seinem Zimmer nach«, sagte er, obwohl er keine große Hoffnung hatte, Robert dort anzutreffen.

Sie gingen die Stufen hinauf in den dritten Stock und klopften an Roberts Tür, die ihnen einer der jungen Priesteranwärter gezeigt hatte, doch es blieb still. Michael drückte die Klinke herunter und betrat den Raum. Das Zimmer war leer.

»Wo könnte er sein? Jeder im Dorf hat doch mitgekriegt, dass es hier brennt. Er muss noch in dem Haus sein!« Jennifer schlug die Hände vors Gesicht.

Unten in der Eingangshalle begegneten sie John mit seinem frischen Verband und erzählten ihm von ihren Befürchtungen. »Lasst uns noch mal durch den Ort gehen, vielleicht entdecken wir ihn irgendwo«, meinte John. ›Bloß nicht aufgeben‹, dachte er. ›So lange wir ihn suchen, besteht auch die Hoffnung, ihn zu finden.‹

Aber auch im Ort hatte ihn niemand gesehen. Patron Serge nahm sie schließlich mit in sein Restaurant. »Ihr könnt sicher eine kleine Stärkung gebrauchen«, sagte er und schenkte ihnen und sich einen Cognac ein. Mit Taschenlampen ausgerüstet suchten sie außerhalb der Stadtmauer weiter.

Die Löscharbeiten waren immer noch nicht abgeschlossen, als sie ein paar Stunden später ins Kloster der Confrérie du Saint Paul zurückkehrten. Es war inzwischen zwei Uhr, aber weder Jennifer noch John oder Michael gingen ins Bett.

Sie setzten sich übermüdet ins Refektorium des Seminars und hofften, dass Robert wieder auftauchen würde.

Als man in den Morgenstunden die Ruine endlich betreten konnte, fand man in den rauchenden Trümmern eine verkohlte Leiche. An einem Stück des violetten Zingulums, das auf der Unterseite des verbrannten Körpers unversehrt geblieben war, erkannte man, dass es sich bei dem Toten um Bischof Tormentière handeln musste. Da man auch den Brieföffner in seiner Brust fand, war sofort klar, dass er nicht allein gewesen war und sein Mörder offenbar entkommen konnte. Daraufhin verständigte die Feuerwehr die Kriminalpolizei in Dijon.

Zwar wussten sie jetzt, dass Robert nicht verbrannt war, aber er war noch immer wie vom Erdboden verschluckt. War er der Mörder des Bischofs? Aber warum hätte er ihn umbringen sollen? Obwohl alle drei das Gleiche vermuteten, sprach keiner den Verdacht aus.

Irgendwann am Vormittag kam Pater Adam ins Refektorium, wo inzwischen auch einige der erschöpften Priesteranwärter saßen und sich stärkten. Er trat direkt auf die drei Wissenschaftler zu.

»Die Leiche des Bischofs ist in das Gerichtsmedizinische Institut nach Dijon gebracht worden, und die Polizei ist dabei, den Brand zu untersuchen. Leider wird sich der Safe, in dem die Schriften aufbewahrt werden, erst in einigen Stunden öffnen lassen, weil er noch zu heiß ist. Erst dann werden wir wissen, ob sie zu Schaden gekommen sind. Wir können also im Moment nichts weiter tun, als zu warten.«

Nachdem Pater Adam wieder gegangen war, meinte Michael: »Du solltest dich hinlegen, Jenny, und versuchen, ein bisschen zu schlafen.« An John gewandt ergänzte er: »Und wir beide auch.«

Jennifer schwieg, aber John stand auf und nahm ihren Arm.

»Komm, Jen, Michael hat recht. Wir sollten uns etwas ausruhen.«

Willenlos ließ sie sich hinausführen.

Ein paar Stunden später wachte sie wieder auf, duschte, zog sich an und ging hinunter. Im Arbeitsraum fand sie Pater Adam, der aufräumte. Sie hegte noch immer Zorn gegen ihn, aber sie hatte ihn unter Kontrolle.

Er blickte auf, als er sie hereinkommen hörte. »Sie sollen wissen, dass Pater Fernando heute Morgen nach Rom beordert wurde und dort für sein Vorgehen bestraft werden wird.« Als sie nicht antwortete, fuhr er fort: »Es ist grundsätzlich so, dass die dienenden Mitglieder der Kirche vom Vatikan bestraft werden und keiner weltlichen Gerichtsbarkeit zugeführt werden. Das verstehen Sie doch, oder?«

Jennifer schüttelte den Kopf. »Macht es einen Unterschied, ob ich das verstehe oder nicht?« Sie schaute ihn eindringlich an. »Es ist einfach nur schrecklich. Alles, was hier geschehen ist … ich kann es immer noch nicht begreifen.«

»Ja, das ist es wohl. Aber wir Menschen wollen immer alles wissen, ergründen und verstehen, doch Gottes Wege sind unerforschlich. Wir müssen ihn nicht verstehen, sondern nur auf ihn vertrauen.«

»Können Sie das wirklich einfach so hinnehmen?«

»Ja. Gott hat das Feuer zugelassen, und er wird wissen warum. Wir haben den Safe inzwischen übrigens öffnen können, aber bis auf einige alte Dokumente, die das Kloster betreffen, war er leer. Die Schriftrollen sind offenbar verbrannt, denn inzwischen haben die Kriminaltechniker in der Asche vor dem Kamin verbrannte Leinenfetzen und verkohlten Papyrus entdeckt. Sehen Sie, Gott hat dafür gesorgt, dass diese Lügen über seinen Sohn Jesus Christus, unseren Herrn, nicht verbreitet werden können. Und der Bischof war das Opfer, das er erwählt hat.« Er lächelte.

Jennifer sah ihn verständnislos an. Ihr war klar, dass es keinen Sinn hatte, mit Pater Adam zu diskutieren.

»Und das glauben Sie wirklich?«, fragte sie leise, wartete aber nicht auf eine Antwort, sondern ging hinaus.

Sie holte sich eine Jacke aus ihrem Zimmer und verließ das Kloster.

›Ein bisschen frische Luft wird mir guttun‹, dachte sie und ging durch das alte Stadttor mit den beiden trutzigen Türmen. Es war etwas wärmer als in den vergangenen Tagen, und hier und da schien die Sonne durch weiße Wolken. Der Weg führte entlang der Stadtmauer hinunter ins Tal, wo sich ein Fluss gemächlich durch die Wiesen schlängelte. Nach wenigen Metern kam sie an der Bank vorbei, auf der sie mit Robert gesessen hatte, und dann sah sie ihn. Zuerst dachte sie, es sei ein Trugbild, aber er war es wirklich. Er kam ihr auf dem Weg entgegengelaufen.

»Robert! Wo warst du? Wir haben dich überall gesucht. Was ist passiert?«

Er schien sie zunächst gar nicht wahrzunehmen, sein Blick war auf irgendeinen Punkt am Horizont geheftet. Dann schaute er sie an.

»Ach, Jenny«, sagte er tonlos. »Die Schriftrollen sind verbrannt, und es ist meine Schuld.« Er fuhr sich mit der Hand über die Augen. »Hat man den Brand löschen können?«

»Ja, die Löscharbeiten sind abgeschlossen. Sie sind jetzt dabei aufzuräumen und forschen natürlich nach der Brandursache«, sagte Jenny und sah in sein gequältes Gesicht. »Lass uns hier einen Moment Platz nehmen. Ich muss dir etwas sagen. Bischof Tormentière ist tot«, fügte sie leise hinzu. Sie setzten sich auf die Bank, und Jennifer streichelte seinen Arm.

»Ich weiß. Ich habe ihn getötet …«, flüsterte Robert

Jennifer hielt betroffen inne, dann fragte sie: »Aber warum denn? Du kanntest ihn doch gar nicht!«

Er ließ sich mit seiner Antwort Zeit. »Doch, ich kannte ihn«, sagte er so leise, dass Jennifer ihn kaum verstand. »Er war es, der meine Hände verbrannt hat.«

»Oh mein Gott«, stöhnte Jennifer. »Wie ist das möglich, dass du ihm ausgerechnet hier und jetzt wieder begegnest?« Sie sah ihn entsetzt an. »Hast du die ganzen Jahre so viel Hass mit dir herumgetragen, dass du ihn jetzt töten musstest?«

»Das ist nicht der Grund, warum ich ihn getötet habe.«

»Und was ist der Grund?«

Wieder schaute er in die Ferne und schwieg. Schließlich sagte er: »Die wollten ihn zum neuen Papst machen. Und das konnte ich nicht zulassen.«

»Die? Wer sind die?«

»Der Kardinal und die Bruderschaft. Sie waren dabei, das Konklave mit euren Schriften zu erpressen. Sie drohten damit, sie zu veröffentlichen, wenn Tormentière nicht gewählt werden würde. Das wäre das Geläut zum Untergang der Katholischen Kirche gewesen, aber sie waren dazu bereit, mit unterzugehen.«

Dann erzählte er ihr den Hergang des Geschehens.

»Alle Schriften sind verbrannt. Sie hatten auf dem Schreibtisch gelegen. Vermutlich konnte er sich gar nicht satt genug daran sehen. Aber ich habe sie ins Feuer geworfen.«

»Du hast was?« Jennifer schloss die Augen und atmete tief durch. ›Armer John‹, dachte sie. ›Er ist um den größten Erfolg seines Lebens gebracht worden.‹

»John tut mir leid«, sagte sie laut.

»Ich weiß, und das durch meine Schuld. Aber ich konnte doch nicht zulassen …« Er schaute auf seine vernarbten Hände. »Ich war so verblendet. Ich glaubte, im Sinne der Kirche, zur Rettung des Glaubens zu handeln. Ich war so vermessen zu glauben, dass Gott mir den Auftrag gegeben hat, Johns Schriftrollen der Kirche zuzuführen. Wie töricht ich war.« Er schwieg wieder. Dann schaute er Jennifer an. »Ich war es, der dem Händler den Auftrag gegeben hat, Johns Schriftrollen zu beschaffen. Koste es, was es wolle. Zwar ahnte ich nicht, dass er dafür jemanden töten würde ... aber vielleicht habe ich auch nur die Augen vor dieser Möglichkeit verschlossen.« Er schwieg wieder.

Jennifer atmete schwer und legte ihre Hand auf seine Schulter. »Was willst du jetzt tun?«

»Ich werde mich stellen«, sagte er und stand auf. »Zuerst wollte ich weglaufen, aber wo sollte ich hin? Ich habe alles verloren, was mir im Leben wichtig war. Es gibt nichts mehr, wofür ich noch kämpfen wollte. Mir ist egal, was jetzt mit mir passiert.« Er hielt einen Moment inne, dann lächelte er kurz. »Seltsam, ich habe einen Menschen getötet, aber ich fühle mich nicht schuldig. Ich fühle mich befreit.«

»So, wie du mir den Hergang geschildert hast, war es ein Unfall oder höchstens Notwehr«, sagte Jennifer. »Dafür können sie dich nicht ins Gefängnis stecken.«

Er lächelte sie an und streichelte ihre Wange.

Sie liefen schweigend zurück ins Kloster. Vor dem Haus des Bischofs, wo die Spurensicherung noch in vollem Gang war, nahm sie ihn noch einmal in die Arme und sagte: »Lass mich wissen, wenn du mich brauchst. Für eine Zeugenaussage oder so etwas. Ich komme sofort.«

Er lächelte müde. »Danke.«

Er ging vorbei an den überraschten Seminaristen, die sogleich die Köpfe zusammensteckten, und Jennifer sah, wie er mit einem der Polizisten sprach. Schon nach wenigen Worten legte er Robert Handschellen an und führte ihn zu einem der Polizeiwagen, der kurze Zeit später mit ihm davonfuhr.

PARIS

ES HATTE DEN GANZEN folgenden Tag in Anspruch genommen, ihre Aussagen im Kriminalkommissariat von Dijon zu protokollieren. Abends hatten sie zum letzten Mal eine Flasche Wein mit Patron Serge geleert und waren am nächsten Morgen gemeinsam nach Paris gefahren.

Nun, zwei Tage nach dem Brand, saßen Jennifer Williams, John McKenzie und Michael Torres in einem der Cafés von Paris-Charles-de-Gaulle. Michael und John hatten ihr Gepäck schon eingecheckt und warteten nun auf ihren Abflug.

Jennifer wartete auf Philips Ankunft. Sie hatte kurz nach Roberts Verhaftung mit ihm telefoniert und ihm alles Vorgefallene berichtet.

»Bin ich froh, dass du bald wieder zu Hause sein wirst«, hatte er gesagt.

»Philip, ich komme noch nicht nach Hause«, hatte sie geantwortet. »Ich muss zurück nach Leh.«

»Aber warum denn?«

Und dann hatte sie ihm von Sonam erzählt, davon, was der Junge für sie getan und was sie ihm versprochen hatte. Sie wollte nicht mehr warten.

»Ich will ihm helfen, aus dem Kloster herauszukommen, und ihn mit nach Los Angeles mitnehmen. Er verlässt sich auf mich«, versuchte sie Philip zu überzeugen.

Doch das war gar nicht nötig. »Unter einer Bedingung«, hatte er gesagt. »Du wartest auf mich, und wir fliegen zusammen nach Indien.« Ihr war warm ums Herz geworden. »Ach Philip, ich liebe dich so sehr«, hatte sie geantwortet.

Die Stimmung am Tisch war gedrückt. Der Anspannung

der vergangenen Tage war eine seltsame Leere gefolgt, die alle drei spürten und die sie fast scheu miteinander umgehen ließ. Jennifer rührte in ihrem Kaffee. Michael überflog seine Fluginformation. Und John blätterte mit seiner unverletzten rechten Hand durch die *International Herald Tribune*. Auf der Titelseite wurde ausführlich über den Ausgang der Papstwahl berichtet. Das Konklave war sehr kurz gewesen, und man hatte den Bischof von Buenos Aires zum neuen Papst auserkoren. Mit ihm verbanden sich große Hoffnungen auf die Erneuerung und Modernisierung der Kirche. Er reichte die Zeitung an Jennifer weiter. »Hier, wenn du Genaueres wissen willst. Das einzig Positive an der ganzen Geschichte ist, die Reaktionäre im Vatikan haben das Spiel verloren«, sagte er müde.

Jennifer las den Artikel, der über ein Komplott im Vatikan berichtete. Man hatte Bischof Motta, den Oberen der erzkonservativen Confrérie du Saint Paul in Albano Laziale verhaftet. Man warf ihm Bestechung, versuchte Erpressung und Unterschlagung vor. Außerdem habe er gemeinsam mit Kardinal Montillac die Papstwahl manipulieren wollen, was im letzten Moment verhindert worden war. Im Zusammenhang mit den zuletzt erwähnten konspirativen Machenschaften wurden auch mehrere Morde untersucht. Der oder die mutmaßlichen Täter seien aber noch auf freiem Fuß. Weitere Verhaftungen seien geplant. Kardinal Montillac war seines Amtes als Leiter der Päpstlichen Kommission für Christliche Archäologie enthoben und unter Hausarrest gestellt, bis der neue Papst über sein weiteres Schicksal entscheiden würde. Die italienische Polizei bedankte sich bei ihren französischen Kollegen, die ihr für ihre Ermittlungen die Aussagen von Robert Fresson zur Verfügung gestellt hatten. Fresson hatte das Bischofshaus in Flavigny-sur-Ozerain in Brand gesteckt, bei dem Bischof Tormentière, ein weiteres Mitglied des Komplotts, ums Leben gekommen war.

Jennifer ließ die Zeitung sinken. Was würde nun mit Robert geschehen? Würde er einen fairen Richter finden? Und Fernando? Er schien sich rechtzeitig aus dem Staub gemacht zu haben. Sein Name war jedenfalls nirgendwo erwähnt worden.

John war anzusehen, dass ihn die Ereignisse der vergangenen Tage ausgelaugt hatten. Noch wusste er nicht, wie er mit dieser Enttäuschung umgehen sollte. Seine großen Erwartungen, die sich mit den Schriftrollen verbunden hatten, waren buchstäblich in Rauch aufgegangen. Nie wieder würde er einen solchen Fund machen, so etwas gab es nur einmal im Leben. Aber vielleicht war das ein Zeichen, vielleicht sollte er aufhören mit der täglichen Suche nach der Vergangenheit, vielleicht sollte er sich endlich mit der Gegenwart beschäftigen.

›Ich brauche Abstand zu meiner Arbeit. Diesen Grabungsauftrag werde ich noch zu Ende bringen, dann gehe ich zurück in die Staaten. Und ich werde Ellen bitten mitzukommen. Mal sehen, was dort auf uns wartet.‹ Und plötzlich war er wieder zuversichtlich und froh darüber, alles hinter sich zu lassen. In Jerusalem wartete Ellen auf ihn. Vielleicht war sie seine Zukunft.

»Ich will noch mal schnell telefonieren«, sagte er, stand auf und ging hinaus in die Halle, um sich einen Platz zu suchen, der etwas ruhiger war.

Michael faltete seine Papiere zusammen und suchte Jennifers Blick. Sie sah ihn kurz an und schlug dann die Augen nieder. Dann fingen beide gleichzeitig an zu sprechen.

»Ich …« – »Weißt du …«

»Du zuerst«, sagte Jennifer.

»Nein, du.«

»Bitte.«

»Also gut. Ich wollte dir nur sagen, dass ich bis vor ein paar Tagen nicht verstanden habe, warum es mit uns beiden nicht geklappt hat. Ich habe inzwischen viel darüber nachgedacht, und es tut mir sehr leid, dass du den Eindruck hattest, unsere Beziehung sei mir nicht wichtig genug gewesen. Das stimmt nicht. Ich habe dich wirklich geliebt, das heißt, ich liebe dich immer noch. Vergib mir bitte, dass ich es dir nicht deutlicher gezeigt habe ...« Er brach ab. Nach einer kurzen Pause sagte er: »Würdest du uns noch mal eine Chance geben?«

Jennifer hatte, während er sprach, auf den Tisch gestarrt. Jetzt sah sie ihn mit einem traurigen Lächeln an.

»Es ist zu spät, Michael. Wir hatten bisher keine Gelegenheit darüber zu reden, aber ich lebe seit einem Jahr mit einem Mann zusammen, der mich liebt und der sehr gut zu mir ist.« Nach einem kurzen Moment fügte sie hinzu: »Und ich liebe ihn auch.«

Michael schwieg beschämt. Hatte er wirklich geglaubt, dass eine Frau wie Jennifer allein war? Hatte er gedacht, dass sie immer noch auf ihn warten würde?

»Es ist wohl so, dass es für alles im Leben eine Zeit gibt, und wir haben sie einfach versäumt«, fuhr sie leise fort.

Michael schaute in Jennifers Gesicht. Sie war kaum älter geworden. Ihr kurzes rotes Haar glänzte, und sie hatte noch immer diese Sommersprossen, in die er sich damals sofort verliebt hatte. Nur um ihre blauen Augen hatten sich kleine, kaum sichtbare Fältchen gebildet. Sein Herz wurde schwer, denn er wusste, dass sie die einzige Frau war, die er jemals geliebt hatte und immer lieben würde. Aber es war ihm auch klar, dass es vorbei war.

Zumindest für den Augenblick.